운명의 문

AGATHA CHRISTIE MYSTERY AGATHA CHRISTIE MYSTERY AGATHA CHRISTIE MYSTERY AGATHA CHRISTIE MYSTERY AGATHA CHRISTIE MYSTERY AGATHA CHRISTIE MYSTERY AGATHA CHRISTIE MYSTERY AGATHA CHRISTIE MYSTERY

애거서 크리스티 추리 문학 80

운명의 문

강호걸 옮김

해문

■ 옮긴이 강호걸

전문 번역인
번역서로 《복수의 여신》 《황제의 코담배케이스》 등 다수.

운명의 문

초판 발행일	1990년 01월 10일
중판 발행일	2009년 06월 30일
지은이	애거서 크리스티
옮긴이	강 호 걸
펴낸이	이 경 선
펴낸곳	해문출판사
주 소	서울시 마포구 합정동 392-2 써니힐 202호
TEL/FAX	325-4721~2 / 325-4725
출판등록	1978년 1월 28일 (제3-82호)
가격	6,000원
ISBN	978-89-382-0280-2 04840
	978-89-382-0200-0(세트)

※ 잘못된 책은 바꾸어 드립니다.

•등 장 인 물•

토머스 베레즈포드(토미)— 성격이 급하고 머리는 다소 둔한 편이지만 끈질기고, 기사도 정신이 투철한 터펜스의 남편. 노년이 되어 시골 저택에 정착하게 된 그들에게 과거로부터 사건이 찾아온다.

프루던스 베레즈포드(터펜스)— 키가 작고 볼품없이 생긴 토미의 아내. 늘 말이 많고 재빠르며 자존심이 강하다.

앨버트— 토미—터펜스 부부의 충실한 하인.

아이작 바들리콧— 토미—터펜스 부부가 이사한 월계수 저택의 나이 많은 정원사.

하니발— 토미—터펜스 부부의 개. 맨체스터 테리어 종.

비어트리스— 문제를 상담하러 터펜스를 찾아오는 가정부.

그웬다— 개리슨 부인 상점의 가정용품 매장에서 일하는 비어트리스의 친구.

애트킨슨 대령— 토미의 옛날 동료.

콜러든 양— 조사 업무에 종사하는 육십 대의 여자.

로빈슨— 몸집이 크고 노란 남자로 비밀에 싸인 고위층 거물.

파이커웨이 대령— 1년 내내 담배연기에 싸여서 살아가는 거물.

헨리 바들리콧— 아이작 바들리콧의 손자. 터펜스의 조사를 도와준다.

클래런스— 헨리의 친구.

차 례

차 례

하니발과 그 주인에게

제1부
제1장

주로 책에 관해서

"책!" 터펜스가 말했다. 당장에라도 울화통을 터뜨릴 것 같은 기세였다.

"뭐라고 했소?" 토미가 말했다.

터펜스는 방 저쪽에 있는 그를 쳐다보았다.

"'책'이라고 했어요."

"그래, 그 기분 알겠군." 토미 베레즈포드가 말했다.

터펜스 앞에는 커다란 상자가 세 개 놓여 있었다. 그 속에서 그녀는 여러 가지 책들을 꺼내놓고 있었다. 그런데도 상자 속에는 아직도 반 이상이나 책으로 가득 차 있었다.

"상상할 수도 없을 정도예요."

"책이 이렇게 많은 자리를 차지할 줄 몰랐다는 거요?"

"그래요."

"그런데 그것을 모두 서가(書架)에 꽂아둘 셈이오?"

"어떡해야 할지 나도 모르겠어요. 그래서 골치예요. 자신이 하고 싶은 일이란 그렇게 분명하게 알 수 있는 것은 아닌가 봐요."

"그렇소? 당신 성격에는 그런 구석이 조금도 없다고 생각했었는데, 옛날부터 당신에게 있어서 성가신 점은 자신이 하고 싶은 일을 너무 잘 아는 것이 아닌가 했는데 말이오."

"제가 하고 싶은 이야기는, 말하자면 우리도 마침내 여기까지 와버렸다는 거예요. 나이를 먹어서 조금은—아니, 아닌척하지는 말기로 해요. 분명히 류머티즘이 심해지는군요. 더구나 허리를 펴면, 이렇게 서가에 책을 올려놓거나 쭈그리고 앉아서 제일 아래 칸에서 무얼 찾다가 정작 일어서려면 정말 힘들어요."

"그래, 그래. 우리도 이젠 늙은 탓이오. 그런데 그 말을 하려고 했소?"

"아니, 그런 게 아니에요. 새 집을 사게 되어서 잘됐다고 말하려던 참이었어요. 한번 살아봤으면 하던 곳에 언제나 꿈꾸어 오던 집을 갖게 되어서—그야 조금은 손을 대야겠지만."

"방을 하나나 둘쯤 헐어버리고 거기에 당신은 '베란다'라고 하고, 집 짓는 이는 '로저'라고 부르는 것을 달 생각이겠지. 나 같으면 차라리 '로지아'(바람 쐬는 복도)라고 부르고 싶지만."

"틀림없이 멋질 거예요." 터펜스는 단호하게 말했다.

"완성되고 나면 뭐가 뭔지 알아보지도 못할 이상한 곳이 되어 있겠지! 이 정도면 내 대답이 되겠소?"

"천만에요. 완성이 되고 나면 당신도 만족해서는, '나는 참으로 독창적이며 재기 넘치는 예술가 아내와 살고 있구나!'라고 말할 거예요."

"알았소. 방금 당신이 말한 그대로 할 수 있게 외워두도록 하지."

"외울 필요는 없어요. 입에서 저절로 그런 말이 나오게 될 테니까."

"그것이 책하고 어떤 관계가 있단 말이오?"

"이 집으로 이사 올 때 책은 두세 상자뿐이었어요. 그럴 수밖에 없는 것이, 별로 중요하지 않은 책은 모두 팔아버렸으니까. 가져온 것은 정말 없애기 아까운 책들뿐이었는데, 그렇게 하는 것이 당연한 일이잖아요? 그런데 이 집을 팔고 간 사람들 말이에요. 그 사람들은 많은 물건들을 가져가고 싶지 않으니까, 집을 사겠다면 책도 포함해서 모두 그대로 두고 가겠다고 했어요. 그래서 우리도 살펴보고……."

"사기로 했지."

"네, 기대한 값보다는 싸게 산 것 같기는 해요. 개중에는 별로 탐탁지 않은 가구나 장식품도 있었어요. 다행히 그것은 떠맡지 않고 끝냈지만. 여러 가지 책을 살펴보니까, 동화가 있었어요. 거실에 말이에요. 옛날부터 아주 좋아하던 책이 몇 권 있더군요. 지금도 그대로 있어요. 개중에는 특별히 좋은 것이 한두 권 있거든요. 그래서 그 책이 내 것이 되었으면 참 좋겠다고 생각했었지요. 그 안드로클레스와 사자의 이야기. 그건 여덟 살 때 읽은 기억이 나요. 앤드류 랭

이 쓴 것 말이에요."

"흠, 터펜스, 당신은 여덟 살에 책을 읽을 만큼 머리가 좋았소?"

"네, 그래요. 다섯 살 때부터 읽었지요. 그땐 누구나 다 읽을 수 있었어요. 내가 어릴 때 말이에요. 배워야 읽을 수 있다는 것조차 모르고 있었는걸요. 누가 이야기책을 읽어준다면 말이에요. 그리고 그 이야기가 아주 마음에 들 때에는 그 책을 서가 어디쯤에 꽂아두는지 기억해 놓는 거예요. 그러면 언제나 마음대로 꺼내서 혼자서 볼 수가 있으니까요. 철자법 같은 것은 애써 배우지 않아도 정신을 차리고 보면 자기 스스로 척척 읽어 나가는 거지요. 그런 것이 나중에까지 큰 보탬이 되지는 않았지만. 사실 지금까지도 나는 정확한 철자법을 못 쓰고 있으니까. 그러니까 네 살쯤 되었을 때 누가 철자법을 가르쳐 주었더라면 정말 좋았을 텐데 하고 지금에서야 그런 생각이 들기도 한다니까요. 물론 더하기, 빼기, 곱하기 같은 것은 아버지가 가르쳐 주었지요. 이 세상에서 구구단만큼 도움이 되는 것은 없다고 아버지는 늘 말했으니까요. 나누기도 배웠고요."

"당신 아버지는 머리가 꽤 좋으셨군!"

"특별히 머리가 좋으셨다고는 생각지 않지만, 참 좋은 분이었어요."

"이야기가 옆길로 샌 건 아닌가?"

"그렇군요. 그래서 아까도 말했듯이 '안드로클레스와 사자'를 다시 읽게 될 것을 생각하면(그것은 앤드류 랭의 동물 이야기를 모아둔 책에 들어 있어요) 아, 정말 가슴이 다 설레는 것 같군요. 이튼 학교의 학생이 쓴 '이튼 학교에서의 나의 하루'라는 이야기도 있었어요. 어째서 그것이 읽고 싶어졌는지는 모르지만 어쨌든 읽었어요. 그것도 애독한 책이었어요. 그리고 고전을 흉내 낸 것도 있었는데, 몰즈워스 부인의 《뻐꾸기시계》라든가 《네 가지 바람이 부는 농장》이라든지……."

"이제 그런 정도면 됐소. 당신 어린 시절의 문학적 업적들을 하나하나 다 들려줄 것까지는 없으니까."

"요즘에 와서는 그런 책들을 거의 찾아볼 수가 없다는 말을 하고 있을 뿐이에요. 개정판은 가끔 구할 수 있지만, 대개는 문장도 틀리고 삽화 같은 것도 바뀌었더군요. 사실 지난번에도 《이상한 나라의 앨리스》를 보았을 때 그것이 그 책인지 몰랐을 정도예요. 몰즈워스 부인의 요정 이야기 같은 것도(핑크나 블루, 또는 노란색의 책) 한둘은 구할 수 있고, 좀더 최근에 내가 즐겨 읽는 작가들의 것이라면 많이 나와 있지요. 스탠리 웨이먼스 같은 사람의 것도 마찬가지고요. 이런 것들이 그 사람들이 남겨두고 간 책 속에 잔뜩 들어 있단 말이에요."

"알았소. 당신의 식욕을 크게 자극한다는 말이로군. '굿 바이(good buy)'했구려."

"그래요. 그런데, '굿 바이(good bye)'라니, 대체 무슨 말이지요?"

"B—U—Y(사들인 물건)라고 했소."

"어머나, 이 방에서 나갈 생각으로 '안녕'이라고 한 줄 알았어요."

"원, 천만에. 참으로 흥미진진했소. 어쨌거나 잘 산 물건임엔 틀림없소."

"더구나 엄청나게 싸게 샀으니까요. 게다가, 그 책들이 우리 책 속에 모두 들어가니까. 하지만 책이 너무 많아서 우리가 만든 서가로는 도저히 안 될 것 같군요. 당신 서재는 어때요? 책이 좀더 들어갈 자리는 없나요?"

"없소. 내 책도 다 들어가기 어렵겠는걸."

"큰일이군요. 정말 우리다운 걱정거리네요. 아예 따로 방을 하나 더 만들면 어떨까요?"

"그건 안 돼. 앞으로는 절약하기로 하지 않았소? 엊그제 그 이야기를 했는데 벌써 잊었단 말이오?"

"그건 엊그제 이야기지요. 시대는 변하는 거예요. 지금은 아무래도 놓치고 싶지 않은 책을 모두 이 서가에 챙겨 넣으려는 거예요. 그리고(그리고 다른 책들을 살펴보고) 어쩌면 어디 아동병원이라도 좋고, 아무튼 책을 원하는 시설이 없지는 않을 거예요."

"만일 없다면 팔아버려도 되고."

"사람들이 사고 싶어 할 만한 책은 없을 것 같은데요. 희귀한 책이라든가 그런 것이 있을 것 같지도 않군요."

"어떤 행운이 기다리고 있을지도 모르잖소? 이미 절판이 되어버린 책이 있는데, 그 책을 어떤 서점에서 몇 년에 걸쳐서 찾고 있을지 누가 알겠소?"

"우선은 모두 서가에 꽂아둘 수밖에 없겠군요. 그리고 서가에 챙겨 넣을 때마다 내용을 훑어보고 정말 없어지 말아야 할 책인지, 내용을 기억하고 있는 책인지 확인해 봐야겠어요. 지금도 대강대강은 훑어보고 있지만, 말하자면 분류 같은 거지요. 모험 이야기, 옛날이야기, 동화, 그리고 L. T. 미드였다고 생각되는데, 반드시 큰 부잣집 아이가 다니는 학교 이야기 같은 것들을 데보라가 어렸을 때 자주 읽어주곤 했어요. 모두들 《위니 더 푸》를 좋아했지요. 《작은 회색 암탉》이라는 것도 있었고. 하지만 그건 나는 별로 좋아하지 않았어요."

"이젠 당신도 슬슬 싫증이 나기 시작한 모양이구려. 나 같으면 이젠 그 일은 그만두겠소."

"네, 그만두어야겠어요. 하지만 그래도 방 이쪽만이라도 정리가 되면 책을 여기에 넣어둘 텐데……."

"좋소, 내가 거들기로 하지."

토미는 옆에 와서 상자 한쪽을 들어서 기울이고는, 안에 든 책을 꺼내더니 한 아름 안고 서가로 가져가서 꽂아 넣었다.

"크기가 같은 책끼리 한데 모아두도록 합시다. 그게 보기 좋으니까."

"어머, 그래서는 분류가 안 돼요."

"빨리빨리 정리를 하자면 분류는 이 정도면 돼. 그 이상 자세히 하는 것은 뒤로 미룹시다. 언제 시간을 내어 제대로 정리를 하면 되겠지. 비오는 날 같은 때, 달리 할 일이 없을 때 말이오."

"하지만 우리는 언제나 해야 할 다른 일들을 생각해 내곤 하니까 곤란하잖아요?"

"자, 여기 또 일곱 권 들어갑니다. 그러고 보니 이제 남은 곳은 제일 위 칸의 구석뿐이군. 여보! 그 나무의자를 가져다주지 않겠소? 올라서도 괜찮겠지? 그러면 제일 위 칸에도 몇 권은 들어가겠군."

토미는 조심스럽게 의자 위로 올라갔다. 터펜스가 책을 한 아름 건네주었다. 토미는 그것을 조심조심 제일 위 칸에 한 권씩 꽂아 넣었다. 그런데 세 권이 남았을 때 갑자기 손목을 잘못 움직여 그만 책을 떨어뜨렸다. 책은 터펜스의 몸을 살짝 스치면서 바닥에 쿵 하고 떨어지고 말았다.

"어머나 깜짝이야! 간 떨어질 뻔했어요."

"어쩔 수가 없었어. 당신이 한꺼번에 너무 많이 주었기 때문이야."

"어머, 하지만 마음은 정말 편해졌어요."

터펜스는 조금 뒤로 물러서며 말했다.

"이번에는 밑에서 두 번째 칸에, 그 빈틈 사이에 이것을 넣어주기만 하면 이 상자 속에 있던 책들은 정리가 되는 거예요. 이 일은 보람 있는 거예요. 이렇게 아침부터 정리하고 있는 책은 본래 우리 것이 아니고 집을 사면서 산 책들이에요. 어쩌면 뜻밖에 귀한 것을 얻게 될지도 몰라요."

"어쩌면 말이지?"

"그런 느낌이 들어요. 정말로 그런 걸 찾아내게 될 것 같아요. 아주 큰 돈이 될 만한 것 말이에요."

"찾아내면 어쩔 셈이오? 팔겠소?"

"팔 수밖에 없겠죠. 그야 놔두고 여러 사람들에게 보여줘도 좋겠지만. 자랑한다는 것이 아니고 그저, '흠, 그래요. 우리는 진귀한 것을 한둘 찾아냈답니다.' 하는 거지요. 전 왠지 재미있는 것을 찾아낼 것 같은 느낌이 들어요."

"말하자면, 당신이 이제는 아주 잊고 있는 옛날 애독서 같은 것을 말하는 거요?"

"꼭 그것만을 말하는 건 아니에요. 너무 뜻밖이라 깜짝 놀랄만한 것, 우리 생활을 하루아침에 바꿔버릴 수 있는 것 말이에요."

"아아, 터펜스, 당신은 정말 터무니없는 생각을 하고 있군. 난 고작 피치 못할 재난이나 불러들일 물건이 발견될까 봐 그게 더 걱정이오."

"말도 안 돼요. 사람은 희망을 가져야 해요. 희망이야말로 인생에 있어서 없어서는 안 될 소중한 것이에요. 희망, 아시겠어요? 나는 언제나 희망에 넘치고 있어요."

"그건 나도 알고 있소." 토미는 한숨을 쉬었다.

"그런 당신을 보면 가끔 가엾다는 생각이 든단 말이야."

제2장

검은 화살

토미 베레즈포드 부인은 몰즈워스 부인의 《뻐꾸기시계》를 밑에서 세 번째 칸의 틈새로 옮겼다. 몰즈워스 부인의 작품은 모두 그곳에 모아둔 것이다.

터펜스는 《융단의 방》을 빼들고 잠깐 생각에 잠겼다. 이것 말고 《네 가지 바람이 부는 농장》을 읽을까? 이것은 《뻐꾸기시계》나 《융단의 방》만큼 잘 기억나지도 않으니. 그녀의 손가락이 어떤 책을 뽑을까 망설이고 있었다. 이제 곧 토미도 돌아올 텐데.

일은 잘 진척되었다. 그래, 분명히 진척되고 있었다. 다만 일손을 멈추고 옛날에 애독하던 책을 뽑아서 읽지만 않으면 말이다. 그건 정말 즐거운 일이었지만 꽤나 시간을 잡아먹었다. 그래서 저녁때 돌아온 토미가 어떻게 되어 가느냐고 묻기에, "네, 완전히 정리를 끝냈어요."라고 대답은 했지만, 그가 직접 2층으로 올라가서 서가 정리가 얼마나 되어 있는지 보지 못하게 하느라고 온갖 꾀를 다 부려야만 했다.

모든 것이 너무 시간이 걸렸다. 새로 이사 온 집에 완전히 자리가 잡힌다는 것은 생각보다 훨씬 시간이 걸리는 일이었다. 더구나 사람의 마음을 안절부절 못하게 하는 사람들이 또한 참으로 많았다. 예를 들면 전기 손보는 사람들이다. 그들은 집에 와서 전에 해놓은 일이 마음에 안 드는지 전보다 더 마루를 크게 차지하고는, 시시덕거리며 더욱 많은 허방다리를 만드는 것이다. 조심성 없는 주부가 걸어 다니다가 발을 헛디뎌, 빠지기 직전에 마루 밑에서 일하고 있던 다른 전기 수리공에게 구출 받게 되는 것이다.

"어떤 때는 바턴스 에이커 저택에 그냥 살았더라면 하는 생각이 절로 날 때가 있어요." 터펜스가 말했다.

"식당 지붕을 생각해 봐요"라고 토미는 말하곤 했다.

"게다가 그 지붕 밑 다락방이나 차고가 어땠었는지도 생각해 보고. 조금만 더 살았더라면 차가 그 밑에 깔려버릴 뻔했잖소."

"고쳐서 쓰는 게 낫지 않았을까요?"

"안 돼. 그 삐걱거리는 집을 아예 새로 짓거나 이사하는 수밖에 없었소. 이 집도 언젠가는 살기 편한 집이 될 거야. 난 그렇게 되리라고 믿어. 이 집에서라면 언제라도 서로 하고 싶은 일을 할 수 있는 여유가 생길 것 같지 않소?"

"당신이 서로 하고 싶은 일이라고 말하는 것으로 봐서는, 우리가 서로 그런 곳을 찾아내어 독점하고 싶다는 뜻인가 보군요."

"그렇소. 한쪽에서 지나치게 넓은 곳을 차지하니까. 이 이상 타협은 안 되겠어."

그때 터펜스는 생각했던 것이다. 자신들이 이 집을 어떻게든, 즉 새 거처에 익숙해지는 일 말고 그밖에 할 일이 과연 또 있을까? 새 거처에 익숙해지는 일은 별것 아닌 것 같았으나, 막상 부딪치고 보니 생각보다는 쉽지 않다는 것을 알았다. 그런 이유 중 하나는 이 책 때문이기도 했다. 그녀가 말했다.

"만일 내가 요즘의 보통 아이였다면 내가 어릴 때처럼 쉽게 글씨를 읽을 수 있게 되지는 않았겠죠. 요즘의 아이들이란 네다섯, 아니 여섯 살이 되어도 글씨를 읽지 못하는 건 예사고, 열이나 열한 살이 되어도 읽지 못하는 아이들이 꽤 많은가 봐요. 우리는 어째서 그렇게 쉽게 읽을 수 있게 되었을까? 우리 때는 누구나 읽을 수 있었거든요. 나도, 이웃집 마틴도, 동네 끝에 살던 제니퍼도, 시릴도, 위니프레드도 다 그랬어요. 제대로 쓰진 못했지만, 읽고 싶은 것은 무엇이고 읽을 수 있었어요. 어떻게 글씨를 알게 되었을까? 필경 사람들에게서 들었겠지요. 포스터라든가, 카터의 간장약이라든가, 기차가 런던에 가까워지면 밭 한가운데 서 있는 광고를 하나하나 읽곤 했지요. 가슴을 설레면서 말이에요. 저건 무슨 광고였더라? 하고 언제나 생각하곤 했어요. 어머, 안 되겠네. 지금 할 일을 생각해야지."

그녀는 책 몇 권을 더 바꾸어들었다. 먼저 《거울 속의 앨리스》에 정신이 팔려 읽었고, 다음에는 샬롯 영의 《역사의 뒤쪽》을 읽는 사이에 한 시간 가까이 지나고 말았다. 그런데도 그녀의 손에는 두꺼운 손때가 묻은 《데이지의 화환》이 아직도 들려 있었다.

"이건 무슨 일이 있어도 한 번 더 읽어야지. 생각해 보면 옛날 이 책을 읽고 나서 벌써 여러 해가, 정말 여러 해가 지나갔군. 아, 정말 얼마나 가슴 울렁거리며 읽었는지. 노르만 인도 견신례(堅信禮)를 받게 되는지 모르겠네 하는 생각도 했지. 그리고 에셀이라는 곳이었던가? 콕스웰인가 하는 곳이었어. 그리고 플로라 같은 한낱 서민. 왜 그 무렵에는 이 사람 저 사람 할 것 없이 모두가 '한낱 서민'이었는지 몰라. 한낱 서민이라면 꽤 깔보곤 했었지. 지금의 우리는 뭘까? 우리도 모두 한낱 서민일까?"

"뭐라고 하셨습니까, 마님?"

"아니, 아무것도 아니야."

터펜스는 마침 문 앞에 나타난 충실한 하인 앨버트를 돌아다보며 말했다.

"무슨 시키실 일이라도 있는가 해서요. 벨을 누르셨지요?"

"아니, 책을 꺼내려고 의자에 올라가다가 그만 벨을 눌러버려서."

"꺼낼 것이 있으시면 제가 꺼내 드리겠습니다만."

"그렇군. 부탁해. 이 의자는 하나도 쓸 만한 것이 없어. 다리가 흔들흔들한 데다 딛고 올라서기엔 너무 미끄러운 것들뿐이라서."

"어떤 책을 꺼낼까요?"

"위에서 세 번째 칸은 아직 다 살펴보지 않았어. 위에서 두 번째 칸까지만 봤거든. 세 번째 칸에는 어떤 책이 꽂혀 있는지 나도 실은 몰라."

앨버트는 의자에 올라서서 조금 쌓인 먼지를 하나하나 털어내 가면서 건네주었다. 터펜스는 그 책을 받는 데만 온통 정신이 팔려 있었다.

"어머, 멋져라! 아주 잊고 있었던 것들이 꽤 많은걸. 어머, 《부적》이야. 《사마야드》도 있네. 《새 보물찾기》도 있고 정말 내가 좋아하는 것들뿐인데. 아니, 그건 아직 도로 꽂지 마, 앨버트 우선 읽어봐야지. 그래, 한두 권쯤은. 어머, 이건 뭘까? 어디 보자. 《빨간 꽃 모양의 모표》라? 응, 그래. 역사에 대한 책이군. 정말 가슴 졸이며 읽던 책이었어. 《빨간 드레스의 그늘에》도 있군. 스탠리 웨이먼의 것이 꽤 많아. 정말 많구나. 하긴 이런 것들은 모두 열 살인가 열한 살 때 읽은 것이지만. 어머, 이건 정말 생각지도 않았는데.

《젠다 성의 포로》를 다시 보게 될 줄이야."

지난 추억이 가져다주는 숨 막힐 듯한 기쁨에 터펜스는 한숨을 쉬었다.

"《젠다 성의 포로》야말로 로맨틱한 소설의 사전 같은 작품이지. 플라비아 공주의 로맨스, 그리고 루리타니아 국왕―루돌프 라센딜이라는 이름이었지, 아마. 그 사람은 밤이 되면 누구나 꿈에서 보게 되지.

앨버트가 또 한 권을 건네주었다.

"어머, 이건 더 재미있는 책인데. 이것도 아주 옛날 것이로군. 옛날 것은 한데 모아두도록 해. 자, 어떤 것들이 있지? 《보물섬》. 그래, 이것도 물론 재미는 있지만, 벌써 몇 번씩이나 읽었고, 영화도 두 가지쯤 보았다. 영화로 보는 것은 좋아하지 않아. 원작답지 않으니까. 어머, 《유리》가 있구나. 응, 그래. 이것도 옛날부터 아주 좋아했었지."

앨버트가 발돋움을 하고 욕심껏 책을 너무 많이 꺼내는 바람에 《카트리오나》가 터펜스의 머리를 스치며 떨어졌다.

"어이쿠! 죄송합니다. 죄송합니다."

"아니, 괜찮아. 《카트리오나》로군. 그래, 스티븐슨의 책은 더 없나?"

앨버트는 이제 전보다 조심해서 건네주었다. 터펜스는 감개무량한 환성을 질렀다.

"《검은 화살》이구나. 어머, 놀랍군! 《검은 화살》이라니! 이 책은 내가 제일 처음에 읽은 거야. 앨버트는 그런 기억 같은 건 없겠지? 아니, 그땐 앨버트는 태어나지도 않았을 거라는 뜻이야. 잠깐 기다려. 《검은 화살》. 그래, 벽에 걸려 있는 그림에서 내려다보는 눈, 진짜 눈이라고 그림 속의 눈을 통해서 이쪽을 보고 있는 거야. 정말 멋져. 오들오들 떨도록 무서워졌어. 그래, 정말이야. 《검은 화살》, 그게 뭐였더라? 그래, 그래, 고양이? 개? 아니, 그렇지 않아. '고양이, 쥐, 그리고 '로벨'이라는 이름의 개. 영국 전체는 돼지의 통치하에 있다'는 말이었어. 돼지는 물론 리처드 3세를 말하는 거고. 하긴 요즘은 어느 책이나 하나같이 리처드 3세가 실은 대단한 인물이었다고들 하더구먼. 악당이 결코 아니라고 하면서. 하지만 나는 믿지 않아. 셰익스피어도 믿지 않았으니까. 뭐니 뭐니 해도 희곡 첫머리에 '나는 마음껏 악당이 되겠다.'라고 리처드에게 말하도록 했을 정도니까. 아, 그래. 《검은 화살》 이었어."

"좀더 꺼낼까요?"

"이젠 됐어. 고마워. 앨버트, 나 좀 피곤해지는데."

"그럼, 그만하지요. 그런데 나리께서 전화하셨는데, 돌아오시는 시간이 30분쯤 늦어진다고 하셨습니다."

"괜찮아."

터펜스는 의자에 앉더니 《검은 화살》 을 집어들고 책장을 넘겨가며 정신없이 읽기 시작했다.

"어머, 참으로 멋진 책이야. 까맣게 잊고 있었던 덕분에 다시 읽어도 재미있는데. 옛날에 읽었을 때에도 물론 재미있었지만."

정적이 찾아왔다. 앨버트는 부엌으로 돌아갔다. 터펜스는 푹신한 의자에 기대앉았다. 시간이 흘렀다. 좀 낡은 안락의자에 편히 앉은 토머스 베레즈포드 부인은 지나가 버린 옛날의 기쁨을 찾아 로버트 루이스 스티븐슨의 《검은 화살》 을 한 줄 한 줄 정신없이 읽어나갔다.

부엌에서도 시간은 가고 있었다. 앨버트는 요리용 난로 앞에 서서 여러 가지 다양한 작전에 몰두해 있었다. 차 소리가 들렸다. 앨버트가 옆문으로 갔다.

"차를 차고에 넣을까요, 나리?"

"괜찮네. 내가 하지." 토미가 말했다.

"자네는 저녁식사 준비에 바쁘지? 내가 많이 늦었는가?"

"그렇진 않습니다. 말씀하시던 대로인걸요. 오히려 조금 빨리 오셨는데요."

"아, 그런가?"

토미는 차를 차고에 넣고 손을 비벼대며 부엌으로 들어왔다.

"밖은 추워. 터펜스는 어디 있나?"

"아, 마님은 위에서 책에 매달려 계십니다."

"뭐야? 아직도 그 곰팡내 나는 책에 말인가?"

"그렇습니다. 오늘은 일하시는 데 골몰하신 듯합니다만, 대부분 읽으시는 데 시간을 보내고 계셨어요."

"허, 참! 알았네, 앨버트. 저녁식사는 뭔가?"

"레몬으로 맛을 낸 혀가자미입니다. 준비는 바로 됩니다."

"알았네. 아무튼 15분쯤 뒤에 해주게. 우선 손부터 씻어야겠으니까."

2층에서는 터펜스가 좀 낡은 안락의자에 여전히 그대로 앉아서 《검은 화살》을 읽느라고 정신이 없었다. 이마에는 찌푸린 주름살이 보인다. 아까부터 어쩐지 이상하다고 생각되는 현상에 부딪힌 것이다. 좀 눈에 거슬린다고밖에는 할 수 없는 부분이 있었다.

지금까지 읽어온 책장에서 그녀는 찾아보았다. 64페이지였는지 65페이지였는지는 분명치 않지만, 그 페이지의 몇 가지 말 밑에 누가 줄을 그어놓은 듯했다. 터펜스는 15분쯤 전부터 이 현상에 마음이 쓰였던 것이다. 어째서 이런 말에 밑줄을 그어두었을까? 무슨 관련이 있는 말도 아니고, 인용문도 아니다. 아무렇게나 낱말을 골라서 붉은 잉크로 줄을 그어놓은 것 같다. 터펜스는 조그만 소리로 읽어보았다.

"매첨은 문득 낮게 소리쳤다. 딕은 움찔해서 윈더크(windac(window의 오기))를 떨어뜨렸다. 그들은 일제히 일어나서 칼이며 단도를 빼들었다. 엘리스가 손을 들었다. 그의 흰 눈이 번쩍였다. 자, 커다란……."

터펜스는 고개를 흔들었다. 아무래도 무슨 뜻인지 알 수가 없었다. 그녀는 필기도구를 놓아둔 테이블로 가서 편지지를 두세 장 집었다. 그것은 새 주소, 즉 '월계수 저택'의 번지를 인쇄할 종이를 고르기 위해서 최근 인쇄소에서 보내준 것이었다.

"시시한 이름이야. 하지만 그렇다고 이름을 바꾸어버리면 편지가 길 잃은 미아가 되어버리겠지."

그녀는 문제가 되는 부분을 편지지에 옮겨 적어보았다. 그랬더니 그때까지 미처 몰랐던 것을 알게 되었다.

"이렇게 적어놓고 보니 아주 달라지는데."

그녀는 문제가 된 페이지에서 글자를 골라내었다.

"역시 여기 있었군." 갑자기 토미의 소리가 들렸다.

"저녁 먹을 때가 다 되었소. 어때, 책 읽는 건?"

"이 책이 아무래도 이상해요. 도무지 알 수가 없군요."

"이상하다니, 뭐가?"

"이건 스티븐슨의 《검은 화살》인데, 한 번 더 읽어보고 싶어서 읽기 시작했거든요. 그거야 어떻든, 갑자기 모든 페이지가 좀 이상하게 되어가는 거예요. 페이지에 여기저기 붉은 잉크로 밑줄이 쳐 있어요."

"난 또 뭐라고. 그런 것은 할 수 있는 거라오. 꼭 붉은 잉크가 아니라도 사람들은 밑줄을 치는 거야. 가령 기억해 두고 싶은 곳이라든지, 인용문 같은 데에 말이지. 내 말뜻 알아듣겠소?"

"그야 알지만, 그것과는 또 다른 걸요. 게다가 이것은, 보세요, 글자예요."

"글자라니!"

"이리 와서 좀 보세요."

토미는 아내 곁으로 다가가 의자 팔걸이에 걸터앉았다. 그리고 읽어보았다.

"'매첨은 문득 낮게 소리쳤다. 죽은 발차 담당자까지 움찔해서 창을 떨어뜨렸으므로, 커다란 두 사나이는(어쩐지 읽어지지 않는군), 조개가 예정된 표적이었다. 그들은 일제히 벌떡 일어나서 칼이나 단도를 빼들었다.' 도무지 무슨 소린지 모르게 횡설수설이군."

"네, 처음엔 나도 그렇게 생각했어요. 정말 횡설수설이라고요. 하지만 사실은 그것이 횡설수설이 아닌 거예요, 토미."

아래층에서 소방울 소리가 들려왔다.

"저녁식사야."

"상관없어요. 그전에 먼저 이 이야기부터 해두어야지. 나중에 해도 좋지만 여하튼 이상하거든요. 난 지금 당장 이야기하지 않으면 안 되겠어요."

"그렇다면 좋소. 또 그 환상의 대발견을 했다는 거요?"

"아뇨, 그렇게까지 말하진 않았어요. 다만 글자를 골라낸 데까지예요. 그런데, 보세요! 이 페이지예요. 처음의 낱말 '매첨'의 'M', 'M'과 'A'에 밑줄이 쳐 있고 그 뒤에도 세 군데, 아니 세 군데인가 네 군데 말에 줄이 그어져 있어요. 무슨 관계가 있다는 것이 아니에요. 그냥 아무렇게나 골라내어 밑줄을 치고— 그 단어에 있는 글자예요. 그건 적당한 글자가 필요했다는 뜻이에요. 자, 보세요. 다음은 '억제'의 'R'에 줄이 그어져 있지요? 그리고 '외치다'의 'Y', '잭'의

'J', '쏘았다'의 'O', '파멸'의 'R', '죽음'의 'D', 이것도 '죽음'의 'A', '돌림병'의 'N'……."

"여보, 대강 하고 그만둬!"

"기다려 봐요. 아무래도 밝혀내고 싶으니까. 따로 옮겨 적어놓으니, 이젠 당신도 알겠지요? 즉, 내가 처음 한 대로 이렇게 글자를 골라내어 차례차례 이 종이에 적어가면, 보세요, 이렇게 되요. 'M—A—R—Y' 이 네 글자에 밑줄이 쳐 있는 거예요."

"그게 어쨌다는 거요?"

"'메리'가 되는 거라고요."

"맞소. 메리가 되는군. 메리라는 사람이 있었던 게로군. 천성이 독창적인 아이가 이 책이 자기 것이라는 것을 나타내고 싶었던 거요. 옛날부터 인간이란 책이나 그런 것에 자기 이름을 써두는 법이라오."

"알았어요. 아무튼 메리예요. 그런데 다음 밑줄이 있는 글자는 'J—o—r—d—a—n'이 되거든요."

"내 말이 맞지? '메리 조단'이군. 아주 당연한 일이지. 그래서 그 애의 성과 이름까지 알게 된 게로군. '메리 조단'이라고 말이오."

"그런데 이 책은 그녀의 것이 아니었어요. 제일 앞에 어설픈 아이들 글씨로 '알렉산더'라고 써 있거든요. '알렉산더 파킨슨'이라고."

"흠, 이런 것이 정말로 중요하다고 생각하오?"

"당연히 중요하지요."

"자, 갑시다. 나는 배가 등에 가 붙었소."

"참아요. 이젠 조금밖에 남지 않았으니까. 밑줄 친 것이 끝나는 다음 페이지까지만, 그래요. 다음 네 페이지에서 끝나니까요. 글자는 여기저기 아주 엉뚱한 데에서 골랐거든요. 무슨 관련이 있어서 고른 것이 아니에요. 단어는 조금도 필요치 않았던 거예요. 오직 글자만 필요했나 봐요. 그러니까, 'M—a—r—y, J—o—r—d—a—n'까지 알게 되었지요. 이건 이만 되었고, 다음 네 개의 단어가 무슨 말인지 아시겠어요? 'd—i—d, n—o—t, d—i—e, n—a—t—u—r—a—l —y' 이것은 '자연히'라는 뜻인가 본데 'l'이 두 개였다는 것을 몰랐나 봐요자, 어떻게 되었지요? '메리 조던은 자연사가 아니었다.' 틀림없지요? 다음 문장은, '범인은 우리들 중에 있다. 나는 그것이 누구인지 알고 있다.' 이것이 모두예요. 다른 데는 밑줄을 찾아볼 수 없어요. 어때요? 어쩐지 가슴이 두근거리지 않나요?"

"여보, 여보, 터펜스 당신은 설마 이런 것에서 어떤 의미를 찾아내려는 것은 아니겠지?"

"그게 무슨 말이지요? 이런 것에서 어떤 의미라니요?"

"의문의 사건으로 꾸미는 일 말이오"

"그래요. 내게 있어서 이 일은 의문의 사건이에요. '메리 조던의 죽음은 자연사가 아니었다. 범인은 우리들 중에 있다. 나는 그가 누구인지 알고 있다.' 아, 토미, 이런데도 호기심이 생기지 않는단 말이에요?"

제3장

묘지를 찾아서

"터펜스!" 토미는 집으로 들어가면서 큰 소리로 불렀다.

대답이 없다. 잠깐 망설이다가 그는 층계를 뛰어올라가서 2층 복도를 뛰다시피 걸어갔다. 도중에 생각지도 않은 곳에 구멍이 뻥 뚫려 있어서 발이 빠질 뻔하고 보니 당장 욕지거리가 나왔다.

"또 이런 짓을 해놓았군. 빌어먹을 전기 수리공 같으니라고."

며칠 전에도 그는 비슷한 경우를 당했던 것이다. 전기 수리공들은 혼란상태에 빠진 낙천주의자처럼 일을 시작했다. "이 정도만 해두면 끄떡없습니다. 이젠 거의 다됐습니다. 오후에 다시 오겠습니다." 하고 그들은 말했던 것이다.

그런데 오후에 다시 오지 않았다. 그것은 토미에게 있어서 특별히 뜻밖이었던 것은 아니다. 건축, 전기 공사, 가스공사 등 전반적으로 업자들이 일하는 태도에는 그도 익숙해 있었다. 그들은 와서 일을 한다. 그리고 낙천적인 의견만을 말한다. 그러다가 무엇인가를 가지러 다시 돌아간다. 어떤 때는 그대로 돌아오지도 않는다. 전화를 걸어보아도 틀리기 일쑤다. 번호가 맞는다고 해도 찾고자 하는 사람은 어느 회사든지 그 부서에는 그런 사람이 없다는 것으로 결말이 난다.

발을 삐거나, 구멍에 빠지거나, 어떻게든 다치지 않도록 오로지 조심하는 수밖에 없는 것이다. 토미는 자신보다 터펜스가 다치게 될까 봐 그것을 더 걱정하고 있었다. 자신은 터펜스보다는 경험이 많다. 터펜스는 물 끓는 주전자에 데거나 난로에 화상 입을 위험성이 많다. 그런데 터펜스는 대체 어딜 가고 안 보일까? 그는 다시 한 번 불러보았다.

"터펜스! 터펜스!"

그는 점점 터펜스가 걱정이 되었다. 터펜스라는 여자는 이쪽에서 걱정하지 않을 수 없는 사람이다. 혼자서 외출이라도 할 때면 마지막으로 한 번 더 충고해 준다. 그러면 그녀도 마지막으로 또 한 번 충고대로 하겠다고 약속을 한다—그래요. 외출은 안 할게요. 잠깐 나가서 버터를 반 파운드(약 227g) 사올 뿐이에요. 그 정도의 일이라면 설마 위험하다고는 않겠죠?

"그런데 당신은 말이오. 버터 반 파운드를 사러 가는 것조차 위험하지 않다고는 못한단 말이오."

"어머, 바보 같은 소리 말아요."

"바보는커녕 나는 현명하고 자상한 남편으로서 내가 사랑하는 아내에게 마음을 쓰고 있는 것이라오. 하지만 알 수 없는 것은 그것이 왜……."

"그건 말이에요. 내가 아주 매력적이고, 미인이고, 그리고 좋은 반려자로서 당신에게 늘 마음쓰고 있기 때문이지요."

"그런 점도 없지는 않겠지만, 그러나 좀더 충고해 주고 싶소."

"그 충고라는 게 내 마음에 들 것 같지 않은데요. 틀림없어요. 마음에 안 드는 것들뿐일 거예요. 그야 당신으로서는 쌓이고 쌓인 불평불만이 있겠지만, 걱정하실 것 없어요. 만사가 다 잘 될 거예요. 그것보다 돌아오셨다면 집에 들어오면서 날 부르지 않고요."

그런데 터펜스는 대체 어디 있는 것일까?

"정말 어쩔 수 없는 여자로군. 어디 나간 모양이지?"

그는 전에도 터펜스를 찾아낸 적이 있는 방에 가보았다. 또 아이들이나 읽는 책을 살펴보고 있겠지. 또다시 어떤 아이가 쓸데없이 붉은 잉크로 줄 쳐놓은 쓸데없는 말에 흥분하고 있을 거야. 누군지도 모르는 메리 조던의 뒤를 쫓고 있는 거야. 자연스럽게 죽은 게 아닌 메리 조던. 토미는 이것저것 생각해 보지 않을 수 없었다. 아마 꽤 오래전의 일이겠지만 이 집 주인이었다가 나중에 판 사람은 존스라는 일가였다. 그 존스 일가가 여기서 산 기간은 별로 길지 않았다. 고작 3년이나 4년이다. 이 '로버트 루이스 스티븐슨'의 책 주인인 아이가 살았던 것은 그보다 훨씬 이전의 일이다. 여하튼 터펜스는 이 방에는 없다. 여기저기 놓여 있는 책 중에도 지금까지 흥미의 대상이 되어 있었던 흔적은 없는 것 같았다.

"대체 어딜 갔단 말인가?"

아래층으로 되돌아와서 다시 한두 번 큰소리로 불러보았다. 대답이 없다. 그는 홀을 둘러보았다. 못에 걸려 있어야 할 터펜스의 비옷이 없다. 그러고 보니 외출을 한 것이다. 어디를 갔을까? 그리고 하니발은 또 어디 있는 걸까? 토미는 짜증 섞인 소리로 하니발을 불렀다.

"하니발, 하니발, 하니야. 이리 와! 하니발."

하니발도 없다. 터펜스가 하니발을 데리고 나갔다고 토미는 생각했다.

터펜스가 하니발을 데리고 간 것이 과연 잘한 일인지 잘못한 일인지 토미는 알 수가 없었다. 틀림없이 하니발은 터펜스가 위험할 때에 가만히 보고만 있지는 않겠지. 문제는 하니발이 다른 사람에게 해나 끼치지 않을까 하는 것이었다. 다른 사람의 집에 데리고 갔을 때에는 우호적이지만, 반대로 그를 찾아오거나 자기가 사는 집에 들어오려는 사람들은 하니발의 마음속에서 늘 요주의 인물이 되는 것이다. 그는 필요하다고 생각되면 어떤 위험을 무릅쓰고라도 짖어대거나 물어뜯을 각오가 되어 있다. 여하튼 모두 어딜 간 것일까?

토미는 근처 길을 조금 걸어보았으나, 조그만 검정 개를 데리고 빨간 비옷을 입은 중키의 여자가 멀리 걸어가고 있는 모습은 볼 수가 없었다. 결국 버럭 화가 난 그는 집으로 돌아왔다.

시장기를 느끼게 하는 냄새가 그를 맞았다. 서둘러 부엌에 가보니 터펜스가 요리용 난로 앞에서 돌아보면서, '이제 오세요?' 하는 듯이 미소 지었다.

"꽤 늦었군요. 이거 캐스롤이에요. 냄새 좋지요? 오늘은 좀 특별한 것을 넣어봤어요. 정원에 향료로 쓰는 풀이 있었어요. 틀림없이 향료용 풀인 것 같아요."

"향료용 풀이 아니면 독성이 있는 벨라도나이거나, 겉보기에는 다른 풀로 보이지만 사실은 디기탈리스나 그런 것이겠지. 대체 어딜 갔었소?"

"하니발을 산책에 데려갔었어요."

마침 이때 하니발이 자기 존재를 분명히 했다. 토미를 보고 달려와서 열광적인 환영을 하는 바람에 토미는 자칫 엉덩방아를 찧을 뻔했다. 하니발은 반들반들 윤기가 흐르는 검고 자그마한 개로서, 엉덩이와 양쪽 볼에 우습게도 황갈색 반점이 있었다. 유서 깊은 혈통인 맨체스터 테리어 종으로서, 지적인 면이나 고귀한 점에서는 보통 개들은 감히 비교가 안 될 정도로 높은 수준이라는 자부심을 갖고 있었다.

"아, 지쳤어! 이 부근을 찾아 헤맸단 말이오. 어딜 갔었소? 날씨도 좋지 않은데."

"그래요. 날씨는 좋지 않더군요. 안개가 자욱하고 눅눅해요. 게다가, 녹초가 되어버렸어요."

"어딜 갔었소? 상가에 장 보러 간 건 아니었소?"

"아니에요. 오늘은 상점들이 일찍 문 닫는 날인걸요. 그게 아니고요……, 난 묘지에 갔었어요."

"만수향(萬壽香: 여러 가지 향료를 섞어 만든 선향의 한 가지) 냄새 나는 이야기로군. 뭐하러 묘지에 갔었소?"

"보고 싶은 무덤이 있었거든요."

"이야기를 듣고 보니 향 냄새가 더욱 코를 찌르는 것 같군. 그래, 하니발은 좋아합디까?"

"하니발은 목줄을 달아야만 했어요. 교회에서 회당지기 같은 사람이 들락거렸는데, 그 사람이 하니발에게 호감을 갖지 않은 것 같아서요. 하긴, 하니발도 그 사람에게 호감을 갖지 않았을지도 모르지요. 게다가 이사 오자마자 묘한 편견을 갖게 할까 봐 그것도 싫었고요."

"대체 뭣 때문에 묘지 같은 곳에 가볼 생각이 다 났소?"

"어떤 사람들이 그 묘지에 묻혀 있는가 싶어서요. 많은 사람들이 묻혀 있었는데, 그야말로 거의 만원이더군요. 꽤 오래된 무덤도 있었어요. 1800년대 것은 흔하고, 더 오래된 것도 한둘 있는 것 같은데 묘비가 삭아서 글씨를 알아볼 수가 없더군요."

"그것만으로는 당신이 묘지에 가게 된 동기를 모르겠군."

"조사를 해본 거예요."

"무슨 조사를?"

"'조던이라는 사람이 묻혀 있는 것은 아닐까?' 그것을 알고 싶었거든요."

"허, 참! 아직도 그런 일에 매달려 있단 말이오? 당신이 조사하러 간 것은······."

"그래요. 메리 조던은 죽었어요. 죽은 건 알고 있어요. 왜냐하면 그녀의 죽음은 자연사가 아니었다고 한 책을 우리가 가지고 있으니까요. 그러니까 그녀는 어딘가에 묻혀 있을 거예요, 그렇죠?"

"거기에 대해서는 잔소리할 생각은 없소. 이 집 정원에 묻혀 있지 않는 한은 말이오."

"그렇지야 않겠지요. 하긴 그 남자아이인지 여자아이인지, 틀림없이 남자아이일 거예요—정말 남자아이예요. 이름이 알렉산더라는 것을 보면. 그 아이밖에는 모르고, 그녀의 죽음이 자연사가 아닌 것을 알고는, 어쩐지 자기 머리가 좋다고 생각했을 것이 분명해요. 하지만 그녀가 죽은 원인에 대해서 분명한 생각을 가지고 있다든가, 죽게 된 원인을 발견한 것이 그 아이뿐이라고 한다면—즉, 다른 사람은 아무도 몰랐다는 것이 되겠지요. 요는 그녀는 죽었고, 매장되었고, 게다가 아무도······."

"아무도 범죄가 일어났다고는 안 했어." 토미가 대신 말했다.

"그렇겠지요. 독을 먹었거나, 머리를 얻어맞았다거나, 벼랑에서 밀려 떨어졌거나, 차에 치어 죽었거나—어머, 끔찍해. 방법은 얼마든지 생각나요."

"그야 당신이라면 생각나겠지. 다만 당신의 좋은 점은, 터펜스, 고운 마음을 간직하고 있는 점이야. 하지만 아무도 장난삼아 그런 살인 방법을 실제로 저지르지는 않는단 말이오."

"하지만 묘지에는 메리 조던의 무덤 같은 것은 없었는걸요. 조던이라는 성도 없었어요."

"당신은 실망했겠군. 그런데 그 요리는 아직 안 되었소? 배가 등에 가서 붙었단 말이요. 냄새 한번 좋구먼."

"마침 맞게 익었어요. 손을 씻고 오면 곧 식사하실 수 있어요."

제4장

많은 파킨슨

"파킨슨이란 이름이 그렇게 많을 줄이야."

식사를 하면서 터펜스가 말했다.

"아주 옛날부터 있었던 것이겠지만 정말 놀랄 만큼 많았어요. 늙은이, 젊은이, 파킨슨 가문에 시집온 사람들이며, 하여간 온통 파킨슨으로 터져버릴 것 같았어요. 게다가 케이프라든가, 그리핀, 언더우드, 오버우드라는 이름도요. 재미있었어요. 언더우드, 오버우드 두 가지가 다 있다니!"

"옛날 친구 중에 조지 언더우드라는 친구가 있었지."

"네, 언더우드라면 나도 몇 사람 알고 있어요. 하지만 오버우드라는 사람은 하나도 몰라요."

"남자였소, 여자였소?" 토미가 좀 흥미를 보이면서 물었다.

"여자였어요. 로즈 오버우드."

"로즈 오버우드라." 토미는 그 소리의 여운에 귀를 기울이며 말했다.

"어쩐지 어감이 좋지 않은 이름이군. 그런데, 참! 점심식사가 끝나면 전기 수리공에게 전화를 걸어야 해. 조심해야 되겠어, 터펜스, 위층 층계참에 발이라도 빠뜨리면 끝장이야."

"그렇게 되면 난 자연사가 되는 거로군요. 아니면, 변사라고 하든지."

"호기심에 의한 죽음이지. 호기심은 고양이를 죽인다고 하니까."

"당신은 호기심 같은 건 아예 없나요?"

"유감스럽게도 호기심을 가질 이유가 조금도 없으니까. 디저트는 무슨 과자요?"

"당밀이 든 타르트(과일을 넣은 파이)예요."

"아주 맛있는 점심이었소, 터펜스"

"맛있게 드셨다니 다행이네요."

"뒷문 밖에 있는 보따리는 뭐요? 주문해 둔 와인이오?"

"아니에요, 구근(球根)이에요."

"흠, 구근이었군."

"튤립이에요. 아이작 할아범에게 가서 의논하고 오겠어요."

"어디 심으려고?"

"정원 한가운데 난 길가에 심을까 하는데요."

"그 할아범은 당장에라도 쓰러져서 죽을 것처럼 보이던데."

"천만에요. 그 할아범이 얼마나 튼튼하다고요. 나도 처음 알게 되었지만, 정원사란 그런 거예요. 정말 솜씨 좋은 정원사는 여든 고개를 넘고서야 진짜 맛이 나오는가 봐요. 서른 전후의 보기만 해도 튼튼하고 억세 보이는 젊은 남자가, '저는 옛날부터 정원사가 꿈이었습니다.' 어쩌고 한다면 우선 조금도 쓸모가 없다고 보면 틀림없어요. 가끔 잎사귀나 조금 잘라내는 것이 고작이고, 무엇을 하라고 해도 언제 해야 하는지 계절조차 모르지요. 그렇다고 언제가 좋은지 이쪽에서는 모르니까. 아니, 나는 모르니까. 그래요, 결국 저쪽에서 하자는 대로 하게 된다고요. 아이작은 정말 대단한 정원사예요. 모르는 것이 없다니까." 그런 다음에 터펜스는 덧붙였다.

"크로커스도 꼭 심고 싶어요. 그 보따리 속에 들어 있는지도 몰라. 잠깐 가서 보고 올게요. 오늘은 아이작이 오는 날이고, 그는 뭐든지 가르쳐 주니까."

"그래, 좀 있다가 나도 그리로 가겠소."

터펜스와 아이작은 다시 만나게 된 것을 한동안 서로 반가워했다. 구근 보따리를 풀어놓고, 꽃이 가장 돋보일 만한 위치에 대한 토론이 진행되었다. 우선 빨리 피는 튤립, 이것은 2월말쯤이면 사람의 마음을 즐겁게 해주겠지. 다음으로는 꽃잎 가장자리에 예쁜 테두리가 있는 빛깔이 산뜻한 튤립과, 터펜스의 실력으로 읽어낸 바로는 '비리디플로라'라는 이름의 5월에서 6월 초에 걸쳐서 기다란 줄기에 특별히 예쁜 꽃이 피는 튤립이 고려의 대상이 되었다.

이 품종은 얕은 녹색의 색조에 그 정취가 있으므로 정원 제일 안쪽으로 한데 모아서 심고, 응접실을 맵시 있게 꾸밀 일이 있을 때에는 잘라내어 곁들여도 좋고, 정문을 지나 집으로 이어지는 길가에 심어두면 찾아오는 손님들의 시샘과 부러움을 사게 될 것이라는 점에서 두 사람은 의견일치를 보았다. 게다가 육류라든가 그 밖의 식료품을 배달해 주는 장사꾼들의 미적 감각도 이 꽃은 만족시켜 줄 것이 틀림없었다.

4시가 되자 터펜스는 부엌에서 밤색 찻주전자에 진하고 맛있는 차를 가득 담아서 각설탕과 우유를 곁들여 내 와서는, 돌아가기 전에 좀 쉬었다 가라고 아이작을 불렀다. 그런 다음에는 토미를 찾으러 갔다.

틀림없이 잠들어 있을 거라고 생각하고 터펜스는 이방 저방 찾아다녔다. 층계참까지 갔는데 마루의 그 불길한 구멍에 머리가 쑥 나와 있어서 그만 깜짝 놀랐다.

"괜찮습니다, 마님." 전기 수리공이 말했다.

"이젠 겁내실 것 없습니다. 끝냈으니까요."

그리고 완전히 내일 아침부터는 집안 다른 곳의 전기 수리를 시작할 것이라고 덧붙였다.

"꼭 와야 해요. 그런데 베레즈포드 씨를 보지 못했나요?"

"선생님 말씀입니까? 분명히 위층에 있었는데요. 그래요, 뭘 떨어뜨리고 계시던데요. 묵직한 것이었는데. 틀림없이 책일 거예요. 그게……"

"책이라고요? 어머나, 맙소사!"

전기 수리공은 복도에 있는 자기 일터인 지하세계로 다시 들어가고 터펜스는 다락방으로 올라갔다. 그곳은 지금으로서는 아동용 책의 임시 서고로 개조되어 있는 곳이다.

토미는 서가에서 쓰는 사다리의 제일 꼭대기에 올라앉아 있었다. 바닥에는 책이 몇 권 흩어져 있고, 서가에는 제법 빈자리가 있었다.

"여기 있었군요. 아무 흥미도 없는 척하더니, 꽤 많은 책을 조사하고 있었나 봐요? 내가 기껏 정리해 놓은 책을 뒤죽박죽으로 만들다니."

"미안하오. 하지만 좀 들춰볼까 싶어서."

"그것 말고도 붉은 잉크로 밑줄 친 책이 있었나요?"

"아니, 그것 말고는 없었소."

"어쩐지 마음에 걸려요"

"그건 알렉산더가 저지른 범행이 틀림없소. 알렉산더 파킨슨말이오."

"그래요. 파킨슨 중 한 사람, 수없이 많은 파킨슨 중 한 사람이에요."

"그 알렉산더는 좀 게으름뱅이였나 봐. 이런 식으로 밑줄을 치다니, 물론 꽤 귀찮았겠지만. 그런데 조던에 관한 정보는 그게 모두야"

"아이작에게 물어보았었답니다. 그 할아범은 이 부근 사람들을 많이 알고 있거든요. 하지만 조던 같은 성은 들어본 적이 없다는군요."

"현관 옆에 놓인 놋쇠 등잔은 어쩔 셈이오?"

사다리를 내려오며 토미가 물었다.

"폐품 바자회에 가지고 갈 생각이에요."

"왜?"

"그전부터 거치적거려서 애를 먹었거든요. 그거 틀림없이 외국에서 샀었지요?"

"그렇소. 틀림없이 둘 다 머리가 이상했었나 봐. 당신은 저 등잔이 마음에 안 들어서 아주 질색이라고 했소. 하긴 나도 동감이지만. 게다가 그건 굉장히 무거워. 턱없이 무겁기만 하거든"

"하지만 그걸 바자회에 내놓겠다고 했더니 샌더슨 양이 굉장히 좋아하더군요. 가지러 오겠다고 했는데, 차로 실어다 주겠다고 했어요. 그런데 물건을 가지고 모이는 날이 오늘인데."

"뭣하면 내가 갖다줄까?"

"괜찮아요. 나도 가보고 싶어요."

"알았소. 나도 따라가서 들어다 주리다."

"아니에요. 운반할 사람은 있을 거예요."

"그럼, 좋도록 하구려. 당신이 운반하다가 지치는 일은 없도록 하고"

"알았어요."

"당신이 가고 싶다고 하는 데는 달리 까닭이 있는 거지?"

"아니에요. 모두들 모여서 수다를 좀 떨고 싶어졌을 뿐이에요."

"무슨 일을 저지를지 모르겠어, 터펜스 당신이 무슨 일을 벌이려고 할 때에는 눈빛을 보면 안단 말이오."

"하니발을 산책에 데려가 주세요. 바자회에 데리고 갈 수는 없으니까, 개들의 싸움에 휩쓸리는 것은 질색이거든요."

"좋소. 산책하러 가겠나, 하니발?"

여느 때처럼 하니발은 즉석에서 그러마 하는 의사 표시를 했다. 그의 긍정과 부정은 절대로 잘못 판단할 염려는 없었다. 지금도 몸을 꼬면서 꼬리를 흔들고 한쪽 앞발을 올렸다가는 내리면서 토미의 발에 머리를 비벼대는 것이었다. "산책이란 참 좋은 겁니다."라고 하니발은 분명하게 말하고 있었다.

"당신은 그래서 필요한 거죠, 베레즈포드 씨. 자, 한 바퀴 돌고 오기로 합시다. 여러 가지 냄새가 기다리고 있으면 좋겠는데 말이에요."

"자, 가자!" 토미가 말했다.

"목줄은 가져가지만 지난번처럼 한길로 뛰어나가면 못써! 무시무시하고 크고 '긴 차'에 까딱했으면 치여죽을 뻔했었잖아."

하니발은, "옛날부터 나는 무엇이든지 시키는 일은 잘하는 아주 좋은 개이지요." 하는 듯한 표정으로 토미를 보았다. 이건 새빨간 거짓말이긴 했지만 하니발과 아주 친밀한 사람들조차도 가끔 넘어가고 마는 것이다.

토미는 꽤 무겁군 어쩌고 하면서 놋쇠 등잔을 차에 옮겨 실었다. 터펜스는 차를 타고 갔다. 차가 모퉁이로 구부러지는 것을 본 다음에야 토미는 하니발의 목걸이에 줄을 매어 거리로 데리고 나갔다.

이윽고 교회로 가는 골목으로 들어서, 그 길에는 차도 거의 다니지 않았으므로 하니발의 목에 맨 줄을 풀어주었다. 담장을 따라 나 있는 잡초들 여기저기의 냄새를 맡아보기도 하고 코를 킁킁거리기도 하면서, 하니발은 자유로워진 특전을 확인하고 있었다. 만일 사람처럼 말을 할 수 있었다면 그는 이런 말을 했을 것이다.

"아! 멋진 냄새야! 이건 아주 큰 개로군. 틀림없이 그 밉살스러운 셰퍼드 녀석일걸." 낮은 신음소리, "정말 마음에 안 들어, 셰퍼드란 놈은! 전에 나를 물었던 그 녀석을 만나면 이번에야말로 빚을 갚아주어야지. 흠, 좋아! 이건 암컷이군. 더구나 아주 예쁜데. 그래, 응, 응, 만나고 싶은데. 얘네 집은 멀까? 아니,

어쩌면 바로 이 집에 사는 개일지도 모르겠군. 아무래도 그런 것 같아."

"이놈, 이리 나와!" 토미가 말했다.

"남의 집에 함부로 들어가면 못써!"

하니발은 못 들은 척했다.

"하니발!"

하니발은 점점 더 빠른 걸음으로 부엌을 향해 모퉁이를 구부러졌다.

"하니발! 안 들리니?"

"안 들리느냐고?" 하니발은 말했다.

"나를 부르셨어요? 응, 그런 것 같군."

부엌에서 맹렬하게 개 짖는 소리가 들렸다. 하니발은 겁을 집어먹고 토미에게로 도망쳐 왔다. 그러고는 토미의 뒤꿈치에 바짝 붙어서 걸었다.

"그래, 그래. 착하지." 토미가 말했다.

"착하죠?" 하니발이 말했다.

"내가 지켜 드릴 필요가 있을 때에는 언제라도 옆으로 달려올 테니까요."

그들은 교회의 묘지 옆문에 닿았다. 이 하니발이라는 개는 어찌된 셈인지 몸의 크기를 마음대로 바꾸는 정말 희한한 요령을 터득하고 있어서, 제법 어깨 폭이 넓고 좀 살쪄 보이는 겉모습에도 불구하고 언제 어느 때라도 자신을 가느다란 검정 끈처럼 바꿀 수가 있었던 것이다. 지금도 그는 문의 가로막대 사이를 쉽게 빠져나갔다.

"돌아와!" 토미가 소리쳤다.

"묘지에 들어가면 안 돼!"

그에 대한 하니발의 대답은, 만일 대답할 수 있었다면 말이지만, 아마 이랬을 것이다. "벌써 들어와 버렸는걸요." 그는 아주 신나는 놀이터에 데려다 놓은 것처럼 묘지 안을 이리저리 뛰어다니는 것이었다.

"말썽꾸러기 개로군!"

토미는 문의 고리를 벗기고 안으로 들어가서 개 줄을 손에 들고 하니발을 쫓아갔다. 하니발은 이미 묘지의 안쪽 멀리까지 들어가 있었으며, 빠끔히 열려 있는 교회의 문으로 들어갈 생각이 분명한 것 같았다. 그러나 토미는 간신히 하니발을 잡아서 개 줄을 목에 걸었다.

하니발은 진작부터 이렇게 되기를 바라고 있었다는 듯한 태도로 올려다보 았다. "줄을 매는군요? 그래요. 물론 이렇게 하고 있으면 위엄이 있어 보이지 요. 내가 아주 소중한 개라는 것을 나타내는 것이니까." 그는 꼬리를 흔들었다.

이렇게 튼튼한 개줄에 단단히 맸으니 하니발을 데리고 함께 묘지를 걸어도 막을 사람은 없을 것 같아서 토미는 먼젓번 터펜스가 했다는 조사를 한 번 더 해보려고 그 부근을 걸어 다녔다.

그는 먼저 교회로 들어가는 조그만 옆문에 반쯤 가려져 있는 닳아빠진 묘 석을 보았다. 가장 오래된 것 중 하나인 듯했다. 그 부근에는 그런 오래된 묘 석이 몇 개 있었으며, 대개는 1800년대의 날짜가 새겨져 있었다. 그러나 토미 가 유난히 오랫동안 보고 있는 묘석이 하나 있었다.

"묘한 일이군. 정말 묘한 일이야."

하니발은 토미를 올려다보았다. 주인의 그 말을 이해할 수 없었던 것이다. 그 묘석에는 개의 흥미를 끌 만한 것은 아무것도 없었다. 하니발은 그 자리에 앉아서 묻고 싶은 듯한 얼굴로 주인을 올려다보았다.

제5장

중고품 바자회

터펜스와 토미가 요즘에 와서는 보는 것조차도 싫어진 놋쇠 등잔이 뜻밖에도 가장 따뜻한 환영을 받는 것을 보고 그녀는 기뻐했다.

"정말 고마워요, 베레즈포드 부인, 이렇게 멋진 것을 내어주시다니요. 정말 멋있어요. 틀림없이 외국여행을 하실 때 사오신 것 같군요."

"네, 이집트에서 샀어요." 터펜스가 말했다.

그것도 8년에서 10년쯤 지난 이야기가 되어버린 지금에 와서는, 어디서 샀는지조차 분명한 기억이 없었다. 다마스쿠스였는지도 모르겠고, 바그다드나 테헤란이었는지도 모른다. 하지만 지금은 이집트가 화제에 올라 있는 것이 분명하니까 이집트로 해두는 편이 훨씬 좋겠다고 터펜스는 생각했던 것이다. 게다가 이 등잔은 어딘지 이집트 물건처럼 보인다. 설령 다른 나라에서 산 물건일지라도 본래는 이집트의 작품을 모방하던 시대의 물건이 분명하리라.

"사실을 말씀드리면, 우리 집에는 너무 크기 때문에 전⋯⋯."

"네, 정말 이건 제비뽑기라도 해야겠네요." 리틀 양이 말했다.

리틀 양은 이번 바자회의 물품책임을 맡고 있었다. '교구(敎區)의 펌프'라는 것이 이 일대에서의 그녀의 별명인데, 그 별명은 교구에서 생긴 일이라면 무엇 하나 그녀가 그냥 보아넘기는 일이 없다는 것에서 유래된 것이다. 그녀의 성은 오해를 가져오기 일쑤였다. '리틀(little: 작은)'은커녕 본인은 당당한 체구의 여장부인 것이다. 세례명은 도로시이지만, 보통 때는 도티라고 불리고 있다.

"바자회에 참가해 주시겠지요, 베레즈포드 부인?"

"그렇게 하겠습니다." 터펜스는 약속했다.

"돌아다니면서 여러 가지 물건을 사들이는 것을 즐기고 있답니다."

터펜스는 허물없는 투로 말했다.

"어머, 그렇게 생각해 주셔서 반갑습니다."

"정말 좋은 일이라고 생각해요. 이 중고품 바자회 말인데요. 즉, 어떤 사람에겐 필요치 않은 물건일지라도 다른 사람에겐 보물이 될 수 있으니까요."

"어머, 그 이야기는 목사님께 꼭 말씀드려야겠군요. 네, 정말 기뻐하실 거예요."

프라이스리들리 양이라는, 바짝 마르고, 나이 들어 보이는 여인이 말했다.

"예를 들어 이렇게 옛날식으로 종이를 겹겹이 발라서 만든 물통 말인데요."

터펜스는 말하면서 그 통을 들어 올렸다.

"어머, 그런 것을 살 사람이 있을까요?"

"제가 가져가지요. 내일 와서 보고 그때까지 팔리지 않았으면 말이에요."

"하지만 요즘은 아주 예쁜 플라스틱 물통이 나오는걸요."

"전 플라스틱은 별로 좋아하지 않아요." 터펜스가 말했다.

"이렇게 종이로 발라서 만든 통이 정말로 좋답니다. 이거라면 도기그릇 같은 것을 한꺼번에 많이 넣어도 깨질 염려도 없고요. 아니! 옛날식 깡통따개도 있군요. 이런 암소의 목이 달려 있는 것은 요즘 와서는 볼 수 없게 되었지요."

"하지만 그것으로는 깡통을 따는 데 아주 힘들어요. 전기로 움직이는 깡통따개가 훨씬 편리하지 않을까요?"

한동안 이런 이야기들이 오갔다. 이윽고 터펜스는 자기가 도와줄 일은 없느냐고 물어보았다.

"그러시다면, 베레즈포드 부인. 미술품 매장의 장식을 부탁해야겠어요. 당신이라면 틀림없이 예술적인 센스가 있으실 줄 압니다만."

"예술적 센스라니, 당치도 않아요. 하지만 매장을 장식하는 것은 즐거운 일이지요. 보시기에 이상하기라도 하면 바로 지적해 주세요."

"일손이 모자랐어요. 당신이 도와주시면 정말 고맙겠어요. 그리고 당신을 만나게 되어서 다들 기뻐하고 있답니다. 새로 오신 집은 정리도 끝나고 안정도 되셨지요?"

"글쎄, 벌써 안정이 되었어야 하는데. 아직도 더 날짜가 걸려야 할 것 같아요. 전기 수리공이며 목수들이며 예삿일이 아니에요. 그런 사람들은 일을 한

번에 끝내는 법이 없는걸요."

전기나 가스회사에 대한 터펜스의 비난에 동조하는 논쟁 같은 것이 일어났다.

"제일 심한 것은 가스회사 사람들이라고요." 리틀 양이 말했다.

"그 사람들은 하긴 로워 스탬퍼드에서 오니까요, 전기 수리는 웰뱅크에서 오면 되지만."

목사가 일을 거들어주는 사람들을 격려하러 온 것을 계기로 화제가 바뀌었다. 새 교구에 오신 베레즈포드 부인을 만나게 되어 굉장히 기쁘다고 목사는 인사를 했다.

"당신에 대해서는 잘 알고 있습니다. 아니, 정말입니다. 그리고 주인어른의 일도요. 지난번에도 두 분에 대한 정말 흥미 있는 이야기를 들었답니다. 아마 재미있는 삶을 보내신 모양이지요? 아무래도 입 밖에 내면 안 되게 되어 있는 모양이니까 더 말씀드리지 않겠습니다만, 바로 지난번 대전 때의 일 말입니다. 두 분께서는 대단한 활약을 하셨다더군요."

"어머, 꼭 들려주세요, 목사님."

잼이 들어 있는 병을 가지런히 하고 있는 부인이 매장을 떠나면서 말했다.

"절대로 비밀을 지키라면서 이야기해 주었는걸요." 목사가 말했다.

"그런데 어제 묘지를 걷고 계신 것을 뵌 것 같은데요, 베레즈포드 부인."

"네, 그에 앞서 교회 안을 구경했어요. 정말 황홀한 스테인드글라스 창이 있더군요."

"그렇습니다. 14세기 것이지요. 북쪽으로 나 있는 창 말씀이지요? 그런데 그건 거의 빅토리아 왕조 시대의 것입니다."

"묘지를 걸으며 보니까 파킨슨이라는 이름의 무덤이 꽤 많은 것 같더군요."

"그렇습니다. 옛날부터 이 지방에는 파킨슨이라는 커다란 일가가 살고 있었거든요. 하긴 나는 한 사람도 기억하지 못합니다만. 러프턴 부인, 당신이라면 기억하고 계시겠지요?"

두 개의 지팡이에 의지하고 있는, 이미 꽤 나이 들어 보이는 러프턴 부인은 그런 얘기라면 자기에게 맡기라는 얼굴이었다.

"네, 네. 파킨슨 부인이 살아 계시던 무렵의 일을 기억하고 있지요—바로 그 파킨슨 노부인, '영주의 저택'에 살았던 그 파킨슨 부인 말입니다. 좋은 분이었답니다. 정말 좋은 분이었지요."

"그리고 소머즈니 채터턴이니 하는 사람의 무덤도 몇 개 눈에 띄더군요."

"어머, 옛날 이 부근에 대해서도 꽤 자세히 아시는군요."

"실은 조던이라는 사람의 일을 좀 들은 것이 있어서요. 그것이, 아니, 메리 조던이었던가?"

터펜스는 사람들을 둘러보았다. 조던이라는 이름에 특히 관심을 보이는 것 같지는 않았다.

"그러고 보니 누구였더라? 조던이라는 요리사를 썼었지요. 블랙웰 부인이에요. 수전 조던인가 하는 이름이었어요. 반년밖에 있지 못했지만. 여러 가지로 결점이 많았거든요."

"그건 꽤 오래전 일입니까?"

"아뇨. 한 8년이나 10년쯤 전에 있었던 일인걸요. 그보다 더 되지는 않았어요."

"지금도 이 부근에 혹 파킨슨이라는 사람이 있을까요?"

"없어요. 벌써 오래전에 이 고장에서 떠나버렸지요. 한 사람은 사촌끼리 결혼해서 분명히 케냐로 갔을 거예요."

"어떠신지 모르겠군요."

터펜스는 러프턴 부인이 이 지방의 아동병원과 관계가 있다는 것을 알고 있었으므로 될수록 상냥하게 말했다.

"어린이들이 읽을 만한 책인데, 저에겐 쓸모없는 것들이라서요. 혹 필요치 않으신지요? 모두 옛날 것들입니다만, 우리가 가구를 사들이면서 우연히 손에 들어온 거예요."

"정말 친절도 하시지, 베레즈포드 부인. 그야 병원에는 다행히 많은 분들이 책을 보내주시지만. 최근 아동용으로 특별히 만든 책 같은 것 말이에요. 낡은 책을 아이들에게 읽히기는 좀 가여운 생각이 드는군요."

"어머, 그럴까요? 저는 어릴 때부터 가지고 있던 책을 즐겨 읽었어요. 그중에는 할머니가 어렸을 적의 책도 있었죠. 저는 그 책을 제일 좋아했답니다. 잊히지도 않아요. 《보물섬》이라든가, 몰즈워스 부인의 《네 가지 바람이 부는 농장》이라든가, 스탠리 웨이먼의 작품이라든가……"

그녀는 동의를 구하듯이 주위를 둘러보았다. 곧 단념하고서 손목시계를 보더니 너무 늦어버린 것을 알고는 곧 작별을 알렸다.

집에 도착하자 터펜스는 차를 차고에 넣고 집을 돌아서 현관으로 갔다. 문이 열려 있었으므로 그녀는 들어갔다. 앨버트가 나와 그녀를 맞아들였다.

"차를 드릴까요? 꽤 피곤하시지요?"

"그렇지는 않아. 차는 마시고 왔어. 협회에서 차를 내왔더군. 케이크는 맛있었는데, 롤빵은 먹을 수가 없었어."

"롤빵은 꽤 어렵습니다. 어려운 점에서는 도넛에 못지않지요. 그런 것만 해도(앨버트는 한숨을 쉬었다) 에이미는 정말 맛있는 도넛을 만들었지요."

"그래, 그런 도넛은 아무도 못 만들 거야."

에이미는 앨버트의 아내인데 몇 년 전에 세상을 떠났다. 터펜스의 의견에 의하면 에이미가 만든 벌꿀을 넣은 타르트는 맛이 좋았지만, 도넛은 인사말로라도 맛있다고는 할 수 없었다.

"도넛은 정말 어려운가 봐." 터펜스가 말했다.

"나 같은 솜씨로는 한 번도 제대로 만들어지는 것을 못 보았거든."

"하긴 특별한 요령 같은 것이 있지요."

"베레즈포드 씨는 밖에 나가셨나?"

"아닙니다. 위에 계십니다. 그, 서고(書庫)라고 하는 그 방에요. 저는 아직도 다락방이라고 부르는 버릇을 버리지 못하겠군요."

"뭘 하고 있지?"

터펜스는 좀 뜻밖이라는 생각이 들어서 물었다.

"여전히 책을 보고 계시는 것 같았습니다. 아직도 정리를 하고 계신다고 할까요, 치우고 계신다고 할까요? 그 일을 하고 계시는 것 같은데요."

"설령 그렇다고 해도 도무지 상상이 안 되는군. 그 양반은 그런 책들에 대해서는 너무 모르니까."

"옳은 말씀입니다. 신사란 그런 것이 아닐까요? 대개는 읽는 데 힘깨나 드는 책을 좋아하시는 것 같더군요. 어려운 학문에 대한 책 말입니다."

"위에 올라가서 뭘 하고 있는지 살펴봐야겠어. 하니발은 어딜 갔지?"

"나리 계시는 곳에 가 있는 모양입니다."

마침 그때 하니발이 나타났다. 그는 짖는 것이 우수한 집 지키는 개에게는 필수 조건이라고 생각하기 때문인지 한바탕 맹렬하게 짖어대고 난 다음에야 수저를 훔치거나 주인 부부를 해치러 온 사람이 아니고, 자기가 아주 좋아하는 마님이 돌아오신 거라는 정확한 판단을 내리는 것이었다. 붉은 혓바닥을 길게 늘어뜨리고 꼬리를 흔들면서 그는 층계를 내려왔다.

"그래, 엄마를 만나니까 좋아?" 터펜스가 말했다.

하니발은 '난 엄마가 좋아.'라고 대답했다. 그리고 대단한 기세로 달려들었으므로 엄마는 자칫 엉덩방아를 찧을 뻔했다.

"얌전히 해. 얌전히 굴어야지. 설마 날 죽일 작정은 아니겠지?"

하니발은 당신이 너무 좋아서 차라리 먹어버리고 싶을 정도라는 뜻을 분명히 전했다.

"네 주인은 어디 있지? 아빠는 어디 계시냐고? 혹시 위에 계시니?"

하니발은 알아들었다. 그는 층계를 뛰어올라가서 돌아보며 터펜스가 따라오기를 기다렸다.

"어머, 기막혀라."

터펜스는 헐떡이며 서고에 들어서자마자 사다리에 올라앉아 책을 뽑았다가 꽂았다가 하는 토미를 보고 말했다.

"대체 뭘 하시는 거예요? 하니발을 데리고 산책 나간 줄로만 알았었는데."

"산책은 하고 왔소. 묘지에 갔었지."

"하니발을 데리고 어째서 하필 묘지 같은 곳엘 갔었어요? 개가 들어가는 건 관리인이 싫어할 텐데."

"아니오, 줄을 매고 갔었지. 그리고 사실 데리고 간 것은 내가 아니고 하니발이었소. 묘지가 마음에 들었나 보던데."

"거기에 갔었던 것은 아주 잊어주었으면 좋으련만. 하니발이 어떤 개인지 당신도 아시죠? 이 개는 일과 정하기를 좋아한다고요. 앞으로 묘지에 가는 것을 일과로 삼게 되면 어쩔 셈이에요?"

"이 녀석은 그런 일에 한해서는 아주 영리하단 말이야."

"당신이 영리하다는 건 다시 말하자면 버릇없이 군다는 말이로군요?"

하니발은 돌아보고 옆으로 다가와서는 터펜스의 장딴지에 코를 비벼댔다.

"보라고! '나는 아주 영리한 개입니다.'라고 얘기하잖소? 당신이나 나보다 훨씬 똑똑하다는구먼."

"그건 무슨 뜻이죠?"

"그런데 재미는 있었소?" 토미는 화제를 바꾸었다.

"그게 말이에요, 재미있었다고까지는 할 수 없었지만, 모두들 친절했어요. 그리고 지금은 누가 누군지 잘 분간이 안 되지만 머지않아 분간할 수 있게 되겠지요. 아무래도 처음에는 그리 쉬운 일이 아니거든요. 모두들 비슷비슷한 얼굴에 비슷비슷한 옷들을 입고 있으니까, 누가 누군지 도무지 구별할 수가 없었어요. 유난히 예쁘거나 눈에 띌 만큼 밉게 생겼다면 모르지만. 하지만 시골에서야 그런 사람은 흔치 않으니까."

"아까도 말하다 말았지만, 하니발과 나는 아주 영리해요."

"아까는 영리한 것은 하니발이라고 한 것 같았는데……."

토미는 손을 뻗어서 눈앞의 서가에서 책 한 권을 뽑아들었다.

"《유괴》라? 응, 이것도 로버트 루이스 스티븐슨의 작품이지. 누군지는 모르지만 로버트 루이스 스티븐슨을 좋아한 사람이 있었던 모양이로군. 《검은 화살》, 《유괴》, 《카트리오나》 그것 말고도 두 권 더 있는 것 같군. 이 모든 게 손자에게 홀딱 빠져버린 할머니나, 아주 돈 잘 쓰는 숙모님이 알렉산더 파킨슨에게 사준 거로구먼."

"그래서 그게 어찌 되었다는 건가요?"

"이 아이의 무덤을 찾아냈소."

"뭘 찾아냈다고요?"

"사실은 하니발이 찾아낸 거지. 교회로 들어가는 조그만 문 옆 구석에 있었어. 아마 성구실(聖具室)로 들어가는 문 같더군. 아주 많이 낡아 있고 손질도 안 되어 있었어. 하긴 그럴 수밖에 없겠지. 죽은 것이 열네 살 때였으니까. 알렉산더 리처드 파킨슨. 하니발이 그 부근에서 냄새를 맡고 다니더군. 그래서 그 녀석을 쫓아버렸지. 상당히 낡긴 했지만 그럭저럭 묘비를 읽어낼 수는 있더군."

"열네 살 때라니! 가엾기도 해라."

"응, 가슴 아픈 일이지. 게다가……."

"당신, 생각하고 있는 게 있군요. 난 잘 모르겠지만."

"나도 이상하다는 생각이 들어. 터펜스, 당신은 결국 나를 끌어들인 것 같소. 그것이 당신의 좋지 않은 점이란 말이야. 어딘가에 열중하면 혼자서나 할 일이지 어째서 다른 사람까지 흥미를 갖게 하는지 모르겠어."

"당신 말을 잘 모르겠는데요."

"이건 원인과 결과의 문제가 아닌가 싶소만."

"쉽게 말해서 어떻다는 거예요, 토미?"

"알렉산더 파킨슨에 관한 것을 생각하고 있었소. 스스로는 그것이 아주 재미있었겠지만, 그렇게 대단한 수고를 해가면서 책 속에 일종의 암호라고 할까, 비밀스러운 전갈을 써넣었단 말이야. '메리 조던은 자연사가 아니었다.' 이것이 만일 사실이라면? 어떤 사람인지는 모르지만 메리 조던의 죽음이 자연사가 아니었다고 한다면? 그렇게 되었다면, 당신은 모르겠소? 그다음에 떠오르는 것은 알렉산더 파킨슨의 죽음이란 말이오."

"설마 당신은, 아무리 그렇기로……."

"아니야, 인간이란 누구나 여러 가지 생각을 해보게 마련이오. 나도 그걸 보고 이상하다는 생각이 들기 시작했지. 열네 살이라니! 어째서 죽었는지에 대해서는 아무것도 쓰여 있지 않았소. 하긴 묘에다가는 쓰지 않는 것인지도 모르지만. '생전의 그대는 기쁨에 넘쳐 있었도다.'라는 성서의 말씀이 있을 뿐이었소. 정확치는 않지만 대강 그런 말이었소. 하지만, 어쩌면 그것은 알렉산더가 누군가에게 있어서는 생사문제가 달려 있는 일을 알고 있었기 때문일지도 모르는 일이오. 그래서, 그래서 그 애는 죽은 거지."

"살해당했다는 건가요? 그건 그냥 상상일 뿐이잖아요?"

"하지만 시작은 당신이 한 거요. 상상하거나 이상하다고 생각하는 것은 마찬가지가 아니겠소?"

"우리는 앞으로도 이상한 일이라고 생각하게 되겠지요. 그런데도 아무것도 알아낼 수는 없겠지요. 하긴, 오래전, 상당한 세월이 흐른 일이니까."

두 사람은 얼굴을 마주 보았다.

"세월은 돌고 도는 거로군. 옛날 둘이서 제인 핀 사건을 조사한 적이 있었지." 토미가 말했다.

두 사람은 다시 얼굴을 마주 보았고, 그리고 마음은 둘 다 옛날로 돌아갔다.

제6장

문제

　이사라는 것은 막상 시작하기까지는 이사하는 사람에게 있어서 그저 즐겁고 적당한 운동쯤으로 생각하기 일쑤지만, 정작 시작하고 보면 예상대로 되는 것은 아니다. 전기, 미장, 목수, 칠, 벽지, 냉장고, 가스 난로, 전기제품들의 판매점, 가구점, 커튼 가게, 커튼 달아줄 사람, 리놀륨을 깔아줄 사람, 카펫 상점 등을 상대로 여러 번에 걸쳐서 흥정과 조절을 해야 한다.

　그날그날 정해진 일만이 아니고, 매일같이 네댓 명에서 열 명 가까이, 미리부터 올 줄 알았거나, 아니면 까맣게 잊고 있었던 갑작스러운 손님이 있게 마련이다. 그런 중에도 여러 가지 부분에서 그 일이 완성되었다고 터펜스가 안도의 한숨까지 쉬어가면서 말할 때도 있었다.

　"부엌은 이제 거의 끝난 것 같아요. 단지 밀가루를 넣어둘 적당한 통이 생각나지 않을 뿐이지요."

　"흠, 당신, 그것이 그렇게 큰 문제요?"

　"그럼요. 밀가루는 대개 3파운드(약 1.4kg)들이를 사오거든요. 그런데 이 부근에서 팔고 있는 통에는 다 들어가지 않고 남아요. 보기는 아주 예쁜데 말이에요. 고운 장미나 해바라기 꽃무늬가 있어서 마음에 드는데 1파운드(약 450g)밖에 들어가지 않다니. 이런 이야기는 해봐야 아무 소용도 없지만."

　때로는 터펜스는 또 다른 의견을 들고 나오는 수도 있었다.

　"'월계수 저택'이라뇨? 집에다가 이런 이름을 붙인다는 건 정말 쓸데없다고 생각해요. 어째서 '월계수 저택'이라고 이름 지었을까? 월계수 같은 건 있지도 않은데. 차라리 '플라타너스 저택'이라고 부르는 편이 훨씬 나았을 텐데. 플라타너스라는 나무는 정말 좋다고요."

　"'월계수 저택'이라고 하기 전에는 '롱 스코필드 저택'이라고 했었던 모양이오"

"그것도 별로 의미 있는 이름은 아닌 것 같군요. 스코필드가 무슨 뜻이죠? 그 무렵에는 어떤 사람이 살았을까?"

"워딩턴이라든가?"

"꽤 복잡하군요. 워딩턴에서 존스, 이 집을 우리에게 판 사람 말이에요. 워딩턴이 살기 전에는 블랙모어라든가? 그리고 어느 시기에는 파킨슨 일가. 수없이 많은 파킨슨. 난 가끔 이 사람도야 하고 생각할 만큼 많은 파킨슨을 만나게 된다고요."

"그건 또 왜 그렇소?"

"글쎄요, 아마 내가 늘 묻고 다니기 때문인지도 몰라요. 즉, 파킨슨에 대해서 뭐라도 좀 알게 되면 이 문제도 어떻게 해결되는 것이 아닐까 해서요."

"요즘은 아무거나 다 문제라는 말을 쓰는 모양이군. 당신이 말하는 건 메리 조던 문제요?"

"글쎄요, 그렇다고만 할 수도 없지요. 파킨슨 집안의 문제, 메리 조던의 문제, 그 밖에도 틀림없이 많은 문제가 있을 거예요. '메리 조던의 죽음은 자연사가 아니었다.' 그다음 전해 준 말은 '범인은 우리들 중에 있다'라고 했어요. 즉, 말하자면 파킨슨 집안의 가족 중에 있다는 말인지, 아니면 그 집에서 살고 있는 사람들 중에 있다는 뜻인지—예를 들면 파킨슨 집안에는 파킨슨이라는 성을 가진 사람이 두셋은 있었을 것이고, 은퇴한 파킨슨 노인이라든가 이름은 다르지만 파킨슨의 숙모나 조카, 조카딸, 게다가 하녀나 심부름꾼, 요리사도 있었을 것이고, 아마 가정교사나 어쩌면—아니, 오 페르 걸(하숙비 대신에 가사나 육아를 거들어주는 외국인 여자)은 없었겠군요. 오 페르 걸이 생겨나기 훨씬 전의 일이니까. 아무튼 '우리들 중에 있다'는 것은 그 집에 살고 있는 사람 전부를 가리키는 것이 틀림없어요. 그 무렵 한집안이라고 하면 지금과 달리 그 집에서 먹고 자는 사람을 통틀어서 말했으니까. 메리 조던이라는 사람도 하녀나 심부름꾼이나 어쩌면 요리사일 수도 있어요. 하지만 왜, 누가, 그 여자의 죽음을 원했을까요? 그것도 자연사가 아닌 죽음을! 즉, 어떤 사람이 그 여자가 죽기를 원했던 것만은 틀림없어요. 그렇지 않았다면 보통의 죽음을 맞이했을 테니까—난 모레에 차 마시는 시간에 초대를 받았어요."

"당신은 가끔 차 마시는 시간에 초대를 받는 모양이구려."

"이 부근에 사는 분들이나 우리가 살고 있는 마을 사람들에 대해서 알려면 아주 좋은 기회지요. 아무튼 여기는 별로 큰 마을도 아니어서, 모두들 화제라는 것이 언제나 숙모님이라든가 친척들 이야기뿐이에요. 먼저 그리핀 부인을 만나봐야겠어요. 그 사람은 옛날 이 일대에서는 거물이었대요. 대단한 권력을 휘둘렀다는군요. 목사님이나 의사 선생님, 그리고 교구의 간호사 등 닥치는 대로 못살게 굴었나 봐요."

"교구의 간호사가 도움이 되지 않겠소?"

"별로 도움이 못 될 것 같아요. 옛날 간호사는 죽어버렸대요. 파킨슨 일가가 날리던 시대에 이 교구에 있었던 간호사 말이에요. 지금 간호사는 여기로 온 지 얼마 안 되나 봐요. 이 고장에 대한 흥미도 갖고 있지 않은 모양이고, 파킨슨이라는 사람은 한 사람도 모를 텐데."

"원하옵건대, 파킨슨에 대해선 아주 깨끗이 잊었으면 좋겠소."

토미는 절망적으로 말했다.

"그렇게 되면 문제도 저절로 없어진다는 건가요?"

"허, 참! 또 그 문제요?"

"그건 비어트리스 탓이에요."

"비어트리스는 또 누구요?"

"문제를 가지고 온 여자예요. 아니, 실은 엘리자베스였어요. 아시죠? 비어트리스 전에 있었던 가정부 말이에요. 툭하면, '마님, 드릴 말씀이 좀 있는데요. 실은 저는 문제를 하나 안고 있답니다.' 하면서 저를 찾아오곤 했었는데, 그 뒤 비어트리스가 목요일마다 오면서부터 그 문제라는 소리를 들었던 모양이에요. 그래서 비어트리스까지 문제를 안고 있다고 하게 된 거지요. 그저 입버릇 같은 것이지만, 이것이 언제나 문제라고 말하는 문제의 정체랍니다."

"알았소. 그 정도로 해둡시다. 당신은 문제를 안고 있소. 나도 문제를 안고 있고 둘 다 문제를 안고 있는 셈이군."

토미는 한숨을 쉬면서 나갔다. 터펜스는 고개를 흔들면서 천천히 층계를 내려갔다. 하니발은 지금부터 특별한 배려가 있을 것이라고 생각했는지 꼬리를 흔들고 몸을 비비꼬면서 가까이 다가왔다.

"안 돼, 하니발! 산책은 이제 끝났잖아. 아침 산책은 아빠가 데려다 주었잖니?"

하니발은 그것은 완전히 오해이며, 아직 산책은 나가지 않았다고 했다.

"너 같은 거짓말쟁이는 한 번도 본 적이 없어. 아빠 따라서 산책은 다녀오지 않았니?"

하니발은 한 번 더 시도해 보았는데, 이것은 사물을 자기와 같은 처지에서 볼 수 있는 주인을 가지고 있기만 하면 어떤 개라도 두 번 산책을 못 나갈 이유가 없다고, 개로서 할 수 있는 온갖 몸짓으로 그 뜻을 전하려고 하는 것이었다. 그러나 그 노력도 수포로 돌아가자, 그는 터덜터덜 층계를 내려가서는 전기청소기를 이리저리 끌고 다니고 있는, 머리칼이 텁수룩한 여자를 보고 요란하게 짖어대며 금방이라도 물어뜯을 듯한 시늉을 했다. 그는 전기청소기가 마음에 안 들고, 또 터펜스가 이 비어트리스와 오랫동안 이야기하는 것도 싫었던 것이다.

"어머, 물지 않게 야단 좀 쳐주세요."

"물지 않아. 무는 시늉만 할 뿐이지." 터펜스가 말했다.

"하지만 언젠간 물 거예요. 그런데 마님, 말씀드리고 싶은 것이 있는데요."

"아, 그래? 무슨……."

"실은 말이에요, 마님, 전 문제를 안고 있어요."

"그럴 줄 알았어. 그래, 문제가 뭐지? 그런데 좀 물어봐야겠는데, 여기에 있었던 가족이나, 옛날 여기서 살던 사람들 중에 조던이라는 사람을 모르나?"

"조던이라고 하셨나요? 글쎄요, 전혀 짐작이 안 가는데요. 존슨이라는 사람은 있었습니다만. 아, 그래요. 순경 중에 존슨이라는 사람이 있었어요. 그리고 우체부에도 조지 존슨이라고 있죠. 저하고 친구였어요."

그녀는 킥킥거리고 웃었다.

"메리 조던이라는 여자에 대해 들은 적 없나? 이미 세상 떠난 사람이지만."

비어트리스는 그저 멍청한 얼굴을 하고 있을 뿐이었다. 그리고 고개를 젓고는 다시 공격을 시작했다.

"아까 그 문제 말씀인데요, 마님."

"참, 문제가 있다고 했지?"

"이런 말씀을 여쭤서 기분을 상하시지 않았으면 좋겠습니다만, 정말 제가 아주 묘한 처지에 놓이게 되었기 때문인데, 게다가 제가 마음에 들지 않는 것은……."

"빨리 좀 이야기할 수 없을까? 난 차 마시러 오라는 초대를 받아서 곧 나가 봐야 하거든."

"아, 네, 바버 마님 댁 말이죠?"

"그래. 그런데 문제라는 것은 뭐지?"

"그것은 코트예요. 아주 멋진 코트거든요. 시몬스 상점에 있더군요. 그래서 상점에 들어가서 입어보니까, 글쎄 너무도 잘 어울리는 거예요. 다만 밑에 있는 곳에 조그만 얼룩이 있었지만 그런 정도라면 별것 아니라는 생각이 들어서, 아무튼 그래서 그것이……."

"그래서 어떻게 되었는데?"

"그래서 값이 싼 이유를 알았답니다. 저는 그 자리에서 사버렸죠. 거기까지는 아무 문제가 없었답니다. 그런데 집에 돌아가서 보니까 가격표가 붙어 있는 거예요. 저는 3파운드 70센트에 샀는데, 가격표는 6파운드라고 적혀 있었어요. 전 그런 건 아주 싫어하거든요. 마님, 어떻게 해야 할지 모르겠어요. 그래서 코트를 가지고 다시 가게로 갔죠. 코트를 되돌려주고, 모르고 한 일이지 처음부터 그럴 생각으로 가지고 간 것은 아니라는 말을 분명히 하는 편이 옳다고 생각했거든요. 그런데 그것을 판 여자 점원이(굉장히 서글서글한 글래디스라는 사람인데, 성은 모릅니다) 굉장히 당황하기에 제가, '그래도 기왕 사기로 마음먹은 것이니까 덜 낸 돈은 지불하지요.'라고 했더니, '그건 곤란해요. 이미 매상장부에 올려버렸으니까요.'라는 거예요. 그래서, 아시겠지요? 제가 드리는 말뜻을 말이에요."

"알겠어."

"그러면서 글래디스는 이렇게 말하는 거예요. '그렇게 되면 제가 곤란해진

답니다. 오히려 골치 아픈 처지에 놓이게 돼요.'라고"

"그 사람은 또 어째서 골치 아픈 처지가 되지?"

"네, 저도 그렇게 생각했답니다. 제가 드리고 싶은 말씀은 그 코트를 정상적인 값보다 싸게 샀다. 그래서 저는 돌려주러 갔다. 그것이 어째서 점원을 골치 아픈 처지에 놓이게 하는 것인지 저는 몰랐답니다. 그런데 글래디스의 말로는 그렇게 멍청하게 값을 제대로 모르고 팔았다고 하면 쫓겨날지도 모른다는 거예요."

"글쎄, 설마 그렇게 되진 않을 것 같은데. 그러나 당신은 할 일을 한 거야. 달리 방법이 없지 않을까?"

"하지만 그것이 문제예요. 글래디스가 너무 떠들며 끝에 가서는 울기까지 하기에 전 다시 코트를 가지고 돌아왔습니다만, 이렇게 되고 보니 제가 그 상점을 속인 것이 되는지 어떤지 알 수가 없어서, 정말 어떻게 해야 될지 모르겠답니다."

"글쎄, 상점 일이란 하나부터 열까지 상식과는 너무도 거리가 멀어서, 요즘은 내 나이쯤 되는 사람은 어찌해야 좋을지 모르게 되어버렸어. 가격도 상식으로는 이해할 수가 없고, 모든 것이 어렵기만 하니까. 하지만 내가 당신 처지이고 나머지 돈을 치르고 싶다면, 그 사람에게 돈을 주면 되지 않을까? 그, 뭐라고 했더라, 글래디스인가 하는 사람에게 말이야. 그리고 그 사람은 계산대 금고 같은 곳에 돈을 넣기만 하면 끝나는 일이 아닐까?"

"글쎄요, 그렇게 하는 건 제가 마음 내키지 않아요. 왜냐하면 그 여자가 슬쩍 가로채 버리지 않는다는 보장도 없잖아요? 가령 그 여자가 가로채기라도 한다면, 사실 그럴 마음만 먹으면 문제없이 할 수 있으니까. 그렇게 되면 제가 돈을 훔친 것이 되는데, 사실 훔친 것은 제가 아니거든요. 즉, 훔친 것은 글래디스가 되는 거지요. 전 그 여자를 별로 믿지 않아요. 정말 어쩌면 좋을까요?"

"그렇군. 인생이란 정말 어려운 거야. 안됐지만, 비어트리스, 그 일은 당신 자신이 결정할 수밖에는 방법이 없을 것 같아. 당신이 그 친구를 믿지 못한다면……."

"어머, 글래디스는 친구라고 할 것도 없어요. 단지 그 상점에서 물건을 샀을

뿐인걸요. 이야기를 하다 보면 참 좋은 사람 같지만, 그렇다고 해서 친구 사이
는 아니에요. 소문에는 먼저 일하던 상점에서 말썽이 좀 있었다나 봐요. 자기
가 판 물건 값을 훔쳤다든가 어쨌다든가 했대요."

"설령 그렇다고 하더라도 아무것도 해줄 수가 없군."

터펜스는 약간 될 대로 되라는 투로 말했다.

그녀의 말투가 너무 쌀쌀맞았으므로 하니발이 두 사람 사이에 끼어들었다.
우선 비어트리스를 보고 요란하게 짖어대더니, 마침내 철천지원수로 생각하고
있었던 전기청소기에 달려들었다.

"이런 청소기 같은 걸 어떻게 믿는담? 물어뜯어서 아주 망가뜨려 버렸으면
좋겠어." 하니발이 말했다.

"이 녀석, 조용히 해, 하니발! 짖지 마. 물건이나 사람을 물면 못써."

터펜스가 말했다.

"어머, 시간에 너무 늦을 것 같네."

그녀는 허겁지겁 집에서 뛰어나갔다.

"어느 쪽을 보아도 문제뿐이군."

언덕을 내려가서 오처드 로(路)를 걸으면서 터펜스는 중얼거렸다. 이 길을
지나가면서 그녀는 또 먼젓번과 같이 한때는 어느 집 과수원이 아니었을까 하
는 생각을 했다. 지금은 그런 것은 생각조차 할 수 없었다.

바버 부인은 크게 환영을 하면서 맞아주었다. 그리고 정말 맛있어 보이는
에클레르(과자의 일종)를 내왔다.

"멋진 에클레르로군요. 베터비에서 산 건가요?"

베터비는 그 고장의 과자점이었다.

"아니에요, 우리 숙모님이 만든 거예요. 네, 솜씨가 아주 좋으시거든요. 음식
솜씨가 대단한 분이랍니다."

"에클레르는 만들기가 꽤 어렵지요. 저 같은 솜씨로는 어림도 없더군요."

"네, 특별히 만든 가루를 써야만 되지요. 그것이 비결이에요."

두 사람은 커피를 마시면서 가정에서 만드는 갖가지 요리가 얼마나 어려운

가에 대해 서로 이야기를 나누었다.

"며칠 전 볼랜드 부인이 당신 이야기를 하더군요, 베레즈포드 부인."

"어머, 정말이에요? 볼랜드 부인이라면……."

"그 목사님 사택 옆집 말이에요. 그 집 가족은 꽤 오래전부터 이 마을에 살고 있거든요. 지난번에도 어릴 때 이곳에 와서 묵었던 때의 이야기를 하더군요. 여기 오는 것이 큰 즐거움이었다면서요. 정원에 아주 맛있는 구즈베리(서양까치밤나무의 열매)가 있었기 때문이었다나 봐요. 그리고 자두나무도 있고요. 참, 그러고 보니 요즘 와서는 자두나무를 거의 볼 수 없게 되었군요. 진짜 자두 말이에요. 무슨 자두라든가 하는 것은 있지만, 맛이 아주 다르더군요."

두 사람은 어릴 때의 추억처럼 남아 있는, 맛을 잃어버린 옛날의 과일에 대해서 이야기를 주고받았다.

"저의 작은 할아버지 댁에도 자두나무가 있었어요." 터펜스가 말했다.

"어머, 그러세요? 앤체스터 교회의 참사회 회원으로 계셨다는 바로 그분이세요? 여기에도 아주 오래전에 참사회 회원으로 핸더슨이라는 분이 살았었답니다. 누이동생과 함께 말이에요. 정말 가슴 아픈 일이 있었지요. 어느 날 그 누이가 씨가 박힌 케이크를 먹다가 그 씨가 기관지 쪽으로 들어가 버렸다나 봐요. 아무튼 그렇게 되어 그분은 숨이 막혀서 그만 세상을 떠나고 말았답니다. 정말 가슴 아픈 일이지 뭐예요. 저의 사촌들 중에도 역시 숨이 막혀서 죽은 아이가 있었어요. 그건 머튼(양고기)이었답니다. 머튼은 목에 걸리기 십상이지요. 그리고 딸꾹질이 멎지 않아서 죽은 사람도 있고요. 그 사람들은 옛날부터 내려온 노래를 몰랐던가 봐요. 이웃 동네까지, '딸꾹, 딸꾹, 딸꾹, 딸꾹질 세 번에 포도주 한 잔. 그러면 딸꾹질은 안녕.' 숨을 쉬지 않고 이렇게 말하면 금방 멎는데 말이에요."

제7장

문제 속출

"마님, 드릴 말씀이 좀 있는데요."

"어머! 또 문제가 생긴 건 아니겠지?" 터펜스가 말했다.

그녀는 서고에서 나와 옷에 묻은 먼지를 털면서 층계를 내려가던 참이었다. 가장 좋은 코트와 스커트를 입고 거기에 깃털이 달린 모자를 쓰고서 얼마 전 중고품 바자회에서 알게 된 새 친구의 초대를 받고 차를 마시러 나가려던 참이었다. 비어트리스의 문제를 들어줄 만한 시간이 없었다.

"아니에요. 무슨 문제가 있어서가 아니고요. 마님이 좀 알고 싶어 하실 것 같은 일이 있어서요."

"어머, 그래?" 하고 터펜스는 말했지만, 그래도 그것은 구실에 지나지 않고 실은 또 문제라는 것을 들고 나오는 게 아닐까 하는 생각이 들었다. 그녀는 조심스럽게 층계를 내려갔다.

"난 지금 바빠. 차를 마시러 나가야 하니까."

"실은 마님이 물어보시던 사람에 대한 일인데요. 아마 틀림없이 그 사람이라고 생각합니다만, 분명 메리 조던이라는 이름이었지요? 모두들 메리 존슨이라고만 생각했었거든요. 꽤 오래전의 일인데, 우체국에서 일하던 벨린다 존슨이라는 사람이 있었어요."

"그래, 존슨이라는 순경도 있었지. 누군가에게서 들은 이야기지만."

"네, 그래서 아무튼 제 친구가(그웬다라고 합니다만) 그 상점 아시지요? 한쪽에는 우체국이 있고, 또 한쪽에는 봉투나 카드 같은 것을 팔고 있는 상점이 있는데, 크리스마스가 가까워 오면 도기 같은 것도 갖다 놓는……."

"알고 있지. 개리슨 부인 상점이라고 하던가?"

"네, 하지만 지금 그 상점을 하고 있는 것은 개리슨 부인이 아니에요. 전혀 이름이 다른 사람이에요. 그런데 제 친구인 그웬다의 이야기인데요, 어쩌면 마님이 알고 싶어 하실 것 같아서요. 왜냐하면 오래전에 여기서 살던 메리 조던이라는 사람에 대해서 들은 적이 있는 모양이에요. 꽤 오래된 이야기지만요. 여기에, 즉 이 집에 살았었답니다."

"어머, 이 '월계수 저택'에?"

"그때는 그런 이름이 아니었지만, 그웬다는 그 여자에 대해서 들은 것이 있나 봐요. 그래서 마님께서 흥미를 가지고 있지 않으실까 하고요. 그 여자에 대해서는 가슴 아픈 이야기가 있답니다. 사고가 났다든가 어쨌다든가 해서요. 여하튼 그 사람은 죽었어요."

"그럼, 세상을 떠났을 때 그 사람은 이 집에서 살고 있었다는 건가? 이 집 가족이었나?"

"아닙니다. 살고 있었던 사람은 파커라고 했던가? 어쨌든 그런 이름이었어요. 파커라는 이름은 꽤 흔하거든요. 파커니 파키스턴이니 그런 이름을 가진 사람이 많았어요. 그 여자는 여기서 임시로 묵었다고 생각돼요. 그 일이라면 틀림없이 그리핀 부인이 알고 계실 거예요. 마님은 그리핀 부인을 아시죠?"

"그래. 아주 조금. 실은 오늘 차를 마시러 가는 곳도 그리핀 부인 댁이야. 지난번 바자회에서 이야기는 나눠봤지만, 그때까지는 만난 적이 없었어."

"이젠 연세도 꽤 많으실 거예요. 보기보다는 연세가 많으신 분인데, 기억력이 정말 좋아요. 아마 파킨슨 집안의 남자아이 중에 그분을 대모라고 부르는 아이가 있었을 거예요."

"그 아이의 세례명은 뭐라고 했는지 아나?"

"알렉이었다고 생각합니다만. 어쨌든 그 비슷한 이름이었어요. 알렉이든가 알렉스든가."

"그 애는 어떻게 되었지? 어른이 된 다음에 이 마을을 떠나서 군인이나 선원이라도 되었나?"

"아뇨. 죽었어요. 네, 이 마을에 무덤이 있지요. 그 무렵에는 그런 이름은 좀 흔치 않았었는데, 세례명 같은 이름이었어요."

"'누구의 병'이라는 것 말이야?"

"호지킨스 병이라고 했었나? 아니, 아니에요. 틀림없이 세례명 같았어요. 잘은 모르지만 피가 이상하게 되었다나 어쨌다나 하는 병이었어요. 요즘에는 피를 빼내고 다시 좋은 피를 넣는다든가 한다지요. 하지만 그 무렵엔 대개 살릴 수 없었다나 봐요. 빌링스 씨(아시죠? 과자점), 그 사람 딸도 그 병으로 죽었어요. 겨우 일곱 살밖에 안되었었는데, 그 병이 아이들에게 많다고들 하더군요."

"류캐미아(백혈병)?" 터펜스는 말해 보았다.

"어머, 마님은 아시는군요. 네, 그런 이름이었어요. 하지만 언젠가는 고치는 방법을 알아내게 될 거라고 하더군요. 지금은 장티푸스 같은 것들을 예방주사나 그런 걸로 고치잖아요. 그와 마찬가지겠죠."

"그래, 꽤 흥미 있는 이야기야. 가엾은 아이 같으니!"

"아니, 그렇게 어리지도 않았답니다. 어디 초등학교에 다녔다든가 했다니까요. 아마 열서너 살쯤이었겠지요."

"그래도 불쌍하긴 매한가지지." 터펜스는 잠깐 사이를 두었다가 말했다.

"어머, 너무 늦었네! 서둘러야겠는걸."

"그리핀 부인은 아마 조금쯤은 알고 계실 거예요. 아니, 그 마님이 기억하고 있다는 이야기가 아니고, 이 고장에서 자라나신 분이니까 들은 소문도 많을 것이고, 때로는 그전에 이 고장에 살았었던 사람들 일을 더러 말씀하시거든요. 그중에는 물론 나쁜 소문도 있지요. '소행(所行)' 같은 것들 말이에요. 이건 에드워드 시댄가 빅토리아 시대에 쓰이던 말이지요. 그 어느 쪽인지는 모르지만, 전 빅토리아 시대라고 생각해요. 그 여왕님이 그때까지 살아 계셨으니까. 그러니까 빅토리아 시대예요. 틀림없어요. 세상에선 에드워드 시대라든가 '말보로 하우스 세트'라든가 하지만 그건 상류사회 같은 것이었겠지요?"

"그래. 고귀한 분들의 모임이었으니까."

"그런데 '소행'이라뇨?" 비어트리스는 좀 열띤 투로 말했다.

"소행도 적지 않게 있었지."

"젊은 아가씨들까지 흥겨운 나머지 도를 지나치고⋯⋯."

비어트리스는 지금부터 점점 재미있는 이야기가 나오려던 참인데 그만 마님과 헤어져야만 하다니 하는 생각을 하며 말했다.

"그런 일은 없었어. 젊은 아가씨들은 아주, 그래, 순결하고 엄격한 생활을 지켰고, 결혼은 빨리 했었지. 하긴 귀족에게 시집가는 일이 많았지만."

"어머나! 얼마나 좋았을까? 그 사람들은 멋진 옷을 얼마든지 가지고 있고, 경마며 무도회며 무용실 같은 곳에도 가고."

"그래, 무용실 같은 것은 얼마든지 있었으니까."

"그러고 보니 옛날 친척집 할머니가 그런 상류 집안 댁에서 하녀로 있었던 적이 있었답니다. 손님이 아주 많이 오시고 황태자께서도(그 무렵에는 황태자였습니다만, 그 뒤에 에드워드 7세가 되신 분, 그러니까 나이 드신 분 말이에요), 네, 전하도 오셨는데, 정말 좋은 분이었다나 봐요. 하인이나 부리는 사람들에게도 스스럼없이 말을 걸어주시곤 했었다는군요. 그래서 그 친척 할머니가 그 댁 일을 그만두고 돌아왔을 때에는 전하께서 손 씻을 때에 쓰시던 비누를 가지고 와서 언제나 소중하게 간직했었어요. 우리가 아이들일 때에 더러 보여주시곤 했었답니다."

"당신들도 가슴이 두근두근했겠군. 흥분시대라고 할까? 무슨 일이 일어날지 모르는 시대였으니까. 어쩌면 전하가 이 '월계수 저택'에 묵으셨는지도 모르지."

"아니, 그런 이야기는 들은 적이 없어요. 그런 일이 있었다면 듣지 못했을 리가 없지요. 여기 살고 있었던 사람은 아무것도 아닌 그냥 파킨슨 일가였어요. 백작부인이나 후작부인이나 그런 귀족 집안이 아니었어요. 파킨슨 집안사람들은 대개 장사꾼이었지요. 돈은 꽤 많았던 모양인데, 뭐니뭐니해도 장사하는 집안에서는 가슴 두근거리는 일 같은 건 없더군요."

"사람마다 다 다르니까." 터펜스가 말했다.

"난 이제 그만……."

"네, 이젠 가보셔야지요, 마님."

"그래. 고마워! 모자를 써봐야 이래 가지고는 쓰나마나하겠군. 머리칼도 헝클어져서 엉망이 되어버렸으니까."

"아까 거미줄이 잔뜩 있는 그 구석진 곳에 머리를 들이밀고 계셨으니까요. 거미줄은 털어놓겠습니다. 또 쓰실 일이 있을지 모르니까요."

터펜스는 층계를 뛰어내려 갔다.

"알렉산더도 이 층계를 뛰어내려 갔어." 그녀가 말했다.

"몇 번이고 몇 번이고 그리고 그 아이는 알고 있었던 거야. '범인은 우리들 중에 있다'는 것을! 이상해, 점점 더 이상한 생각이 들어."

제8장

그리핀 부인

"댁에서 이리로 이사를 오셔서 정말 반갑습니다, 베레즈포드 부인"

그리핀 부인이 차를 따르면서 말했다.

"설탕은? 우유는?"

권하는 대로 터펜스는 샌드위치를 집어들었다.

"시골에서는 이야기가 통하는 기분 좋은 분이 이웃에 있고 없고에 따라서 상당한 차이가 있답니다. 이 고장에 대해서는 그 전부터 알고 계셨나요?"

"아뇨, 전혀 몰랐어요." 터펜스가 말했다.

"그래서 우리는 꽤 여러 집을 보고 다녔답니다―부동산중개소에서 자세한 안내서를 보내주니까요. 물론 대개는 사들이기에 마땅치 않은 집들뿐이었습니다만. 개중에는 '과거의 매력이 넘치는 저택'이라는 것도 있었지요."

"알고 있어요." 그리핀 부인이 말했다.

"알고말고요. 과거의 매력이라는 것은 대개 지붕을 갈아야만 하거나 습기가 지독하다는 뜻이에요. '완전한 현대식'이라는 것은(이런 것은 누구나 다 알지요) 공연히 필요도 없는 것들이 여기저기 달려 있고, 대개 창문에서 보는 전망도 나쁘고, 집이라고 하기에는 끔찍한 것들이지요. 하지만 '월계수 저택'은 좋은 집이에요. 아마 손볼 곳은 꽤 있었을 거예요. 하지만 차례를 기다릴 만한 집이지요."

"지금까지 많은 분의 손을 거쳐온 집이겠지요?"

"그야 물론이지요. 요즘 와서는 어느 분이나 한곳에 머무르지 않는 것 같잖아요? 커스버트슨 집안에서 레들랜드 집안으로, 그전에는 시무어 집안, 그분들 다음이 존스 집안."

"어째서 '월계수 저택'이라고 이름을 붙였는지 좀 이상하군요."

"그저 누구나 집에다가 그런 이름을 붙이고 싶어 했지요. 그야 아주 옛날 파킨슨 집안이 살았을 무렵에는 정말로 월계수가 있었겠지만요. 꾸불꾸불한 찻길을 따라서 많은 월계수가 심어졌는데, 개중에는 반점이 들어 있는 것도 있고 그랬겠지요. 저는 반점이 들어 있는 월계수는 마음에 안 들더군요."

"네, 저도 그래요. 그런데 옛날부터 이 마을에는 파킨슨이라는 성을 가진 분이 많았던 모양이군요."

"네, 그래요. '월계수 저택'에도 파킨슨 일가가 가장 오랫동안 살았었지요."

"지금은 이미 그 사람들을 기억하고 계신 분은 안 계신 모양이지요?"

"그래요. 아주 오랜 옛날 일이니까. 게다가 그런, 그런 말썽도 있었고, 그 일에 대해서 좀 이상하다는 느낌도 있었으니까 파킨슨 집안에서 집을 팔려고 내놓은 것도 무리가 아니지요."

"나쁜 소문이 있었나 보군요." 터펜스는 기회를 놓치지 않고 말했다.

"그 집은 건강상 좋지 않다거나 그런 소문인가요?"

"아닙니다. 집에 대해서가 아니에요. 네, 사실은 사람에 대해서지요. 물론, 그, 세상 체면으로는 좋지 않은 이야기지요. 어떤 의미로는 말이에요. 제1차 대전 중의 일이었답니다. 아무도 곧이듣지 않았지요. 우리 할머니가 가끔 이야기해 주곤 했는데 무슨 해군의 기밀이라나, 신형 잠수함과 관계가 있는 일이라나 하는 이야기예요. 파킨슨 집안에 몸을 의탁하고 있었던 아가씨가 있었는데, 그 아가씨가 문제에 말려들었다나 봐요."

"그 아가씨라는 사람이 메리 조던인가요?"

"네, 맞아요. 뒤에 가서야 그것은 본명이 아닌 것 같다는 결론이 나오긴 했지만요. 꽤 오래전부터 그 아가씨를 수상하다고 생각하고 있었던 사람이 있었어요. 알렉산더라는 남자아이지요. 좋은 아이였어요. 머리도 좋고."

제2부
제1장

오랜 옛날

터펜스는 생일 카드를 고르고 있었다. 비가 올 것 같은 오후라서 우체국 안은 한산했다. 밖에 있는 우체통에 편지를 집어넣고 가는 사람이며, 간혹 허둥지둥 우표를 사가는 사람도 있었다. 대개는 되도록 빨리 집으로 돌아가고 있었다. 물건 사는 손님으로 붐비는 오후는 아니었다. 정말 잘도 이런 날을 골랐다고 터펜스는 스스로도 만족해했다.

비어트리스에게서 이야기를 들었으므로 누구에게 물어보지 않고도 바로 저 아가씨구나 싶었는데, 그웬다는 첫마디에 의논 상대가 되어주었다. 그녀는 우체국 한구석에 있는 가정용품 매장을 담당하고 있었다. 우체국의 업무는 백발이 섞인 나이 많은 여인이 도맡아보고 있었다.

그웬다는 마을의 새로운 주민에게는 늘 흥미를 가지고 수다 떨기를 좋아하는 아가씨였다. 크리스마스카드, 밸런타인 카드, 생일 카드, 만화가 그려진 그림엽서, 편지지, 문방구, 여러 가지 종류의 초콜릿, 가정에서 쓰는 각종 도기류 등을 진열해 놓은 매장에서 그녀는 즐거운 얼굴을 하고 있었다. 그녀와 터펜스는 이미 친구 사이처럼 털어놓고 이야기했다.

"정말 잘되었다고 생각해요. 그 집에 사실 분이 다시 오시게 돼서요. '황태자의 숙소'에 대한 이야기예요."

"그래? 난 옛날부터 '월계수 저택'이라고 불려온 줄로만 알았는데."

"아니에요, 그 이름은 이번이 처음인걸요. 이 부근에서는 집 이름이 꽤 자주 변하더군요. 사람이란 집에 새로운 이름을 붙이기 좋아하나 보지요?"

"정말 그래." 터펜스가 말했다.

"우리들도 한두 가지 새 이름을 생각해 보았지. 그런데 비어트리스에게서 들었는데, 아가씨는 전에 이 마을에 살던 메리 조던이라는 사람을 안다고?"

"아는 것은 아니지만, 이야기는 들었어요. 전쟁 무렵의 일입니다. 아니, 지난 번 전쟁 말고요. 훨씬 전, 체펠린 비행선이 날아왔을 때의 전쟁 말입니다."

"체펠린에 대해서라면 나도 이야기를 들은 적이 있어."

"1915년이었던가 16년이었던가, 런던을 공습했다더군요."

"어느 날 작은 할머니와 함께 육해군의 매점에 있을 때 공습경보가 울리기 시작했는데 말이지."

"밤에 날아오는 때도 있었다지요? 꽤 무서웠겠군요."

"글쎄, 생각보다는 무섭지 않았어. 모두들 굉장히 흥분했었지. 그것보다는 로켓 폭탄이 훨씬 무서웠다고―이번 대전에서 말이야. 언제나 우리가 달아나는 곳으로 쫓아오는 듯한 느낌이라서 말이야. 글쎄, 거리든 어디든 끝까지 쫓아오는 거야."

"밤에는 언제나 지하철역에서 지내곤 했었다면서요? 전에 런던에 친구가 살았었거든요. 그 사람도 밤이면 언제나 지하철역에 있었다더군요. 워렌 가에 있는 것 말이에요. 모두들 제각기 자기가 찾아갈 역을 정해 놓고 있었답니다."

"나는 이번 대전 중에는 런던에 있지 않았어. 밤새 지하철역에 있을 걸 생각하면 소름마저 끼치던걸."

"하지만 제 친구는, 제니라는 친구인데, 아주 재미있었다고 하던데요. 역 층계에 제각기 자기가 쓰는 곳이 정해져 있었다나 봐요. 그곳은 언제나 자기 자리로 정해져 있어서, 거기서 잠을 자기도 하고, 샌드위치를 먹기도 하고, 모두 함께 놀고 이야기도 하고 그랬대요. 밤새 계속 그런 식이래요, 멋있죠? 지하철도 아침까지 운행되었고요. 제 친구는 전쟁이 끝나서 다시 집으로 돌아갔는데, 지루해서 견딜 수가 없더래요."

"어쨌든, 1914년에는 로켓 폭탄 같은 것은 없었어. 체펠린뿐이었지."

이미 체펠린 같은 것은 그웬다의 흥밋거리가 될 수 없었다.

"아까 묻다가 만 메리 조던이라는 사람 말인데, 비어트리스의 이야기를 들어보니까 아가씨는 그 사람에 대해 알고 있다면서?"

"그렇지도 않아요. 이름을 한두 번 들은 적이 있을 뿐인걸요. 그것도 오래전에요. 아주 예쁜 금발 할머니에게서 들었답니다. 독일인이었던 모양이에요. 그 무렵에 부르던 식으로 한다면 프롤라인이에요. 아이들 시중을 들었던 모양이니까, 육아 보모라고나 할까요('프롤라인'(Frowline)은 독일어 '프로일라인'(Fraulein)을 잘못 발음한 것). 해군 군인 일가와 함께 다른 곳에서 살았었답니다. 스코틀랜드였던 것 같아요. 그런 다음에는 이 마을로 왔다죠. 파크스라는 집에서 지내게 되었답니다—아니, 파킨스였던가? 메리 조던이라는 사람은 1주일에 하루 쉬기로 되어 있었어요. 그래서 런던에 나가서 뭔지는 모르지만 무슨 물건을 받아 온 모양이에요."

"어떤 물건을?"

"모르겠어요. 아무도 잘 몰랐다니까요. 훔친 것일지도 모르지요."

"훔치는 것을 들켰나?"

"아뇨. 그런 것은 없었다고 생각해요. 모두들 어렴풋이 의심을 갖기 시작했는데, 그러던 중에 그만 병이 들어서 죽어버린 거예요."

"무슨 병이었는데? 이 마을에서 죽었나? 병원에는 가보았겠지?"

"아뇨, 그 무렵에는 이 마을에 병원은 없었던 것 같은데요. 지금 같은 복지시설은 없었으니까요. 소문에는 요리하는 사람이 바보 같은 실수를 저질렀다고 하더군요. 글쎄, '여우장갑(디기탈리스)'을 뜯어왔다는 거예요. 시금치로 잘못 알고서 말이에요—아니, 상추라고 했던가? 아니, 아니, 다른 것이었나 봐요. 벨라도나였다는 이야기도 있지만, 설마 그럴 리야 없겠지요. 생각해 보세요. 벨라도나라면 누구라도 알 수 있는데다가, 벨라도나는 열매인걸요. 네, '여우장갑'을 잘못 알고 정원에서 뜯어왔을 거예요. '여우장갑'은 '디곡소'라나, 아니면 바로 그 '디기트' 뭐라고 하는, 손가락 비슷한 이름으로도 부르지요. 굉장한 독이 있다더군요. 의사 선생님이 와서 온갖 처방을 다 했는데도 그때는 이미 늦었나 봐요."

"그 소동이 있었을 때 그 댁에 사람이 많이 있었나?"

"꽤 많이 있었을 게 틀림없지 않겠어요—네, 언제고 묵어가는 손님이 있었고 또 아이들도 있었으니까요. 거기에 주말이라 오신 손님이며, 아기 보는 여자며, 가정교사, 파티에 오신 손님들도 있었겠지요. 하지만 전 잘 몰라요. 모두 할머니한테 들은 이야기니까요. 바들리콧 할아범의 이야기 속에도 가끔 나오지요. 아시죠? 지금도 이 부근에서 일하는 정원사 할아범 말이에요. 그 할아범이 옛날 그 댁에서 정원사로 있었거든요. 처음에는 그 할아범이 나뭇잎을 잘못 따왔다는 소문이 돌아서 모두들 의심을 했었지만, 실은 그분이 아니었답니다. 누군가가 집에서 나와서 정원에서 야채 뜯는 것을 도와주다가, 그것을 요리사에게 가져간 거지요. 시금치라나 상추라나 하는 걸—네, 채소에 대한 것을 잘 몰라서 그만 실수를 한 거겠지요. 그 뒤 시체 부검인가를 할 때에도 누구든지 실수로 생길 수 있는 일이라는 결론이 났다는군요. 시금치인가 괭이밥인가 하는 것이 디기 뭐라나 하는 것 가까이에 나 있었으므로 둘 다, 아마 한꺼번에 뜯어온 모양이에요. 아무튼 정말 가엾은 일이지 뭐예요. 할머니 이야기로는 금발에다가 아주 예쁜 여자였던 것 같은데."

"그래, 메리 조던은 매주 런던엘 갔었다고 했지? 물론 하루쯤 휴가를 받는 것은 당연한 일이지만."

"네, 실은 런던에 친구가 있었다나 봐요. 메리는 외국인이며, 사실은 독일 스파이였다고 하는 사람도 있었다고 할머니가 그랬어요."

"사실이 그랬을까?"

"그렇지 않다고 생각해요. 그야 남자들이 메리에게 호의를 가지고 있었던 것은 틀림없겠지만요. 해군의 군인이며 셸턴 육군부대의 군인들이 말이에요. 메리는 거기에 한두 사람 친구가 있었다나 봐요. 육군부대에 말이에요."

"정말 스파이였을까?"

"아니라고 생각해요. 할머니도 그건 그냥 소문일 뿐이라고 했거든요. 제2차 대전 때 일이 아니에요. 한참 전의 이야기지요."

"정말 이상하군. 전쟁 이야기가 되면 어째서 뒤죽박죽이 되기 일쑨지 모르겠어. 전에 내가 아는 사람 중에 워털루 전투에 참가한 친구를 가진 할아버지가 있었는데."

"어머, 멋져. 1914년보다 훨씬 전의 이야기로군요. 흔히들 외국인 보모를 고용하지요, 마모젤(마드모아젤)이라고 부르면서요. 프롤라인이라고 부르는 것과 마찬가지요. 프롤라인이 무슨 뜻인지 모르지만. 이건 할머니에게 들었는데요, 메리는 아이들을 아주 잘 돌보았다는군요. 모두들 그녀가 마음에 들어서 언제나 아이들이 좋아했대요."(마드모아젤과 프로일라인은 각각 프랑스어와 독일어로 둘 다 아가씨에게 붙이는 호칭)

"그것은 메리가 '월계수 저택'에 살던 무렵의 일인가?"

"그 무렵에는 '월계수 저택'이라고 하지 않았었어요—다른 사람은 몰라도 저는 그렇지 않았다고 생각해요. 메리는 파킨슨인가 파킨인가 하는 댁에서 살았었어요. 지금으로 말하자면 오 페르 걸이지요. 파이로 유명한 조그만 고장에서 왔대요. 바로 그 '포트넘 앤드 메이슨'에서 팔고 있는 그런 파이 말이에요 —파티용으로 쓰이는 비싼 파이로 유명한 곳이죠. 반은 독일, 반은 프랑스 땅이라든가 하는 곳 말이에요."

"스트라부르?"

"네, 그런 이름이었어요. 메리는 그림을 잘 그렸대요. 우리 작은 할머니 초상화도 그려주었는걸요. 파니 숙모님은 실제보다 늙어 보인다고 그림을 볼 때마다 말하곤 했지요. 파킨슨 집안의 아이도 그려주었어요. 그리핀 부인이 지금도 그 그림을 가지고 있어요. 파킨슨 집안의 아이는 메리에 대해서 틀림없이 알고 있을 거예요. 메리가 그림을 그려준 아이 말이에요. 아마 그리핀 부인이 그 아이의 대모였을 거예요."

"그건 혹시 알렉산더 파킨슨을 말하는 거니?"

"네, 그 아이에요. 교회 옆에 그 아이의 무덤이 있지요"

제2장

마틸드, 트룰러브, KK에 관한 서론

다음 날 아침, 터펜스는 이 마을에선 모르는 이가 없을 정도로 잘 알려진 사람에게 이야기를 들으러 갔다. 그 사람은 보통 아이작 할아범으로 통하지만, 정식으로는 바들리콧이라는 이름으로 알려져 있다. 아이작 바들리콧은 말하자면 이 고장의 '명물'이었다. 그렇게 보는 이유 중 하나는 나이 때문이며(아흔 살이라고 한다—일반적으로 믿고 있는 것은 아니지만) 또 하나는 여러 가지, 좀 특수한 물건을 수리할 수 있기 때문이다. 연관공(鉛管工)에게 아무리 전화를 걸어도 오지 않을 때에는 아이작 바들리콧에게 갈 수밖에 없다. 수리할 수 있는 자격을 가지고 있고 없고는 둘째치고 바들리콧은 그의 평생에 걸쳐서 온갖 종류의 하수시설이나 욕실의 급수시설 문제, 물 데우는 장치의 고장을 비롯하여 전기에 관한 온갖 문제까지 안 해 본 것이 없는 것이다.

그의 품삯은 제대로 가격이 있는 연관공과 비교해서 좋은 평을 받고 있었으며, 또 그의 수리가 제대로 효과를 보는 수도 적지 않았다. 목수 일도 하고, 자물쇠 상점 일도 맡아서 하고, 벽에다 그림도 걸어주며(조금 삐뚤어질 때도 있지만) 낡아서 못쓰게 된 안락의자의 스프링 취급방법도 알고 있었다. 바들리콧이 일을 시작할 때에 가장 장애가 되는 것은 틀니를 적당히 조절해 가며 분명하게 발음해야만 하는 어려움을 무릅쓰고도 끊임없이 계속되는 수다다. 이 부근에서 옛날에 살았던 사람들에 대한 그의 추억은 한도 끝도 없는 것 같았다. 대체적으로 보아서 그의 추억담이 어느 정도 사실인가를 알아내기란 어려웠다.

바들리콧은 지난날의 재미있었던 이야기를 들려주는 즐거움을 외면할 사람은 아니었다. 이 공상의 비약은 보통은 기억의 비약이라고 말하는 것인데, 언제나 같은 내용을 시작으로 해서 출발하는 것이다.

"그 일에 대해서는 내 이야기를 들어보면 당신도 틀림없이 깜짝 놀랄 거요. 아니, 정말이라니까. 세상에서는 처음부터 끝까지 다 알고 있는 줄 착각하고 있지만, 그건 천만의 말씀이지. 정말이라니까. 그건 언니였단 말씀이야. 그래. 보기에 아주 좋은 아가씨였지. 그 이야기를 알게 된 것은 푸주간의 개 덕분이지. 그 개가 아가씨의 집까지 따라갔었는데 말씀이야. 그 집은 따지고 보면 아가씨의 집이 아니었단 말이지. 하긴 거기에 대해서는 또 이러니저러니 구구한 이야기가 많지만. 그러고 보니 애트킨스 할멈 이야기도 있어. 그 사람이 권총을 집에 감추어 둔 것은 아무도 몰랐지만 나는 다 알고 있었단 말씀이야. 그것도 내가 톨보이(다리가 길게 붙은 옷장)의 수리를 부탁받았었는데—키 큰 옷장을 그렇게 부른다지? 응, 키다리 옷장 말이야. 그래, 그렇게 부르면 되겠군.

그런데 애트킨스 할멈 그 사람은 일흔 다섯이었는데, 서랍 속에, 즉 내가 고치러 간 키다리 옷장의 서랍인데 말이야(경첩도 자물쇠도 떨어져 나갔더라고) 그 안에 권총이 있었던 거야. 여자 구두와 함께 싸서 뭉쳐 두었더군. 치수가 3인 구두야. 아니, 어쩌면 치수가 2였는지도 모르겠구먼. 흰색 새틴 천으로 만든 건데 말이야. 조그만 발이었어. 애트킨스 씨의 증조할머니가 결혼식 때 신었던 구두라고 하더군. 아마 그랬을 거야. 뭐, 옛날 골동품 상점에서 샀다는 사람도 있지만, 그 이야기는 나도 몰라. 그런데 권총이 함께 싸여 있었던 말이야. 정말이고말고. 아들이 가지고 돌아온 모양이야. 동아프리카에서. 코끼리 사냥이나 그런 일을 하다가 집으로 돌아올 때 그 권총을 가지고 온 거야. 그래서 애트킨스 할멈이 어떻게 했다고 생각하나? 권총 쏘는 법을 아들에게서 배운 거지 뭐. 응접실 창문에서 내다보다가 사람이 차도에 들어서면 권총을 가지고 와서 겁주려고 쏘아버리는 거야. 그랬다니까. 모두들 간이 떨어져서 죽는 줄 알고 도망친 거야. 새들이 겁을 내니까 아무도 들어오지 못하게 하는 거라고 그 할멈은 말하더군. 새 이야기가 나오면 눈빛이 달라지는 사람이었어. 아니, 새는 절대로 쏘지 않았지. 그런 생각은 해보지도 않았을 거야. 그러고 보면 레더비 마님에 대해서도 여러 가지 이야기가 있는데 말씀이야. 그 사람은 정말 큰일 날 뻔했지. 응, 남의 물건을 훔치고 다녔다는군. 솜씨가 대단했다는 소문이야. 아니, 살림은 먹고 살만했지만 말씀이야."

바들리콧에게 욕실 창문의 수리를 부탁해 놓고 터펜스는 생각했다. 보물인지 흥미 있는 비밀인지 뭔지는 모르겠지만, 이 집에 숨겨져 있는 수수께끼를 토미와 둘이서 밝혀내는 데 도움이 될 만한 과거의 기억을 과연 바들리콧 할아범의 이야기 속에서 찾아낼 수 있을까?

아이작 바들리콧은 마을에 새로 이사 온 사람의 집 수리에 가는 거라면 두말없이 응했다. 되도록 많이 새 주민들과 만나는 것이 그가 살아가는 즐거움 중 하나였던 것이다. 자기의 멋진 추억담을 아직 듣지 못한 사람과 만난다는 것은 그의 인생에 있어서 커다란 사건이기 때문이다. 이미 이야기를 잘 알고 있는 사람들을 앉혀놓고는 같은 이야기를 되풀이할 마음은 생기지 않는 법이다. 그러나 듣는 이가 새 사람일 때면, 그것이 즐거운 일인 것은 두말할 나위도 없다. 거기에 공동체 안의 한 일원으로서 온갖 봉사에 얽히고설킨, 놀랍도록 많은 이야기에 열중해 보는 것도 즐거운 일이었다. 일을 해가면서 한편으론 해설에 열중하는 것이 그의 즐거움인 것이다.

"조는 운이 정말 좋았지요. 다치지도 않았으니까. 얼굴이 온통 찢어졌어도 군소리 못할 판이었는데 말입니다."

"정말 그렇겠군요."

"마루의 유리를 좀더 치워야겠어요, 마님."

"그건 그런데, 아직 틈이 나지 않아서요."

"그렇군요. 하지만 유리 같은 것으로 다치기라도 하면 수지가 안 맞아요. 유리가 어떤 것인지 알기나 하세요? 눈곱만한 조각으로도 큰 사고가 날 수가 있지요. 목숨이 달아날 수도 있단 말입니다. 혈관 속에 들어가기라도 하면. 래비니아 쇼타콤 양 생각이 나는군요. 설마하고 생각하시겠지만……."

터펜스는 왠지 래비니아 쇼타콤 양에 대해서는 흥미가 생기지 않았다. 이 여인에 대한 것이라면 이미 이곳의 다른 사람들에게서 들은 뒤였기 때문이다. 70살에서 80살의 나이에, 귀도 완전히 먹어버리고 눈도 거의 보이지 않는 모양이었다.

"아마—." 터펜스는 아이작 할아범이 래비니아 쇼타콤에 대한 추억담을 꺼내기 전에 끼어들었다.

"할아범은 여러 사람의 일이며, 옛날 이 마을에서 일어난 특별한 사건들을 많이 알고 있겠지요?"

"그야 나도 이만한 나이가 되었으니까요. 여든다섯이 넘었지요. 아흔이 눈앞에 와 있어요. 나는 옛날부터 기억력은 좋은 편이거든요. 잊히지 않는 이야기라는 것이 있는 법이지요. 아니, 정말이랍니다. 아무리 긴 이야기라도 어쩌다 보면 생각이 나지요. 내 이야기를 들으면 설마 하고 생각하시겠지만."

"정말 멋진 일이야. 많은 사람들의 일을 알고 있다는 건요."

"아니, 아니, 인간이라는 것은 알 수 없는 것이 아닐까요? 세상 상식과는 다르기도 하고, 때로는 생각할 수도 없는 면을 보이기도 한다고요."

"때로는 알고 보니 스파이이기도 하고, 범죄자이기도 하지요."

터펜스는 기대를 안고 그를 보았다.

아이작 할아범은 엎드려서 유리조각을 주워들었다.

"보십시오. 발바닥에라도 박히게 되면 아픈 정도로 끝나진 않겠지요?"

유리창의 수리 정도로는 좀더 흥미 있는 과거의 추억을 끌어낼 것 같지 않다는 생각이 터펜스에게 들기 시작했다. 그녀는 응접실 옆에 붙어 있는 조그만, 이른바 온실도 수리를 하고 유리를 바꾸어 낄 필요가 있지 않겠느냐고 말해 보았다. 수리해 볼 만한 가치가 있겠느냐, 아니면 차라리 허물어 버리는 편이 낫겠느냐고 물어보았다.

아이작은 아주 만족한 얼굴로 이 새로운 문제로 생각을 돌렸다. 두 사람은 아래층으로 내려가서 밖으로 나가, 벽을 따라서 문제의 건물로 갔다.

"아, 저것 말이로군요!"

바로 그렇다고 터펜스도 말했다.

"케이―케이로구나."

터펜스는 아이작 할아범을 쳐다보았다. KK라는 두 개의 알파벳만으로는 무슨 뜻인지 도무지 종잡을 수가 없었다.

"뭐라고 했죠?"

"KK라고 했어요. 로티 존스 부인이 살았을 무렵에는 그렇게들 불렀으니까요."

"그래요? 하지만 어째서 KK라고 불렀을까?"

"글쎄요, 아마, 옛날에는 이런 것에다는 그런 이름을 붙이지 않았을까요? 큰 규모는 아니었어요. 커다란 저택에는 정식 온실이 있었지만. 애디앤텀 화분 같은 것이 들어 있었지요."

"그랬군." 하고 터펜스는 말했는데, 그런 이야기를 들으면 그녀의 추억은 곧 그 뒤를 이어 차례차례 되살아나는 것이었다.

"그야 온실이라고 불러도 좋겠지만, 이 집의 것은 로티 존스 부인이 KK라고 불렀답니다. 왜 그랬는지는 모르지만 말입니다."

"여기에도 애디앤텀이 들어 있었나요?"

"아니, 그런 것에는 쓰이지 않았어요. 대개 아이들이 장난감 두는 곳으로 사용되어 왔지요. 봐요. 이 온실은 반쯤 허물어져 있지요? 존스 부인이 살던 때에는 손질도 좀 하고 지붕도 새로 이고했지만, 지금은 여기를 쓰려는 사람은 없을 겁니다. 그전에는 망가진 장난감이나 남아도는 의자 같은 것을 놔두는 자리였지요. 그런가 하면 쓸 사람이 없게 된 흔들 목마 같은 것도 있었고요. 구석진 곳에 트룰러브가 놓여 있었답니다."

"안에 들어갈 수 있을지 모르겠네?"

터펜스는 유리창 중에서 비교적 깨끗한 곳을 찾으면서 말했다.

"틀림없이 재미있는 것이 잔뜩 있을 거야."

"그럼, 열쇠를 가져와야겠군요. 옛날 그 자리에 걸려 있겠지요."

"그 자리라뇨?"

"바로 옆에 조그만 창고가 있거든요."

두 사람은 옆에 나 있는 좁다란 길을 걸어갔다. 창고라지만 그렇게 부르기엔 너무도 보잘것없는 것이었다. 아이작은 문을 발로 걸어차서 열고는 온갖 나뭇가지들을 치우고 썩은 사과를 발로 찼다. 그리고 벽에 걸려 있던 낡은 도어매트(문 앞에 있는 신발 흙 먼지떨이)를 옆으로 치우니 서너 개의 녹슨 열쇠가 못에 걸려 있었다.

"린도프의 열쇠예요. 이 집에서 산 마지막 정원사지요. 본래는 바구니 만드는 일을 했었는데, 무슨 일이건 제대로 하는 게 없는 사람이었지요. KK의 안을 보시겠죠?"

"그래요." 터펜스는 가슴을 두근거리며 말했다.

"KK의 안을 꼭 보고 싶군요. 어떻게 쓰죠?"

"어떻게 쓰다니, 뭘요?"

"KK 말이에요. 두 자뿐인가?"

"아니, 그렇지 않아요. 외국어가 둘이 아니었던가? 틀림없이 K—A—I, 그리고 K—A—I이었다고 생각나는데, Kay—Kay인가? Kye—Kye에 가깝든가? 일본어라고 생각되는데 말입니다."

"어머, 이 마을에 일본인이 살았었나요?"

"아니, 아니, 그런 말이 아니고 외국인이라고 했지만 그쪽은 아니고요."

아이작이 재빨리 기름을 꺼내 기름을 쳤다. 아주 조금밖에 안 되는 기름이었지만 녹슨 자물쇠에는 절대적인 효과를 가져왔다. 열쇠가 구멍에 꽂히고 삐걱거리며 돌아가더니 문은 미는 것만으로 열렸다. 두 사람은 안으로 들어갔다.

"보라고요." 하고 아이작이 말했지만 안에 들어 있는 물건을 자랑하는 것 같지는 않았다.

"낡은 잡동사니들뿐이지요?"

"저 목마, 제법 멋지군요."

"마틸드이지요."

"마틸드?" 터펜스는 조금 의아스럽게 물었다.

"그래요. 어떤 여인의 이름이지요. 그 뭐라던가 하는 왕비 말입니다. 윌리엄 정복왕의 왕비라는 이야기도 있지만, 그건 허풍이라고요. 이 말은 미국인 대모가 그 아이에게 보내 주었다더군요."

"아이에게?"

"배싱턴 씨의 아이지요. 아주 한참 된 이야기라서 나도 몰라요. 이젠 완전히 녹이 슬어버렸군."

마틸드는 낡기는 했지만 아주 멋진 말이었다. 키도 진짜 말과 조금도 다르지 않았다. 한때는 무성했을 갈기가 겨우 조금 남아 있었다. 한쪽 귀도 떨어져 나가고 없었다. 본래는 온몸이 회색이었다. 앞발과 뒷발을 한껏 뻗고 있었으며,

한줌도 안 되는 꼬리가 달려 있었다.

"지금까지 본 목마하고는 움직이는 것이 다른 것 같군요."

터펜스는 궁금한 얼굴을 하고 말했다.

"다르지요. 보통은 올라갔다가 내려갔다가 앞으로 흔들렸다가 뒤로 흔들렸다가 하지만, 이 녀석은, 뭐라고 할까 자꾸 앞으로만 뛰어간답니다. 먼저 앞발로 탁, 그러고는 뒷발로 뛰는 겁니다. 보기도 참 좋죠. 내가 한번 타보면……."

"조심해요. 혹시, 못 같은 것이 나와서 찔리거나 떨어질지도 몰라요."

"문제없어요. 전에도 타본 적이 있으니까요. 그럭저럭 50년인가 60년 전 이야기지만, 모두 기억하고 있지요. 게다가 이 말은 아직도 끄떡없군요. 아직은 주저앉지 않겠는데요."

갑자기 요술이라도 부리듯 가벼운 동작으로 아이작은 마틸드에 올라탔다. 목마는 기세 좋게 달리기 시작했다.

"자, 움직이지요?"

"그래요. 움직이는군요."

"모두들 이 녀석을 아주 좋아했지요. 제니 아가씨는 거의 매일 타다시피 했어요."

"제니 아가씨는 누구지요?"

"제일 큰 아이지요. 그 아이의 대모가 이걸 보내 주었답니다. 그리고 트룰러브도."

터펜스는 의아한 얼굴로 아이작을 보았다. 그가 말한 것은 케아─케이 안에서는 눈에 띄지 않는 것 같았다.

"그런 이름이었지요. 구석에 있는 저 조그만 바퀴 달린 목마 말이오. 패밀라 아가씨가 그걸 타고 언덕을 달려 내려오곤 했었지요. 무섭게 엄숙한 얼굴을 하고 말입니다. 언덕 꼭대기에서 목마에 올라타고, 발도 거기 올려놓고─보통 페달이 달려 있었지만, 움직이지 않게 되어 있지요. 아가씨는 목마를 언덕 꼭대기까지 끌고 올라가서는 비탈을 타고 내려왔는데, 하긴 발로 브레이크를 걸긴 하지요. 칠레 삼나무에 부딪쳐서 걸리는 수도 더러 있었지만."

"별로 기분 좋을 것 같지 않군. 칠레 삼나무에 걸려서 멈추게 되면."

"아슬아슬하게 부딪칠 뻔할 때에 세우곤 했지요. 굉장히 열심이었어요. 아가씨는 몇 시간씩 타곤 했지요. 세 시간, 네 시간이나 그 놀이를 하는 것을 난 봤거든요. 나는 가끔씩 크리스마스 장미의 화단이나 팜파스 잔디를 손질하곤 했는데, 그때 아가씨가 비탈을 내려오는 것을 봤지요. 말을 거는 것을 싫어했기 때문에 나도 말을 걸지는 않았는데, 그 아가씨는 자기가 하는 놀이를 방해받지 않고 계속하고 싶었던 거지요."

"무슨 놀이를 했을까?" 터펜스가 말했다. 패밀라 양에 대해서 제니 양보다 훨씬 더한 흥미가 갑자기 솟아나기 시작했다.

"글쎄, 뭐랄까? 가끔 자기는 공주님인데 도망치는 중이라고 했지요. 그 뭐라더라, 메리 공주라든가—아일랜드였었나, 아니 스코틀랜드였었나?"

"스코틀랜드의 메리 공주였겠지요."

"예, 맞아요. 그 공주가 가버린다든가 도망치는 거라든가 그랬지요. 성에 들어왔다고 하면서 로크 뭐라고 했는데. 자물쇠가 아니고, 조그만 연못을 말하는 거지요."

"알았어요. 패밀라는 자신이 스코틀랜드의 메리 공주인데, 적을 피해서 달아나고 있는 거라고 했군요?"

"그래요. 영국에 가서 엘리자베스 여왕에게 구원을 청한다고 하면서요. 나는 엘리자베스 여왕이 그렇게 자비로운 사람이라고는 생각지 않지만."

"하지만—." 터펜스는 솟아오르는 실망을 감추고 말했다.

"꽤 재미있군요. 그런데 지금 그 이야기는 어느 집안의 이야기죠?"

"리스터 씨 댁의 이야기지요."

"혹시 메리 조던이라는 사람은 모르나요?"

"아, 그 사람? 아주 오래전 이야기인데, 나도 만난 적은 없어요. 독일의 스파이였다는 아가씨 말이지요?"

"이 부근에 사는 사람들은 모두들 메리 이야기를 알고 있는 것 같더군요."

"그렇지요. 프로 라인(프로일라인)이라고 부르고들 했지요. 무슨 철도같이 들리지만 말입니다."

"듣고 보니 그렇군요."

아이작은 느닷없이 웃음을 터뜨렸다.

"하하하! 철도의 선로라고는 해도 똑바른 선로는 아니지요. 그렇지요, 정말?" 아이작은 다시 웃었다.

"아주 멋있는 농담이로군요." 터펜스는 상냥하게 말해 주었다.

아이작은 또 한 번 웃었다.

"이제는 채소를 심어도 될 때가 아닙니까? 잠두콩은 알맞은 때에 심지 않으면 열매가 맺지 않거든요. 조생종(早生種)인 상추 같은 것은 어떻습니까? 잘디잔 것 말입니다. 보기도 좋고, 작아도 알이 단단하니까요."

"당신은 이 부근에서 밭일을 꽤 많이 하지요? 우리 집뿐만 아니고 여러 집에서."

"그렇습니다. 한나절 일거리들이지요. 꽤 여러 댁 일을 하고 있답니다. 정원사 중에는 기껏 고용은 했지만 쓸모없는 사람들도 있어서, 한동안 구원병 역할을 했었지요. 옛날 여기서 사고가 좀 생겨서요. 채소를 잘못 알았던 거죠. 내가 제 몫을 해내지 못할 때의 일인데요, 하지만 이야기는 들어서 아시지요?"

"'여우장갑' 잎사귀를 어쨌다든가 하는 이야기지요?"

"어허, 놀라겠는데요. 벌써 들으셨군요? 그것도 꽤 오래된 이야기지요. 그래요. 독을 잘못 먹은 사람이 몇 명인가 있었는데, 한 사람은 결국 살려내지 못했지요. 그런 이야기입니다. 이건 그냥 주워들은 이야기라서. 나도 늙은이 친구들에게서 들은 이야기지요."

"그것이 프로 라인이었군요."

"그럼, 살려내지 못한 사람이 바로 그 프로 라인이란 말입니까? 그건 처음 듣는 소린데."

"아니, 어쩌면 내가 잘못 들었겠지요. 트룰러브라나 뭐라나 하는 이 목마 말인데, 이것을 패밀라라는 아이가 언제나 놀았다는 그 언덕에 가져다주었으면, 그 언덕이 지금도 있다면 말이에요."

"그야 언덕은 지금도 있지요. 뭘 하시려고? 지금도 언덕에는 풀이 잔뜩 나 있지만, 조심하셔야 합니다. 트룰러브도 녹이 얼마나 슬었는지 모르니, 우선 좀 깨끗이 해둘까요?"

"그래 줘요. 그리고 우리 집에 심기 알맞은 채소를 몇 가지 생각해 보시고 요."

"그렇다면 마님이 여우장갑과 시금치를 서로 가까이에 심지 않도록 조심해 야지요. 새 집에 이사오시자마자 큰 봉변을 당했다는 이야기는 듣고 싶지 않 으니까요. 조금만 돈을 들이면 꽤 근사한 저택이 될 겁니다."

"정말 고마워요."

"그럼, 트룰러브를 손질 좀 해볼까? 타고 있다가 주저앉아 버리면 큰일이니 까. 꽤 오래된 것이지만, 옛날 물건인데도 제대로 움직이는 것을 보면 깜짝 놀 랄 겁니다. 아, 그래요, 전에 친하게 지내던 사람이 있었는데, 그 녀석이 낡은 자전거를 끌고 와서 탈 수 있으리라고는 생각되지 않지요—40년쯤 아무도 탄 사람이 없었으니까. 그런데 기름을 조금 쳤더니 제대로 굴러가더라고요. 정 말 기름 몇 방울의 효과가 대단하던데요."

제3장

아침식사 전에는 할 수 없는 여섯 가지 일

"도대체—." 토미가 말했다.

집에 돌아와서 뜻밖의 자리에서 터펜스를 만나게 되는 것은 늘 있는 일이지만, 그렇더라도 오늘만은 토미도 깜짝 놀라지 않을 수 없었다.

집 안에선 터펜스의 그림자도 찾아볼 수 없었다. 하긴 밖에는 비가 온다고는 하지만 빗소리가 겨우 들릴 정도였다. 정원 일에 정신이 팔려 있을지도 모른다는 생각이 떠올라 확인해 보려고 토미는 나가 보았다.

"도대체—."

"어머, 토미! 벌써 돌아오실 줄은 몰랐어요."

"그건 뭐요?"

"트룰러브 말인가요?"

"뭐라고?"

"트룰러브라고 했어요. 이름이 그래요."

"그걸 타고 드라이브라도 나갈 셈이오? 당신에게는 너무 작은데."

"네, 그럴 거예요. 아이들 것이니까. 페어리 사이클이라든지, 내가 어릴 때 여러 가지 장난감이 나오기 전에는 이런 것들을 가지고 놀았지요."

"움직이지는 않겠지?"

"글쎄, 움직인다고 할 수야 없겠지만, 그래도 언덕 꼭대기로 가지고 가면, 바퀴가 저절로 돌아가고 비탈져 있으니까 밑에까지 달려내려 올 수는 있을 거예요."

"그리고 밑에 와서는 납작하게 망가져 버리겠지, 그렇게 할 생각이었소?"

"천만에요. 발로 브레이크를 거는 거예요. 자, 보시겠어요?"

"아니, 그럴 것까지는 없소. 자, 비도 점점 심해지는구려. 내가 알고 싶은 것은 왜, 왜 그런 행동을 하는가 하는 것이오. 별로 재미있을 것 같지도 않은데."

"사실대로 말하면 재미있기는커녕 무서울 정도예요. 하지만 난 알고 싶었던 거예요. 그래서……."

"그래서 이 나무에게 물어보고 있는 거요? 그런데 이건 무슨 나무지? 칠레 삼나무로군!"

"맞아요. 잘 아시는군요."

"알고말고. 이 나무의 별명까지도 알고 있지."

"나도 알아요."

두 사람은 얼굴을 마주 보았다.

"단지 좀 깜박 잊어버려서. 틀림없이 아티……."

"네, 대강 그 비슷한 이름이에요. 그 일은 이 정도로 해두지요."

"그런 가시투성이 속에서 뭘 하는 거요?"

"언덕 기슭에 와서도 죽 발을 내려서 완전히 멈추지 못하면 이 아티라나 뭐라나 하는 속으로 처박히는 거지요."

"아티라는 것은 그러니까 '어티캐리아'를 말하는 것이 아니었소? 아니, 그것은 두드러기였지? 그래, 좋아. 사람에겐 제가끔 자기만의 낙이라는 것이 있는 법이니까."

"조사를 좀 해보았을 뿐이에요. 우리들의 최근의 문제에 대해서."

"당신의 문제요, 나의 문제요? 대체 누구의 문제란 말이지?"

"모르겠군요. 우리들 둘의 문제가 아닐까요?"

"그 비어트리스의 문제인가 하는 것은 아니겠지?"

"그렇지 않아요. 이 집에는 좀더 다른 것이 숨겨져 있지 않을까 하고 생각했을 뿐이에요. 그래서(아마 몇십 년 전부터 처박아두었겠지요) 이상하게 생긴 낡은 온실에 들어 있는 여러 가지 장난감을 조사하러 갔더니 이 목마와 마틸드가 있는 거예요. 마틸드라고 하는 것은 흔들 목마인데, 배에 구멍이 나 있어요."

"배에 구멍이 나 있다고?"

"네, 그 안에 여러 가지 것들을 닥치는 대로 쑤셔 넣었겠지요. 아이들이 반 장난삼아 말이에요. 낙엽이니 종이 부스러기니, 게다가 쓰다 버린 걸레며, 면

윗도리며, 기름걸레도 좀 있고."

"따라와요. 집으로 들어갑시다." 토미가 말했다.

"자, 토미." 터펜스는 그의 귀가시간에 맞추어 피워둔 응접실 불 앞에 기분 좋게 발을 뻗으며 말했다.

"뉴스를 들려줘요. 리츠 호텔의 갤러리에서 전람회 구경을 하고 왔나요?"

"아니오, 사실은 가지 않았소. 갈 시간이 없었어."

"무슨 말이에요? 시간이 없었다니! 그것 때문에 외출한 거 아니에요?"

"글쎄, 누구라도 나갈 때의 생각대로 되는 건 아니니까."

"그럼, 어디 가서 다른 일을 보셨군요."

"주차할 만한 곳을 새로 발견했소."

"그렇다면 편리하겠군요. 어디지요?"

"하운슬로 부근이야."

"어째서 또 하운슬로 같은 곳엔 가셨어요?"

"실은 하운슬로에 간 건 아니오. 거기에 주차장이 있었기 때문이지. 거기서 부터는 지하철을 탔었소."

"어머, 런던행을?"

"그렇소. 지하철을 타는 것이 가장 간편할 것 같아서."

"어쩐지 뒤가 꿀리는 얼굴이네요. 설마 하운슬로에 내 라이벌이 있는 건 아니겠지요?"

"아니오. 당신은 내가 한 일에 틀림없이 만족해할 줄 알았는데."

"어머, 선물이라도 사오셨나요?"

"아니, 아니, 틀렸소. 실은 말이오, 어떤 선물을 해야 할지도 모르는걸."

"하지만 당신의 대중없는 선물이 아주 멋질 때도 있었어요."

터펜스는 기대를 걸며 말했다.

"정말 뭘 했어요, 토미? 어째서 내가 만족할 것 같았지요?"

"어째서냐고? 나도 조사를 하고 왔으니까."

"요즘은 모든 사람들이 조사를 하는군요. 10대들이며, 누군가의 조카에 대한 일이며, 아들이나 딸들까지 모두 조사하고 있어요. 요즘에는 무슨 조사를 하는지 사실은 알지 못하지만, 무슨 조사건 그때뿐이고, 뒤에 가서는 꼬리 잘린 잠자리 꼴이에요. 조사를 하고, 조사하는 즐거움을 맛보고, 완전히 자기만족으로 끝날 뿐이지요. 정말 앞으로 어떻게 되어갈 것인지 도무지 알 수가 없어요."

"양녀 베티 말인데, 그 애가 동아프리카로 간 뒤로 소식은 있소?"

"네, 조사에 정신이 없대요―아프리카인의 가정을 관찰하고 거기에 대한 논문을 쓰느라고요."

"그 가정에서는 베티가 흥미를 갖는 것을 기분 나쁘게 생각진 않는답니까?"

"기분 좋게 생각진 않겠지요. 우리 아버지 교구에서도 교구를 보살펴주는 사람을 모두들 까닭 없이 싫어했거든요, 오지랖이 넓은 사람이라고들 했답니다."

"그 이야기에는 제법 배울 점이 있는걸. 분명히 당신은 내가 손을 대고 있는 일, 아니 이제부터 손을 대보려는 일의 어려움을 정확히 지적하고 있군."

"무슨 조사예요? 설마 잔디 깎는 기계에 대한 것은 아니겠지요?"

"어째서 잔디 깎는 기계를 다 들먹이는 거요?"

"일 년 내내 잔디 깎는 기계의 카탈로그만 보고 있으니 말이에요. 잔디 깎는 기계라면 마치 돌아버린 사람 같아요."

"이 집을 무대로 역사적 조사를 하는 거요. 범죄가 되었건 뭐가 되었건 적어도 60~70년 전에 무슨 일이 있었던 것 같으니까."

"여하튼 당신의 그 조사계획이라는 것을 좀더 이야기해 줘요, 토미."

"실은 런던에 가서 어떤 일을 시작했단 말이오."

"어머, 조사를 시작했군요? 어떤 뜻으로는 나도 같은 일을 하고 있었어요. 방법은 다르지만. 시대도 내 쪽이 훨씬 옛날 무대인걸요."

"다시 말하자면 당신은 메리 조던의 문제에 정말로 흥미를 갖기 시작했다는 거지? 그래서 지금 와서 또 그 문제를 의제로 들고 나왔군. 이젠 분명하지 않소? 메리 조던의 수수께끼, 아니 문제라고 해도 좋지만."

"게다가 아주 흔해빠진 이름이에요. 독일인이라면 절대로 본명은 아니에요. 독일의 스파이였다고들 하지만, 어쩌면 영국인이었다고 생각해 볼 수도 있다고요."

"독일 스파이 어쩌고 하는 것은 그저 전설일 뿐이지?"

"자, 아까 그 이야기나 해봐요, 토미. 아무 이야기도 해주지 않았잖아요."

"나는 어떤, 어떤, 어떤……."

"'어떤'만 가지고는 무슨 소린지 알 수가 없잖아요."

"설명한다는 게 간혹 꽤 어렵단 말이야. 내가 하고 싶은 말은, 조사를 하는데 방법이 있을 거라는 얘기요."

"옛날 사건 말인가요?"

"그래요, 어떤 의미로는 조사해 봐야 아는 일도 있소. 정보를 끌어내는 일도 마찬가지고. 낡은 장난감에 올라타 보기도 하고, 늙은 여인들의 기억에 의지하기도 하고, 엉터리 같은 이야기밖에 해줄 것 같지 않은 정원사 할아범에게 물어보기도 하고, 우체국에 가서 작은 할머니에게서 들은 이야기를 해달라고 아가씨에게 부탁하여 우체국 직원을 깜짝 놀라게 해봐도 결말이 나지 않는단 말이오."

"모두 조금씩 해보긴 했어요."

"나도 마찬가지요."

"당신도 조사를 시작했군요? 누구에게 물어보러 갔었나요?"

"그런 것들 하고는 좀 달라요. 기억하고 있겠지, 터펜스? 지금까지 나는 이런 일에는 이골이 나 있는 사람들에게 가끔 신세진 적이 있었소. 그 사람들을 고용하면 적당한 방법을 조사해 줄 테니까 확실한 정보를 손에 넣을 수가 있지."

"어떤 일이 어떤 곳에서?"

"글쎄, 많이 있지. 우선 사망, 출생, 결혼 같은 것을 조사해 달라고 할 수도 있단 말이오."

"아, 서머셋 하우스(유서 위탁소, 세무서, 등기소 등이 있는 런던의 건물)에서 조사해 보려는 거로군요? 결혼 때만이 아니고 사망 때도 서머셋 하우스에 가나요?"

"출생 때도 마찬가지요—자기가 가지 않더라도 대리로 누구를 시키면 되는 거라오. 거기서 사람이 사망한 날짜를 찾아내기도 하고, 유언장을 살펴보기도 하고, 교회에서 올린 결혼이라든가, 출생증명서 같은 것을 조사하게 되는 거요.

그런 일들을 모두 해준다오."

"돈이 꽤 들겠군요? 이사하는 비용을 치르고 나면 나머지로 절약해야 겨우 겨우 지낼 수 있는 형편인데."

"당신이 이 문제에 흥미를 가지고 있는 것을 생각하면, 이렇게 돈을 쓰는 것도 나쁘다고만 할 수는 없지 않겠소?"

"그래서 뭘 알아오셨나요?"

"돈을 내면 물건 사듯이 금방 알게 되는 것이 아니오. 조사가 끝날 때까지 기다려야 하거든. 그리고 보고가 들어오면……"

"그러니까 누군가가 와서 메리 조던이라는 사람이 리틀 셰필드에서 태어났다는 등의 보고를 하고 나면 그때는 당신이 직접 그리로 조사하러 간다는 건가요?"

"꼭 그런 것만도 아니오. 그 밖에도 인구조사 신고서에서 사망 증명서, 사망 원인이라든지 등등 많은 것들을 알게 된다오."

"아무튼 재미는 좀 있을 것 같군요. 그런 것들은 언젠가는 보탬이 되니까."

"그리고 신문사에 가서 신문철을 조사해 볼 수도 있소."

"기사 말인가요? 예를 들면 살인이나 재판?"

"그것만이 아니오. 누구든지 그때그때 사귀던 사람들이 있게 마련이오. 그때의 사정을 알고 있는 사람들, 그런 사람을 찾아낼 수 있소. 그리고 몇 가지 묻기도 하면서 옛정을 새롭게 하는 거요. 우리가 런던에서 사립탐정 사무실을 냈을 때처럼 말이오. 정보며 단서를 귀띔해 줄 만한 사람이 아직 몇몇은 남아 있을 것이오. 그런 일은 어느 정도 연줄이 제 구실을 해내거든."

"네, 정말 그래요. 나도 경험으로 알고 있어요."

"조사 방법이 당신과는 다르지. 당신 방법도 내 방법에 못지않지만. 하숙집이라고 할까? 그 '상 수시' 여관을 갑자기 찾아가 봤을 때의 일은 잊히지 않아. 제일 먼저 눈에 들어온 것은 당신이 뜨개질하는 블렌켄솝 부인으로 둔갑해 있었던 거요."

"그 무렵에는 내가 직접 조사하거나, 다른 사람에게 대신 조사시키는 것은 생각지도 못했기 때문이지요."

"그렇지 않아. 당신은 내가 손님과 아주 흥미 있는 이야기를 하고 있을 때 옆방 의상실에 숨어 들어가 있었잖아. 내가 어디로 가달라는 부탁을 받았는지, 무엇을 하려는지 당신은 이미 알고 있었기 때문에, 그래서 먼저 가 있었던 거야. 엿들었던 거지. 변명의 여지가 없소. 참으로 부끄러워해야 할 일이오."

"결과는 아주 만족스러운 것이었잖아요."

"그래, 잘될 것 같다는 육감 같은 것이 당신에게 있지. 느낌이 오는 모양이군."

"두고 보세요. 언젠가는 이 마을 일도 완전히 알게 될 거예요. 다만 너무 오래된 옛날이야기가 돼놔서. 정말 중요한 것이 이 부근에 숨겨져 있는 것이 아닐까요? 이 부근에 사는 사람에게 말이에요. 이 집이 관계가 있다든가, 옛날 여기에 살았던 사람이 중요하다는 생각이 드는 거예요. 정말 얼른 믿기지 않는 일이지만 말이에요. 그건 그렇고, 이제는 뭘 해야 할지 알았어요."

"그게 뭐요?"

"아침식사 전에는 할 수 없는 여섯 가지 일. 벌써 11시 15분 전이에요. 이젠 자야죠. 난 지쳤어요. 졸음도 오고, 그 먼지투성이의 낡은 장난감을 만졌더니 몸이 온통 지저분해졌네요. 거기에는 그것 말고도 여러 가지가 있을 거예요. 바로 그, 그런데 왜 케아─케이라고 했을까?"

"몰라. 어떻게 쓰는지 좀 아오?"

"글쎄, K─a─i였다고 생각되는데, 그냥 KK만은 아니에요."

"그게 오히려 더욱 수수께끼같이 들리기 때문인가?"

"일본어처럼 들리는데……."

터펜스는 자신 없는 소리로 말했다.

"대체 어디가 일본어처럼 들린다는 거요? 내겐 그렇게 들리지 않는데. 그것 보다는 먹는 것같이 들리는군. 쌀 같은 것이겠지."

"난 이제 자야겠어요. 몸을 깨끗이 씻어서 이 거미줄을 없애버려야지."

"아침식사 전에는 할 수 없는 여섯 가지 일을 잊으면 안 돼."

"그런 거라면 난 당신처럼 멍청하진 않아요."

"당신은 가끔 생각지도 못한 일을 하니까."

"나보다는 당신 말대로 되는 경우가 더 많은 걸요. 그래서 그만 질려버리는 때도 있지만. 그 여섯 가지 일은 우리들을 시험하기 위해서 하늘이 미리 마련해 둔 운명인 거예요. 그런 말을 한 것이 누구였더라? 입버릇처럼 말하곤 했는데."

"어쨌든 좋소. 낡은 옛날 먼지를 깨끗이 씻어버리고 오구려. 아이작은 정원 일에 도움이 되었소?"

"그 사람은 그렇게 생각하고 있어요. 그 사람 솜씨를 한번 시험해 보는 것도 좋을 거예요."

"공교롭게도 우리는 정원 일에 대해서는 아는 것이 별로 없잖소? 또 문제를 하나 안게 된 셈이로군."

제4장

트롤러브를 타고—옥스퍼드와 케임브리지

"아침식사 전에는 할 수 없는 여섯 가지 일이라고 했는데, 정말 그 말이 맞아." 터펜스는 커피를 다 마시고는 찬장 접시에 남아 있는, 보기만 해도 먹음직스러운 콩팥을 두 개 곁들인 계란 프라이를 생각하며 말했다.

"아침식사는 안 되는 일을 생각하는 것보다는 훨씬 소중한 시간인걸. 토미는 되지 않는 일을 쫓아가는 쪽이지만. 조사? 대체 뭘 알아낼 수 있을 거라고 생각하는지, 원……."

그녀는 콩팥을 곁들인 계란 프라이를 얼른 먹기 시작했다.

"여느 때와 다른 아침식사를 한다는 것은 정말 좋은 거로군."

그녀는 꽤 오래전부터 아침에는 언제나 커피와, 오렌지 주스나 포도로 때워왔었다. 체중 문제를 해결한다는 점에서는 더할 나위 없었지만, 그건 아침 식단으로는 충분한 만족감을 얻지 못하는 흠이 있었다. 찬장에 들어 있는 다른 요리가 두드러진 대조로 더욱더 소화액의 분비를 재촉하는 것이었다.

"틀림없이 파킨슨 집안사람들도 아침식사는 여기서 이런 것을 먹었을 거야. 계란 프라이나 베이컨을 곁들인 포치드 에그(달걀을 깨 끓는 물에 반숙한 것)나."

그녀는 먼 옛날로 돌아가서 오래전의 소설을 생각해 냈다.

"아마 그랬을 거야. 찬장에는 냉동된 뇌조(雷鳥) 고기가 들어 있었을 거고 얼마나 맛이 좋을까? 그래, 그래, 생각이 나. 듣기만 해도 맛있을 것 같았지. 물론 아이들은 뒷전이니까 다리밖에는 차지를 못했겠지만. 새의 다리란 건 제법 좋은 거라고 언제까지고 빨아먹을 수 있으니까."

남은 콩팥 한 조각을 입에 넣은 채 그녀는 귀를 기울였다. 너무 이상한 소리가 밖에서 들려오는 것 같았다.

"뭘까? 오케스트라의 가락이 잘못된 것 같은 소리인데."

다시 한동안 그녀는 토스트를 손에 든 채 가만히 귀를 기울였다. 앨버트가 들어오는 소리에 그녀는 고개를 들었다.

"무슨 일이 벌어졌어, 앨버트? 설마 일꾼들이 음악회를 시작한 건 아니겠지? 오르간 같은 걸로 말이야."

"피아노를 보러온 남자뿐인데요."

"피아노의 뭘 보러 왔지?"

"조율을 하러 왔답니다. 마님이 피아노 조율사를 부르라고 하셨기에."

"아니, 벌써 불렀어? 정말 빨리도 불러다 주었네, 앨버트."

앨버트는 만족한 모양이었으며, 또한 가끔 터펜스나 토미가 지시하는 엉뚱한 요구에 신속하게 응하는 것만은 참으로 대단하다는 것을 자신도 잘 알고 있는 듯했다.

"손볼 데가 꽤 많은가 봐요."

"그렇겠지."

터펜스는 커피를 반쯤 마시고는 방에서 나가 응접실로 들어갔다. 젊은 남자가 속에 들어 있는 턱없이 많은 것들을 송두리째 꺼내놓고 그랜드 피아노를 고치고 있었다.

"안녕하십니까, 마님?"

"안녕하세요. 일부러 오게 해서 미안해요."

"이건 조율을 하지 않으면 못쓰겠는데요."

"그래요. 보시다시피 이사 온 지 며칠 안 되지만 피아노는 이리저리 끌고 다니는 것이 별로 좋지 않으니까요. 그런데다가 꽤 오랫동안 조율을 하지 않았답니다."

"그렇습니다. 금방 알 수 있지요."

젊은 남자는 여러 종류의 화음을 차례차례 세 번씩 치더니 밝은 장음의 화음과 아주 구슬픈 나단조의 화음을 두 번씩 울렸다.

"좋은 악기로군요, 마님."

"네, 에라드예요."

"요즘은 이런 피아노는 좀처럼 구할 수 없답니다."

"몇 번 험하게 다뤘어요. 런던의 공습에서도 살아남은걸요. 집에 폭탄이 떨어졌는데 다행히 우리는 피난을 갔고, 피해는 외부뿐이었지요."

"그렇습니까? 네, 내부는 정말 괜찮군요. 크게 손볼 곳은 없습니다."

이야기는 기분 좋게 이어졌다. 청년은 먼저 쇼팽의 전주곡 중에서 처음 몇 소절을 치더니, 이어서 '푸른 다뉴브 강'을 쳤다. 이윽고 그는 일이 끝났다고 했다.

"너무 오랫동안 내버려두고 싶지 않군요. 틈을 보아 이상이 없는지 다시 살펴보겠습니다. 언제 또, 그 뭐라고 할까요, 고쳐놓은 부분이 원상으로 되돌아갈지 모르거든요. 그냥 귀로 들어서는 얼른 분간이 안 되는 예민한 것이 바로 소리라는 것이지요."

헤어지면서 두 사람은 음악에 대해서, 특히 피아노곡을 이해하는 사람끼리 통하는 화제라든가, 음악이라는 것이 인생에 가져다주는 기쁨에 대해서 완전히 의견일치를 본 두 사람답게 정중하게 인사를 교환했다.

"아직도 손이 많이 가야겠군요. 이 집수리를 마치자면."

청년은 주위를 둘러보면서 그렇게 말했다.

"우리가 이사 오기 전에 한동안 비워둔 집이었으니까요."

"네, 주인이 꽤 여러 번 바뀌었답니다."

"사연이 많은 집인 것 같군요. 옛날에 이러이러한 사람이 살았었다든지, 이상한 사건이 있었다든지 말이에요."

"아, 옛날 그 일을 말씀하고 계신 모양이군요. 1차 대전이었는지 2차 대전이었는지는 모르겠습니다만."

"해군의 비밀과 관계있는 일이었다면서요?" 터펜스가 기대를 걸며 말했다.

"어쩌면 그럴지도 모르지요. 소문이 자자했었던 모양입니다만, 저야 물론 직접은 모르지요."

"그렇겠지요. 당신이 태어나기 훨씬 전의 일이었으니까요."

터펜스는 청년의 젊디젊은 얼굴을 찬찬히 바라보면서 말했다.

청년이 돌아가자 터펜스는 피아노 앞에 앉았다.

"'비오는 소리'를 쳐볼까?"

조율사가 친 전주곡 연주가 계기가 되어 이 쇼팽의 곡이 생각난 것이다. 그녀는 화음을 몇 개 두드려 보고 반주를 넣어가며 처음에는 콧노래로 부르더니, 마침내 조그맣게 소리 내어 노래하기 시작했다.

내 진정한 연인은 어디에서 헤맬까?
내 진정한 연인은 나를 떠나 어디로 갔을까?
나뭇가지에서 지저귀는 새는 날 오라고 부르건만.
내 진정한 연인이 내 곁에 다시 올 날은 그 언제련가?

"이런, 키가 다른걸. 하지만 어쨌든 피아노는 제대로 고쳐졌군. 아, 다시 피아노를 칠 수 있다니, 정말 다행이야. '내 진정한 연인은 어디에서 헤맬까?'"
그녀는 흥얼거렸다.
"'내 진정한 연인'—트룰러브(truelove)야." 그녀는 생각에 잠기면서 말했다.
"진정한 연인? 아니, 그건 암호가 아닐까? 트룰러브를 한번 조사해 보는 것이 좋을 것 같은데."
그녀는 튼튼한 구두를 신고 풀오버를 입고는 정원으로 나갔다. 트룰러브는 본래 들어 있었던 KK 속이 아니라 빈 마구간 안에 있었다. 터펜스는 트룰러브를 끌어내어 온통 풀밭을 이루고 있는 비탈의 꼭대기로 끌고 올라갔다. 아직도 여기저기 묻어 있는 거미줄을 가지고 간 먼지떨이로 털어내고, 트룰러브에 올라타고서 발을 페달에 올려놓았다. 흔히 그렇듯이 이 목마에서 찾아볼 수 있는 세월과 상처를 감당할 수 있을 정도의 속력으로 굴러가게 해보았다.
"자, 나의 진정한 연인이여! 함께 언덕을 내려가 보자꾸나. 너무 서두르지는 말고."
터펜스는 페달에서 발을 떼어 만일의 경우에 대비해서 브레이크를 걸 수 있는 곳으로 옮겨놓았다. 무게만으로는 언덕을 내려가는 것이 이 목마의 장점이라고 했지만 트룰러브는 생각처럼 빨리 달리지는 않았다. 그런데 언덕이 갑자기 급하게 기울어졌다. 트룰러브가 급하게 굴러내려 갔기 때문에 터펜스는 한층 발에 힘을 주어 브레이크를 걸어보았지만, 언덕 기슭 칠레 삼나무 숲이라는 특히 기분 나쁜 곳으로 트룰러브와 함께 처박히고 말았다.

"꽤 한심한 꼴을 당했군." 그녀는 간신히 일어나면서 말했다.

칠레 삼나무 여기저기에 붙어 있는 가시에서 빠져나와 몸을 털고 주위를 둘러보았다. 눈앞에 펼쳐진 관목 숲이 맞은편 언덕 위에까지 이어져 있었다.

진달래와 수국이 온통 밭을 이루고 있었다. 꽃이 피면 꽤 볼 만할 것이다. 지금은 어디고 예쁘고 고운 구석이 없이 그냥 숲에 지나지 않았다. 그래도 여러 가지 꽃나무들과 관목 사이에 한때는 오솔길이었던 흔적이 남아 있었다. 지금은 나무들이 들어차 있지만 오솔길을 따라갈 수는 있었다.

터펜스는 나뭇가지를 한두 개 꺾어버리고는 눈앞의 덤불을 헤쳐서 언덕을 오르기 시작했다. 오솔길은 꾸불꾸불하게 언덕 위로 이어져 있었다. 근 몇 년 동안이나 이 길을 지나다닌 사람이 없는 것이 분명했다.

"어디로 가는 길일까?" 터펜스가 중얼거렸다.

"길이 있다면 그 까닭이 있을 거야."

오른쪽으로 왼쪽으로 오솔길은 두세 번 구부러져 갈지자가 되더니, 갑자기 이리저리 방향을 바꾸었다는 《이상한 나라의 앨리스》 라는 책 속에 나오는 한 구절의 의미를 정말 알 것 같은 느낌이 들었다. 차츰 덤불이 적어지고, 그 집 이름의 유래로 여겨지는 월계수가 보였다. 그 사이사이를 누비듯이 돌멩이 투성이인, 걷기에 아주 불편해 보이는 가느다란 길이 나 있었다. 그 길을 따라 가니까 뜻밖에도 이끼로 덮인 네 단으로 된 돌층계가 나왔다. 층계를 다 올라가 보니 처음에는 금속으로 되어 있었으나 뒤에 가서 볏짚으로 고쳐 만든 듯한 담장이 있었다. 신을 모신 곳인 듯 안에는 좌대가 있고, 그 위에는 퇴락할 대로 퇴락한 석상이 올려져 있었다. 바구니를 머리에 올려놓은 남자 아이의 모습이었다. 그 석상이 터펜스는 어쩐지 낯익었다.

"이런 것으로 어쩌면 쉽게 집 연대를 알게 될지도 몰라. 새라 숙모님 댁 정원에 있는 것과 꼭 닮았군. 그러고 보니 그 집 정원에도 월계수가 꽤 많이 있었어."

터펜스는 새라 숙모님에 대한 추억으로 빠져들었다. 어릴 때 가끔 놀러다니던 생각이 났다. 그때에는 '말놀이'라고 하는 게임을 하고 놀았었다. '말놀이'

를 하기 위해서는 스커트의 아랫단을 이용해야 했다. 그 당시 터펜스는 여섯 살이었다. 스커트를 말아 올려 그것을 말이라 생각하고는 갈퀴와 흐르는 듯한 꼬리를 가진 백마를 떠올렸다. 터펜스는 공상 속에서, 백마가 자신을 태우고는 푸른 잔디가 뒤덮인 들을 가로질러, 팜파스 잔디의 깃털 같은 이삭이 바람에 흔들리는 화단을 돌아, 이 길같이 좁은 길로 나아가는 것을 보았다. 그리고 그 좁은 길을 돌면 너도밤나무들 사이에 역시 이 담장과 같은 석상과 바구니가 놓여 있었다. 터펜스는 말을 달려 거기에 갈 때에는 언제나 선물을 가지고 갔다. 선물을 소년 머리 위 바구니에 넣게 되는데, 그때는 그것을 제물이라고 하고서 소원을 빌었던 것이다. 소원은 거의 언제나 이루어졌다.

터펜스는 올라간 돌층계에 갑자기 주저앉으면서 말했다.

"하지만 그건, 그것은 물론 사실 속임수를 쓴 거였지. 대개는 틀림없이 그렇게 될 줄 알고 있는 소원을 말했으니까. 하지만 소원이 이루어질 때면 정말 신기한 생각이 들곤 했어. 제물도 옛날부터 전해 내려오는 진짜 신에게 올리던 것이었고, 하긴 사실은 신이 아니라 그저 늘씬한 내 또래의 남자아이였지만. 아, 정말 재미있었어. 여러 가지 생각을 해내고는 완전히 그렇게 된 기분으로 놀곤 했으니까."

터펜스는 한숨을 쉬고 다시 좁은 길을 내려가서 KK라는 수수께끼 같은 이름을 가진 바로 그 온실로 갔다.

KK 안은 여전히 엉망으로 어질러져 있었다. 마틸드가 혼자 쓸쓸히 버림받은 모습으로 있는 것이 예전과 다를 것이 없었으나, 다른 두 가지가 터펜스의 관심을 끌었다. 도가─둘레에 백조의 모습을 곁들인 스툴이다. 하나는 짙은 청색, 다른 것은 엷은 청색이었다.

"그래, 어릴 때 이런 사진을 본 적이 있었어. 대개는 베란다에 놓여 있었지. 역시 숙모님만 이런 것을 가지고 있었어. 우리는 옥스퍼드와 케임브리지라고 부르곤 했었지. 정말 어쩌면 이렇게 똑같을까? 그건 봉황새였던가? 아니야, 백조였어. 백조가 둘레에 그려져 있었다고. 그리고 앉는 곳에 이것과 똑같이 묘한 것이 있었어. S자형의 구멍도 있었지. 여러 가지를 그 속에 집어넣을 수 있었어. 그래, 아이작에게 부탁해서 이 스툴을 꺼내어 깨끗이 씻어 달래야지. 이것을 로지아(시원한 복도)에 놓아두면 좋겠어. 아이작은 그것을 로저라고 고집하겠지만, 나는 베란다라고 하는 편이 훨씬 어울리는 것 같은데—거기에 놓아두면 날씨가 좋을 때 즐거움을 줄 거야."

터펜스는 문으로 뛰어가려 했다. 마틸드의 튀어나온 부분이 흔들거리는 바람에 다리가 걸렸다.

"어머, 큰일이야! 무슨 일이 난 건 아닌지 몰라!"

짙은 청색 도기 스툴에 다리가 부딪친 것이다. 스툴은 바닥에 굴러 두 조각이 나고 말았다.

"어머, 옥스퍼드를 그만 못쓰게 만들었어. 케임브리지로 대신할 수밖에 어쩔 수가 없겠군. 본래대로 다시 붙일 수도 없을 것 같아. 이렇게 깨어져선 아무래도 뾰족한 수가 없겠는데."

터펜스는 한숨을 쉬고서 지금쯤 토미는 무엇을 하고 있을까 생각했다.

토미는 옛날부터 알던 사람과 지난 이야기들을 하느라 정신이 없었다.

"요즘은 세상이 아주 묘하게 되어버렸어." 애트킨슨 대령이 말했다.

"자네하고 그 뭐라고 했었나, 푸르던스? 아니, 자네는 애칭으로 불렀었지. 터펜스라고 했었나? 자네들은 시골로 들어간 모양이더군. 할로케이 근처라고들 하던데, 어째서 그런 곳으로 옮겨갔나? 특별히 무슨 이유라도 있나?"

"아니, 집이 생각보다 쌌거든요."

"흠, 그거 운이 좋았군. 이름은? 주소를 알아두어야겠어."

"'삼나무 저택'으로 해볼까 하고 생각을 하고 있습니다. 아주 훌륭한 삼나무가 있으니까요. 본래는 '월계수 저택'이라고들 불렀지요. 그건 빅토리아 왕조의 유물 같지 않습니까?"

"'월계수 저택'이라? '할로케이 월계수 저택'이로군. 아니, 이 사람아! 요즘 자네는 뭘 하고 있나? 일거리가 생긴 게로구먼."

토미는 흰 수염을 빳빳하게 기른 연로한 얼굴을 쳐다보았다.

"일을 시작했지?" 애트킨슨 대령이 말했다.

"또 나라를 위해서 봉사하라고 끌려 나간 모양이로군?"

"아닙니다. 이 나이로는 이제 무리이지요. 그런 일에선 완전히 손을 뗐습니다."

"글쎄, 그게 사실일까? 그저 입으로는 그렇게 대답하라고 명령을 받았겠지. 어쨌든 그 사건에 대해서는 아직 밝혀지지 않은 부분이 한둘이 아니니까."

"무슨 사건인데요?"

"자네도 신문이나 방송에서 때로는 소문으로 들었겠지? 카딩턴 사건 말일세. 그 사건에 이어 다른 사건이 있었지? 왜, 편지 사건이라는 것 말일세. 거기에다 엠린 존슨의 잠수함 사건도 있었고"

"듣고 보니 어렴풋이 기억이 나는 듯도 하군요."

"실제로 잠수함과는 관계없는 일이었지만, 그것을 계기로 사건 전체가 주목받게 되었었지. 거기에 또 그 편지 말이야. 결국 문제는 정치적으로 처리되었어. 그래, 편지야. 그 편지만 당국에서 압수했더라면 국면은 거꾸로 바뀌었을걸. 당시 정부에서 절대적인 신임을 받고 있었던 몇몇 사람들에게 당국은 주의를 기울였을 걸세. 그런 일이 일어나다니 놀라운 얘기가 아닌가? 아니, 정말 사자 몸속의 벌레라는 말이 딱 어울리네그려. 언제나 대단한 신뢰를 받아왔고 트집 잡을 데가 없는 인물, 늘 혐의의 여지가 없는 인물이었단 말이야. 그 뒤로 지금까지, 아직도 밝혀지지 않은 일이 많이 있다는 걸세."

대령은 한쪽 눈을 살짝 감았다.

"아마 자네는 그 조사를 위해 지금 사는 곳으로 보내진 게지, 아닌가?"

"조사를 하다니, 무슨 말씀이신지?"

"자네가 살고 있는 집 말일세. '월계수 저택'이라고 했나? '월계수 저택'에 대해서는 근거 없는 말들이 오가던 때가 있었지. 그전에도 조사를 한 적이 있었네. 공안부 계통에서 말일세. 그 집에 귀중한 증거가 숨겨져 있을 것으로 생각한 게야. 당국 감시의 눈이 번득이는 상황에서 이미 국외로 빼돌려졌다는 견해도 있었자—이탈리아가 아닌가 하는 말들도 있었네만. 그러나 한쪽에서는 아직 그 집 부근 어딘가에 숨겨져 있을지도 모른다는 견해도 있었네. 그런 집에는 지하실이며, 포석(鋪石)이며, 여러 곳에 숨길 곳이 많으니까. 이 사람, 토미! 난 아무래도 자네가 다시 수사에 뛰어들었다고 느껴지는데?"

"지금은 그런 일을 일체 하지 않고 있습니다."

"그전에도 세상에서는 모두들 그렇게 알았지. 자네가 다른 곳에 있을 때의 이야기일세. 먼젓번 전쟁이었어. 자네는 그 독일인을 뒤좇지 않았나? 그리고 그 동요책을 가진 여자 사건도 있었지. 그래, 그 모두가 아주 멋진 솜씨였다네. 그러니 이번에도 자네는 어떤 명령을 받고 조사에 뛰어든 것이 분명하구먼 뭐."

"농담이 아닙니다. 그런 식으로 생각하면 곤란한데요. 저는 지금은 그저 한낱 시골 노인에 불과합니다."

"늙은 여우지, 자네는. 요즘 젊은 녀석들보다 분명히 한 수 위라고. 아니, 정말일세. 그렇게 시치미떼는 것을 보니, 꼬치꼬치 캐물어서는 안 되겠군. 국가기밀을 누설하라는 것은 무리한 얘기지, 그렇지 않은가? 여하튼 부인을 잘 지키게. 자네 부인은 옛날부터 너무 깊이 빠져버리는 편이니까. 'N 또는 M' 사건 때에도 막판에 가서 자칫 그만 목숨을 잃을 뻔하지 않았는가?"

"아닙니다. 터펜스는 그저 그곳 옛일에 흥미를 느끼고 있을 뿐입니다. 옛날 어디 어디에 누가 살았었다든가, 이번 이사한 집에 옛날에 살았던 사람의 그림 같은 일에 관심이 있을 뿐인걸요. 나머지는 정원 꾸미는 일이지요. 지금 우리들이 정말로 흥미를 가진 것은 그 정도입니다. 정원에 대한 일, 정원 일과 구근의 카탈로그라든가 그런 것 말입니다."

"글쎄, 앞으로 1년쯤 아무 일도 일어나지 않는다면야 나도 믿을지 모르겠네. 하지만 나는 자네가 어떤 사람이라는 걸 알고 있단 말일세. 베레즈포드와 베레즈포드 부인을 알고 있다. 자네들 두 사람이 손을 잡으면 멋진 2인조라네. 무엇인가 찾아낼 게 틀림없어. 만일 그 문서가 드러나게 되면 정계에는 아주 중대한 영향을 끼치게 될 것이네만, 그것을 달갑게 여기지 않을 무리도 몇 명쯤 있겠지. 아니, 거의 모두라고 해야겠지. 그리고 그것을 달가워하지 않는 무리들은 말하자면, 고결한 선비의 본보기처럼 생각되고 있겠지. 그러나 일부 사람들에게는 위험인물이라고 생각되고 있다네. 그것을 잊지 말아야 하네. 위험한 인물, 위험하지 않은 사람도 그 위험한 무리와 관련을 가지고 있다는 걸 말일세. 그러니까 조심하게나. 부인에게도 조심하도록 단단히 일러두고."

"대령님 생각을 듣고 보니 어처구니가 없군요. 이야기를 듣고 있으려니 정말 흥분하게 되는걸요."

"흥분하는 것은 상관없네만, 터펜스 부인에게는 각별히 마음을 쓰도록 하게. 나는 자네 부인에게 대단한 호의를 가지고 있다네. 좋은 아가씨지. 옛날부터 그랬었어."

"이제 아가씨라고는 할 수야 없지요."

"마누라를 그런 식으로 말하다니. 그런 습관에 길들여지면 안 되지. 그런 여자는 어디에나 있는 사람이 아닐세. 그 사람이 노린 녀석이야말로 불쌍한 인간이지. 오늘도 또 찾아다니고 있는 것은 아닌가?"

"그렇지는 않을 겁니다. 아마 나이 많은 여인들과 어울려 차라도 마시고 있겠지요."

"그럴듯하군. 나이 든 여인들은 때로 꽤 도움이 되는 정보를 들려주니까. 나이 든 여인들과 다섯 살짜리 아이들 말이야. 가끔 뜻밖의 사람이 꿈에도 생각지 않았던 사실을 가르쳐 주기도 한다네. 이에 대해서는 여러 가지 이야기가 있긴 하지만……."

"그렇겠군요. 대령님."

"아니야, 그만두기로 하세. 기밀을 누설할 수는 없으니까."

애트킨슨 대령은 고개를 저었다.

돌아오는 기차 안에서 토미는 창 밖을 지나가는 시골 경치에 눈길을 주고 있었다. 그가 중얼거렸다.

"알 수 없군. 정말 알 수 없어. 그 대령 영감은 늘 국내 사정에 밝은 편이거든. 여러 가지 사정에 정통해. 그렇긴 하지만 당장 큰일이 벌어질지도 모른다니, 그런 문제가 대관절 있기는 있는 것일까? 모두 옛날 일이 아닐까? 아무 일도 없어. 전쟁이 끝나고 지금까지 그 꼬리를 끌고 있는 문제 같은 것이 있을 리가 없지. 현실과는 아무 상관도 없는 이야기에 불과해."

그리고 또 생각했다. 새로운 사상—EEC적인 사상이 대두되고 있다. 그것도 토미의 이해를 뛰어넘는 곳에서 말이다. 왜냐하면 손자나 조카들을 비롯하여 새로운 세대가 등장한 것이다. 그들 가족 중에서 젊은이들이 지금은 이미 무시할 수 없는 존재로 힘을 가지고 있으며 영향력, 권력의 자리를 차지하고 있다. 그것은 그들이 그렇게 되도록 타고난 것이다. 그들이 어떤 순간 충성심을 잃게 되면 유혹에 빠지기 쉬운데, 그것이 어떻게 해석될 것인가는 차치하고라도 새로운 주의든 낡은 주의의 답습이든 믿을 수가 있기 때문이다. 바야흐로 영국은 기묘한 상태에 있다. 지난날의 영국과는 다른 상태에 놓여 있는 것이다. 아니, 실제로는 옛날과 같은 상태에 있는 건 아닐까? 조용한 수면 밑에는 검은 진흙이 숨겨져 있다는 점에서 옛날이나 지금이나 다를 것이 없다. 맑은 물은 바다 밑 조그만 돌이나 조개 위에까지 계속되지 않는다.

움직이는 것, 그것도 그냥 보아서는 모를 정도로 느리게 움직이는 것을 찾아내어 미리 그 움직임을 막아버리지 않으면 안 되는 것이다. 그러나 그것이 설마, 설마 할로케이 같은 곳에 있을 리는 없다. 설령 과거에는 있었다 하더라도, 할로케이는 과거에 속하는 땅일 뿐이다. 처음에는 어촌으로 발전했고, 그 뒤에 다시 영국의 리비에라(휴양지)로 발전을 했다—지금에 와서는 8월에만 떠들썩한 피서지에 지나지 않지만. 요즘에는 거의 모두들 패키지여행으로 외국에 가는 것을 좋아하게 되었다.

"그래서, 재미있었어요, 없었어요? 옛날 동료는 어땠어요?"

터펜스는 그날 밤 저녁식사를 마치고 커피를 마시러 다른 방으로 가면서 말했다.

"응, 꽤 건강하게 잘 지내고 있더군. 당신 할머니들은 어땠소?"

"그게 말이에요, 피아노 조율사가 왔었거든요. 오후에는 비까지 내려서 나가는 건 그만두었어요. 조금 후회가 되더군요. 그 할머니라면 재미있는 이야기를 들을 수 있었을지도 모르는데."

"내 쪽은 이야기를 해주더군. 너무 뜻밖이었어. 사실대로 말해서 당신은 이곳을 어떻게 생각하오, 터펜스?"

"이 집 말이에요?"

"아니, 이 집 이야기가 아니오. 할로케이를 말하는 거요"

"글쎄, 아주 멋진 곳이잖아요."

"멋지다고?"

"멋지다는 건 좋은 말이지요. 보통은 멸시당하고 있지만 어째서 그런지 난 모르겠어요. 멋진 곳이란 아무 일도 일어나지 않는 곳이란 뜻이지요. 아무 일도 일어나지 않으면 좋겠다고, 누구나 그렇게 생각하니까요. 아무 일도 없이 지나가면 그처럼 고마운 일은 없지요."

"그렇군. 하지만 그건 우리가 나이를 먹은 탓이겠지."

"아니에요, 나이 탓이 아니에요."

"아무 일도 일어나지 않는 곳이 있다는 것을 알고 있는 게 멋지기 때문이에요. 하긴 오늘도 자칫 무슨 일이 일어날 뻔했지만."

"자칫 무슨 일이 일어날 뻔했다니, 그게 무슨 뜻이오? 공연히 쓸데없는 일을 하려던 것은 아니오, 터펜스?"

"아니에요. 물론 그런 일은 없어요."

"그렇다면 무슨 일이오?"

"온실 지붕 유리창 말이에요. 얼마 전부터 흔들거리는 것이 위험했거든요. 그것이 바로 머리 위에서 떨어졌다고요. 난 자칫 산산조각이 날 뻔했어요."

"다행히 산산조각이 나진 않은 모양이군." 토미는 그녀를 보면서 말했다.

"네, 운이 좋았어요. 하지만 정말 간이 떨어질 뻔했는걸요."

"그 할아범을 오라고 해야겠소. 뭐라고 했더라……, 아이작이라고 했소? 다른 유리창도 살펴보게 합시다. 당신이 없는 세상은 바라지 않으니까, 터펜스."

"낡은 집을 사게 되면 반드시 이상한 곳이 생기는 법이에요."

"이 집에도 이상한 곳이 있다고 생각하오, 터펜스?"

"대체 무슨 뜻이지요, 이 집에 이상한 곳이라니?"

"실은 오늘 좀 묘한 이야기를 들어서 말이오."

"어머, 묘한 이야기라니, 이 집에 대한 거예요?"

"그렇소"

"설마, 토미, 그런 일은 생각할 수도 없어요."

"어째서 생각할 수 없다는 거요? 이 집이 아주 멋지고 흠잡을 데가 없어 보이기 때문에, 아니면 구석구석 페인트를 칠하고 수리했기 때문이오?"

"그렇지 않아요, 페인트를 칠하고 수리해 둔 것도, 또 흠이 없어 보이는 것도 모두 우리들 덕분이지요. 사들였을 때에는 낡고 엉망이었으니까요."

"그야 그렇지. 그러니까 값이 싸지 않았소?"

"당신 아무래도 좀 이상한 것 같아요, 토미. 대체 무슨 일이에요?"

"실은 당신도 알지? 그 수염쟁이 몬티를 만났단 말이오."

"어머, 그 할아버지 말이군요? 내 안부도 물어보던가요?"

"응, 당신더러 몸조심하라고 전하고, 내게 당신을 잘 보살피라고 하더군."

"언제나 그렇게 말한다고요. 하지만 어째서 조심해야 하는지 난 알 수가 없군요. 도저히……."

"그게 말이오, 여기는 아무래도 조심을 해야 하는 곳인 모양이오."

"대체 그게 무슨 뜻이지요, 토미?"

"터펜스, 당신은 어떻게 생각하오? 우리가 은퇴한 것이 아니고 현역으로 여기서 활동하는 것이라고, 빙빙 둘러서 얘기를 하든 넌지시 하든 어쨌든 그런 말을 들었다면 말이오. 'N 또는 M'의 무렵처럼 다시 한 번 이곳에서 임무를 맡고 있는 것이라고 하더군. 무엇인가를 발견하기 위해서 당국에서 이곳으로 파견한 것이라고 말이오. 이 집에서 이상한 점을 찾아내기 위해서라나."

"당신 혹시 꿈이라도 꾸고 있는 건 아니에요, 토미? 아니, 꿈을 꾸는 것은 수염쟁이 몬티 쪽인가? 세상에, 그런 소릴 하다니."

"응, 몬티가 그렇게 말했소. 몬티는 우리가 무엇인가를 밝혀낼 임무를 띠고 이곳에 와 있는 것이 틀림없다고 생각하더구먼."

"무엇인가를 밝혀낸다고요? 그것이 어떤 것인데요?"

"이 집에 어쩌면 숨겨져 있는 것을 밝혀내는 거지."

"이 집에 어쩌면 숨겨진 게 있다고요? 토미, 당신 머리가 이상해진 거 아니에요? 아니면, 이상한 건 몬티 쪽인가?"

"응, 나 역시 그 영감이 머리가 혹시 어떻게 된 건 아닌가 하는 생각을 했지. 그러나 꼭 그렇게만 생각할 수 없게 되었단 말이오."

"이 집에서 대체 뭘 찾아낸다는 거예요?"

"옛날 여기 숨겨져 있던 게 아닐까?"

"파묻힌 보물, 그런 걸 말하는 거예요? 지하실에 러시아 왕관에 박혔던 보석이 숨겨져 있다든가……."

"아니, 보물은 아니오. 누구 목숨이 달아날지도 모르는 거야."

"어머, 묘하군요."

"왜? 뭣 좀 찾아냈소?"

"아니, 물론 아무것도 아는 건 없어요. 다만 이미 몇 년이나 지난 일이지만, 이 집과 관련이 있는 사건이 있었던 것 같아요. 실제로 그것을 기억하는 사람이 있다는 것이 아니고, 옛날 할머니에게서 들었다든지, 하인들이 수군거렸다는 정도지만 말이에요. 실제로 비어트리스만 해도 그 일을 알고 있는 친구가 있지요. 그리고 그 소동에 메리 조던이 관계되어 있었고요. 소란이라고는 해도 완전히 수습되어 버린 것이지만요."

"생각나는 일이 있소, 터펜스? 그 젊고 신나던 시절로 돌아가 버린 건가? 루시타니아 호 아가씨에게 누군가가 비밀을 맡겼을 무렵이라거나, 우리가 모험하던 무렵이라든가, 수수께끼 속의 브라운 씨를 쫓아다니던 때로?"

"어머, 그건 벌써 옛날이야기예요, 토미. 우리들은 '청년 모험단'이라고 불렸었지요. 지금 와서 생각해 보면 정말로 있었던 일 같은 생각이 안 드는군요, 그렇지 않아요?"

"응, 정말이야. 꿈에도 그런 생각은 안 들어. 하지만 정말로 있었던 일이오. 그렇고말고, 분명히 있었던 일이지. 믿어지지 않는 일이지만 사실 많은 일이 있었거든. 적어도 60년이나 70년 전의 일이 틀림없어. 어쩌면 훨씬 그 이전이었나?"

"몬티는 무슨 말을 하던가요?"

"편지인가, 서류라고 했는데, 그것이 정치적으로 큰 소동을 일으킬지 모른다고 하면서, 실제로 일어난 일이었다고 했소. 권력층에 앉아 있는 사람, 그리고 본래 권력층에 있으면 안 될 사람이 그 편지인지 서류인지 하는 것이 밝혀지면 틀림없이 실각된다는 것이오. 온갖 음모로 얼룩진 옛날 사건에 대한 거지."

"메리 조던과 같은 무렵 말이에요? 어쨌든 있을 것 같지도 않은 이야기네요. 당신은 아마 돌아오는 기차에서 잠이 들어서 그런 꿈을 꾸었을 거예요."

"그럴지도 몰라. 있을 법한 이야기가 분명히 아니거든."

"하지만 조사해 보는 것도 나쁘진 않아요. 기왕 우리는 이곳에 살고 있으니까요." 터펜스는 방 안을 둘러보았다.

"여기에 무엇인가가 숨겨져 있다니 도저히 믿어지지 않는군요. 당신은 어때요?"

"무엇인가가 숨겨져 있을 집으로는 보이지 않는군. 그 뒤로도 많은 사람들이 이 집에서 살아왔고 말이오."

"그래요. 우리가 알기로도 주인이 여러 번 바뀌었지요. 어쩌면 다락방이나 지하실에 숨겨져 있을지도 몰라요. 아니면, 정자 마루 밑에 묻어두었을지도 모르고 숨기려고만 들면 어디든지 숨길 수는 있을 것 같군요. 어쨌든 제법 기분 풀이는 될 것 같은데요. 달리 할 일이 없을 때라든지, 튤립을 심고 난 뒤 등이 욱신욱신 쑤실 때에는 조금씩 조사해 보는 것도 좋겠지요. 아니, 좀 생각해 볼 뿐이죠. '만일 내가 뭘 숨긴다고 하면 어디에 숨길 것인가? 어디라면 발견되지 않고 넘어갈까?'에서부터 시작하는 거예요."

"어쨌거나 여기서는 발견되지 않고 그냥 넘어갈 것 같지는 않군. 정원사, 집 안을 여기저기 뜯어고치는 녀석, 그전에 살았던 일가, 부동산 중개업자든가 하는 이런저런 사람들이 들락거리는 곳이니 말이오."

"글쎄, 그건 모르는 일이에요. 뜻밖에도 커피포트 안에 들어 있을지도 모른다고요."

터펜스는 일어나서 맨틀피스(벽난로 장식 선반)쪽으로 가서는 스툴 위에 놓여 있는, 도기로 만든 중국제 커피포트를 내렸다. 그리고 뚜껑을 열고서 안을 들여다보았다.

"아무것도 없는데."

"있을 것 같지도 않은 곳이야."

"이렇게 생각해 볼 수는 없을까요?"

터펜스는 음산한 느낌이기보다는 기대에 찬 소리로 말했다.

"누군가가 나를 살해할 생각으로 온실 천정 창문 유리를 내 머리 위에 떨어지도록 조작해 둔 것이라고 말이에요."

"그것도 있을 법한 일은 아니군. 아마 아이작 할아범 위에 떨어뜨릴 생각이 었겠지."

"너무 김빠지게 하지 말아요. 모처럼 위기일발에서 목숨을 건졌다고 생각하고 싶은데."

"어쨌든 조심해서 나쁠 건 없소. 나도 당신이 무슨 일을 당하지 않도록 조심할 테니까."

"당신은 내 일이라면 언제나 쓸데없이 걱정만 하는군요."

"쓸데없는 걱정을 다 해주니 얼마나 자상한 남편이오. 당신은 이런 남편을 가졌으니 춤이라도 덩실덩실 추어야 할 거요."

"당신을 기차 안에서 누가 쏘려고 했다거나, 당신이 탄 차에서 탈선 전복사고가 일어나지는 않았나요?"

"없었소. 하지만 당신이나 나나 앞으로 차를 타고 외출할 때에는 그에 앞서 브레이크를 조사해 보는 것이 좋겠어. 물론 그런 일은 아주 바보 같은 이야기지만."

"물론 바보 같은 이야기예요. 정말 바보 같아. 하지만 역시……."

"하지만 역시 뭐요?"

"그런 일은 생각해 보는 것만으로도 재미있어요."

"즉, '알렉산더는 대체 무엇을 알고 있었기 때문에 살해되었는가?' 하는 문제 말이오?"

"알렉산더는 메리 조던을 살해한 범인에 대해서 알고 있었던 거예요. '범인은 우리들 중에 있다'……." 터펜스의 얼굴이 갑자기 밝아졌다.

"'우리들'이란 말이에요." 그녀는 힘주어 말했다.

"그 '우리들'이 누군지 완전히 알기 전에는 이야기가 안 되겠군요. 전에 이 집에 있었던 '우리들'. 그것은 아직 해결되지 않았어요. 그것을 해결하기 위해서는 과거로 거슬러 올라가 봅시다, 사건의 무대며 원인까지 말이에요. 이런 일을 해보는 것은 우리로서도 이것이 처음이에요."

제5장

조사 방법

"대체 지금까지 어디에 있었소, 터펜스?"

토미는 다음 날 집에 돌아오자마자 물었다.

"마지막으로 지하실을 죽 살펴보았어요."

"나도 그건 알아. 그래, 당신 머리칼에 거미줄이 잔뜩 붙어 있는 걸 모르겠소?"

"네, 물론 그렇겠지요. 그 지하실은 거미줄투성이니까. 어쨌든 거기에는 아무것도 없었어요. 기껏 찾아낸 것이 베이 럼(머리에 바르는 향수)이에요."

"베이 럼이라고? 그거 재미있군."

"그래요? 그런데 이걸 마시나요? 설마 그렇지는 않을 것 같은데."

"그래, 옛날엔 그것을 머리에 바르고 다녔지. 남자만. 여자는 아니고 말이오."

"그렇겠지요. 그러고 보니 우리 작은아버지도—맞아요, 우리 작은아버지도 베이 럼을 썼었어요. 작은아버지 친구가 미국에서 선물로 가져온 거였다죠."

"흠, 그거 꽤 재미있군."

"특별히 재미있을 것 같지는 않은데요. 어쨌든 우리에겐 아무 쓸모가 없잖아요? 베이 럼 병 안에 뭘 숨긴다는 건 할 수 없는 일이지요."

"그렇군. 당신이 무얼 하고 있었는지 알 것 같아."

"여하튼 어디에서든지 시작은 해야 하니까요. 만일 당신 친구 이야기가 사실이라면 이 집에 무엇인가가 숨겨져 있을 가능성도 전혀 없는 건 아니에요. 대체 어디에 있으며, 어떤 물건인가는 짐작하기 어렵지만. 생각해 보세요, 집을 판다거나, 죽거나 해서 집을 넘겨줄 때에는 집은 물론 빈집이 되겠지요? 다시 말하자면 뒤를 이어 집을 인수한 사람이 가구를 끌어내어서 팔아버릴 것이며, 만일 그대로 남겨두었다고 해도 또 그다음 사람이 들어와서는 처분할 것이므로 집에 그대로 남아 있는 것이라면, 고작 바로 전임자가 쓰던 물건 정도지 훨씬 이전 사람들의 물건 같은 것은 절대로 남아 있지 않을 거예요."

"그렇다면 대체 어째서 누가 당신이나 나에게 위해를 가하려 하거나 우리를 이 집에서 쫓아내려는 생각을 하게 되었을까? 발견되어서는 곤란한 무엇인가가 이 집에 없다면 말이오."

"하지만 그건 본래 당신 머리에서 나온 거예요. 어쩌면 그 모두가 사실이 아닐지도 모르지요. 그거야 어찌되었건 전혀 보람 없는 하루는 아니었어요. 조금은 관심을 가질 만한 것이 발견되었거든요."

"메리 조던과 관계있는 거요?"

"꼭 그렇지는 않아요. 그 지하실은 대단한 것이 아니에요. 사진 도구라고 생각되는데, 낡은 것이 조금 있을 뿐이지요. 바로 그 당시에 쓰던 것 같은 빨간 유리가 끼워져 있는 현상 램프, 그리고 베이 럼. 하지만 떼어내면 밑에 숨겨둘 수 있는 포석 같은 것은 없었어요. 삭아빠진 양철 트렁크가 몇 개, 낡은 슈트 케이스가 둘 있었지만 이제는 도저히 쓸 수 없는 물건이에요. 발로 걷어차면 산산조각이 날 것 같더군요. 너무 예상 밖이었어요."

"허, 참! 고생만 했구려."

"하지만 재미있는 것도 있긴 했어요. 나 자신에게 물어보았거든요. 자신에게 물어보지 않으면 안 되는 일도 때로는 있는 거니까. 그런데 이젠 위로 올라가서 이 거미줄을 떼어내고, 그런 다음에 이야기를 계속하는 것이 좋겠어요."

"그게 좋겠지. 나로서도 좀 깨끗해진 당신을 보는 게 좋으니까."

"'잉꼬 노부부'의 분위기에 젖히고 싶으면 나를 보면서 나이는 젖혀두고 자기의 눈에 아내는 아직도 미인이라고, 평소에도 늘 그렇게 생각하고 있지 않으면 안 되지요."

"터펜스, 내 눈에는 당신은 대단한 미인이오. 그 왼쪽 귀 위에 늘어져 있는 동그란 거미줄은 더욱 매력적이구려. 유제니 황후의 초상화에서 가끔 보게 되는 말아 올린 털 같구려. 맞아, 황후의 목덜미에 가볍게 늘어져 있었소. 당신 머리에 있는 것은 그 안에 거미가 들어 있을 것 같지만 말이오."

"어머, 징그러워!"

터펜스는 손으로 거미줄을 털어냈다. 그리고 2층으로 올라갔다가 다시 토미에게로 왔다. 그녀 앞에는 유리컵이 놓여 있었다. 그녀는 그것을 의심스러운 눈으로 바라보았다.

"저에게 베이 럼을 먹일 생각은 아니겠지요?"

"설마! 나 역시 특별히 베이 럼 같은 것을 마시고 싶진 않소."

"그런데 아까 그 이야기를 계속해도 된다면……."

"제발 그렇게 해주었으면 좋겠소. 그냥 내버려둬도 당신은 이야기를 계속할 테니, 나로서는 내가 재촉을 해서 당신이 이야기를 하는 것이라고 생각하고 싶단 말이오."

"내 자신에게 물어보았거든요. '누구에게도 발견되어서는 안 될 것을 이 집에 숨긴다고 하면, 나는 어떤 곳을 숨길 장소로 고를 것이냐?' 하고 말이에요."

"응, 꽤 논리적이로군."

"그래서 이렇게 생각해 보았어요. 숨길 곳이라면 어떤 곳이 있는가? 네, 그 가운데 하나는 말할 것도 없이 마틸드의 뱃속이지요."

"지금 뭐라고 했소?"

"마틸드의 뱃속이라고 했어요. 그 흔들 목마 말이에요. 지난번에 이야기했죠? 미국제 흔들 목마 말이에요."

"꽤 많은 것들이 미국에서 들어온 모양이군. 베이 럼도 그렇다고 했지?"

"어쨌든 아이작 할아범이 말했듯이 그 흔들 목마는 배에 구멍이 나 있어요. 옛날부터 구멍이 나 있었던 모양인데, 이상하고 낡은 종잇조각 같은 것이 잔뜩 나왔어요. 이렇다 할 것은 없었지만, 그러나 어쨌든 숨겨둘 만한 곳이라고 생각지 않으세요?"

"그 말이 맞소."

"그리고 트룰러브예요. 그래서 트룰러브를 한 번 더 조사해 보았지요. 거의 누더기가 되어버린 말안장이 붙어 있었지만, 아무것도 찾아낸 것은 없어요. 그렇게 되고 보니 다른 사람의 물건이었던 것은 더 이상 없지 않겠어요? 그래서 다시 생각해 보니, 네, 역시 또 있었어요. 책장과 책, 사람들은 책 사이에다 곧

잘 숨기곤 하니까요. 게다가 2층 서고 정리는 아직 완전히 끝나지도 않았잖아요?"

"나는 벌써 끝난 줄만 알고 있었는데."

토미는 기대를 안고 말했다.

"말도 안 돼요. 맨 아래 칸도 아직 끝나지 않았어요."

"거긴 끝난 거나 같소. 사다리를 타고 올라가서 일일이 내리고 올리지 않아도 되니까."

"그 말이 맞아요. 그래서 난 서고로 갔었지요. 그리고 바닥에 앉아서 제일 아래 칸을 조사해 보았어요. 거의 설교집뿐이더군요. 옛날 설교를 감리교 목사가 책으로 묶은 것 같았어요. 어쨌든 재미도 없었고 내용도 별로 이상하지 않더군요. 그래서 그 책을 모두 바닥으로 꺼내 보았어요. 그랬더니 나온 거예요. 책장 바닥에 옛날 누군가가 커다란 구멍을 뚫었던 거예요. 여러 가지 것들이 그 속에 쑤셔 박혀 있었어요. 책 같은 것은 거의 모두 뜯어져 있었고요. 그중에서 조금 큰 책이 있더군요. 갈색 표지 책인데 한번 꺼내보았더니, 정말 알 수 없는 일이에요. 자, 그 책이 뭐라고 생각되나요?"

"글쎄, 짐작도 할 수가 없군. 로빈슨 크루소의 초판이라도 되는 가치 있는 거요?"

"아니에요. '버스데이 북'이에요."

"'버스데이 북'? 뭐요, 그게?"

"옛날 사람들은 그런 것을 가지고 있었어요. 아주 오래된 거였어요. 파킨슨 일가가 살던 무렵, 어쩌면 그 훨씬 전일지도 몰라요. 간직할 만한 것도 아니고, 아무도 관심을 갖지 않았겠지요. 하지만 분명히 오래된 것을 혹시 뭐라도 찾아내게 될지 모른다는 생각이 들었어요."

"그럴지도 모르겠군. 그 '버스데이 북' 책갈피에 꽂아두었을지도 모른다는 이야기로군."

"네. 하지만 물론 그런 행동을 했을 리는 없지요. 그렇게 단순하게 말이에요. 그러나 언제 한번 자세히 조사해 볼 생각이에요. 아직 자세히 살펴보지는 못했으니까. 혹 어쩌면 까닭이 있을 듯한 이름이라도 쓰여 있어서 뭐라도 좀 알게 될지도 모르지요"

"글쎄, 그럴지도 모르지." 토미는 다소 회의적인 어조로 말했다.

"이야기는 이게 전부예요. 책에서 발견한 것은요. 맨 아래 칸에는 그것 말고는 아무것도 없었어요. 나머지 조사해 볼 만한 곳이라면 그릇 선반이 있어요"

"가구는 어떻소? 가구에는 비밀 서랍 같은 것이 흔히 있지 않소"

"안 되겠군요, 토미. 당신은 사물을 눈여겨보지 않으니까. 지금 이 집에 있는 가구들은 모두 우리 거예요. 우리가 텅 빈 집에 이사 올 때 가구를 가지고 왔으니까요. 정말로 옛날부터 있었던 거라고는 저 KK라는 온실 안에 들어 있는 잡동사니며, 낡고 망가져 버린 장난감, 정원에 놓인 의자뿐이에요. 제대로 된 옛날식 가구 같은 것은 남아 있지 않아요. 우리들보다 앞서 이곳에서 살던 사람들이 가져갔거나 팔아버렸을 거예요. 파킨슨 일가가 떠난 뒤로 지금까지 많은 사람들이 거쳐 갔을 테니까 말이에요. 파킨슨 일가의 물건이 남아 있을 리는 없지요. 하지만 조금 흥미 있는 것을 찾아냈어요. 도움이 될지 모르겠지만"

"뭔데?"

"도기 식단표"

"도기 식단표?"

"네, 지금까지 미처 손을 못 댄 그 낡은 그릇장 안에 있었어요. 식품저장실 바로 옆에 말이에요. 열쇠를 잃어버렸나 봐요. 그런데 찾아보니까 낡은 통 안에 들어 있더군요. 사실은 KK 안이에요. 그래서 열쇠에 기름을 좀 바르고 그릇장을 열어보았어요. 그랬더니 글쎄 아무것도 없지 뭐예요. 그저 더러운 식기장이며 깨진 도기가 조금 들어 있을 뿐이었어요. 틀림없이 먼젓번 살던 사람들의 것이에요. 하지만 가장 윗선반에 옛날 파티 때 쓰던 빅토리아 왕조풍 도기 식단표가 차곡차곡 쌓여 있었어요. 대단하더군요. 그 식단표라는 것 말이에요, 정말 읽어만 보고도 목에 침이 넘어가는 맛있는 것뿐이었어요. 저녁식사가 끝나고 읽어 드릴게요. 정말 멋지다고요. 수프가 말이에요. 콩소메(주로 닭고기와 쇠고기로 삶은 맑은 고깃국물 수프)와 포타지(진한 수프) 두 접시가 나가는 거예요. 거기다가 생선요리 두 접시와 앙트레(정식의 주된 요리인 생선요리와 구운 고기요리 사이에 나오는 가벼운 요리)가 두 접시, 그리고 샐러드 종류예요. 그다음에는 갈비가 나가고, 그리고—기억이 잘 안 나네. 다음에 뭐였더라? 소르베(술·향로·과즙이 든 일종의 아이스크림)였나? 이건 아이스크림을 말하는 거겠지요? 그 다음에는 아, 정말, 새우 샐러드! 당신은 정말 믿어지나요?"

"대강 해두구려. 터펜스 뱃속에서 군소리를 해대는군. 이젠 더 못 참겠어."

"네, 어쨌든 그 식단표는 까닭이 있는 것이 아닐까 생각했어요. 오래된 것이거든요. 틀림없이 꽤 옛날 식단일 거예요."

"거기서 알아내려는 게 뭐였소?"

"기대할 수 있는 것은 '버스데이 북' 밖에는 없어요. 그 안에 위니프레드 모리슨이라는 사람에 대한 것이 나오거든요."

"그래서?"

"그런데 그 위니프레드 모리슨이란 이름은 분명 그리핀 부인의 결혼 전 이름이에요. 지난번 차 마시러 오라고 불러준 그 사람 말이에요. 이 마을에서 가장 오래 살고 있는 사람인데, 옛날 있었던 일들을 여러 가지 기억하고 있어요. 네, 그 사람이라면 '버스데이 북' 안에 쓰인 다른 이름들을 기억하고 있거나 들어 본 적이 있을지도 몰라요. 어쩌면 거기서 뭐라도 좀 알게 되지 않을까 생각돼요."

"혹시나 말이지?" 토미가 여전히 믿기지 않는 소리로 말했다.

"나는 아직 생각중인데……."

"무슨 생각을 하는데요?"

"무슨 생각을 해야 할지 모르겠소. 자, 그만 잡시다. 이번 일은 아주 깨끗이 단념해 버리는 것이 좋지 않을까? 어째서 메리 조던을 살해한 범인을 알아내야 한단 말이오?"

"당신은 알고 싶지 않으세요?"

"알고 싶기는커녕, 적어도—아니, 난 항복하겠소. 분명히 당신은 벌써 나를 끌어들였어."

"당신도 뭣 좀 발견한 거 아닌가요?"

"오늘은 틈이 없었소. 그래도 정보를 얻어낼 곳은 다시 두세 군데 찾아냈지. 당신에게도 전에 이야기했었지. 그 여자에게 부탁했소. 조사에 관한 한 굉장한 솜씨를 가진 여자지. 그 여자에게 두세 가지 일을 맡겼어."

"아직 비관할 건 없어요. 정말 바보 같은 일이긴 하지만, 그래도 제법 재미있지 않을까요?"

"당신이 생각하는 것만큼 재미있을 거라고는 할 수 없지만."

"어머, 하지만 좋아요. 힘껏 해봅시다."

"혼자서 너무 애쓰면 안 돼. 그 점이 나는 제일 걱정이오―당신 곁에 함께 있어 주지 못할 때에는 어떻게 될지."

제6장

로빈슨 씨

"터펜스는 지금쯤 뭘 하고 있을까?" 토미는 한숨 섞인 투로 말했다.

"죄송합니다. 잘 듣지 못했습니다."

토미는 마음을 가라앉히고 새삼스럽게 콜러든 양을 보았다. 바짝 마른 몸매에 백발이 섞인 머리는 젊게 보이기 위해서(조금도 효과는 없어 보였지만) 표백 린스를 사용했는데, 바야흐로 본래 색깔로 되돌아가고 있었다. 요즘 그녀는 조사업무에 종사하는 60~65세 여인에게 어울리는 색깔을 멋진 회색, 침침한 연기색, 강철 빛깔 같은 것을 가지고 여러 가지로 시험해 보는 중이었다. 마치 고행자처럼 가까이 하기 어렵고, 자신의 업적에 대한 절대적인 자신감이 나타나 있는 여자였다.

"아니, 아무 일도 아니오, 콜러든 양. 잠깐, 잠깐 생각할 것이 있어서요. 생각에 빠져 있었을 뿐이오."

그렇지만 터펜스는 오늘은 또 뭘 하고 있을까? 토미는 이번에는 소리 나지 않게 조심해 가며 생각했다. 여하튼 바보 같은 행동을 하고 있을 게 뻔했다.

그 묘하게 생긴 폐물이나 다를 바 없는 장난감에 올라타고서 언덕을 내려가는 도중에 장난감이 망가져서, 그 바람에 아마 뼈를 부러뜨려 반쯤 죽게 되었다든지—그래, 엉덩이뼈야. 요즘은 아무래도 엉덩이뼈를 부러뜨리는 것이 유행인 모양이야. 하긴 어째서 엉덩이뼈가 다른 뼈보다 부러지기 쉬운지는 모르겠지만. 지금 이 순간에도 터펜스는 바보같이 쓸데없는 행동을 하고 있을 것이 틀림없다. 아니, 바보 같거나 쓸데없지는 않다고 하더라도 아주 위험한 일이다. 그래, 위험한 일이야. 처음 있는 일은 아니지만 터펜스를 위험에서 멀리하게 하는 것은 예삿일이 아니었다. 과거의 온갖 사건들이 토미에게 막연히 떠올랐다. 지난날 인용하던 말이 문득 생각나 그는 그만 소리를 내어 중얼거렸다.

운명의 문……
그 밑을 지나가지 마라.
오, 캐러밴이여!
노래하며 지나지도 마라. 들리지 않는가?
새마저 죽음으로 끊긴 침묵 속에,
그래도 새처럼 외치는 사람의 소리가?

콜러든 양이 그 자리에서 반응을 나타내어 토미를 놀라게 했다.

"플레커! 플레커예요. 그다음에는 '죽음의 캐러밴……, 재앙의 동굴, 공포의 성채.'"

토미는 그녀를 물끄러미 쳐다보고 있었으나, 어느덧 그도 깨달았다. 콜러든 양은 그가 인용문의 출전이나 작가 내력에 관한 자세한 내용 같은, 시에 대한 조사를 의뢰하러 온 것으로 생각하는 모양이었다. 이것은 콜러든의 조사 영역이 실로 광대하다는 것을 말해 주고 있었다.

"잠깐 집사람에 대해 생각하고 있었소." 토미는 변명하듯 말했다.

"어머!"

콜러든 양은 방금과는 좀 다른 표정을 지으며 토미를 보았다. 부부간의 갈등으로 생각하는 모양이었다. 이러다가는 부부간의 갈등이나 분쟁을 조정해 주는 결혼문제 상담소를 가르쳐 줄지도 모른다.

토미는 황급히 말했다.

"엊그제 부탁한 조사에 관해서 말인데, 뭣 좀 알아냈습니까?"

"아, 예. 그 일은 별로 어렵지 않았습니다. 그런 문제의 경우, 서머셋 하우스가 대단히 도움이 되니까요. 물으셨던 것이 이 안에 있으면 좋겠습니다만, 여하튼 이름과 주소, 출생, 결혼, 사망에 대해서 조사했습니다."

"흠, 그것이 모두 메리 조던의 것이란 말이오?"

"네, 조던이 맞습니다. 메리. 마리아, 그리고 폴리 조던. 몰리 조던이라는 이름도 있습니다. 찾으시는 분이 이 안에 있는지 보시지요."

콜러든 양은 타이프친 조그만 종이를 건네주었다.

"정말 고맙소. 크게 도움이 될 겁니다."

"그 밖에도 여러 주소가 적혀 있습니다. 먼젓번 말씀하셨던 분들 말입니다. 달림플 육군 소령만은 아직 주소를 모릅니다. 요즘은 모두들 이사를 자주 다니시니까요. 하지만 앞으로 이틀만 더 시간을 주시면 그것도 알게 될 겁니다. 이것이 헤셀타인 의사의 주소인데, 지금은 서비턴에 살고 계십니다."

"고맙습니다. 그럼, 그 사람부터 시작해 볼까?"

"아직 조사하시고 싶은 것이 더 있습니까?"

"그렇소. 여섯 명쯤 리스트를 만들어 놓았는데, 그 일부는 여기에서 전문으로 취급하는 범위가 아닌 것 같기도 하고."

"어머, 하지만." 콜러든 양은 자신만만한 태도로 말했다.

"당신도 알다시피, 저로서는 그것이 무엇이든 제 범위 안에 포함시키지 않으면 안 됩니다. 당신이 아는 곳에 가야만 비로소 간단히 알 수 있다는 것입니다. 어쩐지 바보 같은 말이지만, 그러나 쉽게 말하자면 이렇습니다. 지금도 잊지 않고 있습니다만—네, 아주 오래전이지요. 제가 처음으로 이 일에 손대었을 때의 일입니다. 저는 셀프리지의 상담소가 얼마나 큰 도움을 주는 곳인지 알았습니다. 그곳에서는 엉뚱한 일에 대해서 엉뚱한 질문을 해도, 항상 회답을 주거나 곧 정보를 알아낼 수 있는 곳을 가르쳐 주곤 했지요. 하지만 요즘에 와서는 그곳에서도 물론 그런 일은 하고 있지 않습니다. 요즘은 당신도 아시다시피 조사한다고 해도 그 대부분은, '만일 당신이 자살하고 싶다고 생각한다면.' 같은 그런 일들뿐이니까요. 고통받는 사람들의 진정한 친구라고나 할까요? 그리고 유언장에 대한 법률적 질문이나, 거기에 작가에 대한 뚱딴지같은 문의도 물론 많이 있고요. 그리고 국외의 근무처에 대한 것이라든지, 국외 이주 문제에 관한 것이라든지 하는 것도요. 네, 제 영역도 넓어졌어요."

"그렇겠지요, 틀림없이."

"알코올 중독 환자를 돕는 것도 있으니까요. 그 방면의 전문가를 갖춘 많은 협회가 있어서요. 그중에는 꽤 숙달된 곳도 있으니까요. 저는 일단 리스트는 만들어 두고 있어요. 이해성이 있거나, 절대로 믿을 수 있는 협회……."

"나도 언제고 자각증상이 생기면 그때 생각하기로 하지요. 현재 어느 정도까지 진행되고 있는지에 따라서 결정될 일입니다만."

"아니, 걱정하실 것 없습니다, 베레즈포드 씨. 뵙기에 알코올 중독증세는 안 보이는데요."

"코가 빨갛지 않습니까?"

"여자가 더 골치예요. 네, 인연을 끊기 어렵다고나 할까요? 그야 남자의 경우에도 재발은 합니다만 좀 드문 편이지요. 하지만 여성에겐 많아요. 정말로 완전히 나아서 레모네이드 같은 것을 벌컥벌컥 마시기도 하고, 그것으로 그런대로 만족하는 것처럼 보입니다만, 그러나 어느 날 밤 파티가 한창일 때는 도로아미타불이 되어 버리지요." 콜러든 양은 손목시계를 보았다.

"어머, 이젠 실례해야겠어요. 다음 약속이 있어서요. 어퍼 그로스브너 가(街)까지 가야 한답니다."

"고맙습니다. 여러 가지로 페를 끼쳤습니다."

토미는 문을 열고 콜러든 양의 코트를 입혀주고는, 다시 방으로 돌아가서 말했다.

"오늘 밤 잊지 않고 터펜스에게 이야기해 주어야지. 지금까지의 조사에 의하여 나는 마누라가 대단한 술꾼이며, 그래서 결혼생활이 파탄 직전이라는 인상을 조사원에게 주게 되었다고. 자, 다음에는 무슨 일이 기다리고 있을지!"

다음은 토튼햄 코트 로(路) 부근의 값싼 레스토랑에서 약속이 있었다.

"여, 이거 놀라운데!"

먼저 와 있던 제법 나이 든 남자가 일어서면서 말했다.

"빨간 머리의 톰이 분명하지? 설마 자네일 줄은 몰랐다네."

"그렇겠지. 이젠 빨간 머리도 얼마 남아 있지 않으니. 이젠 백발의 톰일세그려." 토미가 말했다.

"그거야 누구나 다 마찬가지지. 몸은 어떤가?"

"옛날과 크게 달라진 건 없는데, 삐걱거리기 시작했다네. 응, 점점 더 삐걱거리게 되겠지."

"지난번 자네와 만나고 얼마 만인가? 2년, 8년, 아니 11년 만인가?"

"그렇게 오래되지 않았다네. 작년 가을, '말티즈 캐츠'(말타 섬의 고양이들)의 저녁식사 자리에서 만났지. 기억 안 나나?"

"아, 그랬지. 가엾게 그 가게도 망해 버렸더군. 아니, 망할 거라고 전부터 생각했었지. 건물은 훌륭한데 음식이 형편없었으니까. 그런데 요즘은 뭘 하고 있나? 첩보활동을 아직까지 하고 있는 건가?"

"아닐세, 첩보활동에서는 완전히 물러났네."

"아니, 이 사람아! 그 아까운 재능을 그냥 썩히다니!"

"그래, 자네는 어떤가, 머튼─촙?"

"응, 이런 나이로서야 옛날같이 국가에 대한 봉사를 할 수가 없다네."

"요즘은 첩보활동 같은 것은 하지 않나?"

"활발히 하고는 있겠지. 하지만 젊고 머리 좋은 녀석들만 쓰는 모양일세. 대학에서 우르르 몰려나와서 취직난에 허덕이는 녀석들 말이야. 자네는 지금 어디서 살고 있나? 작년에 크리스마스카드를 보냈다네. 실은 1월이 되어서 겨우 보냈지만 말이야. 그런데 '수취인 주소불명'이라고 쓰여서 되돌아왔더군."

"응, 지금은 시골에 가서 살고 있다네. 바다 가까운 곳이야. 할로케이일세."

"할로케이! 할로케이라고? 어쩐지 귀에 익은 이름인걸. 전에 거기서 자네가 활동한 사건이 있지 않았었나?"

"내가 활동할 무렵의 사건이 아닐세. 할로케이에 살게 되면서 비로소 그 이야기를 들었거든. 옛날 전설 같은 이야기지. 적어도 60년은 지난 옛날이야기일세."

"잠수함과 관계된 사건이었을걸, 아마? 잠수함의 설계도가 어떤 사람에게 넘어갔다던가? 상대가 누구였는지는 잊어버렸네. 일본 사람이었나, 러시아 사람이었나? 하기야 그 밖에도 많이 있었지. 적의 첩자와 만나는 장소라면 옛날부터 리젠트 공원이라든지 그런 곳으로 으레 정해져 있었지. 예를 들면 대사관의 3등 서기관과 만날 때 말일세. 미모의 여자 스파이 같은 것은 옛날 소설에 나오듯이 그렇게 많지는 않았지."

"실은 자네에게 두세 가지 묻고 싶은 것이 있는데 말일세, 머튼—흡."

"그래? 내 이야기를 더 들어보게. 나는 정말 사건 없는 평온한 인생을 살아왔으니까. 마저리, 자네, 마저리를 기억하고 있나?"

"기억하고 있을 정도가 아닐세. 자네들의 결혼식에 참석하려 했었지."

"알고 있네. 시간에 못 왔다든가 해서—아니, 내 기억으로는 자네가 기차를 잘못 탔다고 한 것 같네. 서덜행으로 간다는 것이 스코틀랜드행 기차를 타버린 거지. 어쨌든 자네는 오지 못했네. 그렇다고 별일은 없었지."

"설마, 결혼을 못 한 건 아니겠지?"

"아, 결혼이야 했지. 하지만 어찌된 셈인지 오래가지 못했다네. 1년 반으로 끝나 버렸다. 마저리는 재혼했다네. 나는 그대로 독신으로 지내고 있지만, 그런대로 즐겁게 살아가고 있네. 리틀 폴런에 살고 있어. 그럴 듯한 골프 코스가 있어서 말이야. 누님과 함께 지내지. 누님은 혼자가 되었지만, 돈도 어느 정도 가진 것이 있고 해서 둘이서 아주 잘 해나가고 있다네. 그런데 누님이 귀가 좀 어두워서 내가 하는 말을 잘 듣지 못하지. 하긴 내가 좀 큰소리로 말하면 되지만."

"할로케이의 이야기를 들은 적이 있다고 했지? 정말로 스파이와 관계있는 일이었나?"

"그것이 실은 말일세. 워낙 옛날 일이라서, 나도 그다지 잘 기억하고 있는 건 아닐세. 그때는 세상을 꽤 떠들썩하게 했지. 나무랄 데 없는 젊고 우수한 해군장교에다 90% 정도가 영국인이었는데, 믿을 수 있는 남자라고 생각되었다네. 그런데 그 친구가 엉뚱하게도 겉과 속이 다른 녀석이었어. 고용되어 있었던 거야—누구에겐 지는 기억나지 않지만, 독일인이었던가? 1914년 전쟁이 시작되기 전 이야기야. 응, 그런 것이었어."

"그 사건에는 틀림없이 여자가 한몫을 했었겠지?"

"메리 조던인가 하는 여자 이야기를 들은 것 같은 생각이 드는군. 아니, 나도 잘은 모른다네. 신문기삿거리가 되기도 했었는데, 아마 그 남자 아내라고 생각되네. 아까 말한 그 나무랄 데 없는 해군장교 말일세. 그 아내가 러시아인과 접촉하여—아니, 그건 그 뒤에 있었던 이야기지. 자칫하면 뒤범벅이 되어

버린단 말이야, 모두 비슷비슷한 이야기여서 말일세. 그런데 아내가 남편의 수입이 넉넉지 못하다. 즉, 자기 실수입이 넉넉지 못하다고 생각했었던 거야. 그래서……, 아니, 이 사람아! 어째서 그런 케케묵은 이야기를 다시 꼬치꼬치 캐내려고 하나? 이제 와서 그것이 자네와 무슨 관계라도 있나? 자네는 옛날 루시타니아 호에 탔다든가, 루시타니아 호와 함께 침몰했다든가 하는 사람을 도와준 적이 있었지? 아주 오래된 이야기지만, 그 사건에 자네와 자네 부인이 말려들었었지?"

"둘 다 말려들었었지만 너무 오래된 이야기라 이젠 완전히 잊어버렸다네."

"그때에도 여자가 관계하고 있지 않았나? 제인 피시인가 하는 여자, 아니 제인 훼일이었던가?"

"제인 핀이야."

"지금은 어디서 사나?"

"미국인과 결혼했다네."

"흠, 그거 잘됐군. 옛날 친구나 그 패거리들의 이야기가 나오면 언제나 이야기에 열이 오르게 된단 말이야. 옛날 친구에 대해서 이야기하다 보면, 그 녀석이 죽은 것을 전혀 몰라서 정말 깜짝 놀라기도 하고, 살아 있다 해도 그 또한 더욱 놀라게 되니 참 어려운 일일세."

그 말에 토미도 맞장구를 쳤다. 그때 웨이터가 주문을 받으러 왔다. 글쎄, 뭘 먹을까? 그 뒤에 두 사람은 먹는 것에 대해 아는 것을 송두리째 털어놓았다.

그날 오후 토미는 또 다른 사람과 만나기로 되어 있었다. 사무실에서 기다리고 있는 반백의 초라해 보이는 그 사나이는 토미에 의해 시간을 빼앗기는 것을 아까워하고 있었다.

"정말 해줄 만한 이야기라고는 하나도 없다네. 물론 그 이야기를 대강은 알고 있지만 말일세. 그 당시에는 꽤 화젯거리였지—정계에도 대단한 충격을 주었고 하지만 사실 나는 그런 것에 대해서는 아는 것이 하나도 없네. 그래, 그런 일은 자네도 알겠지만 오래 계속되는 것이 아닐세. 신문이 또 다른 재미있는 사건을 찾아내면 그것으로 그냥 흐지부지되고 마니까 말이야."

그는 생각지도 않았던 일이 갑자기 공표되었고, 아주 이상한 사건이 계기가 되어 돌연 의심을 하게 되었다는 과거, 그가 겪은 흥미 있는 한 시기의 이러 저러한 얘기들을 그저 조금 들려주었다.

"글쎄, 혹시 도움이 될지 모르겠네. 이 주소로 찾아가 보게. 만나도록 약속은 해놓았어. 좋은 사람일세. 모르는 것이 없지. 여하튼 그 방면에서는 일급에 속하는 사람이니까. 틀림없는 일급일세. 내 딸아이의 대부라네. 게다가 내겐 아주 잘 해주고, 언제라도 가능한 한 도움이 되어 준다네. 그래서 나는 자네를 만나도록 부탁해 보았다네. 어떤 일에 대해서 자네가 중요한 정보를 알고 싶어 한다는 이야기며, 자네가 얼마나 좋은 친구인가를 말했더니, 그는 자네에 대해서 들은 적이 있다고 하더군. 자네에 대해서 좀 알고 있으니 와도 좋다고 했네. 3시 45분에 말이야. 이것이 주소일세. 거기가 아마 시티(런던의 경제·금융 중심지) 사무실일 거야. 그를 만나보는 것은 처음인가?"

"그런 것 같군." 토미는 명함과 주소를 보면서 말했다.

"응, 만난 적이 없네."

"설마 이 남자가 뭘 알고 있다고 생각지는 않겠지? 보기에 그렇다는 말일세. 아무튼 몸집이 크고 노랗다네."

"흠, 크고 노랗다고?"

사실 그 정도의 인상으로는 토미에게는 별 참고가 되지 않았다.

"일급 인물일세. 정말 일급이야." 반백의 친구가 말했다.

"가서 만나보게나. 무슨 내용인지를 말해 줄 걸세. 행운을 비네, 늙은 친구."

시티에 있는 그 사무실에 도착하여 토미는 35~40살 정도 돼 보이는 남자의 마중을 받았다. 그 남자는 어떤 가혹함에도 견뎌낼 눈으로 토미를 바라보았다. 자신이 여러 가지로 의심을 받고 있음을 토미는 느꼈다. 언뜻 보기에는 별것 아닌 용기에다 폭탄을 숨긴 것은 아닌가? 하이잭, 납치, 아니면 은퇴한 관리를 상대로 권총강도를 저지르려는 것은 아닐까? 토미의 마음은 점점 초조해졌다.

"로빈슨 씨와 만날 약속이 있으신가요? 몇 시에 약속하셨나요? 3시 45분이라?" 남자는 약속 리스트를 훑어보았다.

"토머스 베레즈포드 씨가 틀림없으시죠?"

"틀림없소." 토미가 말했다.

"좋습니다. 여기에 사인을 해주십시오."

토미는 가리키는 곳에 사인을 했다.

"존슨."

유리 칸막이가 된 책상 뒤에서 신경질적인 얼굴을 한 23세쯤 된 남자가 하늘에서 내렸는지 땅에서 솟았는지 그 자리에 모습을 나타냈다.

"부르셨습니까?"

"베레즈포드 씨를 4층 로빈슨 씨 방으로 안내해 드리게."

"네."

존슨은 앞장서서 엘리베이터로 갔다. 타는 사람이 대하는 태도에 따라서 언제나 나름대로의 생각을 가지고 있는 듯한 느낌을 주는 엘리베이터였다. 문이 열렸다. 토미가 들어갔다. 문은 한 발짝만 늦었어도 그의 발을 칠 뻔한, 그의 등 뒤 겨우 1인치쯤에서 닫혔다.

"오후가 되면서 다시 추워지는군요."

가장 최고의 지위에 있는 사람과 만나는 남자를 향해 존슨은 자못 다정하게 말을 걸었다.

"그렇군요. 언제나 오후가 되면 추워지는 모양이지요." 토미가 말했다.

"대기오염 탓이라는 사람도 있고, 북해에서 생산하고 있는 천연가스 때문이라는 말도 있습니다만."

"흠, 그건 처음 듣는 이야기로군."

"저도 그것이 사실이라고는 생각지 않습니다만."

엘리베이터는 2층, 3층을 지나 이윽고 4층에 닿았다. 존슨은 닫히는 문에서 이번에도 겨우 1인치 간격으로 토미를 내려주고는 복도로 나 있는 문 앞으로 안내했다. 노크를 하고서 응답이 들리자, 문을 열어서 토미를 안으로 안내한 다음 말했다.

"베레즈포드 씨가 와 계십니다. 만나기로 약속이 되신 모양입니다."

존슨은 방에서 나가고 문을 닫았다. 토미는 앞으로 걸어나갔다. 굉장히 큰 책상이 방의 대부분을 차지하고 있는 것처럼 보였다. 책상 저쪽에 체중이나 앉은 키, 그 모두가 어마어마한 거구의 남자가 앉아 있었다. 친구에게서 이미 들은 대로 무척 몸집이 크고 노란 얼굴을 한 남자였다. 국적은 짐작할 수 없었다. 어느 나라 사람이라고 해도 곧이들을 것 같았다. 아마 외국인일 거라는 느낌은 들었다. 독일인, 아니면 오스트리아인? 일본인일지도 모르지. 혹은 순수한 영국인일지도 모른다.

"여어, 베레즈포드 씨!" 로빈슨 씨는 일어나서 토미와 악수를 했다.

"귀한 시간을 내주셔서 감사합니다." 토미가 말했다.

그는 전에 로빈슨 씨와 만났거나, 혹은 로빈슨 씨에게 관심을 가졌던 적이 있는 듯한 느낌이 들었다. 여하튼 어떤 상황이었든 그는 그땐 좀 주눅이 들었었지. 그도 그럴 것이 그때의 로빈슨 씨는 분명 대단히 중요한 인물이었고, 그리고 토미의 추측으로는(아니, 방금도 느꼈던 일이지만) 지금도 중요 인물임에는 변함이 없었기 때문이다.

"알고 싶은 것이 있다고요? 이름이 뭐라고 했더라? 친구에게서 대강 이야기는 들었습니다만."

"나로서는 아무래도……, 그, 이런 일로 폐를 끼치는 일이 없어야 하는데, 중요한 일이라고는 생각되지 않습니다만, 단지 그저, 그저……."

"그저 상상에 지나지 않는다는 겁니까?"

"아내의 상상도 들어 있습니다."

"부인에 대한 말씀은 들었습니다. 당신에 대한 것도요. 잠깐, 가장 최근에는 'N 또는 M'이었던가? 그래요. 기억하고 있습니다. 자세하게 잘 기억하고 있지요. 그 해군 중령을 붙잡은 사건이었지요? 우리나라의 해군에 있었지만 실은 적의 거물이었다는 녀석 말입니다. 나는 지금도 가끔 독일군을 적이라고 부르고 있답니다. 물론 지금은 사정이 달라졌고, 다 함께 EEC의 일원이라는 것을 알고 있습니다만. 말하자면 모두 함께 보육학교에 다니는 셈이지요. 알고 있습니다. 그때 당신의 활약상은 아주 멋진 것이었습니다. 네, 정말로 멋있었지요. 거기에다 부인까지도 훌륭했습니다. 정말입니다. 예의 그 동화책은 지금도 잊지 않고 있습니다만, '꽥꽥 거위남'이었던가요? 진상을 파헤치는 계기가 되었던 것은, '어디로 가지? 올라갔다 내려갔다 마님의 방 안이 아닌가요?"

"놀랍습니다, 그런 일까지 기억하고 계시다니!"

토미는 대단히 존경스러운 듯이 말했다.

"아니, 그런 거지요. 다른 사람들이 뭘 생각해 내면 누구나 뜻밖이라는 생각이 들게 마련이랍니다. 지금 잠깐 머리에 떠올랐을 뿐인걸요. 정말 터무니없는 일이었으니까요. 당신도 설마 그것이 다른 뜻으로 쓰일 거라고는 생각지 않으셨지요?"

"그렇습니다. 꽤 재치 있는 방법이었지요."

"그런데 이번에는 무슨 일이신지? 어디에서 막혀버린 겁니까?"

"아니, 실은 별일 아닙니다. 단지……."

"자, 말씀해 보십시오. 멋지게 이야기할 생각은 조금도 하지 마시고요. 그저 말씀만 하시지요. 자, 앉으십시오. 체중 부담을 덜어야지요. 모르시겠습니까? 아니, 당신도 좀더 나이를 먹으면 알게 됩니다―다리를 쉬게 하는 것이 얼마나 중요한 일인지 말입니다."

"내 스스로는 꽤 나이를 먹었다고 생각하고 있습니다. 남은 건 이제 무덤 속으로 들어갈 때까지 별것 아니겠지요."

"아니, 나라면 그런 말은 하지 않겠습니다. 그렇습니다. 어느 정도까지 나이를 먹어버리면 그 뒤로는 거의 영원히 살게 되는 거랍니다. 자, 어떤 것입니까? 이야기라는 것 말입니다."

"우선, 간단히 말씀드리자면 우리는 새 집으로 이사를 했습니다. 이사하는 데는 번거로운 일이 이것저것 있어서요."

"그렇겠지요. 나도 경험이 있습니다. 전기 수리공이 마룻바닥을 온통 차지하고 여기저기 구멍을 뚫어대지요. 나는 거기에 빠져서……."

"우리가 이사하기 전에 살던 사람이 어느 정도 값을 쳐서 책을 팔고 갔습니다. 본래 그 집 일가의 것이었는데, 이젠 필요 없게 된 것이겠지요. 어린애에게 알맞은 온갖 종류의 책이 잔뜩 있었습니다. 네, 헨티라든가 그런 것들이 말입니다."

"기억나는군요. 헨티라면 어릴 때 읽어보았습니다."

"그런데 집사람이 읽던 책 속에 줄이 그어져 있었습니다. 게다가 글자 밑에 그어진 그 줄을 이어나가 보니 하나의 문장이 되는 겁니다. 그런데—지금부터가 정말 바보 같은 이야기입니다만……."

"흠, 기대가 되는군요. 바보 같은 이야기라면 언제나 나는 궁금해지지요."

"이런 문장이 되는 겁니다. '메리 조던의 죽음은 자연사가 아니었다. 범인은 우리들 중에 있다'고 말입니다."

"아니, 정말 재미있군요. 이런 건 처음인데요. 틀림없이 그렇다는 겁니까? '메리 조던의 죽음은 자연사가 아니었다.'라고요? 그래, 그것을 써 놓은 사람은 누구인가요? 단서가 될 만한 것이라도 있었습니까?"

"초등학생 정도의 남자아이 같습니다. 파킨슨이 그 일가의 이름입니다. 그 일가가 옛날, 지금 우리가 살고 있는 집에 살았던 모양입니다. 그러니까 이 남자 아이도 아마 파킨슨 집안의 한 사람이겠지요. 알렉산더 파킨슨! 어쨌든 지금 그 아이는 그 지방의 교회 묘지에 묻혀 있습니다."

"파킨슨이라? 잠깐, 좀 생각해 봅시다. 파킨슨—그야 언제, 어떤 사건에 연관된 것 같은 이름일 수도 있지요. 그렇지만 당신도 누가, 무엇을, 어디서라는 것이 언제나 생각이 나는 게 아니지요."

"그래도 우리는 메리 조던이라는 이름이 누구인지 꼭 알아내고 싶었습니다."

"그럴 수밖에 없는 것이 메리 조던의 죽음이 자연사가 아니었으니까요. 그 건 오히려 당신 전문분야지요. 하지만 정말 묘한 이야기로군요. 혹시 메리 조던에 대해서 알아낸 것은 없습니까?"

"전혀 없습니다. 그 지방 사람들도 별로 기억하지 못하는 것 같았고, 그 여자에 대해서 이야기해 줄 사람도 없습니다. 고작 지금으로 말하자면 오 페르 걸이나 가정교사였다고 가르쳐 준 사람이 있었을 정도지요. 아무도 기억하는 사람이 없습니다. 마모젤이나 프롤라인이었다는 이야기 말입니다만, 완전히 두 손 들게 되었습니다."

"그래, 그녀가 죽은 것은, 원인이 무엇이랍니까?"

"누군가가 우연히 디기탈리스 잎을 시금치와 함께 정원에서 뜯어와서 그것을 먹은 모양입니다. 그러나 어떨까요? 그런 정도로는 죽지 않을 것 같은데!"

"그래요. 그 정도로는 죽지 않지요. 그러나 치사량의 디기탈리스 알칼로이드를 커피나 혹은 식전에 마시는 칵테일에 넣어두고 그것을 메리 조던이 반드시 마시도록 했다면, '디기탈리스 잎 때문이다. 불의의 사고였다'로 될 수도 있겠군요. 그런데 알렉산더 파커인가 하는 초등학생은 그런 속임수에 넘어가지 않았다. 그 아이는 다른 생각을 하고 있었다는 것이 되겠군요? 그밖에 알게 된 것은 없습니까, 베레즈포드 씨? 언제 일이지요? 2차 대전, 1차 대전, 아니면 훨씬 더 그 이전의 일입니까?"

"그 이전입니다. 대대로 전해 내려오는 소문에 의하면 그녀는 독일 스파이였던 모양입니다만."

"그 사건이라면 알고 있소—대단한 소란을 일으켰었지. 1914년 이전에 영국에서 일했던 독일인은 모두 스파이라고들 했습니다. 사건에 가담한 영국인 장교는 평소 '나무랄 데 없는 남자'로 불려왔어요. 그 나무랄 데 없는 사람에 대해서 나는 옛날부터 무척 조심했지요. 꽤 오래된 이야기로군요. 최근에 와서는 이미 기삿거리도 안 될 텐데. 즉, 사건의 기록 자료가 공개 되었을 경우에 가끔 보게 되는, 대중들이 재미있어하는 기사도 아닐 거라는 뜻입니다."

"네, 하긴, 그런 기사는 모두 대략적인 것이지요."

"네, 그럴 테지요. 이미 지금에 와서는 더욱더 그렇고요. 마치 판에 박은 듯한, 당시에 도난당한 잠수함 기밀뿐입니다. 아니, 비행기에 관한 기사도 있었지. 이쪽 사건의 기사도 꽤 많았어요. 그런 것이 말하자면 대중성이 있었지요. 그러나 아시겠지만, 좀더 다른 사정이 많이 있었던 겁니다. 정치적인 면도 있었지요. 우리나라의 내로라하는 정치가들이 대거 등장해서 말이오. 그렇소 사람들로부터, '응, 저 사람이라면 진짜 청렴결백한 정치가야'라고 불리는 인사들 말입니다. 공직에 있는 사람이라면 진짜 청렴결백이라는 것은 나무랄 데 없다기보다는 위험한 것이지요. 진짜 청렴결백이 들으면 질려버릴 겁니다. 그러고 보니 2차 대전 무렵이 생각나는군요. 세상 소문과는 거꾸로, 청렴결백 같은 것은 약에 쓰려고 해도 찾아볼 수 없는 인간도 있었습니다. 어떤 남자가 이 부근에서 살았었지요. 해안 쪽에 따로 조그만 집을 가지고 있었습니다. 그리고 신봉자를 잔뜩 길러서는 히틀러를 추켜세웠지요. 우리나라의 유일한 승리의 길은 히틀러와 손을 잡는 일이라면서 말입니다. 분명 그 녀석은 겉보기에는 유쾌하고 고결한 인물로 보였지요. 아주 훌륭한 뜻을 가진 사람 말입니다. 빈곤, 억압, 부정—그런 것들의 근절을 소리 높이 외쳐 댔습니다. 그렇소. 파시즘은 아니라고 하면서 실은 파시즘의 기수였던 것이지요. 스페인의 경우도 마찬가지요. 프랑코를 위시한 그 일파와 손을 잡은 것이 문제의 발단이었습니다. 그리고 열변을 토하고 다닌 무솔리니도 물론 있었소. 전쟁 직전에는 언제나 많은 간접적인 원인이 있는 것이오. 겉으로는 드러나지 않는, 아무도 전혀 모르는 일 말입니다."

"당신은 모든 것을 다 알고 계시는군요. 실례입니다만, 이런 말씀을 드리면 무례하다고 하실지 모르겠습니다. 그러나 모든 것을 다 알고 계시는 분을 만나뵈면, 사실 난 흥분하게 되거든요."

"그렇군요. 당신이 말한 대로 난 종종 그런 일들에 관여했습니다. 원인이나 배경이 되는 문제에 대해서 말입니다. 귀를 열고 있으면 많은 것을 알게 되니까요. 과거 문제의 소용돌이 속에 있었던 사람으로, 많은 것을 알고 있는 옛 친구들에게도 얘기를 듣게 되니까요. 당신도 우선 그런 사람을 찾을 생각이겠지요?"

"말씀하시는 그대로입니다. 실은 나도 옛 친구를 만나보았습니다. 그들은 그들대로 또 다른 옛 친구와 만나곤 하니까요. 친구들에게서 들은 이야기며 자신이 아는 일들이 많이 있거든요. 그때까지는 한데 묶어서 생각지 않았던 이야기라도 다시 들어보게 되면 때로는 아주 흥미 있는 이야기도 있습니다."

"예, 이제 당신이 얻고자 하는 것을 알았소. 당신이 겨냥하는 것이라고나 할까? 하필 당신이 이런 사건과 부딪치다니 재미있군요."

"문제는 그걸 나 자신도 잘 모른다는 점입니다. 어쩌면 우리는 쓸데없는 일에 발을 들여놓았는지도 모르지요. 모처럼 집도 샀는데 말입니다. 오래전부터 탐내 오던 그런 집이거든요. 우리 마음에 들게 손을 보고 나서 정원을 하나 꾸며보려는 참이었습니다. 그러니까 내가 말씀드리고 싶은 것은 나는 이제 다시는 사건이나 그런 것에 구애받고 싶지 않다는 것입니다. 우리들로서는 단지 호기심에 지나지 않는 겁니다. 옛날에 무슨 일이 있었다. 그렇게 되면 그것에 대해서 생각을 하거나 그 까닭을 궁금해하는 것은 사람이면 누구나 마찬가지니까요. 목적 같은 것도 없습니다. 그런 일을 해봐야 누구에게 도움이 되는 것도 아니니까요."

"알고 있소. 다만 알고 싶을 뿐이라는 것 아닙니까? 사람이란 그런 본능을 가지고 태어나지요. 그래서 인간은 탐구해서 달에도 가고, 바다 속의 새로운 물건을 찾아서 헤매고 다니다가 북해에서 천연가스를 발견하기도 하고, 나무나 숲 속에서가 아니고 바다에서 공급되는 산소를 발견하기도 하는 것입니다. 인간은 언제나 많은 것을 발견하고 있지요. 그 모두가 호기심 덕분입니다. 인간에게서 호기심을 빼버리면 거북과 다를 것이 없지 않을까요? 정말 태평하겠지요. 거북의 생활 말입니다. 겨우내 잠자면서 지내고, 내가 알기로는 풀만 먹으면서 여름에 다시 활동하지요. 재미있는 생활은 아니지만, 그러나 실로 평화로운 생활이지요. 한편……."

"한편 인간은 차라리 몽구스(뱀잡이에 사용하는 인도산 족제비 무리)를 닮았다고 할 수 있겠군요."

"흠, 당신은 키플링을 읽었군요. 그건 정말 유쾌한 일이오. 요즘 키플링은 그 진가를 충분히 인정받지 못하고 있소. 정말 멋진데 말이야. 지금 읽어도 멋지다오. 단편은 정말 훌륭합니다. 키플링이 충분히 이해되고 있다고는 생각되지 않는군요."

"나는 바보 같은 행동으로 웃음거리가 되고 싶지는 않습니다. 나와 관계없는 일에 말려들고 싶지 않은 것입니다. 더구나 지금 와서는 아무에게도 관계없는 일 같은 것에 말입니다."

"글쎄, 그거야 알 수 없지요."

"다시 말하자면, 실은……." 하고 토미가 말했다. 그는 대단히 중요한 인물에게 폐를 끼치고 있다는 불안한 생각에 이미 완전히 압도되어 있었다.

"다시 말하자면 나로서는 솔직히 말씀드려서 진상 같은 것을 규명할 생각은 조금도 없습니다."

"솔직히 말해서 부인을 만족시키기 위해서 진상을 규명하지 않을 수 없다는 이야기이지요? 그래요, 부인에 대한 이야기는 들은 적이 있소. 애석하게도 아직 만나뵙지는 못했지만 말입니다. 굉장한 분인 것 같더군요."

"글쎄요."

"그건 듣기에도 좋군요. 나이를 먹어도 서로 의지해 가며 결혼생활을 즐기고 있는 부부를 나는 좋아한답니다."

"사실 나는 거북과 비슷합니다. 즉, 우리 부부는 그렇습니다. 둘 다 나이를 먹어서 폭삭 늙어버린 겁니다. 이 나이로는 정정한 편이라고들 하지만, 이제 와서 새삼스럽게 문제에 끼어들고 싶지가 않습니다. 쓸데없는 참견을 할 생각이 없거든요. 단지 조금……."

"알고 있소, 알고 있소. 그렇게 변명하느라 애쓸 건 없습니다. 당신은 알고 싶은 거요. 몽구스처럼 알고 싶어 하는 겁니다. 베레즈포드 부인도 그렇소. 그러나 부인에 대해서 들은 이야기나 소문으로 보아서, 언젠가는 무슨 방법으로든지 알아내게 되겠지요."

"집사람이 저보다는 더 가능성이 있다고 생각하십니까?"

"글쎄요, 보기에 당신은 부인만큼 진상 규명에 열을 올리고 있는 것 같지는 않군요. 그러나 알아낸다는 점에서는 부인 못지않겠지요. 그건 당신에게 정보의 출처를 찾아낼 수 있는 능력이 있기 때문이오. 그만큼 옛날 일이고 보면 정보를 캐낼 곳을 찾아내는 건 쉽지 않으니까요."

"그래서 어쩔 수 없이 이렇게 폐를 끼치고 있는 겁니다. 하긴 내 힘만으로는 그렇게 할 수 없었겠지요. 머튼―촙의 도움이 있었기에 할 수 있었던 거지요. 머튼―촙이란……."

"그 사람이라면 알고 있어요. 한때 머튼―촙(양고기) 같은 구레나룻을 기르고 우쭐거리는 바람에 그런 별명이 붙은 겁니다. 좋은 사람이지요. 현역으로 뛸 때에는 중요한 일을 맡았었지요. 그래요, 그 사람은 내가 이런 일에 흥미를 가지고 있는 것을 알고 있었기에 당신에게 가보라고 한 거지요. 나는 꽤 일찍부터 시작했으니까. 뚫고 나가거나 규명하는 일 같은 것을 말입니다."

"그래서 지금 최고의 자리에 앉아 계시는군요."

"아니, 누가 그런 소릴 했습니까? 괜한 소리지요."

"그렇게 생각지 않는데요."

"하긴 최고의 지위에 달려드는 사람이 있는가 하면, 최고의 지위로 억지로 떠밀려가는 사람도 있지요. 내 경우는 많고 적은 차야 있겠지만 후자에 속한다고 해도 좋을 겁니다. 따지고 보면 아주 중요한 일을 두세 가지 떠맡게 됐기 때문이지요."

"그것은 바로 프랑크푸르트 사건 아닙니까?"

"허, 벌써 소문을 들으셨군요? 아니, 그 일은 잊어주었으면 좋겠습니다. 너무 알려지면 곤란하니까요. 그렇다고 앞으로 당신의 질문을 거절한다는 이야기는 아닙니다. 아마 모르긴 해도 나라면 당신 질문에 조금은 대답할 수 있을 겁니다. 설령 내 대답이 몇 년 전에 일어났던 일이고, 그것이 만일 세상에 알려지면 지금도, 아마 흥미 있는 결과를 낳게 될지도 모르며, 지금도 여전히 행해지고 있을지도 모르는 일, 아니 틀림없는 사실일지도 모르는 일에 대해서 조금이라도 정보를 제공해 주는 결과가 되는 그런 일일지라도 말입니다. 누구든 무슨 일이든 전혀 있을 수 없는 이야기는 아니라고 생각합니다. 하긴, 당신에게 어느 정도의 조언을 해 드릴 수 있을지는 모르겠습니다. 이것은 과거에 대해 생각하고, 다른 사람들의 이야기를 듣고, 자신이 할 수 있는 일을 찾아내지 않으면 안 되는 문제입니다. 내가 흥미를 느낄 것 같은 일을 알게 되거든 전화를 걸어주시오. 암호를 하나 만들어 두십시다. 우리가 서로 한 번 더 흥분을 맛보고 정말로 중심적인 인물이 된 듯한 기분을 맛보기 위해서 말이오. '크랩—애플 젤리' 이런 것은 어떨까요? '집사람이 "크랩—애플 젤리"를 만들었는데 한 병 드릴까요?'라고 한다든지 말입니다. 그 정도면 통하겠지요?"

"그러니까, 내가 메리 조던에 대해서 뭔가 찾아내게 되리라고 생각하시는군요? 지금 이런 상태로 그 일을 계속해 본들 대체 무슨 결말이 나겠습니까? 뭐니 뭐니 해도 그 여자는 이미 죽어버렸는데요."

"맞는 말이오. 그녀는 죽어버렸소. 그러나, 생각해 보시오. 다른 사람들에게 들은 이야기 탓으로 어떤 사람에 대해 잘못된 생각을 갖게 될 수도 있는 것입니다. 또는 잘못 쓰인 걸 읽은 탓으로 그렇게 될 수도 있고 말입니다."

"세상 사람들이 메리 조던에 대해서 잘못된 생각을 가지고 있다고 말씀하시는 거로군요? 결국 그녀는 중요한 인물은 아니었다는 뜻입니까?"

"아니, 아주 중요한 인물이었을 겁니다."

로빈슨 씨는 손목시계를 들여다보았다.

"이만 끝내야겠습니다. 10분 있으면 손님이 올 게요. 짜증스럽고 지루한 녀석이지만 정계의 중요 인물이라서요. 요즘 세상이라는 것이 아시다시피 그 모양이니까요. 정부, 정부, 어딜 가도 정부와 얼굴을 맞대게 되지요. 직장에서도, 가정에서도, 슈퍼마켓에서도, TV에서도 말입니다. 사생활이란 거—지금 국민은 이것을 더욱더 갈망하고 있지요. 그런데 당신과 부인께서 착수하신 그 대수롭지 않은 놀이 말인데요, 당신들은 사생활을 즐길 수 있는 처지에 있으니까, 그 사생활이라는 배경에서 한번 조사해 보면 어떨까요? 어쩌면 뭐가 뭔지 모를 수도 있고, 또 어쩌면 재미가 있을 수도 있잖겠습니까? 가능성은 반반입니다.

나로서는 이 이상 말할 수가 없습니다. 어떤 사실은 때로는 나밖에는 당신에게 얘기해 줄 사람이 없을 수도 있지만, 그런 것이라면 언제고 때에 따라서는 이야기해 주게 되겠지요. 그러나 이미 다 끝나버린 일일 뿐이며, 이야기해 봐야 실제로 도움이 되지는 않을 겁니다.

하나만 가르쳐 드리지요. 그건 당신이 조사하는 데 도움이 될지도 모르겠습니다. 당신도 읽은 일이 있을 거요. 그 해군 중령에 대한 재판 말이오. 이름은 이제 잊어버렸지만. 간첩활동을 한 혐의로 재판에 회부되어 실형을 선고받았는데, 그럴 만한 이유는 충분히 있었지요. 그 녀석은 매국노였으니까. 그것만으로도 충분한 이유가 되지요. 그러나 메리 조던이라는 사람은……."

"네?"

"당신은 메리 조던에 대해 알고 싶단 말이지요? 좋습니다. 참고삼아 한 가지 가르쳐 드리지요. 메리 조던은—그렇소. 그것을 스파이 활동이라고 불러도 좋소만, 그러나 그녀는 독일 스파이가 아니었소. 적국의 스파이가 아니었다는 말입니다. 잘 명심해 두시오."

로빈슨 씨는 책상 너머에서 몸을 다가오면서 낮은 소리로 말했다.

"메리 조던은 우리의 동료였습니다."

제3부
제1장

메리 조던

"하지만, 그렇게 되면 모든 사정이 아주 바뀌어 버린다고요."
터펜스가 말했다.

"그렇소, 그렇다니까. 완전히, 정말 쇼크였어." 토미가 말했다.

"그 사람이 어째서 당신에게 말해 주지 않았을까?"

"몰라. 나도 그래서 이것저것 생각은 해봤지만."

"그 사람, 어떤 느낌의 사람이에요? 아직 자세히 얘기하지 않았잖아요."

"글쎄, 노란 사람이야. 노랗고 몸집이 크고 뚱뚱하고, 아주 보통 사람인데 동시에 이렇게 말하면 알 수 있을지 모르겠지만, 조금도 보통 사람 같지 않은 사람이라고, 그는, 응, 내 친구가 말하던 대로야. 그는 거물 중 한 사람이지."

"어쩐지 팝 싱어 이야기라도 하고 있는 것처럼 들리는군요."

"응, 그렇게 말하는 방법에 익숙하게 될 게요."

"네, 그렇다고 해도 어쩐 일일까? 틀림없이 하고 싶지 않은 이야기를 해준 거지요?"

"꽤 오래된 옛날 일이니까. 그리고 이미 끝나버린 일이오. 지금으로서는 별일 아닐 거야. 즉, 요즘 공개되는 것들을 보면 말이오. 비공식 발표라든가, 당신도 알다시피 이미 비밀로 해둘 필요가 없는 거요. 진상을 공개해도 되는 거란 말이지. 누가 무엇을 썼다거나, 누가 무슨 말을 했다거나, 어떤 사건의 자초지종이라든가, 지금까지 아무도 모르게 극비로 취급되어 온 일의 경위라든가 하는 것들 말이오."

"어쩐지 뒤죽박죽이 되어버릴 것 같군요. 그런 식으로 말하는 소리를 듣고 보니까. 게다가 그렇게 되면 모든 것이 틀어지고 말아요, 그렇지요?"

"무슨 소리요, 모든 것이 틀어지고 말다니?"

"지금까지의 견해를 말하고 있는 거예요. 내가 말하고 싶은 것은—난 뭘 말하고 싶은 걸까?"

"정신 차려요, 자기가 하고 싶은 말의 의미도 모르다니."

"그러니까 아까 말한 대로예요. 전부 잘못되었어요. 다시 말하자면 말이에요. 《검은 화살》 안에서 그걸 발견했을 때에는 이야기가 분명했어요. 아마 그 알렉산더라는 남자아이가 《검은 화살》 안에 그것을 밑줄긋는 방법으로 써서 남긴 거예요. 거기에 따르면 누군가가—그들 가운데 있어요. 적어도 그렇게 쓰여 있었어요. 그런 식으로 쓰여 있었지만 사실 알렉산더가 말하려 한 것은—가족 중 한 사람이거나, 또는 그 집에 있던 사람들 중 누군가가 메리 조던의 죽음을 준비했는데, 그 메리 조던이 누군지 몰라서 그동안 우리는 안달했던 거예요."

"분명 그 뒤로도 계속 안달하게 되었소."

"그래도 당신은 나보다는 나아요. 나는 얼마나 애가 탔다고요. 메리에 대해서 사실은 아직 아무것도 모르고 있는걸요. 기껏……."

"알아낸 것은 그녀가 아무래도 독일 스파이였던 것 같다는 사실뿐이었지? 그런데 그것만은 알게 되었잖았소?"

"네, 세상에서 그렇게들 말하고 있고, 나도 그 말이 사실이겠지 하고 생각했어요. 그것이 지금에 와서……."

"맞아요. 그것이 지금에 와서야 사실이 아니라고 알게 된 거요. 독일 스파이기는커녕 오히려 그 반대였던 거지."

"영국 스파이였던 거예요."

"영국 첩보대이거나 보안대이거나, 당시에는 어떻게 불렸건 그쪽에 관계했던 거요. 그리고 어떤 자격이 주어져서 무엇인가를 밝혀내기 위해서 이 마을에 왔소. 목적은 그—아니, 이름이 뭐라고 했었지? 나도 좀더 사람의 이름을 잘 기억할 수 있으면 좋으련만. 그 해군인가 육군인가 하는 장교 말이오. 잠수함의 기밀을 팔아넘긴 남자 얘긴데, 그래 그 당시에는 이 마을에도 독일 스파이들이 꽤 많이 들어와 있어서, 'N 또는 M'의 상황과 마찬가지로 그런 일들을 바쁘게 준비하고 있었던 거요."

"그럴 것 같군요, 네."

"그렇다고 한다면 아마 그걸 밝혀내도록 메리는 이 마을로 보내졌을 계요."

"그렇겠죠"

"그러니까 '우리들'이라는 것은 우리가 생각하고 있었던 그런 뜻이 아니었던 거요. '우리들'이라는 것은 즉, 우리 첩보계의 사람들을 말하는 것이었소 그것도 이 집에 관계가 있었던 사람이거나, 특정한 때에만 이 집에 있었던 사람이오. 메리는 죽고, 그 죽음은 자연사가 아니었다. 왜냐하면 누군가가 메리가 하고 있는 일이 무엇인지 눈치를 챘기 때문이오. 그리고 그것을 알렉산더는 알아낸 거지."

"메리는 아마 독일 스파이인 척했겠지요. 그 해군 중령인가 하는 사람과 친하게 지내면서—이름은 어찌되었거나 말이에요."

"생각이 안 나면 X 해군 중령으로 해두면 되겠군."

"네, 그렇게 하지요. X 해군 중령과 메리는 점점 친해진 거예요."

"적의 스파이도 이 부근에 살고 있었소 커다란 조직의 우두머리지. 부두 근처라고 생각되는데, 거기에 조그만 집을 가지고 있었소 그리고 대대적으로 선동하기를, 우리나라로서 최선의 방법은 독일과 손잡고 협력하는 것이라는 둥 그런 소리를 외쳤던 거요."

"정말 복잡하군요. 그런 일이란(계획, 비밀문서, 음모, 첩보활동) 정말 복잡하군요 하지만 우리는 아마 완전히 잘못된 장소를 파고 있었던 것 같군요."

"꼭 그렇다고 할 수는 없소 나는 그렇게는 생각지 않소"

"그렇게 생각지 않는다니, 어째서요?"

"왜냐고? 만일 메리 조던이 무엇인가를 밝혀내려고 이 마을에 왔다면, 그리고 만약 무엇인가를 밝혀냈다면 아마 그들은, X 해군 중령이나 그 밖의 다른 사람들 말인데—다른 사람들도 가담했을 것이 틀림없으니까. 그들은 메리가 무엇인가를 밝혀냈을 때에……."

"다시 머릿속을 뒤죽박죽으로 만들지 말아요. 그런 식으로 말하는 소리를 들으면 난 정말로 뒤죽박죽이 되고 말아요. 자, 계속하세요."

"좋아. 그래서 그들은 메리가 여러 가지 일을 알아낸 걸 알게 되었을 때,

그때 메리를……."

"입을 다물게 하는 수밖에 방법이 없었겠죠."

"지금 한 말은 필립스 오펜하임식이로군. 그러고 보니 오펜하임이 유행한 것은 1914년 이전이었었지."

"어쨌든 그들은 메리가 알아낸 것을 보고하기 전에, 그녀의 입을 다물게 할 필요가 있었던 거예요."

"그것 말고도 다른 사정이 있었을 게 분명해. 아마 메리는 중요한 것을 손에 넣은 거야. 문서나 서류를 말이야. 보내온 편지나 누구에게 전달된 편지 같은 거."

"네, 당신이 말하는 뜻을 알겠어요. 여러 사람들의 이야기를 들어보지 않으면 안 되지요. 하지만 메리가 채소를 잘못 먹은 것이 죽게 된 원인이라면, 대체 알렉산더는 어째서 '우리들'이라고 했는지 그걸 알 수 없군요. '우리들'이라는 것은 적어도 알렉산더의 가족을 말하는 것이 아닐 텐데 말이에요."

"이렇게 된 것이 아닐까? 실제로는 이 집에 있었던 사람이 아니라도 좋은 거요. 헷갈리기 쉬운 독초를 뜯어와서 모두 한데 모아 부엌에 들여놓게 되는 일은 흔히 있을 수 있으니까. 그건 정말로 사람을 죽일 정도의 분량이 아니라도 좋소. 식사를 함께한 사람들이 식후에 기분이 조금 나빠지는 정도면 되는 거요. 의사가 달려와서 먹은 것을 검사하고 그 결과 그 원인은 채소를 잘못 뜯은 것이라고 생각하게 하는 거요. 설마 계획적으로 한 일이라고는 생각지 않을 테지."

"하지만 그렇다면 함께 식사한 사람들은 모두 죽었을 거 아니에요? 죽지 않았다고 해도 기분이 나쁘지 않았을까요?"

"꼭 그렇다고 할 수야 없지. 어떤 사람을, 메리 조던을 죽일 필요가 있었어. 그래서 그녀에게 치사량의 독을 섞기로 했다고 하면 어떻소? 그래, 점심식사나 저녁식사나, 어쨌든 식사 전의 칵테일이나 식후의 커피 같은 것에 디기탈린이나 아코나이트라든지 아무튼 여우장갑(디기탈리스)에서 뽑아낸 독을……."

"아코나이트는 투구꽃에서 뽑아낸답니다."

"당신이 만물박사인 것은 잘 알고 있소. 요컨대 분명히 착오로 말미암아 모두가 가벼운 중독에 걸리게 되는 거지. 모두들 기분이 조금 나빠진다. 그러나 죽는 것은 한 사람인 거요, 알겠소? 저녁식사나 점심식사나, 어쨌든 식사를 마친 뒤에 모든 사람의 기분이 나빠져서 조사해 보니 착오에 의한 것이었다고 밝혀졌다면 어떻겠소? 그런 것은 흔히 일어나기 쉬운 일이오. 그래, 독버섯을 양송이로 착각하고 먹었다든지, 그 열매는 과일처럼 보이니까 어린아이들이 모르고 먹기도 하지. 단지 실수였어. 기분이 나빠지고 그러나 대개 죽지는 않소. 죽는 사람은 고작 한 사람일 뿐이오. 그 사망자는 어떤 독이든 남달리 예민한 체질이었다는 진단이 내려지겠지. 그런 식으로 메리만 죽게 되고 다른 사람들은 목숨을 구한 거요. 그렇소. 확실히 착오에 의한 것으로 일단락되었지. 아무도 조사는커녕 다른 원인이 있다고는 생각해 보지도 않았을 것이오."

"메리도 다른 사람들과 마찬가지로 조금 기분이 나쁜 정도였을지도 모르겠군요. 그리고 나서 다음 날 아침 그녀가 마시는 차에 치사량의 독을 섞어서 먹였을지도 모르겠고."

"터펜스, 당신이라면 틀림없이 여러 가지 생각을 가지고 있겠지?"

"그래요, 그런 일이라면. 그런데 다른 점은 어떤가요? 누가 왜 무엇 때문에? 또 '우리들'이란 누구를 말하는 것일까?(지금으로선 '그들 중 한 사람'이라고 하는 편이 좋겠군요) 기회가 있었던 사람은 누구였을까? 이 마을에 묵고 있었던 사람이었을까? 혹시 나머지 사람 중 한 친구가 아닐까요? 친구에게서 십중팔구 가짜 편지를 가져온 거예요. 이 마을의 머리 월스 씨나 월슨 부인이나 같은 이름을 가진 사람에게, '제 친구를 소개합니다. 그녀는 댁의 아름다운 정원을 꼭 보고 싶어 한답니다.' 하는 정도라면 문제없을걸요."

"응, 그렇겠군."

"그렇다고 하면 오늘과 어제 내 신상에 일어난 일을 설명해 줄 수 있는 것이 지금도 이 집에 있을 것 같군요."

"어제 당신 신상에 무슨 일이 일어났소, 터펜스?"

"어제 그 생각만 하면 분통이 터져요. 바퀴 달린 목마를 타고 언덕을 내려가 보았더니, 도중에서 바퀴가 빠져버린 거예요. 나는 칠레 삼나무 숲 속으로 굴러 떨어져서 하마터면, 네, 굉장한 사고를 당할 뻔했어요. 그 얼빠진 아이작 영감이 괜찮은지 잘 좀 살펴보았더라면 좋았을 텐데. 그 사람 말로는 틀림없이 살펴보았다고 하더군요. 내가 타기 전에는 아무 이상이 없었다는 거예요."

"그런데 그렇지 않았다는 거로군!"

"네, 아이작은 누가 장난을 쳤을 거라고 생각하고 있었어요. 바퀴를 만졌거나, 어떻게 해서 벗겨지게 했을 거래요."

"터펜스, 이 집에서 우리들 신상에 무슨 일이 생긴 것은 이것으로 벌써 두 번째, 아니 세 번째인가? 그래, 나도 지난번 서고에서 머리 위에 물건이 떨어질 뻔한 일이 있지 않았소?"

"다시 말하자면 누가 우리를 쫓아내려 한다는 건가요? 하지만 그렇다면, 즉……."

"그렇다면, 즉 무엇인가가 있다는 거야. 여기에 말이오―이 집 안에."

두 사람은 얼굴을 마주 보았다. 이 문제는 가장 신중하게 생각해 봐야 한다. 세 번이나 터펜스는 입을 열려고 했으나 그때마다 다시 고쳐 생각하고 다시 침통한 얼굴로 생각에 빠지곤 했다. 이윽고 토미가 입을 열었다.

"그 사람은 어떻게 생각했을까? 트룰러브에 대해서 뭐라고 했소? 아이작 영감 말이오."

"그렇게 될 줄 알았다든가, 워낙 심하게 썩어서 그랬다나."

"하지만 누가 장난을 친 거라고 했다면서?"

"네, 그랬어요. '아, 아이들이 좀 건드렸군요. 바퀴를 장난삼아 떼어내 본 거지요. 네, 개구쟁이들이 맞아요.'라고 하더군요. 나는 그 아이들을 보진 못했지만, 아이들은 들키지 않게 숨어 있었던 거예요. 내가 집을 나가기만 기다리고 있었던 것 같아요. 그래서 나는 아이작에게 그걸 그냥 예사로운 장난이라고 생각하느냐고 물어보았지요."

"아이작은 뭐라고 했소?"

"뭐라고 할 말이 없다더군요."

"장난이었다고 생각이 안 되는 것도 아닌데. 아이들이란 흔히 그런 장난을 치니까."

"당신이 생각하는 것은, 내가 목마를 상대로 바보 같은 행동을 하는 사이에,

바퀴가 빠져서 목마가 아주 망가지도록 일부러 그렇게 해두었다고, 아니, 그렇게 생각하나요, 토미?"

"아니오, 바보 같은 생각으로 보일지 모르지만, 실은 바보 같은 생각이 아닐 경우도 있지. 일이 일어난 상황이나 이유에 따라서겠지만 말이오."

"그런 경우 대체 어떤 '이유'가 있는지 모르겠군요."

"짐작은 할 수 있지, 가장 있을 법한 일로 말이오."

"가장 있을 법한 일이라니 무슨 뜻이지요?"

"우리를 이 집에서 내쫓으려 한다는 것이오."

"대체 왜 그런 방법을 쓰지요? 이 집이 갖고 싶으면 사들이고 싶다고 가격을 말하면 될 텐데."

"그렇소, 그러면 되는데 말이오."

"모르겠군요. 우리가 알고 있는 한 이 집을 탐내는 사람은 없을 텐데. 이 집을 보러 왔을 때에도 우리 말고는 아무도 없었어요. 주위에서는 이 집을 특별한 이유는 없지만, 그저 구식이고 손볼 곳이 많다는 이유로 비교적 싼 값으로 팔렸다고들 생각하는 것 같았어요."

"나 역시 누가 우리를 내쫓으려 한다고는 생각되지 않소. 아무리 당신이 여기저기 살펴보고, 여러 사람에게 묻고 다니고, 책에서 뭔가 베꼈다고 해도 말이오."

"그럼, 어떤 사람이 가만히 덮어두고 싶은 것을 내가 자꾸만 후벼 파고 있다고 생각하는 거예요?"

"말하자면 그런 거지. 다시 말해서 우리가 갑자기 마음을 바꾸어 이 집에서 사는 것이 싫어져서 집을 팔려고 내놓고 이 집에서 나가버리면 그것으로 끝나는 거지. 그들로서는 그것으로 만족하는 거요. 설마 아무리 그들이라도."

"'그들'이라니 누구를 말하는 거예요?"

"그것을 도무지 알 수 없단 말이오. '그들'에 대해서는 뒤에 가서 곰곰이 생각해 보기로 하지. 지금까지는 그저 '그들'이야. '우리'와 '그들'이란 말이오. 이것은 머릿속에서 구별해 두어야 하오."

"아이작은?"

"아이작이라니, 무슨 말을 하고 싶은 거요?"

"모르겠어요. 잠깐 생각해 보았는데, 아이작도 이 일에 한몫하고 있는 것은 아닐까요?"

"그 사람은 나이도 수월치 않고, 오랫동안 이 마을에 살고 있어서 사건에 대해서도 어느 정도 알고 있소. 혹시 누가 5파운드짜리 지폐를 손에 쥐어주면 아이작이 트룰러브의 바퀴를 조작할 것이라고 생각하오?"

"아니에요. 그 사람에게 그런 꾀는 없어요."

"여기에는 꾀 같은 것은 필요 없소. 5파운드 받고 나사못을 빼놓거나, 나무를 조금 꺾어놓거나 해서, 이번에 당신이 목마를 타고 언덕을 달려내려 갈 때 봉변을 당하도록 해두기만 하면 되는 거지."

"당신 생각은 좀 바보 같군요."

"당신이 지금까지 생각한 일도 바보 같은 것이 아니오?"

"그렇군요. 하지만 정말 들어맞았어요. 우리가 들은 이야기와 딱 들어맞았다고요."

"글쎄, 수사라고 할까, 아니면 조사라고 할까? 이름은 어떻게 붙이든 그 결과로 보아서는 정확한 것이 아직 없다는 것이오."

"그러니까 내가 방금 말했듯이 이제는 이야기가 완전히 뒤집어진 거예요. 메리 조던이 적의 스파이가 아니고 영국의 스파이였다는 것을 알게 된 지금에 와서 말이에요. 메리는 목적이 있어서 이 마을에 왔었던 거예요. 그리고 아마 목적을 달성했겠지요."

"그렇다고 하면 새로 알게 된 것들을 염두에 두고 제대로 한번 정리를 해보기로 하지. 메리가 이 마을에 온 목적은 무엇인가를 밝혀내기 위해서였소."

"아마 X 해군 중령에 대한 것일 거예요. 그 사람의 이름을 알아내야 해요. 언제까지나 X 해군 중령이 누군지 알지 못한다면 공연히 헛수고를 하는 것 같을 거예요."

"그건 그렇소, 하지만 그것을 알아내기란 정말 쉬운 일이 아니지."

"메리는 무엇인가를 알아내어 보고한 거예요. 그런데 그 편지를 아마 누가 펴보았겠지요."

"무슨 편지를?"

"누군지 모르지만 메리가 '연락원'에게 보낸 편지 말이에요."

"그랬겠군."

"연락원은 그녀의 아버지나 할아버지 같은 사람이 아니었을까요?"

"그렇지는 않겠지. 그런 방법을 택했을 거라고는 생각되지 않는군. 조던이라는 이름만 해도 그녀가 스스로 붙인 이름일지도 모르고, 상부에서 그 이름이라면 과거를 캐낼 수가 없으니 여러 모로 안성맞춤이라고 생각했을지도 모르지. 그녀가 독일인과 혼혈이며, 적을 위해서가 아니고 외국에서 영국을 위해서 일했을 뿐만 아니라, 외국에서 파견된 것이라면 더할 나위 없는 일이지. 그런데 그녀는 어떤 사람으로서 이 마을에 온 것일까?"

"내가 그걸 어떻게 알아요. 어떤 사람으로 왔는지를 알아내자면 다시 한 번 원점으로 돌아가야 해요. 어쨌든 메리는 이 마을에 와서 무엇인가를 알아내고 그것을 누구에게 전달했거나, 아니면 전달하지 못한 거예요. 내가 말하고 싶은 것은 그녀는 편지 같은 것은 쓰지 않았던 것이 아니냐는 거예요. 런던으로 가서 직접 이야기했을지도 모른다고요. 예를 들면 리젠트 공원에서 만난다든지 그런 방법으로 말이에요."

"보통은 그런 방법을 쓰지 않는 것이 아니오? 즉, 같은 편인 대사관 사람과 리젠트 파크에서 만나서……."

"때로는 나무 구멍 속에 물건을 숨겨둔다고도 해요. 정말 그렇게 했다고 생각하세요? 그런 일은 생각조차 할 수 없어요. 연애를 하고 있는 사람이 연애편지라도 넣어둔다면 모르지만."

"무엇을 넣어두든지, 연애편지같이 쓰면서 실제로는 암호문을 써서 숨겨놓았을지도 모르는 일 아니오?"

"그건 좋은 생각이군요. 오로지 나는 추측해 보지만—아, 너무 오래된 옛날 일인걸요. 무엇을 알아내든지 어떻게 해야 할지 정말 골치예요. 알게 되면 될수록 기껏 알게 된 일이 도움이 되지 않게 되다니! 하지만 우리는 여기서 그만두는 건 아니지요, 토미?"

"절대로 뒤로 물러설 수는 없소." 토미는 말하고 나서 한숨을 쉬었다.

"그만두게 되었으면 좋겠다고 생각하고 있나요?"

"글쎄, 그런 생각도 없진 않지. 내가 보기에는……."

"당신이 단념했다고는 생각되지 않는군요. 정말이에요. 게다가 나까지 단념시킨다는 것은 보통일이 아닐 테지요. 나는 언제까지 계속 그 일에만 마음을 쓰고 있을 거니까요. 그리고 먹는 것도 목에서 넘어가지 않을 거고요."

"중요한 것은, 즉, 어떤 의미로는 우리는 그 일의 발단은 알고 있다고 생각하오. 첩보활동, 적이 어떤 목적을 염두에 두었던 첩보활동이란 말이오. 목적의 일부는 달성되었지. 일부는 아마 달성 못했을 것이오. 그렇더라도 알 수 없는 것은, 다만 그, 알 수 없는 것은 말이지, 누가 거기에 가담되어 있었는가 하는 거요. 적 쪽에 말이오. 아마 우리나라의 방위담당 관리 가운데 틀림없이 그런 인간이 있었을 거야. 충실한 공복인 척한 매국노 말이오."

"그래, 그 사람을 알아내는 거예요. 정말 있을 법한 일이군요."

"그리고 메리 조던의 임무는 그런 인간과 접촉하는 일이었소."

"X 해군 중령과?"

"틀림없이 그럴 거요. 혹은 X 해군 중령의 친구와 접촉해서 사실을 알아내는 것이었을 테지. 그 일을 하려면 먼저 이 마을에 올 필요가 있었던 거요."

"그러니까 그것은 파킨슨 일가가(다시 파킨슨 일가의 이야기로 되돌아온 것 같군요. 어느 정도까지 알게 되었는지도 모르는데) 거기에 한몫하고 있었다는 건가요? 파킨슨 일가는 적과 한패?"

"설마 그렇지는 않았겠지."

"그렇다면 대체 어떻다는 건지 모르겠군요."

"이 집이 사건과 무슨 관계가 있었던 것이 아닐까?"

"이 집이? 하지만 이 집에는 그 뒤로 줄곧 다른 사람이 살았잖아요?"

"그렇소. 하지만 그 사람들은 그래, 당신 같은 사람은 아니었단 말이오."

"무슨 뜻이죠? 나 같은 사람이라니……."

"당신은 옛날 책을 탐낸다든지, 그것을 조사해 본다든지, 무엇인가를 찾아내기도 했소. 정말 틀림없는 몽구스지. 지금까지 살았던 사람들은 단지 여기에 살았을 뿐이며, 위에 있는 방만해도 아마 하인들의 방이었고 아무도 들여다보지도 않았을 것이오. 맞아, 무엇인가가 이 집에 숨겨져 있을지도 모르오. 아마 메리 조던이 감춰두었겠지. 누군가가 그것을 가지러 온다든지, 아니면 메리가 어떤 구실을 만들어 런던에라도 가게 되면 곧 건네줄 수 있는 곳에 말이오. 치과에 간다거나, 혹은 옛날 친구를 만나러 간다든지 해도 좋겠지. 어렵지 않은 일이야. '메리는 손에 넣은 것이나 어떤 정보를 이 집에 숨겨두었다. 그것이 아직도 그대로 이 집에 숨겨져 있다.' 설마 그런 이야기는 아니겠지? 그래, 설마 그럴 리는 없을 거야. 하지만 알 수 없는 일이지. 우리가 그것을 찾아낼지도 모르거든. 혹시 이미 발견한 것은 아닌가 하고 누군가가 우리를 이 집에서 쫓아내려 한다거나, 오래전부터 자기네도 찾아보았으니 결국 이 집이 아니고 다른 곳에 숨겨둔 것이라고 생각하고 있었는데, 우리가 그것을 발견한 줄 알고 그것을 뺏으려고 한다거나 말이오."

"어머, 토미, 정말 재미있게 되었군요."

"그건 우리 생각에 지나지 않는 거요."

"그렇게 맥빠지는 소리는 하지 말아요. 난 안팎을 다 조사해 봐야겠어요."

"뭘 어쩌자는 거요. 채소밭이라도 파서 엎을 생각이오?"

"아뇨, 그릇장이나 지하실이나 그런 곳이에요. 뭐가 나올는지 기대가 되는군요. 아, 토미!"

"여보, 터펜식. 기껏 즐겁고 편안한 노후를 기대하고 있었는데."

"연금으로 살아가는 평화는 없다는 말도 있지요. 좋은 생각이 떠올랐어요."

터펜스는 신이 나서 말했다.

"뭐라고?"

"연금으로 살아가는 노인들에게 물어봐야지. 그 노인들의 생각을 조금 전까지 전혀 해보지 않았다고요."

"제발 부탁이니 당신 자신에 대해 조심하시오. 이런 상태라면 집에 있으면서 당신을 지키고 있어야 할 것 같군. 그런데 내일은 런던에서 좀더 조사를 해야만 한단 말이오."

"나도 이 마을에서 뭣 좀 조사할 작정이에요."

제2장

터펜스가 한 조사

"정말!" 터펜스는 말했다.

"폐나 끼치는 것은 아니겠지요? 이렇게 불쑥 찾아뵙게 되어서 말이에요. 전화를 드리고 올까 하는 생각도 했었습니다. 외출 중이시거나 바쁘시면 안 되니까요. 하지만 이렇다 할 용건이 있는 것도 아니라서, 사정에 따라서는 곧 물러나 올 생각으로……. 폐가 된다면 말씀해 주십시오. 제 걱정은 마시고요."

"아니에요. 저도 뵙게 되어서 반갑습니다, 베레즈포드 부인."

그리핀 부인이 말했다.

그녀는 의자 안에서 3인치(약 7.5cm)쯤 몸을 움직여 등받이에 기댄 자세를 더욱 편하게 하고는, 아주 만족스러운 얼굴로 터펜스의 들떠 있는 얼굴을 쳐다보았다.

"마을에 새로 이사 오신 분을 만나뵙는 것은 정말 반가운 일이지요. 이 부근에 살고 있는 사람들은 모두 그 얼굴이 그 얼굴이라 새로 오신 분이라면, 네, 이렇게 말씀드려도 괜찮으시다면, 새로 오신 부부라면 대환영이지요. 정말 대환영이고말고요. 언제 두 분이 함께 저녁식사에 와주십시오. 바깥어른께서는 몇 시쯤 돌아오시는지 모르겠습니다만, 대개 런던에 나가시지요?"

"그렇습니다. 친절히 대해 주셔서 정말 감사합니다. 집 안 손질이 대강 끝나면 부인께서도 한번 오셨으면 합니다. 곧 끝날 것 같으면서도 좀처럼 안 되는군요."

"집 안 손질이라는 것이 모두 그렇지요."

출퇴근하며 일하는 하녀, 아이작 할아범, 우체국의 그웬다, 그 밖의 여러 곳에서 들은 바로는 그리핀 부인은 94세였다. 등의 류머티즘에서 오는 아픔을 덜기 위해서 애써 유지하는 바른 자세는 깔끔한 몸놀림과 함께 나이보다 훨씬 그녀를 젊어 보이게 했다. 얼굴에 주름살은 패였어도 레이스 스카프를 감고 있는, 백발이 넘실거리는 머리를 보고 있으면 터펜스는 어릴 때 만나본 작은 할머니 몇 분이 어렴풋이 떠올랐다. 그리핀 부인은 원시근시 겸용 안경을 쓰고 보청기를 준비해 두었는데, 그것을 가끔 써야 되는 모양이었으나 터펜스가 보기에는 한 번도 쓰지 않은 것 같았다. 아직도 정신이 말짱하여 100세가 아니라 110세까지도 살 것 같았다.

"요즘은 어떻습니까?" 그리핀 부인이 물었다.

"이제 전기 공사는 다 끝났지요? 도로시에게서 들었습니다. 아시지요? 로저스의 아내 말입니다. 전에 내 집 하녀로 있었지요. 지금도 1주일에 두 번 정도 청소를 해주고 있답니다."

"네, 걱정해 주신 덕분에 전기 공사는 끝났답니다. 전기 수리공이 뚫어놓은 구멍에 가끔 빠지기도 했습니다만. 실은 오늘 이렇게 찾아뵙게 된 것은, 바보 같은 이야기일지 모르겠습니다만 좀 이상하게 생각되는 일이 있어서요. 부인께서 바보 같은 소리라고 생각하실지 모르겠군요. 저는 요즘 집 안 정리를 시작했답니다. 네, 여러 낡은 책꽂이며 그런 것을 말입니다. 집을 살 때에 책도 함께 물려받았거든요. 대부분 아주 오래된 옛날 어린이용 책인데, 제가 옛날에 아주 좋아하던 책도 있답니다."

"예, 저도 잘 알아요. 옛날 즐겨 읽던 책을 다시 읽게 되면 아주 즐겁지요. 《젠다 성의 포로》라든가, 우리 할머니께서도 《젠다 성의 포로》를 자주 읽곤 하셨지요. 저도 한번 읽었는데 정말 재미있더군요. 로맨틱하고, 네, 어린이에게 처음 허락되는 로맨틱한 책이지요. 그래요. 그 당시는 소설을 읽는 것을 별로 탐탁지 않게 생각했었어요. 어머니나 할머니도 아침부터 소설 같은 책을 읽는 것을 허락하지 않았으니까요. 그때는 이야기책이라고 했지만요. 네, 역사라든가 그런 진지한 책은 괜찮았답니다. 소설은 그저 즐길 뿐이라는 이유로 오후가 되기 전에는 읽지 못하게 했지요."

"그러셨을 거예요. 한 번 더 읽고 싶은 책이 꽤 많이 있더군요. 몰즈워스 부인의 것이라든가……."

"《색실 무늬의 방》이지요?" 그리핀 부인이 치면 울릴 듯이 말했다.

"네, 《색실 무늬의 방》도 곧잘 읽곤 했지요."

"그래요. 저는 《네 가지 바람이 부는 농장》이 옛날부터 제일 좋았어요."

"네, 그것도 있었어요. 그 밖에도 여러 책이 꽤 있답니다. 어쨌든 이제 겨우 책장의 가장 아래 칸 정리를 시작했는데, 옛날에 무슨 일이 있었나 봐요. 네, 어디에 심하게 부딪쳤거나, 책장을 옮기면서 그랬는지 바닥에 구멍이 나 있고, 거기서 낡은 것들이 많이 나왔거든요. 뜯어진 책이 대부분인데, 그 안에 이런 것도 있었어요."

터펜스는 포장지로 간단히 싸온 것을 꺼내어 놓았다.

"'버스데이 북'이에요. 옛날 책인데, 이 안에 부인의 이름이 있더군요. 결혼 전의 성함은 전에 들은 적이 있었습니다만, 위니프레드 모리슨이었다지요?"

"네, 맞아요."

"그 이름이 이 '버스데이 북'에 쓰여 있었어요. 그래서 이것을 보여 드리면 재미있어하실 것 같아서요. 옛날 친구 분의 이름도 많이 나와 있을 것 같고, 그 밖에도 부인이 보시면 재미있는 일이나 이름이 나와 있을지도 모르지요."

"어머, 친절도 하시지. 꼭 보고 싶군요. 네, 이런 옛날 책은 나이를 먹고 나서 읽어보면 정말 재미가 있답니다. 자상하기도 하셔라."

"색깔도 좀 변하고, 찢어지거나 구겨진 곳도 있더군요."

그렇게 말하면서 터펜스는 포장지를 풀었다.

"어머!" 그리핀 부인이 말했다.

"네, 옛날에는 모두 '버스데이 북'을 가지고 있었지요. 제가 어린 시절을 전후해서 그런 것이 차츰 사라져 버렸지만요. 이 책이 거의 마지막일 거예요. 제가 다니던 초등학교에서는 여자아이는 모두 '버스데이 북'을 가지고 있었어요. 친구끼리 '버스데이 북'에 자기의 이름을 써넣곤 했지요."

그리핀 부인은 터펜스에게서 '버스데이 북'을 받아들고는 한 장 한 장 넘기기 시작했다.

"어머!" 그녀는 중얼거리듯 말했다.

"옛날이 생각나는군요. 네, 네, 정말이에요. 헬렌 길버트—그래, 바로 그 아이지. 그리고 데이지 셰필드, 셰필드 맞아요. 그래, 생각났어요. 그 아이는 이에 그걸 끼고 있었어요. 치아교정기라든가 하는 건데, 언제나 빼고 다녔답니다. 도저히 참을 수 없다면서요. 에디 크론, 마거릿 딕슨. 그래, 그래, 모두 대체로 글씨를 잘 썼어요. 지금 아이들보다 잘 썼지요. 제 조카가 보낸 편지는 정말이지 읽어볼 수가 없더군요. 요즘 아이들이 쓰는 글씨는 마치 상형문자 같아요. 그리고 대개의 말뜻은 생각해 보지 않고는 무슨 소린지 알 수가 없다니까요. 몰리 쇼트, 그래, 그 아이는 더듬는 버릇이 있었어—정말 옛날을 생각나게 하는군요."

"이젠 많은 분이 안 계시지요? 그, 다시 말하자면……."

눈치 없는 소리를 하게 될 것 같아서 터펜스는 중도에 입을 다물어 버렸다.

"거의 모두 이제는 죽어버렸을 거라고 생각하지요? 그래요. 사실이에요. 거의 모두 그렇지요. 하지만 모두 그렇지는 않아요. 네, 옛날 친구 또래라고 할까? 그 사람들이 아직도 꽤 많이 건강하게 살아 있답니다. 이 마을에는 없지만 말이에요. 친하게 지냈던 여자아이들은 결혼하게 되면 거의 다른 곳으로 가버리니까요. 군인인 남편을 따라 함께 외국으로 가기도 하고, 아주 다른 지방으로 옮겨가기도 하지요. 나도 가장 오랜 친구가 둘이나 노섬벌랜드에서 살고 있어요. 네, 네, 정말 재미있는 일이지요."

"이미 그때쯤에는 파킨슨이라는 성을 쓰시는 분은 안 계셨겠군요? 이름이 보이지 않는 걸 보니까."

"그렇답니다. 파킨슨 일가가 있었던 것은 좀더 이전이었어요. 당신은 파킨슨 일가에 관해서 알고 싶은 것이 있나 보군요, 그렇지요?"

"네, 그래요. 그냥 단순한 호기심 탓입니다만. 저, 실은 이상한 일로 해서 알렉산더 파킨슨이라는 남자아이에 흥미를 갖게 되었거든요. 얼마 전 교회의 묘지를 걷다가 그 아이가 어릴 때 죽은 사실과 무덤이 그곳에 있다는 것을 알고부터는 한층 더 그 아이에 대한 것을 생각하게 되었답니다."

"어릴 때 죽었어요. 네, 그렇게 어린 나이에 죽었기 때문에 누구나 가엾다고 생각하는가 봐요. 머리도 썩 좋은 아이라서 가족들도 기대를 걸고 있었거든요—아주 멋진 장래를요. 병이 들어서 죽은 게 아니었어요. 피크닉에 가져간 음식물에서 탈이 생긴 거예요. 헨더슨 부인이 그렇게 말하더군요. 그 사람은 파킨슨 일가의 여러 가지 일들을 기억하고 있거든요."

"헨더슨 부인이라고 하셨나요?" 터펜스가 얼굴을 들었다.

"오, 그래, 당신은 모르겠군요. 그 사람은 양로원에 들어가 있답니다. '목장가의 동산'이라는 곳이지요. 여기서 글쎄, 12~15마일(약 19~24km)쯤 될 거예요. 만나러 가보세요. 그 사람이라면 당신이 살고 있는 그 집에 대한 것을 뭐든지 다 말해 줄 겁니다. 당시에는 그 집을 '제비 저택'이라고 불렀는데, 지금은 다른 이름으로 바뀌었다지요?"

"'월계수 저택'이에요."

"헨더슨 부인은 저보다 나이는 많았지만, 대가족의 막내둥이였어요. 한때는 가정교사를 했지요. 그 뒤 '제비 저택', 그러니까 지금의 '월계수 저택' 주인인 베딩필드 부인의 전속 간호사가 되었었지요. 옛날 일들을 이야기하는 걸 아주 좋아해요. 만나보시면 좋을 거예요."

"그분이 싫어하시지는 않을까요?"

"아니, 아니, 싫어하지 않을 거예요. 만나러 가세요. 내가 보내더라고 하면 돼요. 나에 대해서나 내 언니인 로즈메리에 대한 것이나 그 사람은 다 기억하고 있으니까. 저도 만나러 갈 거예요. 요 몇 년 동안은 걷기가 힘들어서 소식도 모르고 있었답니다. 참, 헨리 부인도 만나보시면 좋을 거예요. 그 사람은 지금, 음, 뭐라고 했더라? 그래, '사과나무 저택'에 들어가 있답니다. 주로 연금으로 살아가는 노인들이 들어가는 곳이지요. 수준이 같다고는 할 수 없지만, 그러나 꽤 견실하게 살아가고 있으며, 소문거리들도 꽤 많이 알고 있지요. 손님이라도 찾아간다면 그분들도 굉장히 기뻐할 거예요. 예, 지루함을 달랠 수 있다면 뭐든지 대환영이니까요."

제3장

토미와 터펜스, 서로의 메모를 비교하다

"지친 것 같군, 터펜스." 토미가 말했다.

저녁식사를 마친 뒤 거실로 옮겨 터펜스가 의자에 털썩 주저앉아서 커다란 한숨을 몇 번이나 내쉬고 하품을 막 끝낸 참이었다.

"지친 것 같다고요? 난 아주 녹초가 되었어요."

"뭘 한 거요? 정원에서 일을 한 모양이군."

"몸이 피곤한 게 아니에요." 터펜스가 쌀쌀맞게 말했다.

"당신과 같은 일을 하고 있었어요. 머리를 쓰는 조사 말이에요."

"그것도 굉장히 지치게 된다오. 그런데 특히 어느 쪽을 조사한 거요? 엊그제 그리핀 부인에게서는 별다른 이야기를 알아내지 못했다고 하지 않았소?"

"여러 가지 일들을 알아냈어요. 처음 추천해 준 사람에게서 알아낸 것은 별 것 아니었지만요. 그래도 좀 알아냈다고 할 수 있지요."

터펜스는 핸드백을 열더니, 커다란 수첩을 한참 애쓴 끝에 겨우 끄집어냈다.

"여러 가지 일들을 일단 메모해 두었어요. 예를 들어 그 도기 식단표 같은 것도 가져갔었어요."

"흠, 그래서 뭘 알게 되었소?"

"그래요, 요리에 대한 이야기가 끝없이 나왔어요. 이 사람이 시작이에요. 그 밖에도 다른 이름이 나왔었지만, 벌써 잊어버리고 말았어요."

"이름을 좀더 잘 기억하는 편이 좋겠소."

"하지만 이름은 그 사람이 하는 말이나 이야기만큼 메모해 두지 않는걸요. 그 도기 식단표에는 모두들 아주 감격하더군요. 그도 그럴 것이, 그날은 무슨 파티가 열려서 모두들 마음껏 즐기고 푸짐한 진수성찬을 맛본 모양이에요. 그런 멋진 음식은 그때까지 구경도 못했나 봐요. 모두들 그날 처음으로 새우 샐러드를 먹었던 모양이에요. 돈 많은 상류가정에서는 새우 샐러드가 갈비고기에 이어서 나오는 것이라고 이야기를 들은 모양이지만, 그 사람들이 있는 곳에서는 그렇지 않았던 거예요."

"흠, 그렇다면 별로 도움이 되지 못했겠군."

"아뇨, 도움이 되었어요. 왜냐하면 그날 밤 일은 언제까지나 잊지 못할 거라고 하더군요. 왜 그날 밤 일을 언제까지나 잊지 못할 거냐고 물어보았더니 인구조사가 있었기 때문이라고 하더군요."

"뭐라고, 인구조사?"

"네, 인구조사가 어떤 것인지 물론 알고 계시죠, 토미? 그래요, 영국에서도 바로 작년에 했었지요. 아니, 재작년이었나? 네, 뭘 묻기도 하고, 서명을 시키기도 하고, 항목마다 기입하도록 하잖아요. 바로 그날 그 집에서 함께 잠을 잔 사람 모두에게 말이에요. 들어봐요. 그런 것이에요. 11월 25일 밤 당신 집에는 어떤 사람들이 있었는가? 집주인이 기입하거나, 아니면 한 사람 한 사람이 자기 이름을 써넣어야 해요. 어느 쪽이 맞는지는 잊어버렸지만. 아무튼 이 마을에도 바로 그날 인구조사가 있어서 자기 집에 누가 있었는지 보고해야 했대요. 말은 그래도 그 파티에 초대된 사람들이 많이 있었대요. 그래서 그것이 화제가 되었지요. 정말 끔찍한 일이었다고 모두들 말하더군요. 요즘 세상에 그런 일을 해야 한다니 정말 부끄러운 이야기라는 거예요. 한번 생각해 보세요. 아이가 있다든가, 결혼했다든가, 결혼은 안 했지만 아이가 있다든가, 그런 일까지도 보고해야 한다니까. 아주 많이, 그것도 대답하기 곤란한 항목을 기입해야 하니까, 누구든지 기분 좋은 일은 아니지요. 요즘 와서는 이제 그렇지도 않은 모양이지만. 그래서 인구조사 이야기가 나오자 모두들 완전히 흥분해 버렸어요. 그렇다고 옛날 인구조사 때문에 그러는 게 아니에요. 옛날에는 그런 일에 아무도 신경 쓰지 않았으니까. 특별히 문제 삼을 일도 아니었지요."

"그 인구조사의 정확한 날짜를 알면 혹시 도움이 될지 모르겠군."

"그런 것을 알아낼 수 있을지 몰라."

"알 수 있고말고. 마땅한 사람만 찾아내면 문제없이 알아낼 수 있지."

"그리고 그 사람들은 메리 조던이 사람들의 화젯거리가 되었던 것을 기억하고 있었어요. 얼마나 싹싹하고 좋은 아가씨처럼 보였는지, 얼마나 여러 사람의 귀여움을 받았는지 모두 입을 모아 칭찬했다는 거예요. 그래서 꿈에도 의심하지 않았다는 거지요. 아시지요? 그런 사람들이 어떤 식으로 말하는지를 말이에요. 나중에는 이렇게 말하더군요. 아무튼 반은 독일인이었으니까, 고용할 때에 좀더 조심했어야 했다고요."

터펜스는 다 마셔버린 커피잔을 내려놓고 다시 의자에 앉았다.

"희망이 있는 이야기라도 있었소?" 토미가 물었다.

"아니, 그런 건 아니지만, 어쩌면 희망이 있을지도 몰라요. 나이 든 사람들이 사건 이야기를 해주었고 그 일을 다 알고 있으니까요. 대개는 더 나이 많은 친척에게서 들은 거지요. 어디에 뭘 숨겼다느니 찾아냈다느니 하는 이야기들 말이에요. 도기 꽃병 속에 유서가 숨겨져 있었다는 이야기도 있었어요. 옥스퍼드와 케임브리지 이야기도 나왔지만, 옥스퍼드나 케임브리지 안에 무엇인가가 감추어져 있었다는 것을 대체 어떻게 알았을까요? 도저히 생각할 수 없는 일이에요."

"아마 누구에게 대학생 조카가 있었겠지. 그 조카가 무엇인가를 옥스퍼드나 케임브리지로 가져갔을 거요."

"그럴지도 모르지요. 설마 하는 생각이 없지는 않지만."

"메리 조던의 이야기를 제대로 해준 사람이 있었소?"

"들었다는 이야기뿐이었어요. 메리가 독일 스파이였다는 것을 분명히 아는 것이 아니고, 할머니나 작은 할머니, 언니, 어머니의 사촌, 먼 친척 아저씨의 친구인 해군 등 그 사건에 대해서 아는 사람에게서 들었다는 이야기들뿐이었어요."

"그들은 메리가 어떻게 죽었는지 이야기해 주었소?"

"그 여우장갑과 시금치 이야기를 한데 묶어서 생각하고 있어요. 메리 이외에는 모두들 생명에는 별 이상이 없었다는군요."

"재미있군. 같은 솜씨지만 풍치가 다르다는 이야기로군."

"의견이 너무 많은 것 같아요. 베시라는 사람이 이런 말을 했어요. '네, 할머니에게서 들었을 뿐이에요. 물론 할머니도 사건이 있었을 당시에는 아직 어렸을 때니까 자세한 점은 틀리지 않을까 생각돼요. 할머니는 평소에도 좀 그랬거든요.'라고요. 아시지요, 토미? 여러 사람이 한꺼번에 이야기를 하다 보면 이야기가 섞여서 혼란을 일으키는 것을요. 스파이 이야기며, 피크닉을 갔다가 식중독을 일으킨 이야기며 온갖 이야기가 다 나왔어요. 하지만 정확한 날짜는 알아내지 못했지요. 하긴 그럴 수밖에 없지요. 할머니 이야기의 정확한 날짜 같은 것을 누가 알겠어요? 할머니가, '그 당시 나는 열여섯이었지만 정말 무서웠어.'라고 했다 하더라도 사실은 그때 몇 살이었는지 이미 지금에는 아마 아무도 알 수 없을 거예요. 할머니가 자기는 90세였다고 할지 모르지만, 사람이란 80세쯤 되면 진짜 나이보다 더 먹은 듯이 말하고 싶어 하고, 반대로 한 70세쯤 되면 이번에는 또 52세라고 낮추기도 하니까요."

"'메리 조던의 죽음은 자연사는 아니었어.'"

토미가 그 말을 인용할 때면 으레 그러듯이 엄숙한 어조로 말했다.

"그는 느끼고 있었던 거야. 그는 경찰에 그것을 말했을까?"

"알렉산더 이야기를 하고 있는 거예요?"

"응, 아마 너무 많은 것을 말했었기 때문에 그는 죽어야만 했던 거요."

"결국은 이야기가 알렉산더에게로 되돌아오는군요."

"알렉산더가 죽은 날은 무덤에서 알 수 있었소. 그러나 메리 조던은 죽은 날짜도 원인도 아직 모르고 있소. 결국은 알게 될 테지. 지금까지 알아낸 이름이나 날짜를 도표로 만들어 보는 거야. 뜻밖의 사실은 여기저기에서 들은 한마디 두 마디에서 알아내게 되는 거라오."

"당신에게는 도움을 줄 만한 친구가 많이 있는 모양이군요."

터펜스는 부러운 듯이 말했다.

"당신에게도 있지 않소?"

"그런 사람이 어디 있어요?"

"아니, 있소. 당신도 여러 사람들을 동원해서 만나지 않소? '버스데이 북'을 가지고 어떤 할머니를 만나러 가기도 하고, 연금으로 살아가는 양로원에 있는 많은 사람들을 만나보았으니까 말이오. 그 사람들의 할머니나 증조할머니, 먼 친척 아저씨, 대부나 대모, 첩보활동 같은 이야기를 들려준 은퇴한 해군 제독 등 그 사람들의 시대에 일어난 사건들을 당신은 이미 모두 알게 되었을 거요. 날짜를 짐작하고 조사가 좀 진척되기만 한다면, 때에 따라서는(응, 그렇소) 실마리를 잡게 될지도 몰라요."

"방금 이야기에 나온 대학생이란 누굴까요, 옥스퍼드와 케임브리지에 무엇인가를 숨겼다는가 하는 사람 말이에요."

"스파이 활동과는 별 관계가 없을 것 같소."

"네, 확실히 그래요."

"그리고 의사나 나이 많은 목사 같은 사람들에 대해 문의해 보는 것도 좋을 거요. 그것으로 무슨 실마리가 잡힐지도 모르니까. 전도요원 말이오. 아직도 가야 할 길은 멀기만 하오. 대체 어떻게 되려는지. 누가 또 이상한 행동은 하지는 않았소, 터펜스?"

"지난 이틀 사이에 누가 내 목숨을 노리지 않았느냐는 말이에요? 아니, 그런 일은 없었어요. 아무도 나를 피크닉에 초대하지도 않았고, 타고 다니는 차의 브레이크에 손을 대지도 않았고, 화분을 넣어두는 헛간에 제초제 약병이 있지만 아직 뚜껑을 연 흔적도 없는 것 같아요."

"언젠가 당신이 샌드위치를 만들 때에 곧 꺼낼 수 있도록 아이작이 감춰두었을 거요."

"어머, 그건 너무하군요. 아이작에 대한 욕은 하지 마세요. 그 사람과는 아주 친한 친구가 되는 중이에요. 그래, 뭐였더라, 그래서 생각이 났었는데……."

"그래서 무엇이 생각났다는 거요?"

"아무래도 생각이 안 나는군요." 터펜스는 눈을 깜박이면서 말했다.

"당신이 아이작의 말을 했을 때는 생각이 났었는데."

"허, 참!" 토미는 한숨을 쉬었다.

"어떤 할머니가 밤이면 언제나 벙어리장갑 속에 무엇인가를 넣어두었더래요. 귀걸이였나 봐요. 그 사람은 글쎄 모두들 자기를 독살하려 한다고 생각하고 있었다는군요. 그리고 이건 또 다른 사람이 기억하고 있었던 이야기인데, 누가 자선통 같은 것에 무엇인가 넣어두었다나 봐요. 아시지요? 부랑아들을 위해서 돈을 넣어두는 도기로 된 통 말이에요. 위에 이름이 붙어 있지요. 하지만 그 경우에는 부랑아를 위한 그런 것이 아니었나 봐요. 그 사람은 그 안에 5파운드짜리 지폐를 넣어두었던 거예요. 다시 말하자면 언제나 씨앗이 될 돈은 준비해 두었던 거지요. 그래서 하나 가득 되면 꺼내어 다시 통을 사고 먼 젓번 통은 깨버렸대요."

"그리고 그 5파운드짜리는 써버렸겠지."

"설마! 우리 사촌인 엠린이 이런 말을 잘했었어요. 부랑아와 자선가들에게서 돈을 훔치려는 사람은 없을 거야. 자선통을 깨면 들킬 게 뻔하잖아?'라고요."

"당신, 윗방에서 책을 살펴보다가, 겉장만 보아도 재미없어 보이는 설화집이라도 발견한 거 아니오?"

"아뇨, 어째서 묻지요?"

"아니, 그런 책이라면 숨길 장소로는 안성맞춤이라고 생각했을 뿐이오. 그 왜 신학에 대한 책으로 지긋지긋한 것이라든가, 속을 도려내 버린 어려운 옛날 책이라든지 말이오."

"그런 건 없었어요. 있었으면 발견했을 거예요."

"읽어보았소?"

"아니오, 물론 읽지는 않았어요."

"그것 보오. 읽지 않았다는 것으로 봐서는 펴보지도 않고 집어던졌을 테지."

"《성공의 빛나는 관》이라는 책만은 기억하고 있어요. 그건 두 권이나 있었어요. 정말 우리들의 노력에 '성공의 빛나는 관'을 쓰게 되면 얼마나 좋겠어요."

"도저히 가망이 있을 것 같지가 않군. '누가 메리 조던을 죽였는가?' 언제고 이런 책을 우리가 쓰게 되지는 않을까?"

"범인을 알아낸 다음의 이야기예요." 터펜스가 우울한 목소리로 말했다.

제4장

마틸드의 수술 가능성

"오후에는 뭘 할 생각이오, 터펜스? 이름이며 날짜며 기록사항의 일람표 만드는 일을 계속 거들어 주겠소?"

"사양하겠어요. 정말 이젠 진절머리가 나요. 하나하나 쓰자니 정말 지쳐 버렸어요. 혹시 틀리지는 않았는지 모르겠네요."

"그래. 당신이 실수 안 할 리 없지. 두세 개 틀렸더군."

"당신도 나만큼 틀려주면 좋겠는데. 가끔 아주 속상할 때가 있어요."

"내 일을 거들어주지 않겠다면 뭘 할 생각이오?"

"한잠 자고 개운해지는 것도 나쁘진 않겠지요. 아니, 정말 쉬려고 하는 건 아니에요. 마틸드의 뱃속에 들어 있는 걸 꺼내볼 생각이에요."

"지금 뭐라고 했소, 터펜스?"

"마틸드의 뱃속의 물건들을 꺼내볼 생각이라고 했어요."

"대체 어찌 거요? 꽤 난폭한 생각을 하고 있는 것 같은데."

"마틸드 말이에요. KK에 있는 마틸드요."

"무슨 소리요, KK에 있다니?"

"잡동사니를 넣어둔 바로 그 흔들 목마 말이에요, 배에 구멍이 나 있다고요."

"그랬군. 그래서, 마틸드의 뱃속을 조사해 본다는 것이었군?"

"그렇다니까요. 당신도 거들어주지 않겠어요?"

"사양하겠소."

"송구스럽습니다만 정말 거들어주시지 않겠습니까?"

"그렇게까지 말하는데야." 토미는 깊은 한숨을 내쉬며 말했다.

"싫어도 거절할 수가 없지. 어쨌든 이 일람표 만드는 것보다야 낫겠지. 아이작도 있소?"

"아뇨, 오늘 오후부터 휴가예요. 집에 그냥 있었어도 아이작에게는 해달라고 하고 싶지 않아요. 그 사람에게서 알아낼 것은 벌써 다 알아냈거든요."

"그 할아범은 꽤 여러 가지 일을 알고 있나 보군."

토미가 생각에 잠긴 얼굴을 하고 말했다.

"얼마 전에 그걸 알았소. 옛날 일을 이것저것 말해 주었단 말이오. 그 사람으로서는 기억하고 있을 것 같지 않은 일까지도 말이오."

"그 사람 벌써 80이 다 되었어요. 틀림없어요."

"아, 그건 알고 있지만 훨씬 더 옛날에 있었던 일까지 이야기해 주었단 말이오."

"사람이란 평소에 여러 가지 일들을 듣게 되니까요. 들은 것이 사실 그대로인지는 모르지만. 어쨌든 마틸드의 뱃속에 들어 있는 것들을 꺼내보기로 해요. 먼저 옷을 갈아입는 게 좋을 것 같군요. KK 안이 굉장한 먼지와 거미줄투성이일 텐데 마틸드 뱃속까지 휘저어야 하니까."

"부근에 아이작이 있다면 마틸드를 하늘을 향해 눕혀 달라고 하면 훨씬 손쉽게 뱃속을 조사할 수가 있을 텐데."

"정말, 당신은 태어나기 전에는 외과의사가 아니었는지 몰라."

"응, 그건 외과의사가 하는 일과 좀 닮은 데가 있군. 그대로 내버려두면 마틸드의 목숨이 달아날지도 모르는 이물질을 지금부터 하나하나 제거해 주자는 것이니까. 그런데 마틸드의 화장을 다시 고쳐주면 어떻겠소? 그렇게 해두면 데보라의 아이들이 다음번에 묵으러 왔을 때 틀림없이 타고 싶어 할 거야."

"어머, 우리 손자들은 지금도 장난감이나 선물을 잔뜩 가지고 있는걸요."

"그런 건 아무래도 좋소. 아이들이란 비싼 선물을 특별히 좋아하는 건 아니오. 낡은 끈이며 천으로 만든 인형, 난롯가에 까는 천조각을 둘둘 말아서 거기다 신발의 검정 단추로 눈을 달아주어도 그걸 곰인형 아저씨니 뭐니 해가며 가지고 논단 말이오. 장난감에 대해서 아이들은 그들대로의 생각을 가지고 있지."

"자, 가보기로 하지요. 마틸드의 수술실로 말이에요."

마틸드를 하늘을 향해, 필요한 수술을 하는 알맞은 자세로 눕혀놓는 일이

쉽지는 않았다. 마틸드는 생각보다 훨씬 무거웠다. 게다가 여기저기 여러 곳에 대갈못을 박아놓아서, 그 대갈못이 어떤 데는 거꾸로 박혀 있기도 하고 어떤 경우는 뾰족한 끝이 튀어나와 있었다. 터펜스는 손의 피를 닦아내었고, 토미는 풀오버를 뒤집어 입는 순간 갈고리 같은 곳에 걸려 심하게 뒤뚱거리게 되자 욕을 퍼부었다.

"이 빌어먹을 목마 같으니!"

"진작 땔감으로 불에나 던져 버렸더라면 좋았을걸."

마침 그때 아이작 할아범이 모습을 나타내어 합세하게 되었다.

"아니!" 할아범은 좀 뜻밖이라는 듯이 말했다.

"대체 두 분이 뭘 하는 겁니까? 이런 낡아빠진 말을 어쩌자는 거죠? 나도 좀 거들어 볼까요? 어떻게 하면 되나요, 밖으로 끌어내는 겁니까?"

"그렇게까지 할 건 없어요. 이 구멍에 손을 넣어서 안에 들어 있는 것을 꺼낼 수 있도록 위를 향하게 눕혀주면 돼요."

"그러니까 다시 말하자면 이 녀석 뱃속에 든 것을 꺼낸다 이 말입니까? 어째서 또 그런 생각을 하게 되었는지, 원!"

"아무튼 꺼내보고 싶어요."

"이런 데서 뭐라도 나올 것 같은가요?"

"쓸데없는 쓰레기들뿐이겠지." 토미가 말했다.

"하지만 그래도 괜찮지." 그는 좀 맥빠진 목소리로 말했다.

"그렇게 해서라도 조금이라도 정리가 된다면, 어쩌면 다른 물건을 여기에 넣어두고 싶어질지도 모르니까. 가령 게임에 쓰는 도구며, 크로켓 세트 같은 것을 말이오."

"옛날에는 크루키 잔디밭이 있었지요, 아주 오래된 옛날이지만. 포크너 마님이 계셨던 무렵이었지요. 예, 지금 장미밭 부근인데요. 아니, 별로 넓지는 않았어요."

"그건 언제쯤의 일인가?"

"크루키 잔디밭 말입니까? 나도 기억할 수 없는 아주 오래된 옛날이야기지요. 네, 옛날에 있었던 일들을 말해 주고 싶어 하는 사람은 언제나 있기 마련이라서요. 옛날에 무엇인가가 숨겨져 있었다든가, 누가 어째서 숨겼는가 하는 이야기는 대단한 것 같지만 그중에는 거짓말도 들어 있지요. 사실도 있기야 있겠지만."

"당신은 머리가 꽤 좋군요, 아이작." 터펜스가 말했다.

"옛날부터 뭐든지 다 알고 있군요. 크루키 잔디밭이 있었다는 건 어떻게 알았나요?"

"그야 간단하지요. 크루키 도구를 넣어두는 상자가 여기 놓여 있었거든요. 오랫동안 여기에 그대로 놓여 있었지요. 도구는 이제 얼마 안 남았을 테지만."

터펜스는 마틸드를 내버려두고 KK의 한구석에 길쭉한 나무 상자가 놓여 있는 곳으로 걸어갔다. 세월 탓으로 굳게 닫힌 뚜껑을 애를 먹어가며 열어보니까 빛바랜 붉고 푸른 공과 뒤틀린 타구 방망이가 하나 나왔다. 그 밖에는 거미줄뿐이었다.

"포크너 마님 때 것일 겁니다. 포크너 마님은 대회에 나간 적도 있었다고 하더군요."

"윔블던?" 터펜스는 의심스러운 듯 물었다.

"아니, 윔블던이 아닙니다. 그렇지 않았을 거예요. 예, 지방에서 열린 대회였지요. 이 마을에서 옛날에는 대회가 흔히 열렸거든요. 나도 사진관에서 사진으로 본 적이 있었는데……."

"사진관?"

"그래요. 마을에 사는 두런스 말이에요. 마님, 두런스를 아시지요?"

"두런스라고?" 터펜스는 모호하게 말했다.

"아, 필름이나 그런 것을 파는 사람 말이군, 그렇죠?"

"그래요. 아니, 실은 지금 가게를 하고 있는 것은 두런스 할아버지가 아니에요. 그 사람의 손자지요. 아니, 어쩌면 증손자일지도 모르겠군. 엽서를 주로 팔고 있지요. 그리고 크리스마스카드와 생일 카드 같은 것도요. 옛날에는 사진을 찍는 일도 했었는데, 지금은 다 집어치우고 말았지요. 지난번에 어떤 사람이 그 가게에 찾아와서 증조할머니의 사진이 있었으면 좋겠다고 한 거예요. 한 장 가지고 있었는데 찢어졌다나 태워 먹었다나, 아니 잃어버렸다나 하면서 가게에 원판이 남아 있지 않으냐고요. 아마 원판을 찾지는 못했을 거예요. 하지만 그 가게에는 낡은 앨범이 잔뜩 있을 겁니다."

"앨범 말이지요?" 터펜스는 생각에 잠기며 말했다.

"다른 건 거들어 드릴 일이 없나요?"

"글쎄, 제인이라고 했던가? 그 일을 좀 도와주었으면 좋겠군요."

"제인이 아니고 그건 마틸드라고요. 마틸다도 아니지요. 마틸다도 괜찮은데 말입니다. 어찌된 일인지 옛날부터 마틸드라고 불렀지요. 프랑스식으로 부르면 그렇게 되나 보죠?"

"프랑스식이 아니면 미국식이지." 토미가 생각을 굴리며 말했다.

"마틸드, 루이즈, 그런 식이야."

"물건을 숨기는 장소로는 안성맞춤 아니에요?"

터펜스가 마틸드의 뱃속에 팔을 집어넣으면서 말했다. 그리고 낡아빠진 고무공을 꺼냈다. 그 공은 본래는 빨강과 노란색이었지만, 지금은 찢어져서 커다란 입을 벌리고 있었다.

"아이들이 집어넣었겠지요. 아이들은 언제나 아무것이라도 집어넣길 좋아하지요."

"옛날부터 그랬지요. 구멍을 보기만 하면요." 아이작이 말했다.

"하지만 가끔 이곳에 편지를 넣어둔 젊은이가 있었다는 이야기도 있어요. 우체통 대신 이용한 모양이지요."

"편지를? 누구에게 가는 편지 말인가요?"

"어느 댁 젊은 여인에게 가는 것이었겠지요. 하지만 그건 나도 모를 때의 이야기랍니다."

아이작은 평상시처럼 대답했다.

"무슨 일이건 요긴한 이야기가 나올 때마다 언제나 아이작도 모르는 오랜 옛날이야기가 되고 마는군." 하고 터펜스가 말했지만, 그것은 아이작이 마틸드의 자세를 적당하게 고쳐놓고서 온상을 덮을 때가 되었다는 그럴듯한 이유를 달면서 그곳을 떠난 다음이었다. 토미는 윗도리를 벗었다.

"믿어지지 않는군요."

터펜스는 긁혀서 상처가 난 먼지투성이의 팔을 마틸드의 배에 있는 커다란 구멍에서 빼내면서 좀 흥분한 목소리로 말했다.

"이런 목마 속에 이렇게 많은 것이 들어 있다니. 이렇게 집어넣는 것이 귀찮지도 않았나 보죠? 더구나 그 뒤로 아무도 이 안을 청소도 하지 않았다니."

"왜 이 안을 청소해야 했겠어? 왜 그런 생각이 들지?"

"그 말도 맞군요. 하지만 우리 같으면 손을 대지요."

"좀더 그럴듯한 생각을 해내라는 거요. 하긴 이런 일이 무슨 도움이 되리라고는 생각지 않지만. 어이쿠!"

"왜 그래요?"

"아! 어딘가에 긁혔나 봐."

토미는 팔을 조금 빼고 자세를 고치더니 다시 안을 더듬었다. 털실로 짠 스카프가 나왔다. 한때는 분명히 나방의 생명을 지탱했고, 그 뒤로는 어려운 생활을 해내가는 사람들에게 물려진 것 같았다.

"별로 쓸 만한 것이 못 되는군." 토미가 말했다.

터펜스는 그를 조금 밀어내고서 팔을 집어넣고는 마틸드에 기대서 안을 더듬었다.

"대갈못을 조심하오."

"이게 뭘까?"

터펜스는 그걸 꺼내보았다. 장난감 버스나 마차의 바퀴 같았다.

"이래서는 시간낭비로군요."

"옳은 말이오."

"어차피 이렇게 된 바에야 차라리 모든 것을 없었던 걸로 하는 것이 낫겠어요. 어머, 이게 뭐야! 팔에 거미가 세 마리나 붙었네. 이제 곧 송충이 같은 것이 나올지도 몰라요. 난 송충이가 제일 싫은데."

"마틸드 안에 지렁이는 없겠지. 흙 속에서 사는 지렁이를 말하는 거요. 그녀석들에게 마틸드는 하숙집으로 마땅한 곳은 아닌 것 같소."

"그래요. 이제 거의 다 나왔나 봐요. 아니, 이게 뭘까? 아, 바늘꽂이 같은데. 꽤 이상한 것도 다 나오는군. 아직 바늘이 꽂힌 채예요, 모두 녹은 슬었지만."

"바느질을 싫어한 아이가 한 짓이군."

"그런 것 같군요."

"아까 책 같은 것이 손에 닿았어."

"어머, 그래요, 그건 도움이 될지도 몰라요. 마틸드의 어디쯤이에요?"

"맹장이나 간장 부근이야." 토미는 진짜 의사같이 말했다.

"오른쪽 옆구리. 수술하는 셈치고 한번 해볼까?"

"부탁합니다, 선생님. 뭔지 모르지만, 그걸 꺼내는 편이 좋을 것 같아서요."

그것은 이름이 책일 뿐이지 고색창연한 것이었다. 종이도 변색이 되었고 실밥이 삭아서 곧 뜯어질 형편이었다.

"프랑스어로 된 예절에 대한 책 같군. 《어린이용, 귀여운 가정교사》."

"네, 나도 같은 생각을 했었어요. 아이가 프랑스어 공부를 하기 싫어서 일부러 책을 없앤 거예요. 마틸드 안에 집어던졌어요. 친절한 마틸드 안에 말이에요."

"마틸드가 제대로 서 있었다면 배에 뚫린 구멍에 물건을 넣기가 쉽지 않았을 텐데."

"오히려 아이들이라면 쉽지요. 그 아이는 키도 꼭 알맞았겠지요. 무릎을 꿇고 밑으로 기어들어가면 그만이니까. 어머, 매끈매끈한 것도 있네. 동물의 가죽 같은 느낌이에요."

"그만해 둬, 기분 나쁘게! 토끼 같은 것의 시체 아니야?"

"아니에요. 모피 같은 것이 아니에요, 별로 멋진 것은 아닐 것 같지만. 어머! 또 대갈못이 나와 있네. 대갈못에 걸려 있나 봐요. 실인지 끈인지 달려 있어요. 이상한데. 그것이 아직도 삭지 않고 이렇게 단단하다니."

터펜스는 손에 잡힌 것을 신중하게 꺼냈다.

"지갑이군요. 그래요. 전에는 고운 가죽이었던가 봐요, 아주 예쁜."

"안을 보구려. 들어 있는 것은 없는지."

"무엇인가가 들어 있는데." 터펜스가 말했다.

그리고 기대에 차서 "5파운드짜리가 잔뜩 나오는 건 아닐까?" 하고 덧붙였다.

"이젠 쓸 수 없을 거요. 종이는 썩는단 말이오."

"글쎄, 어떨까? 이상하게도 썩지 않는 물건이 많이 있으니까. 5파운드짜리는 옛날에는 아주 좋은 종이로 만들었거든요. 얇지만 아주 오래간다고요."

"아니, 어쩌면 20파운드짜리일지도 모르오. 살림에 보탬이 될지도 모르지."

"뭐라고요? 이 돈 역시 아이작이 모르는 시절의 돈이겠지. 아니면, 그 사람이 찾아냈겠지요. 정말이에요. 아니, 어쩌면 100파운드짜리일지도 모르겠네요. 금화도 좋겠죠? 옛날에는 언제나 지갑에 금화가 들어 있었거든요. 마리아 작은할머니도 금화가 가득 들어 있는 커다란 지갑을 가지고 있었어요. 우리 아이들에게 그것을 곧잘 구경시켜 주셨어요. 프랑스 군이 쳐들어왔을 때를 위해서 쓸 돈이라고 했었지요. 틀림없이 프랑스 군이었다고 기억하는데. 어쨌든 큰일이 났을 때나 위험할 때에 쓰려고 준비해 둔 거라고 했어요. 곱고 두꺼운 금화, 언제나 그런 생각을 했지요. 어른이 되어서 금화로 가득 찬 지갑을 갖게 되면 얼마나 멋질까 하고요."

"금화로 가득 찬 지갑을 누구에게서 받을 생각이었소?"

"누가 준다고는 생각지 않았어요. 어른이 되기만 하면 당연한 권리처럼 내 것이 되는 줄만 알았지요. 그래요. 망토를 입을 수 있는 진짜 어른이 되면 말이에요. 옛날에는 그렇게들 말했다고요. 망토 위에 기다란 털목도리를 두르고, 보닛(여자아이들이 쓰는 테 없는 모자)을 쓰고, 그리고 금화가 가득 들어 있는 커다란 지갑을 가지고 있으면서, 학교 기숙사로 돌아가는 마음에 드는 손자라도 있으면 언제나 금화를 상으로 주셨어요."

"손녀는 어땠소?"

"여자아이들은 금화를 가지고 있지 않았던 것 같아요. 하지만 손자에겐 가끔 5파운드짜리 반쪽을 보내주었어요."

"5파운드짜리 반쪽이라고? 그거야 별로 도움이 안 되었겠군."

"아니, 도움이 되었어요. 5파운드를 반으로 잘라서 먼저 반을 보내주고, 그 다음에 다시 다른 편지 속에 나머지 반을 보내주었으니까요. 네, 그렇게 하면 아무도 훔칠 생각을 하지 않을 거라고 생각했던 거예요."

"허, 참! 사람에 따라서 예방책도 정말 가지가지로군."

"그렇고말고요. 그런데 이건 뭘까?"

터펜스가 가죽 케이스 안을 뒤지면서 말했다.

"잠깐, KK에서 나가서 바깥 공기를 좀 쐽시다."

두 사람은 KK에서 나왔다. 밖에 나와서 보니까 전리품의 정체가 더욱 분명해졌다. 두툼한 고급 가죽지갑이었다. 세월 탓으로 좀 뻣뻣하긴 했지만 어디고 상한 데는 없었다.

"마틸드 안에 들어 있었기 때문에 습기로 상하지는 않았군요. 그런데, 토미, 내가 이걸 뭐라고 생각하고 있는지 아세요?"

"모르겠는걸. 뭐요? 어쨌든 돈은 아니오. 금화가 아닌 것도 분명하고."

"네, 돈은 아닐 거예요. 난 편지라고 생각되는군요. 지금도 읽을 수 있을지 모르겠지만. 꽤 오래되어 색이 많이 흐려져 있을 테니까요."

토미는 아주 조심조심 구겨지고 누렇게 된 편지지를 되도록 주름을 펴나갔다. 편지지에 쓰인 글자는 굉장히 크고, 처음에는 진한 흑청색 잉크로 써진 것이었다.

"회의 장소가 바뀌었다." 토미가 읽었다.

"켄 가든의 피터 팬 동상 옆. 25일 수요일 오후 3시 30분. 조나."

"틀림없어요. 드디어 우리는 실마리를 잡게 되었는지도 몰라요."

"즉, 런던에 가기로 되어 있었던 사람이 아마 서류나 계획서 같은 것을 가지고 특정한 날에 런던으로 가서 누군가와 켄싱턴 가든에서 만나도록 지시를 받았다는 거요? 그런 것을 마틸드에다 꺼내고 넣고 한 것이 누굴까?"

"어린아이는 아니에요. 틀림없이 이 집에 살고 있으면서 여기저기 돌아다녀도 아무도 눈여겨보지 않을 그런 사람이에요. 해군 스파이에게서 뭔가를 받아 가지고는 런던으로 가져갔겠지요."

터펜스는 낡은 가죽지갑을 목에 두르고 있던 스카프에 싸들고서 토미와 둘이서 집으로 돌아왔다.

"그 안에는 이것 말고도 또 다른 문서가 들어 있을지도 모르지만, 하지만 대부분은 삭아서 건드리기만 해도 가루가 되어버리겠지요. 어머, 이건 뭘까?"

홀의 테이블 위에 커다란 포장물이 놓여 있었다. 앨버트가 식당에서 나왔다.

"어떤 사람이 두고 갔습니다, 마님. 마님께 드리라며 오늘 아침 심부름꾼이

가져왔습니다."

"어머, 뭘까?" 터펜스는 포장물을 집어들었다.

토미와 그녀는 거실로 들어갔다. 터펜스는 끈을 풀고 포장지를 벗겼다.

"앨범이로군요. 그래요. 어머, 편지가 들어 있어요. 그리핀 부인이 보낸 거군요."

베레즈포드 부인

지난번에는 '버스데이 북'을 가져다주셔서 감사했습니다. 보고 있는 사이에 옛날에 알았었던 여러 사람들이 생각나서 대단히 즐거웠답니다. 사람이란 정말 빨리도 잊어버리고 말더군요. 성은 잊어버리고 이름밖에 생각나지 않는다거나, 때로는 그 반대일 때도 있지요. 최근에 마침 이 낡은 앨범을 찾아냈습니다. 사실은 제 것이 아니지요. 할머니 것이었다고 생각됩니다만 많은 사진이 붙어 있을 뿐만 아니라, 할머니가 파킨슨 댁과 아는 사이였기에 파킨슨 집안 사진도 한두 장 들어 있답니다. 당신이라면 보시고 싶어 하실 것 같아서요. 지금 사시는 집의 내력이나, 과거 살았던 분들에 대해서 대단히 흥미를 느끼고 계신 것처럼 보였기 때문이랍니다. 일부러 돌려주실 것까지는 없어요. 저에게는 정말 아무 의미도 없는 것이니까요. 옛날부터 어느 집이나 숙모님이나 할머님의 쓰시던 물건이 많이 남아 있게 마련인데, 저도 얼마 전 다락방에서 낡은 옷장의 서랍을 살펴보던 중 뜻밖에도 바늘꽂이를 여섯 개나 찾아냈습니다. 아주 오래된 것이지요. 아마 100년은 되었을 거예요. 저의 할머니가 아니, 할머니의 할머니가 매년 크리스마스마다 하녀들 한 사람 한 사람에게 바늘꽂이를 선물한 것이 틀림없을 거예요. 이것도 할머니의 할머니가 바겐세일 때에 사서 다음해에 쓰시려던 것 중 일부였겠지요. 물론 지금은 전혀 쓸 수 없는 것이 되어버렸지만요. 옛날부터 얼마나 많은 낭비를 해왔는가를 생각하면 때로는 슬픈 생각마저 든답니다.

"앨범이에요." 터펜스가 말했다.

"네, 어쩌면 재미있는 일이 생길지 모르겠군요. 자, 한번 보기로 하지요."

두 사람은 소파에 앉았다. 앨범은 전형적인 옛날식이었다. 거의 모든 사진이 퇴색되어 있었지만, 그래도 터펜스는 자기 집 정원과 일치하는 배경을 가끔 볼 수 있었다.

"봐요, 그 칠레 삼나무가 있어요. 네, 여기 좀 봐요. 그 뒤에 있는 것은 트룰러브예요. 꽤 옛날 사진인 것이 분명해요. 이상한 모습을 한 아이가 트룰러브에 매달려 있군요. 네, 저 등나무도 있고, 팜파스 잔디도 있어요. 틀림없이 티 파티나 그런 모임이 있었나 봐요. 그렇군요. 많은 사람이 정원에 있는 테이블을 둘러싸고 있군요. 각자 밑에 이름이 쓰여 있어요. 마벨, 미인이 아니군요. 그런데 이 사람은 누굴까?"

"찰스야. 찰스, 그리고 에드먼드. 찰스와 에드먼드는 테니스를 치고 난 뒤였나 보오. 좀 묘하게 생긴 라켓을 들고 있군. 그리고 이건 누군지 모르지만 어쨌든 이름이 윌리엄. 그리고 코츠 육군 소령."

"그리고 여기 있는 것이……, 어머, 토미, 메리예요."

"그렇군. 메리 조던이라고 사진 밑에 이름과 성이 다 써 있군."

"예쁜 여자였군요. 아주 예쁜데요. 색이 너무 바래고 낡았지만, 그러나 아, 토미, 메리 조던과 만나게 되다니 정말 멋져요."

"이 사진 누가 찍었을까?"

"아마, 아이작이 말하던 그 사진사겠지요. 그 사람이 옛날 사진을 가지고 있을지도 몰라요. 언제 가서 한번 물어보면 어떨까요?"

토미는 이미 앨범은 뒷전으로 하고 낮에 배달된 편지를 뜯었다.

"토미, 재미있는 것이라도 있어요?" 터펜스가 물었다.

"세 통 와 있군요. 두 통은 청구서예요. 틀림없이. 이건 음, 이건 좀 다르군요. 아까부터 재미있는 것이 없느냐고 물었잖아요?"

"어쩌면 그럴지도 모르지. 내일 또 런던까지 가야겠소."

"늘 만나는 위원회 사람들과 만나는 거예요?"

"그런 건 아니지만. 어떤 사람을 찾아가는 거요. 실제는 런던이 아니고 런던의 교외요. 핼로 부근."

"무슨 볼일이지요? 아직 말해 주지 않았잖아요."

"파이커웨이 육군 대령을 찾아가는 거요."

"꽤 묘한 이름이군요."

"응, 좀 드문 이름이지."

"전에도 들은 적이 있었나요?"

"한 번쯤 이야기 중에 나왔을지도 모르지. 1년 내내 담배연기에 싸여서 살아가는 사람이지. 기침 멎는 약이 집에 있소, 터펜스?"

"기침 멎는 약이라고요? 글쎄, 아, 그래요. 있어요. 작년 겨울에 사둔 것이 한 통. 하지만 당신은 기침도 안 하면서, 나는 전혀 몰랐어요."

"기침 같은 건 안 하오. 하지만 파이커웨이 대령을 만나게 되면 기침이 나올 것 같아. 내가 알기로는 헐떡이며 두 번쯤 숨 쉬고 나면 그 뒤는 숨이 탁 막혀 죽을 노릇이지. 꼭꼭 닫아둔 창이란 창을 둘러보며 눈으로 재촉해 봐야 파이커웨이 대령은 도무지 알아차리지 못한단 말이오."

"그 사람은 어째서 당신을 만나고 싶어 하나요?"

"몰라, 편지에는 로빈슨 이야기를 비쳤지만."

"어머, 그 노란 사람 말인가요? 그 동글동글하고 노란 얼굴을 했다는 그 비밀에 싸인 인물 말이지요?"

"맞았소"

"우리가 관계하는 그 문제도 아마 극비에 속하는 게 아닐까요?"

"그런 사건이 실제로 있었다고는 도저히 생각되지 않소. 설령 있었다고 하더라도 오랜 옛날 아이작 할아범조차 기억 못하는 때의 일이오."

"'새로운 죄에는 과거의 그림자가 있다'고들 하니까요. 어머, 이 속담이 틀림없나? 분명치가 않군요. '새로운 죄에는 과거의 그림자가 있다'던가, 아니면 '과거의 죄는 긴 그림자가 있다'였던가?"

"그런 건 나도 못 외워. 하지만 두 가지 모두 아닌 것 같은데."

"오후에 그 사진사를 만나러 가보겠어요. 당신도 함께 가요."

"아니, 난 지금부터 수영을 좀 하고 오겠소"

"수영을 한다고요? 추워서 감기 들어요."

"괜찮소. 차가운 물이라도 뒤집어쓰고 싶은 기분이야. 거미줄이며 그 더러운 기분을 깨끗이 씻어버리고 좀 개운해지고 싶소. 아직도 거미줄이 귀와 목 언저리에 남아 있는 것 같은 기분이오. 발가락 사이에까지 들어가 있을 것 같소."

"정말 이건 아주 지저분한 사건인가 봐요. 어쨌든 나는 그 두렐 씨인가 두런스 씨인가 하는 사람을 만나보겠어요. 아직 뜯어보지 않은 편지가 한 장 더 있지요, 토미?"

"그래. 아직 안 봤어. 흠, 이건 무슨 도움이 될지도 모르겠는걸."

"누구에게서 온 거예요?"

"내 조사원에게서요." 토미는 좀 점잔을 빼면서 말했다.

"서머셋 하우스를 가끔 찾아가서 사망이며 결혼이며 출생에 대해서 조사하기도 하고, 신문이나 인구조사 신고서를 참고로 하는 등 영국 전체를 돌아다니고 있다오. 꽤 유능한 여자지."

"유능하고 게다가 미인인가요?"

"눈에 띌 정도의 미인은 아니오."

"어머, 다행이군요. 토미, 나이를 먹다 보면 어쩌다가 당신도, 당신도 미인 조수에게 좀 위험한 생각을 갖게 될지도 모르지요, 안 그래요?"

"당신은 성실한 남편을 가지고 있으면서도 그걸 잘 모르고 있군."

"내 친구들이 남편이란 알 수 없다고들 그러는데요."

"당신은 나쁜 친구들을 가졌군."

제5장

파이커웨이 육군 대령과의 만남

토미는 리젠트 공원을 가로질러 몇 년 만에 지나가 보는 거리를 차례차례 달려가고 있었다. 지난날 벨사이즈 공원 옆 플래트식 아파트에서 아내와 살면서 햄스테드 히스를 산책하던 일이며, 함께 산책에 따라나서던 사랑스러운 개가 문득 떠올랐다. 유난히 제멋대로인 개였다. 플래트에서 한 발짝 밖으로 나가기만 하면 그 개는 언제나 길 왼쪽으로, 즉 햄스테드 히스로 가고 싶어 했었다. 오른쪽 가게들이 늘어선 거리로 데려가려는 터펜스나 토미의 노력은 헛수고로 끝나버리곤 했다. 천성이 고집쟁이인 테리어 종 제임스는 중량감 있는 소시지 같은 몸통을 보도에 찰싹 붙이고 혀를 빼물고는 억지로 끌고 가려는 주인 때문에 힘이 다 빠져버린 개가 하는 온갖 몸짓을 다하는 것이었다. 지나가는 사람들은 거의 예외 없이 한마디씩 했다.

"어머, 저 귀여운 개를 좀 봐요. 저 하얀 개 말이에요. 어쩐지 소시지 같지 않아요? 헉헉거리고 있군요. 가엾어라. 개가 가고 싶은 곳으로 주인이 못 가게 하나 봐요. 저런, 아주 지쳤어요. 쯧쯧!"

토미는 터펜스에게서 개 줄을 받아쥐고는 제임스가 가고 싶어 하는 쪽과는 반대편으로 완강하게 끌어당겼다.

"어머, 너무해요. 안고 가면 안 돼요, 토미?"

"제임스를 안고 간다고? 이 무거운 개를?"

제임스는 때를 놓치지 않고 소시지 같은 몸을 돌려서 다시 자기가 가고 싶은 쪽을 보는 것이다.

"보세요. 가엾게도 집으로 돌아가고 싶어 해요. 그렇지, 제임스?"

제임스는 완강하게 줄을 끌어당겼다.

"그래, 좋아." 터펜스가 말했다.

"가게 가는 건 뒤로 미루기로 해요. 자, 할 수 없으니까 제임스가 가고 싶어 하는 쪽으로 가게 해줘요. 이렇게 무거운 개를 어쩌겠어요."

제임스는 얼굴을 들고 꼬리를 흔들었다. "완전히 의견일치가 되었군요." 하고 그 흔들리는 꼬리가 말하는 것 같았다. "마침내 내 마음을 알았군요. 그럼, 가십시다. 햄스테드 히스로!" 그렇게 매번 되풀이되었던 것이다.

토미는 좀 헤맸다. 찾아가는 주소는 알고 있었다. 파이커웨이 육군 대령과 마지막으로 만난 곳은 블룸즈베리(런던 거리의 하나로, 버지니아 울프를 비롯한 여러 예술지상주의 문학가 및 예술가들이 모여 살았다)였다. 담배연기가 자욱한 좁고 답답한 방. 주소를 물어 찾아가 보니 키츠(1795~1821, 영국의 시인)가 태어난 곳에서 그리 멀지 않은, 히스 들판에 면해 있는 이렇다 할 특징이 없는 조그만 집이었다. 특별히 예술적이거나 운치가 있어 보이지도 않았다.

토미는 벨을 눌렀다. 뾰족한 코와 뾰족한 턱이 당장에라도 부딪칠 것 같은, 마녀란 이런 것인가 하고 토미가 상상해 오던 바로 그런 모습을 한 노파가 문을 열고는 적의에 가득 찬 시선을 보냈다.

"파이커웨이 대령을 뵐 수 있을까요?"

"글쎄요." 마녀는 말했다.

"누구신데요?"

"베레즈포드라고 합니다."

"아, 그래요? 나리께서 말씀하더군요."

"차를 밖에 세워두어도 괜찮습니까?"

"네, 잠깐이라면 괜찮아요. 이 거리에 순경은 잘 오지 않으니까요. 이 부근에는 노란 선도 없어요. 문은 잠가두는 편이 좋을 거예요. 혹 알 수 없으니까."

토미는 그 충고에 따른 다음, 노파의 뒤를 따라 집으로 들어갔다.

"2층입니다. 그 위로는 더 없답니다." 노파가 말했다.

층계 중간쯤에서부터 벌써 지독한 담배냄새가 났다. 노파는 문을 가볍게 두드리고는 얼굴만 방 안으로 디밀고 말했다.

"나리께서 만나고 싶다던 분입니다. 약속이 되어 있다고 했습니다."

노파는 옆으로 비켜서서, 거의 들어서자마자 숨이 콱 막히게 될 잊히지도 않는 담배냄새 속으로 토미를 들여보냈다. 담배연기와 니코틴 냄새, 그것 말고 파이커웨이 육군 대령에 대해서 기억하는 것이 또 있을까 하고 토미는 생각했다. 아주 나이 든 남자가 안락의자에 깊이 파묻혀 있었다. 그 안락의자도 이미 닳아서 양쪽 팔걸이에는 구멍이 나 있었다.

토미가 들어가자 남자는 깊은 생각에 잠긴 얼굴을 들고 말했다.

"문을 닫아줘, 코프스 부인. 찬바람이 들어오면 안 되지."

그쪽 사정은 그럴지 모르지만, 사실 어떤 이유에선지 연기로 허파가 상해서 죽게 되는 것은 자기가 아닐까 하고 토미는 생각했다.

"토머스 베레즈포드." 파이커웨이 육군 대령은 감개무량한 듯이 말했다.

"허, 자네와 만나는 것이 몇 년 만인가?"

토미는 계산을 해두지 않았다.

"아주 오래전일세." 파이커웨이 대령이 말했다.

"어떤 남자와 함께 온 적이 있었지? 아니, 좋아. 이름 같은 건 모두 비슷비슷한 거야. 장미는 다른 이름을 붙여도 역시 달콤한 냄새가 나잖나? 그건 줄리엣의 대사였나? 셰익스피어는 가끔 등장인물에게 얼토당토않은 말을 하게 하더군. 하긴 무리도 아니지. 시인이니까. 《로미오와 줄리엣》은 내 취향에 맞지는 않아. 사랑 때문에 자살한다는 것은, 예를 들라면 얼마든지 있지. 옛날부터 있어 온 일인데 아직도 끝이 안 났어. 자, 앉게나, 친구."

여기서도 '친구'라고 불리어 토미는 좀 놀랐지만, 고맙게 생각하며 권하는 대로 따랐다. "실례합니다." 하고 그는 말하고 기침을 참아낼 수 있을 것 같은, 딱 한 군데 의자 위에 잔뜩 쌓여 있는 책을 어떻게든 치우려고 했다.

"아니, 아니, 그냥 내버려두게. 뭣 좀 조사하던 중이었다네. 여하튼 자네를 만나서 반갑군. 조금 늙은 것 같지만 꽤 건강해 보이는데. 동맥혈전으로 고생한 적은 없나?"

"없습니다."

"흠! 다행이군. 심장, 혈압, 그런 증세로 고생하는 녀석들이 정말 많더군. 과로 때문이야. 바로 그거야. 여기저기 쫓아다니면서 바빠서 죽을 틈도 없다는 둥, 자기가 없으면 되는 일이 없다는 둥, 자기가 얼마나 능력 있는 사람인가 하는 것을 만나는 사람들마다 붙들고 떠들어대지. 자네도 그렇게 생각하나? 하긴, 자네도 그렇겠지."

"아니, 난 자신이 그렇게 유능한 사람이라고는 생각지 않습니다. 나는, 네, 요즘은 좀 느긋한 생활을 즐길 생각입니다."

"응, 그건 멋진 생각이군. 다만 골칫거리는 느긋해지려고 해도 가만 내버려두지 않는 무리들이 주위를 둘러싸고 있다는 것일세. 자네는 또 어째서 지금 그리로 이사를 했나? 이름이 생각나지 않는데, 뭐라는 곳이었나?"

토미는 자기 집 주소를 댔다.

"응, 그래, 그래. 봉투에 그렇게 썼었지."

"네, 편지는 틀림없이 받아보았습니다."

"로빈슨을 만난 모양이더군. 그 사람은 여전히 열심히 뛰는 모양이야. 여전히 뚱뚱하고, 노랗고, 부자란 말이야. 아마 전보다 훨씬 부자가 되어 있을 거야. 그런 일도 다 알고 있으니까. 돈에 대해서도 그렇다는 뜻일세. 무슨 일로 로빈슨을 만나러 갔나?"

"실은 새로 집을 샀는데, 그 집에 얽혀 있는 꽤 오래된 수수께끼를 집사람과 내가 발견했습니다. 그래서 로빈슨 씨라면 그 수수께끼를 풀 수 있을지 모른다고 친구가 가르쳐 주더군요."

"그 말을 들으니 생각나는군. 부인을 아직 만나본 적은 없지만 머리가 좋은 사람이지, 그렇지? 그때의 활약은 아주 대단한 것이었다네. 생각나나? 그게 무슨 사건이었더라? 교리문답 같은 이름이었는데. 'N 또는 M'이었지, 그런가?"

"그렇습니다."

"그래, 이번에도 또 자네는 그쪽 일에 손을 댄 모양이군? 이것저것 찾아보기도 하고, 수상한 것을 밝혀내려고 하면서?"

"아니, 전혀 틀립니다. 우리가 이사한 것은 지금까지 살고 있었던 플래트가 싫증이 났기 때문일 뿐입니다. 게다가 집세가 점점 올라가서요."

"치사한 방법이야. 그것이 요즘 집주인들의 수법이지. 만족할 줄을 모른단 말이야. '거머리의 두 딸(구약 잠언 30장 15절. 만족할 줄 모르는 사람이라는 뜻)'의 이야기 같은 것을 꺼내면서 말일세. 거머리의 아들도 성미가 나쁘기는 마찬가진데. 좋아, 자네들은 다만 그곳에서 지내기 위해서 이사했다고 치세. 사람은 자신의 동산을 개척해야 하지."

파이커웨이 대령은 그믐밤의 홍두깨처럼 불쑥 프랑스어를 곁들였다.

"녹슬기 시작한 프랑스어 공부를 하는 것일세. 우리나라도 앞으로 EEC와 원만히 해나가야만 되겠지? 그런데 이상한 움직임이 있어. 암암리에, 겉으로 보아서는 모르지만. 그런데 자네들은 '제비 저택'으로 이사했단 말이지? 이사한 이유를 꼭 알고 싶네."

"우리가 산 집은 지금은 '월계수 저택'이라는 집입니다."

"시시한 이름이군. 하긴, 한때 그런 이름이 굉장히 유행하기도 했었지. 기억나네. 내가 어릴 때의 이야기네만, 우리 동네 집들이 모두들 빅토리아 왕조식의 넓은 차도가 건물까지 이어져 있었지. 어느 집이나 판에 박은 듯이 자갈이 두툼하게 깔려 있었고, 양쪽으로 월계수 나무가 줄을 지어 있었어. 윤기가 흐르는 녹색의 얼룩이 들어 있는 것들 말이야. 겉치레를 한다는 이야기일세. 자네 집도 전에 살던 사람이 그렇게 부르던 것이 그대로 통칭이 되어버린 거겠지, 그렇지 않은가?"

"아마 그럴 겁니다. 바로 앞서 살았던 일가는 아닙니다만, 전에 살던 일가는 '카트만두'였던가? 어딘가 마음에 드는 외국 땅에서 지낸 적이 있었기 때문에 그렇게 불렸나 봅니다."

"그렇군. '제비 저택'은 훨씬 옛날이었군, 응. 그러나 때로는 옛날로 돌아갈 필요가 있다네. 실은 그것을 자네에게 이야기할 생각이었네. 옛날로 돌아간다는 것을 말이야."

"대령님도 알고 계셨습니까?"

"다시 말해서, '제비 저택', 즉 지금의 '월계수 저택'을 말하는 건가? 아니, 그곳에 가본 적은 없네. 하지만 그 집은 어떤 사건으로 갑자기 세상에 알려지게 되었지. 그 집은 과거에 어떤 사건과 관련이 있었다네. 우리나라로서는 지극히 우려할 만한 때였지."

"대령님은 메리 조던이라는 사람에 대해서 정보를 얻을 수 있는 처지에 계셨던 모양이군요. 그런 이름으로 통한 사람에 대해서요. 로빈슨 씨에게서 그렇게 들었습니다."

"어떤 여자인지 알고 싶나? 맨틀피스 있는 곳에 가보게. 왼쪽에 사진이 있으니까."

토미는 일어나서 맨틀피스 앞으로 가서 사진을 집어들었다. 보기만 해도 옛날 냄새가 나는 사진이었다. 차양이 넓은 모자를 쓴 젊은 여자가 장미 꽃다발을 머리 언저리에 꽂고 있었다.

"지금은 우습게 보이지?" 파이커웨이 대령이 말했다.

"하지만 뛰어나게 예쁜 아가씨였을 걸세. 그런데 불행한 일이야. 젊은 나이에 죽어버렸다네. 가슴 아픈 이야기지. 정말이야."

"나는 메리에 대해서는 아무것도 모릅니다."

"응, 그렇겠지. 지금은 아는 사람이 아무도 없다네."

"그 마을에서는 메리가 독일 스파이였다는 이야기가 있었습니다. 로빈슨 씨는 그렇지 않다고 말씀하셨습니다만."

"그래, 그건 맞는 말일세. 메리는 우리 조직의 일원이었네. 더구나 훌륭한 일을 해냈지. 그런데 어떤 녀석이 눈치를 챈 걸세."

"그것은 파킨슨 일가가 '월계수 저택'에 살고 있었을 때의 일이로군요."

"그럴지도 모르지. 자세한 이야기는 나도 모르네. 지금은 아는 사람이 아무도 없으니까. 나 역시 직접 관계했던 것은 아닐세. 그런 일이란 차츰 알게 되는 것이지. 그래, 분쟁은 옛날부터 있었으니까. 어느 나라에나 분쟁이 없는 곳은 없지만, 그것도 어제 오늘 시작된 일이 아닐세. 암, 그렇고말고 백 년 전을 뒤돌아보게. 그때도 분쟁은 있었고, 다시 백 년이 지난 다음도 역시 마찬가지일세. 십자군 시절로 거슬러 올라가 보아도 알 테지. 누구나 앞을 다투어 힘차게 예루살렘 해방의 길에 올랐는가 하면, 거꾸로 국내에서는 가는 곳마다 폭동이 일어났던 게야. 와트 타일러를 필두로 하는 무리들이지. 이런저런 분쟁이란 옛날부터 있었던 것일세."

"다시 말하자면 지금도 특별한 분쟁이 있다는 말씀입니까?"

"물론이지. 그렇고말고 사실 언제라도 분쟁이란 있는 것일세."

"어떤 분쟁입니까?"

"아니, 그건 모르겠네. 나 같은 늙은이에게까지 말을 하면서 어떤 사람에 대해서 기억하는 것을 말해 달라고 하지만, 나 역시 별로 기억에 남아 있는 것은 없다네. 그러나 한두 사람에 대한 것은 알고 있지. 때로는 과거로 거슬러 올라가서 조사해 볼 필요가 있다네. 과거의 사건을 알아야 한다는 말이지. 과거에 누군가가 품고 있었던 비밀, 그들이 가슴에 묻어두었던 것, 그들이 감추어둔 물건, 그들이 공표한 허위 사건이나 그 진상 같은 것들을 말일세. 지금까지도 자네는 좋은 일을 해왔네. 부인과 둘이서 한 적도 있었지. 자, 이번에도 한번 해볼 생각인가?"

"모르겠습니다. 만일─저, 제 손으로 어떻게 해낼 수가 있을까요? 저도 이젠 나이를 먹어서요."

"아니야. 내가 보기에 자네 연배보다 훨씬 튼튼해 보이네. 아니, 젊은 사람들보다도 튼튼해 보여. 거기에 부인 말인데, 그 사람은 옛날부터 비밀을 알아내는 것이 특기가 아니었나, 응? 뛰어난 훈련견처럼 말일세."

토미는 웃음을 참을 수가 없었다.

"그렇긴 합니다만, 이번 건 대체 어떤 일일까요? 나는 할 수만 있다면 기꺼이 어떤 일이라도 할 생각입니다─할 수 있다고 대령님이 생각하신다면 말입니다. 그렇지만 아는 것이 없습니다. 아무도 말해 주는 사람도 없고요."

"말을 안 하겠지. 내가 말해 주는 것도 환영하지 않을 걸세. 로빈슨도 별로 말해 주지 않았을 거야. 워낙 입이 무겁거든, 그 뚱뚱보 남자 말일세. 그럼, 내가 말해 주지. 그래, 사실 그대로를 말일세. 자네도 알다시피 지금 세상은 이런 상태일세─하긴, 어느 시대에도 세상 돌아가는 건 마찬가지였지만. 폭력, 사기, 물질만능, 젊은이들의 반항, 난무하는 폭력과 사디즘, 히틀러 시대에 못지않은 타락, 별의별 것이 다 있지. 우리나라만의 일도 아닐세. 어느 나라에나 있는 그 분쟁의 뿌리를 찾아내려고 해도 그건 용이한 일이 아니네. 그건 잘한 일일세, EEC 말이야. 그거야말로 우리나라가 오래전부터 필요로 해온 것이며 바라던 것이지. 그러나 진정한 공동시장이어야만 하네. 그 점이 분명하게 이해되어야 하지. 유럽 제국과 연합이 이루어지지 않으면 안 되네. 문명화된 사상과 신념, 그리고 원칙을 가진 문명화된 나라와의 연합이 되어야 한다는 얘기지. 우선 첫째는 잘못된 곳이 있으면 그 잘못된 곳이 어딘가를 알아야겠지. 그 부근에서 노랑 고래는 아직도 거들먹거리고 있다네."

"로빈슨 씨를 말하는 거군요."

"그렇다네. 로빈슨을 말하는 것일세. 전에 로빈슨에게 작위를 주자는 이야기가 있었지만 그는 사양했다네. 그 일만 보아도 로빈슨의 속을 읽을 수가 있지."

"그러니까, 로빈슨 씨의 목적은 돈이군요."

"맞았네. 물질주의는 아니고, 돈이라는 것을 그 남자는 알고 있는 거야. 돈이 어디서 어디로 흐르는지, 왜 그리로 흐르는지, 그리고 그 뒤에 누가 있는지도 알지. 은행이나 대기업 뒤에 있는 사람, 어떤 현상에 책임을 져야 할 사람도 로빈슨은 알고 있을 걸세. 돈에 대한 신앙과 거대한 부를 가져다주는 마약, 온 세계로 보내지고 거래가 이루어지고 있는 이 마약의 출처들을 말일세. 돈이라고 해도 커다란 집이나 롤스로이스를 두 대 사기 위한 돈 같은 것이 아닐세. 더 많은 돈을 낳고, 그리고 옛날부터 신념을 조금씩 무너뜨려 마침내 송두리째 뽑아버릴 만한 돈이지. 성실성이나 공평한 거래에 대한 신념을 말하네.

세상 사람들은 일률적인 평등 같은 것은 원치 않네. 강자가 약자를 돕기를 바라고 있지. 부자가 가난한 사람들을 위해서 돈을 내놓기를 바라고 있는 것이네. 존중해도 좋을 성실성을, 바로 그런 것을 바라고 있는 거야. 돈이라! 현대에서는 언제나 무슨 일에나 돈이 문제가 되네. 돈이 어떻게 움직이고 있는가, 어디로 흘러가는가, 무엇을 가져다주고 있는가, 어느 정도 숨겨져 있는가? 지난날 권력을 마음대로 주무르고 아는 것도 많은 저명한 인사가 있었지. 권력과 아는 것을 이용하여 거대한 부를 이룩했지만, 그들의 활동 중 일부는 수수께끼로 되어 있었다네. 우리로서는 그것을 알아내야만 했네. 그들의 비밀은 어떤 사람에게 전해져서 계승이 되었는가, 그리고 지금 그것을 관리하는 사람은 누구인가를 알아내는 것일세. '제비 저택'은 전형적인 본부였지. 나더러 말하라면 악(惡)의 본부였다고 하겠네. 할로케이에서는 그 뒤에도 또 다른 사건이 있었다네. 자네는 조나산 케인에 대한 걸 기억하고 있는가?"

"처음 들어보는 이름입니다."

"조나산 케인은 한때 존경을 받았던 인물이었는데, 뒤에 가서는 파시스트로 알려지게 되었다네. 히틀러와 그 일당이 어떻게 될지 아직 모르던 때의 이야기일세. 당시는 파시즘 같은 것이야말로 세계를 개혁하는 뛰어난 사상이라고 생각되었다네. 그 조나산 케인이라는 남자에게는 신봉자가 있었어. 신봉자가 아주 많았다네. 젊은 층과 중년층이 많았지. 그는 계략과 권력의 원천을 거머쥐고 많은 사람들의 비밀을 알았다네. 그에게 권력을 가져다줄 수 있는 지식을 차곡차곡 쌓아가고 있었던 거지. 공갈의 재료를 잔뜩 그러모았던 거야. 우리로서도 조나산 케인이 알고 있었던 일, 그가 한 일을 알고 싶다네. 생각건대 그는 자기의 계략과 신봉자들을 후세에 남겼을 거야. 그의 사상에 물든 젊은 녀석들은 아마 아직도 그 사상을 지지하고 있겠지. 비밀이 있는 거야. 돈이 될 수 있는 비밀이라는 것이 어느 세상에나 있는 것일세. 나도 확실히 모르니 정확한 이야기는 할 수 없지만. 곤란한 것은 누구도 그 진상을 모른다는 것일세. 사람들은 누구나 자기가 경험한 것에 대해서는 모두 알고 있다고 생각하지. 전쟁, 혼란, 평화, 새로운 정치 집단. 그런 것들을 모두 알고 있다고 누구나 생각하고 있네만, 그러나 글쎄, 어떨까? 세균전에 대해서 우리는 조금이라도 알고 있는가? 독가스에 대해서, 혹은 대기오염의 원인에 대해서 모든 것을 알고 있나? 화학자에게도, 의학자에게도, 정보기관에도, 해군이나 공군에도 모두 나름대로 비밀이 있다네. 온갖 종류의 비밀 말일세.

그런데 그것은 현재의 비밀만이 아닐세. 그중에는 과거의 비밀도 있지. 공개될 단계에까지 왔지만 결국 햇빛을 보지 못하고 끝나버린 비밀도 있네. 시간이 모자랐던 것일세. 그러나 그 비밀은 문서에 남겨졌네. 혹은 누군가의 손에 맡겨져서 그 사람에게서 자식에게, 다시 그 자식의 자식에게로 계속 이어져 왔을지도 모르지. 또는 유서나 서류 같은 것으로 남겨져서 때가 오면 발표하도록 변호사에게 맡겨두었을지도 모르고.

개중에는 자기 수중에 무엇이 굴러들어왔는지 모르는 사람도 있을 것이고, 곧이듣지 않고 불에 던져 재로 만들어 버리는 사람도 있겠지. 그러나 우리로서는 좀더 그 규명에 힘을 기울이지 않으면 안 되네. 그렇게 자주 사건이 일어나는 것을 생각하면 말일세. 온 나라 모든 지역, 전쟁을 치르는 베트남, 게릴라전 중인 요르단, 이스라엘, 다시 나아가서는 전쟁과는 아무 상관도 없는 나라들에서도 있지. 스웨덴, 스위스—어디에서나 일어나고, 또 그런 사건을 볼 때마다 우리는 어떻게든 실마리를 잡으려고 하지. 그런데 그 실마리는 과거에서 찾아야 할 것이 아닌가 하는 생각이 일부에서 일고 있다네. 물론 과거로 돌아갈 수야 없지. 의사에게 가서, '나에게 최면술을 걸어서 1914년의 사건을 보게 해주십시오.'라고 할 수야 없거든. 1918년, 아니면 좀더 이전이었나? 아마 1890년이었을 것이네. 어떤 계획이 준비되었어. 결국 실행되지는 못했지만. 아이디어야.

먼 옛날을 돌아다보게. 중세 사람들은 하늘을 날 생각을 하고 있었네. 그것에 대해서 어떤 아이디어를 가지고 있었던 걸세. 고대의 이집트인도 무슨 아이디어를 가지고 있었던 것 같아. 그 생각은 발전하지 못한 채 끝나버렸네. 그러나 그것이 계승되어가는 가운데 그것을 발전시킬 수단과 지적 힘을 가진 사람의 수중에 들어가는 때가 오면, 그때는 어떤 일이 일어날지 모른다네—선악은 덮어두고 말일세. 최근에 와서 우리는 느끼고 있다네. 지금까지 발명된 어떤 것은, 예를 들면 세균전 같은 것 말인데, 보기보다 반대로 아주 중요하고 비밀스러운 발전단계를 거쳐왔다고 생각지 않고는 설명하기가 어렵다네. 그런데 그것을 발명한 사람이 다시 손을 가하여 실로 놀라운 결과를 가져올 만한 것을 만들어 낸 것일세. 사람의 성격을 바꾸고, 선량한 인간을 악마로 바꿀 수도 있는 것을 말이야. 그 이유는 언제나 같다네. 돈 때문일세. 돈, 돈으로 살 수 있는 것, 돈으로 손에 넣을 수 있는 것을 위해서 말일세. 돈의 힘으로 더 키워나갈 수 있는 권력 때문이지. 자, 베레즈포드, 자네는 그런 일들을 어떻게 생각하나?"

"등골이 오싹한 이야기로군요."

"옳은 말일세. 늙은이의 망상에 지나지 않는다고 생각지는 않나?"

"아닙니다. 그렇게 생각지 않습니다. 대령님은 사물에 정통하고 계신 분입니다. 옛날부터 그랬었지요."

"응, 그러니까 모두들 나를 원했던 것 아닌가? 연기로 숨이 막히니 어쩌니 군소리를 해가면서도 나를 찾아오곤 했지. 그건, 그래, 그 무렵이었어. 바로 그 프랑크푸르트 일당의 사건 무렵이었어. 그래, 우리는 그것을 겨우 막아냈지.

사건의 흑막을 밝혀내게 되어 겨우 막았던 것일세. 이번 경우에도 누군가가, 그렇다고 한 사람은 아니야—여러 사람이 배후에 있을 것일세. 누군지는 모르지만, 설령 그것을 모른다고 해도 일의 경위는 아마 알 수 있을 테지?"

"그렇군요. 대충은 들어서 알고 있습니다."

"흠, 정말 우스갯소리라고는 생각지 않나? 공상 같다는 생각은?"

"아무리 공상 같다고는 해도 사실이 아니라고 말할 수는 없지요. 적어도 지금까지의 제법 긴 삶을 살아오면서 나는 그것을 알게 되었습니다. 설마라고 생각되는 일이 사실이었던 거지요. 믿어지지 않는 일이 뜻밖에도 사실이더군요. 그러나 이 점을 꼭 알아주셨으면 합니다만, 나는 그럴 만한 그릇이 못 됩니다. 과학적 지식도 전혀 없어요. 옛날부터 계속 보안 일만을 해왔으니까요."

"그러나 옛날부터 자네는 진상을 밝혀내는 재능을 가진 사람이었다네. 정말이야. 자네는 자네와 그리고 또 한 사람, 자네 부인 말일세. 자네 부인은 코가 크고 냄새를 맡는 것을 좋아하지. 자네는 부인과 함께 조사해 보는 것이 좋을걸세. 그런 거야, 그런 부인이란 말일세. 그러니까 비밀을 캐내고 만다네. 젊고 미인이라면 델릴라처럼, 나이를 먹으면—응, 내게도 늙은 작은할머니가 있었는데, 그 작은할머니는 비밀이란 비밀은 여지없이 진상을 밝혀내곤 했었지. 이번 사건에는 금전적인 면도 있네. 그걸 알고 있는 사람이 로빈슨이야. 그 사나이는 돈에 대한 것을 알지. 돈이 어디로 흐르는가, 왜 그리로 흐르는가, 어디에 모이는가, 어디서 나오는가, 어떤 역할을 하고 있는가를 모두 알고 있네. 돈에 대한 것은 통달한 거지. 의사가 맥을 짚어보는 것과 같아. 로빈슨은 돈 임자의 맥을 짚을 수가 있다네. 돈이 나오는 그 진짜 출처가 어디며, 누가, 왜, 무엇 때문에 돈을 움직이는가와 같은 것을 말일세.

나는 그 사건을 자네에게 맡길 생각이네. 그것은 자네가 마침 안성맞춤의 처지에 있기 때문일세. 자네는 우연히도 안성맞춤의 처지에 있게 되었다네. 그 것도 사람들이 추측할 그런 이유에서가 아닐세. 잘 생각해 보게나, 자네들은 여생을 보낼 만한 적당한 집을 찾아내어 그 집의 궁금한 부분을 잠깐 건드려 보기도 하고 소문 같은 것에도 관심을 갖는 아주 평범한 은둔생활을 하는 노부부에 지나지 않으니까. 언젠가 어떤 글이 자네들에게 무엇인가를 가르쳐 줄 것일세. 내가 자네에게 바라는 것은 그것뿐일세. 찾아보게나. 과연 어떤 전해 온 이야기 속에서 오래된 좋은 과거가, 혹은 나쁜 과거가 있는지 말이야."

"잠수함의 설계도인가 하는 것에 얽힌 해군의 불상사가 아직도 소문거리가 되고 있더군요. 지금도 그 이야기를 하는 사람들이 있거든요. 그런데 분명하게 알고 있는 사람은 없는 것 같습니다."

"응, 그렇군. 그쯤에서 손을 대보는 게 좋겠어. 대체로 그 사건이 있었던 무렵이지. 조나산 케인이 자네 마을에 살고 있었던 것이 말일세. 해안 가까이에 조그만 집을 가지고서 그 일대를 중심으로 선전활동을 했었다네. 그들은 굉장한 사람이라고 생각했었다네. 조나산 케인을 말이야. K—a—n—e이야. 그러나 나라면 그렇게 쓰고 싶진 않네. 나라면 C—a—i—n(성경에 나오는 카인. 동생 아벨을 죽인 인물)이라고 쓰지. 그편이 그 남자의 본질을 나타낸다고 생각하거든. 그는 파괴와 파괴의 수단을 가르쳤어. 그러고서 영국을 떠났지. 그 뒤 이탈리아를 지나 더 먼 나라까지 발을 뻗쳤다는 이야기일세. 어디까지가 소문에 지나지 않는지 모르겠지만. 그는 러시아, 아이슬란드, 미국 대륙에도 갔었네. 어디에 가서 무엇을 했으며, 누가 동행했고, 누가 그의 말에 공감했는가, 그런 일은 전혀 모르네. 그러나 우리는 그가 비록 단순한 것일지라도 무엇인가를 알고 있었다고 생각하는 걸세. 부근의 사람들 사이에서 인기가 있어서 점심식사에 초대를 하기도 하고 받기도 했었다니까. 자, 자네에게 한 가지 말해 두어야 할 것이 있네. 조심하게. 찾아내는 것은 좋지만 둘 다 부디 조심하게나. 정신 바짝 차리고 해주게. 이름이 뭐라고 했나? 프루던스였던가?"

"프루던스라고 부르는 사람은 아직 없었습니다. 터펜스입니다."

"응, 그래. 터펜스를 잘 지켜주게. 그리고 자네 자신도 신경 쓰도록. 그리고 터펜스에게 전해 주게. 먹는 것, 마시는 것, 가는 곳, 자네들과 친해지려는 사람들, 친해지려는 이유에도 조심해야 한다고 말이야. 정보가 좀 들어온다네. 기묘한 정보, 도움이 안 되는 정보가 말일세. 의미가 있을 듯한 옛날 소문도 들어오지. 자손이나 친척 같은 사람이라든지, 옛날 누구와 아는 사이였다는 사람들 말일세."

"하는 데까지는 해보겠습니다. 집사람도요. 그러나 잘되리라고는 생각지 않습니다. 둘 다 나이가 있어서요. 그렇다고 사정을 잘 알고 있는 것도 아니고 말입니다."

"좋은 아이디어는 있겠지?"

"있지요. 터펜스가 어떤 아이디어를 가지고 있습니다. 우리 집에 무엇인가가 숨겨져 있는 것은 아닌가 생각하고 있습니다."

"혹시 그럴지도 모르지. 전에 역시 같은 생각을 한 사람이 있었다네. 그러나 지금까지 발견한 사람은 없었지. 처음부터 조금이라도 확신이 있어서 조사를 시작한 건 물론 아니었지만 말일세. 사람도 집도 자꾸만 바뀌니까. 집을 사들이고 다른 일가가 이사를 오고, 그리고 또 다른 일가가 이사 와서 집주인이 바뀌고, 그런 식으로 이어졌지. 레스트랜지스 일가 다음이 모티머 일가, 그다음이 파킨슨 일가, 파킨슨 일가에게서는 별로 얻을 것이 없네. 남자아이 하나 말고는."

"알렉산더 파킨슨 말이군요?"

"그럼, 알렉산더에 대한 것을 알고 있군. 어떻게 알았나?"

"알렉산더는 로버트 루이스 스티븐슨의 책 안에 메시지를 남겼습니다. '메리 조던의 죽음은 자연사가 아니었다.'라고요. 그것을 우리가 발견한 것입니다."

"인간이란 누구나 각자의 운명이 자신의 목을 조른다—이런 속담이 있었던가? 계속하게. 자네 둘 다 말일세. 자, 이제 운명의 문으로 들어가 보게나."

제6장

운명의 문

　두런스 씨의 가게는 마을로 가는 도중에 있었다. 구부러지는 모퉁이에 있었는데, 진열장에 사진이 몇 장 걸려 있었다.

　결혼식에 참석한 사람들이 함께 찍은 사진이 두 장, 융단 위에서 발을 바동거리고 있는 갓난아이 사진, 연인과 팔짱을 낀 콧수염을 기른 젊은이 사진 등. 어느 것이나 별로 그럴듯한 솜씨는 아니었으며 이미 세월을 느끼게 하는 사진이었다.

　가게 안에는 엽서가 꽤 많이 갖추어져 있었다. 생일 카드—이것은 친척관계끼리 정리가 되어 다른 선반에 따로 들어 있었다. 남편에게, 아내에게, 그리고 갓난아이에게 보내는 것이 한두 장 있었다. 그 밖에는 싸구려 지갑이 몇 개, 그리고 문방구며 꽃무늬가 들어 있는 봉투도 조금 놓여 있었다. '메모용'이라는 라벨이 붙은 꽃무늬 상자에는 크기가 작은 편지지가 있었다.

　터펜스는 한동안 가게의 여기저기에서 어떤 가게에도 있을 법한 상품을 만져보기도 하면서, 주인이 어떤 손님이 가져온 사진에 대한 평가나 조언을 해주는 일이 끝나기를 기다리고 있었다.

　흰머리가 섞이기 시작한 머리와 멍청한 눈을 한, 중년이 넘은 부인이 손님의 요구에 응해 주고 있었다.

　콧수염을 기른 긴 황갈색 머리의 키 큰 청년이 주임인 모양이었다. 그는 뭘 찾느냐는 듯한 눈길을 터펜스에게로 보내면서 카운터를 따라서 걸어왔다.

　"뭘 찾으시는지요?"

　"예, 앨범에 대해서 묻고 싶어서요. 사진 앨범 말이에요."

　"아, 사진을 붙일 만한 것을 찾으시는군요. 네, 한두 권 있습니다. 요즘은 그리 흔치 않습니다. 사람들이 대부분 슬라이드를 좋아하기 때문이지요."

"네, 알고 있습니다. 하지만 나는 앨범 수집을 하거든요. 옛날 앨범 말이에요. 자, 보세요. 이런 거랍니다."

터펜스는 지난번 받은 앨범을 마치 마술사처럼 꺼냈다.

"아니, 이건 꽤 오래된 물건이군요?" 두런스 씨가 말했다.

"음, 이건 정말 50년도 더 된 것이군요. 그때는 물론 이런 것이 많이 쓰이고 있었지요. 어느 집이나 앨범이 있었으니까요."

"'버스데이 북'도 있었지요."

"'버스데이 북'? 예, 기억납니다. 할머니가 가지고 있었지요. 사람들의 이름이 잔뜩 쓰여 있더군요. 저희 가게에서는 지금도 '버스데이 카드'를 취급은 합니다만, 요즘은 별로 사가는 손님이 없어서요. 그것보다는 밸런타인 카드가 더 팔리지요. 그리고 '즐거운 크리스마스'와 같은 것들 말입니다."

"나도 이 가게에 옛날식 앨범이 있을 줄은 몰랐어요. 네, 지금은 아무도 탐내지 않을 물건이니까요. 하지만 수집을 하고 있는 사람에게는 흥밋거리지요. 종류가 다른 것들을 모아보고 싶거든요."

"네, 요즘은 어느 분이나 수집을 하시더군요. 선뜻 믿어지지 않는 것들까지도 수집하는 사람들이 있답니다. 어쨌든 그렇게 오래된 앨범은 우리 가게에는 없을 것 같군요. 하지만 한번 찾아는 보겠습니다."

두런스 씨가 카운터 뒤를 돌아서 벽에 붙어 있는 서랍을 열었다.

"온갖 잡동사니가 다 들어 있답니다. 언제 정리를 해볼까 생각했습니다만, 대체 팔리기나 할는지 알 수가 없어서요. 이 마을에서도 결혼식은 많이 있었습니다. 하지만 갓 결혼했을 때뿐이지요. 신혼 때에는 여러 사람이 찾아옵니다만, 옛날 결혼식 일로 오시는 분은 없답니다."

"다시 말하자면, '우리 할머니는 이 마을에서 결혼했어요. 할머니의 결혼식 사진이 혹시 없나요?' 하고 찾아오는 사람은 없다는 이야기로군요."

"그런 사람은 여태까지 한 번도 없었습니다. 하지만 모르지요. 때로는 묘한 것을 찾으러 오는 사람도 있으니까요. 갓난아기의 원판이 남아 있지 않느냐며 찾아오는 손님도 가끔 있거든요. 아시겠지만 모정이라는 것이 그런 것 아니겠습니까? 아기가 갓 태어났을 때의 사진을 원하는 거지요. 아무튼 대개는 도저히 볼 만한 것이 못 되는 사진입니다. 때로는 경찰에서 올 때도 있죠. 그래요, 신원 확인을 위해서 말입니다. 소년이었을 때 여기에 살았던 어떤 남자가 있었는데 경찰은 그가 어떻게 생겼는지, 아니 그것보다는 그때 당시에 어떤 모습이었는지를, 그리고 그 사람이 살인자나 사기꾼으로 현상 수배된, 경찰에서 찾고 있는 인물과 동일인인지 아닌지를 조사하고 싶어 한답니다. 그런 일은 때로 좋은 기분 전환이 되지요."

두런스는 만족스러운 미소를 지으며 말했다.

"범죄에 대해서 꽤 흥미를 가진 것 같군요." 터펜스가 말했다.

"그야 사건 기사가 매일 눈에 띄니까요. 대개 '그 남자가 반년쯤 전에 아내를 살해했다고 추정되는 이유는 무엇인가?'라는 식이지요. 어때요, 흥미진진하지요? 그런데 그 부인이 아직 살아 있다는 설도 있거든요. 그런가 하면 남편이 어딘가에 묻어버린 채 아직 시체를 찾아내지 못했다고도 하고요. 그런 식이랍니다. 그럴 때에 그 남자의 사진이 있으면 무슨 도움이 될지도 모르지요."

"네, 이만 돌아가야겠어요." 터펜스가 말했다.

이렇게 해서 두런스 씨와 친한 사이가 되긴 했지만, 정작 도움이 될 만한 이야기는 알아낼 수 없을 것 같다는 생각이 들었다.

"혹시 댁에 사진이 남아 있을지 모르겠군요. 이름이 메리 조던이라든가? 그런 사람이었는데, 아주 옛날 일이라서요. 대강, 한 60년은 되었을 거예요. 이 마을에서 죽었는데."

"그렇다면 제가 태어나기 훨씬 전 이야기군요. 아버지는 사진을 꽤 많이 모아두었습니다. 아버지는 워낙 절약하시는 분이었기 때문에 무엇이든 버리는 것을 아까워했거든요. 아버지는 아는 사람의 일은 거의 기억하고 있었습니다. 특히 무슨 사정이나 까닭이 있는 사람에 대해서라면 더 말할 것도 없었지요. 메리 조던? 기억에 남아 있는 듯도 하군요. 해군과 관계있는 일이 아닙니까? 잠수함과—스파이였다는 소문이 나돌았지요? 반은 외국인이었을 겁니다. 어머니가 러시아인이었던가, 독일인이었던가, 아니, 일본인이었을지도 모르지요."

"네, 단지 메리의 사진이 혹시 있을까 하고 생각했을 뿐이랍니다."

"글쎄, 없을 겁니다. 언제 한가할 때에 찾아보죠. 혹시 찾게 되면 연락드리겠습니다. 아마 부인은 작가이신 모양이지요?"

두런스는 기대에 찬 소리로 말했다.

"네, 그것이 본업인 셈입니다. 책을 하나 내볼까 해서요. 백 년 전부터 현재까지의 일을 시대별로 돌아보는 일이거든요. 옛날부터 범죄라든가 모험이라든가 호기심을 갖게 하는 온갖 사건들이 있었으니까요. 게다가 오래된 사진은 아주 흥미가 있고, 삽화로 이용하면 책이 훨씬 돋보이지요."

"네, 제가 할 수 있는 일이라면 무엇이든지 거들게 해주십시오. 재미있으시지요? 부인이 하고 계시는 일 말입니다."

"전에 파킨슨이라는 일가가 있었는데, 옛날 우리 집에서 살고 있었다나 봐요."

"아니, 부인이 언덕 위에 있는 그 집에 사시고 계십니까? '월계수 저택'이라든가, '카트만두 저택'이라든가—전에 부르던 이름은 잊었습니다. 옛날에는 '제비 저택'이라고 부르던 때도 있었나 봐요. 그 이유는 모르지만."

"지붕에 제비집이 잔뜩 있었던 건 아닐까요? 지금도 있거든요."

"그럴지도 모르겠군요. 하지만 집 이름치고는 이상한 이름이군요."

터펜스는 거기서 무엇인가를 얻게 될 것이라는 기대는 별로 하지 않았지만, 어쨌든 만족할 만한 친분을 맺게 되었다. 그녀는 엽서와 문방구 중에서 꽃무늬가 든 노트를 조금 사가지고 두런스 씨와 헤어졌다.

'월계수 저택' 정문으로 들어가서 집 앞까지 이어져 있는 차도를 걸어가다가 도중에서 생각을 바꾸어, 건물 뒤쪽으로 이어지는 좁은 길로 구부러져서 다시 한 번 KK를 조사하러 갔다. 문 가까이까지 가서 문득 발을 멈추었다가 다시 걷기 시작했다.

언뜻 보기에 옷이라도 뭉쳐놓은 듯한 것이 문 옆에 뒹굴고 있었다. 전에 마틸드에서 꺼내놓은 것인데, 조사해 볼 생각도 안 한 것이었다.

그녀는 걸음을 재촉해서 가까이 다가갔다.

문 바로 옆에까지 가서 갑자기 멈춰 섰다. 헌옷 뭉치가 아니었다. 옷은 분명히 낡았고, 그것을 입고 있는 몸뚱이도 역시 늙은 사람이었다.

터펜스는 엎드렸다가는 다시 일어나서 손으로 문을 잡고 몸을 지탱했다.

"아이작! 아이작! 가엾어라. 틀림없어. 그래, 틀림없이 죽었어!"

갑자기 뒷걸음치며 소리쳤을 때 집 쪽에서 누가 좁은 길을 걸어오고 있었다.

"오, 앨버트, 앨버트! 큰일 났어. 아이작이, 아이작 할아범이 쓰러졌어. 죽은 거야. 틀림없이, 틀림없이 살해당한 거야."

제7장

검시 재판

의학적 증거가 제출되었다. 문 가까이 있었던 두 사람이 증언을 했다. 아이작의 가족이 그의 건강상태에 대해서 증언하고, 그에게 원한을 품을 만한 사람들은(전에 그에게 무단출입을 제지당한 일이 있는 20대가 될까 말까 한 젊은이가 한둘 있었다) 모두 경찰의 협력 요청을 받고 결백을 주장했다.

맨 마지막으로 그를 고용한 푸르던스 베레즈포드 부인과 남편인 토머스 베레즈포드 씨를 비롯해서 그를 고용한 적이 있었던 사람들이 한두 명 진술했다. 진술과 법률수속이 모두 끝나고 배심원들의 판정이 내려졌다―단독 혹은 집단 범행으로, 아직 밝혀지지 않은 사람에 의한 의도적인 살해.

터펜스는 심문에서 해방되었다. 토미는 그녀를 위로해 가며 법정 밖에서 기다리고 있는 몇몇 사람들 사이를 지나갔다.

"훌륭했소, 터펜스"

정원 문에서 건물로 가면서 토미가 말했다.

"정말 훌륭했소. 다른 사람들보다 훨씬 훌륭했다고, 아주 분명했고 소리도 확실했어. 검시관도 당신에게 무척 만족하는 것 같더군."

"누가 내게 대단히 만족해하는 것이 무슨 소용이에요." 터펜스가 말했다.

"견딜 수 없어요. 아이작 할아범이 그런 꼴로 머리를 얻어맞고 살해당하다니."

"아이작에게 원한을 품은 사람의 범행이겠지."

"하지만, 어째서?"

"몰라."

"네, 나도 모르겠어요. 하지만 잠깐 생각해 보았는데, 그건 우리와 관계가 있는 것이 아닐까요?"

"당신이 하고 싶은 말이 대체 뭐요, 터펜스?"

"당신도 알고 있잖아요. 바로 여기예요, 여기 말이에요. 우리 집, 우리의 멋진 새 집. 그리고 정원과 모든 것. 보기에도, 우리가 살기에 꼭 알맞다고 생각되지 않아요? 나도 지금까지는 그렇게 생각하고 있었어요."

"나는 지금도 그렇게 생각하고 있는데."

"네, 당신은 나보다 밝은 쪽으로 보고 있군요. 나는 기분이 나빠요. 무언가 이 부근에 불길한 그림자가 비치고 있는 것이 아닌가 생각돼요. 과거에서부터 꼬리를 끌고 있는 그림자 말이에요."

"그런 말을 다시는 하지 말아요."

"다시는 하지 말라니, 무슨 뜻이죠?"

"바로 그 두 마디 있지 않소."

터펜스는 소리를 낮추었다. 토미에게 다가가며 거의 속삭이듯이 말했다.

"메리 조던?"

"그렇소. 그 일 때문이었소."

"나도 그 일이 마음에 걸려요. 하지만 내가 하고 싶은 말은 그것이 대체 현재와 어떤 관계가 있는 걸까요? 이제 와서 새삼스럽게 과거가 어떻다는 건가요? 아무 관계도 없어야 마땅해요. 지금 와서……."

"과거는 현재와 아무런 관계도 없는 것이 당연하다, 그렇게 말하고 싶소? 하지만 관계가 있소. 틀림없이 있지. 생각지도 못할 묘한 곳이나, 설마 하고 생각할 그런 곳에서 말이오."

"과거에 원인을 두고 있는 일이 많이 일어나고 있다는 뜻인가요?"

"그렇소. 기다란 사슬 같은 것이지. 당신도 가지고 있잖소. 틈새가 있고 군데군데 구슬이 달려 있는 그런 것 말이오."

"제인 핀 사건 같은 거로군요. 우리가 젊어서 모험이 하고 싶었을 때 원하던 대로 모험을 하게 된 그 제인 핀의 사건 말이에요."

"그래서 우리는 수많은 모험을 했었지. 가끔 옛날 모험을 되돌아보면 둘 다 용케도 목숨을 부지해 왔다는 생각이 드는구려."

"그리고 또 있어요. 생각 안 나요? 둘이서 손을 맞잡고 사립탐정 흉내를 내던 일 말이에요."

"응, 그건 재미있었지. 당신은 기억이 나오?"

"아니, 생각하고 싶지도 않아요. 과거로 거슬러 올라가서 생각하는 건 사양하겠어요. 기껏해야—왜 흔히들 말하지요, 발판으로라면 또 모르지만. 정말이에요. 하지만 여하튼 그건 좋은 연습은 되지 않았어요? 그리고 나서 또 하나 있었지요."

"그래, 블렌켄솝 부인, 맞아?"

터펜스는 웃었다.

"네, 블렌켄솝 부인이에요. 그 방에 들어갔을 때 당신이 거기 있는 것을 보았던 일은 잊히지도 않아요."

"잘도 그런 뻔뻔스러운 행동을 했지, 터펜스 의상실 방인가 하는 곳에 숨어 들어가서 나와 그 남자의 이야기를 엿듣다니! 그리고 나서……."

"그다음도 블렌켄솝 부인이에요." 터펜스는 다시 웃었다.

"'N 또는 M', 그리고 '꽥꽥 거위님'이잖아요."

"하지만 설마……." 토미는 잠깐 주저했다.

"설마 그런 것이 이번 사건의 발판이 되는 건 아니겠지?"

"맞아요. 어떤 뜻으로는 발판이 되는 거지요. 로빈슨 씨도 그런 옛날 일을 염두에 두지 않았다면 당신에게 그런 말을 했을 리가 없잖아요. 뿐만 아니라 나 역시 당신 동료 중 한 사람이니까."

"당신은 틀림없이 내 동료 중 한 사람이었지."

"하지만 지금은 그 일로 완전히 사정이 바뀌고 말았어요. 네, 그 일 때문에, 아이작 말이에요. 그가 살해당했잖아요? 머리를 얻어맞고 우리 집 정원에서요."

"설마, 그 일과 관계가 있다고는……."

"의심하지 않을 수 없어요. 그 점을 나는 말하고 있는 거예요. 이제 지금부터는 단순한 범죄 사건을 조사한다고 생각해선 안 돼요. 과거에 대해서 조사하고, 과거에 누가 무슨 이유로 죽었는가 하는 점을 밝혀야만 해요. 개인적인 문제가 되어버린 거예요. 완전히 개인적인 문제라고 생각해요. 아이작 할아범이 죽은 것을 말하고 있는 거 말이에요."

"아이작도 나이가 그만큼 되었으니 나이 탓이었는지도 모르는 일이오."

"그렇게 생각되지는 않는군요. 오늘 아침의 의학적 증거를 들은 바로는 말이에요. 아이작을 죽이려고 생각한 사람이 누구일까? 대체 무엇 때문에……."

"만일 아이작의 죽음이 우리들과 관계가 있다면 왜 우리를 죽이려고 하지 않았지?"

"언젠가는 우리도 죽일 생각을 하고 있지 않을까요? 모르긴 해도 아이작은 우리에게 할 이야기가 있었던 거예요. 아마 말하려고 했겠지요. 혹시 말하겠다고 누군가를 협박했을지도 몰라요. 예를 들면 그 아가씨나 파킨슨 집안의 어떤 사람에 대해서 알고 있는 일을 말이에요. 그것이 아니면, 그것이 아니라면, 1914년 1차 대전 당시의 스파이 활동에 대한 일일 거예요. 팔아넘긴 기밀이라든가 하는 것을요. 그래서, 네, 아이작의 입을 막을 필요가 있었던 거예요. 우리가 이리로 이사하지 않았거나, 그리고 이것저것 물어보고 찾아내려고 하지만 않았더라면 아무 일 없이 넘어갔을 것을."

"너무 흥분하지 말아요."

"흥분하게 되는군요. 나는 지금 장난삼아 이러는 게 아니에요. 장난거리가 아니란 말이에요. 이제부터 우리는 지금까지와는 다른 일을 하는 거예요. 토미, 살인자를 잡아내야 해요. 그런데 누굴까? 그건 물론 아직은 모르지만, 어떻게 해서든지 알아내고 말 거예요. 그것은 과거의 일이 아니고 현재의 일이에요. 바로 며칠 전에 일어난 거라고요. 6일 되었나? 이젠 현재 사건이란 말이에요. 그것도 바로 여기서. 그리고 우리와 이 집이 관계되어 있는 거예요. 그것은 어떻게 해서든지 우리가 밝혀내야 할 일이며, 또 밝혀낼 수도 있어요. 방법이나 그 수단은 아직 모르지만, 어쨌든 실마리를 찾아서 어디까지든 쫓아가는 거예요. 땅바닥에 엎드려 냄새를 뒤쫓는 개가 된 듯한 기분이에요. 나는 여기서 냄새를 쫓아갈 테니까 당신도 부득이 사냥개가 되어야겠군요. 이리저리 뛰어다니는 건 당신에게 맡기겠어요. 지금까지 해왔듯이 말이에요. 이제부터 그 일을 밝혀내는 거예요. 그, 뭐라고 하면 좋을까, 조사를 끝까지 해보는 거라고요. 사정을 알고 있는 사람이 드러날 것이 분명해요. 직접은 모르더라도 누구에게 들은 사람이라도 말이에요. 어떤 사람에게서 들은 이야기나, 소문이나, 그저 지나가며 하는 이야기라도."

"그러나 터펜스, 아무래도 자신이 없소. 우리에게 승산이 있다고는……."

"아니, 있어요. 있고말고요. 어떻게 해야 하며, 어떤 방식으로 하면 좋을지는 모르지만요. 그래도 승산은 틀림없이 있다고 믿어요. 올바르고 확실한 아이디어만 가진다면요. 그리고 당신이 아는 그것은 사악한 악마인데, 그 사악한 악마가 아이작 할아범의 머리를 때렸다는 생각만 가지고 있다면……."

터펜스는 말을 멈추었다.

"집 이름을 다시 바꾸는 것도 좋겠군." 토미가 말했다.

"무슨 말이에요? '월계수 저택'을 그만두고 '제비 저택'으로요?"

새떼가 머리 위를 날아갔다.

터펜스는 정원 문을 돌아다보았다.

"옛날에는 '제비 저택'이라는 이름이 붙어 있었지요. 그 인용구의 뒤쪽은 뭐라고 했던가요? 당신 조사원이 인용한 말 말이에요. '죽음의 문'이었던가요?"

"아니, '운명의 문'이야."

"운명, 마치 아이작에게 일어난 일을 설명하는 것 같군요. '운명의 문' 우리들의 정원 문……."

"그렇게 마음 쓰지 말아요, 터펜스."

"왜 그런지 모르겠네요. 기껏 생각이 좀 떠올랐는데."

토미는 어이없는 얼굴로 터펜스를 보고 고개를 흔들었다.

"'제비 저택'이라니, 좋은 이름이군요. 정말로, 예, 좋은 이름이 될지도 몰라요. 아마 언젠가는 그렇게 될 거예요."

"당신은 엉뚱한 것을 생각하고 있군, 터펜스."

"'아직도 새처럼 외쳐대는 사람의 소리가.' 그것으로 끝이었지요. 아마, 이번 일도 그런 식으로 끝날 거예요."

집 바로 옆까지 오자 두 사람은 현관 층계에 여자가 서 있는 것이 눈에 띄었다.

"누굴까?"

"전에 본 적이 있어요. 누군지 금방 생각나진 않지만. 그래요, 아이작 할아범의 가족이에요. 네, 아이작 할아범의 가족은 모두 한 집에 함께 살고 있지요. 아들이 셋인가 넷, 저 여자 말고 딸이 또 하나 있을 거예요. 내 착각일지는 모르지만."

충계 위에 있던 여자가 두 사람 쪽으로 걸어왔다.

"베레즈포드 부인이시죠?"

그녀는 허리를 낮추면서 터펜스를 보고 말했다.

"그래요."

"저, 저에 대해서는 모르실 줄 압니다만. 돌아가신 아이작 씨의 며느리 되는 사람입니다. 그분 아들 스티븐의 아내 됩니다. 아니, 스티븐은 사고로 먼저 죽었지요. 트럭에 치여서요. 아주 큰 차가 가끔 달리고 있거든요. 거기에 치였습니다. 국도에서 사고를 당했지요. 국도 1호선이라고 생각되는데, 1호선 아니면 5호선입니다. 아니, 5호선이 있었던 것은 훨씬 옛날이에요. 그러니까 4호선이 있는지도 모르겠네요. 어쨌든, 네, 그렇게 되었답니다. 그럭저럭 벌써 5~6년이 돼가네요. 제가 실은, 좀 드릴 말씀이 있어서요. 부인과 부인의 남편께……."

그녀는 토미를 보았다.

"장례식에 꽃을 보내주셨지요? 저희 아버님이 이 댁 정원에서 일하셨다지요?"

"그래요." 터펜스가 말했다.

"우리 집 일을 해주었어요. 그런 사건이 생기다니 정말 무서운 일이에요."

"전 인사를 드리려고 온 거랍니다. 꽃이 정말 예쁘더군요. 정말 커다란 꽃다발이었어요."

"하다못해 그렇게라도 하고 싶었지요." 터펜스가 말했다.

"아이작은 우리에게 큰 힘이 되어주었으니까요. 우리가 이사 올 때에도 많이 도와주었답니다. 이 집에 대한 것을 잘 몰랐는데, 여러 가지 가르쳐 주기도 했지요. 어디에 무엇이 들어 있다든지, 이런 일 저런 일들을요. 그리고 채소나 꽃에 대한 일도 많은 도움을 받고 배우기도 했지요."

"네, 그분은 자기가 하는 일에 대해서는 모르는 것이 없었으니까요. 아주 부지런한 편은 아니었습니다만. 워낙 나이가 나이라서요. 거기에 허리를 구부리는 것을 싫어하셨으니까요. 허리 아픈 것이 심해져서, 그래서 일할 마음은 있어도 몸이 말을 듣지 않은 거랍니다."

"아주 서글서글하고 정말 요긴한 분이었어요." 터펜스가 확신하듯 말했다.

"게다가 이 마을의 일이며 마을 사람들에 대한 여러 가지 일들을 알고 있어서, 우리에게도 이야기해 주었지요."

"네, 그런 점에서는 별의별 일을 다 알고 계셨답니다. 친척이며 집안사람들이 전부터 많이 이 근처에서 일을 해왔으니까요. 모두 이 부근에 살고 있어서 옛날 일들을 많이 알고 있지요. 직접 안다는 것은 아니지만—네, 이야기를 들어서 아는 거지요. 어머, 부인, 방해가 되어서 죄송합니다. 잠깐 인사나 드릴 생각으로……."

"정말 예의도 바르시지. 그러면 오히려 이쪽에서 미안하지요."

"정원 일을 할 사람을 다시 찾아보셔야겠군요."

"그렇게 해야겠죠. 우리 손으로는 너무 서툴러서요. 당신은 혹시……."

좋지 않은 때에 곤란한 화제를 꺼내는 것 같아서 터펜스는 망설였다.

"혹시 우리 집에서 일해 줄 만한 사람을 알고 있을지 모르겠군요."

"글쎄요, 당장은 생각이 안 납니다만, 한번 생각해 보겠습니다. 혹 있을지도 모르니까요. 헨리를 보내 드릴까요? 제 둘째 아들입니다만 우선, 헨리를 보내기로 하겠습니다. 그리고 좋은 사람이 나오면 연락드리고요. 그럼, 이만 실례하겠습니다."

"아이작의 이름이 뭐였더라? 생각이 안 나는군."

토미가 집으로 들어가면서 말했다.

"성(姓) 말이오?"

"아이작 바들리콧이에요."

"그러니까 지금 그 여자도 바들리콧이겠군!"

"그래요, 아들 여럿과 딸이 하나 있는데 모두 함께 살고 있어요. 모르세요? 마시턴 로(路)로 가는 도중에 있는 그 집이에요. 그 여자는 아이작을 살해한 범인을 혹시 알고 있는 게 아닐까요?"

"설마, 그렇게 보이지는 않던데."

"당신도 다른 사람 눈에는 어떻게 보일지 알 수 없는 일이지요. 그런 것은 겉으로 보아서는 좀처럼 알 수 없는 것이니까."

"그 사람은 그저 보내준 꽃에 대한 인사를 하러 왔을 뿐이오. 그 태도로 보아서는 복수를 생각하고 있는 사람으로는 생각되지 않던데. 만일 그렇다면 그런 말을 했을 거요"

"그럴 수도, 그렇지 않을 수도 있어요"

그녀는 생각에 잠긴 얼굴로 집으로 들어갔다.

제8장

할아버지에 대한 추억

다음 날 아침 터펜스가 아직 시원치 못한 부분을 고치러 온 전기 수리공에게 한참 설명을 하고 있는데 방해꾼이 끼어들었다.

"현관에 웬 남자아이가 와 있습니다." 앨버트가 말했다.

"마님께 하고 싶은 이야기가 있나 봅니다."

"그래, 이름은?"

"물어보지 않았습니다. 밖에서 기다립니다."

터펜스는 정원 일을 할 때 쓰는 모자를 아무렇게나 쓰고는 층계를 내려갔다. 문밖에 12~13살 정도 되어 보이는 남자아이가 서 있었다. 주눅이 든 모양인지 발을 꼼지락거리고 있었다.

"찾아봬도 괜찮은지요?" 남자아이가 말했다.

"그러니까 네가 헨리 바들리콧이로구나, 그렇지?"

"그렇습니다. 그분은 저의 할아버지가 됩니다. 어제 검시 재판이 있었지요? 저는 검시 재판이라는 것은 처음입니다."

"재미있었니?" 하고 묻고 싶은 것을 터펜스는 간신히 참았다.

헨리는 마음먹고 온 말을 바야흐로 하려는 얼굴을 하고 있었다.

"어처구니없는 화를 당하셨단다." 터펜스가 말했다.

"정말 가엾게도."

"하지만 할아버지는 나이가 많으셨지요. 별로 더 오래 사시지도 못했을 거예요. 가을만 되면 이따금 기침을 심하게 하셨지요. 모두들 깨어나서 잠을 잘 수가 없었답니다. 저는 단지 일거리가 없는가 해서 왔어요. 전 알고 있습니다 (실은 어머니가 가르쳐 주었지만). 지금부터 슬슬 상추를 솎아주어야 할 때니까 그 일을 시키실지도 모른다고 생각해서요. 어딘가는 알고 있어요. 아이작 할아버지가 일하고 계실 때 몇 번 놀러온 적이 있었거든요. 괜찮으시다면 지금부터 일을 시작하겠습니다."

"오, 고맙구나. 그럼, 한번 해봐. 구경 좀 하게."

두 사람은 정원을 지나 목적지로 갔다.

"보세요. 이래 가지고는 너무 빽빽해요. 조금 솎아내어 알맞은 간격으로 해두었다가 다시 옮겨심어야 해요."

"나는 상추에 대해서는 아무것도 모른단다. 꽃에 대해서는 조금 알지만. 완두콩이나 양배추나 상추 같은 채소는 아무래도 잘 안 되더구나. 넌 정원 일을 원하는 건 아닌 것 같은데?"

"네, 아직 학교에 다니고 있으니까요. 신문배달과 여름에는 과일 따는 일을 하고 있지요."

"알겠다. 그럼, 좋은 사람이 있으면 알려주려무나."

"네, 그렇게 하겠습니다. 그럼, 안녕히 계십시오."

"얘야, 상추를 어떻게 해야 되는지 좀 보여주지 않겠니? 알고 싶거든."

터펜스는 헨리 바들리콧의 능숙한 손끝을 지켜보았다.

"자, 보세요. 이렇게 하면 되는 겁니다. 정말 멋지네요. 이 상추 말이에요. '웨브스 원더풀'이지요? 이건 오랫동안 먹을 수 있어요."

"'톰 텀스'는 이미 끝났어."

"그렇습니다. 좀 작긴 하지만 자라는 건 빠르지요. 굉장히 싱싱해 보이고 맛도 좋답니다."

"그럼, 잘 가렴. 정말 고맙구나."

터펜스는 집을 향해 걷기 시작했다. 스카프를 두고 온 생각이 나서 다시 되돌아갔다. 돌아가던 헨리 바들리콧이 멈춰 서서 터펜스 쪽으로 걸어왔다.

"스카프를 깜박 잊었어." 터펜스가 말했다.

"대체—어머, 저 덤불에 걸려 있구나."

헨리는 스카프를 건네주고는 그대로 서서 발을 꼼지락거리며 터펜스를 보고 있었다. 매우 걱정스럽고 안 좋은 모습으로 망설이고 있기에 터펜스는 대체 무슨 일인지 궁금했다.

"왜 그러지?"

헨리는 발을 꼼지락거리면서 터펜스를 보았다. 계속 발을 꼼지락거리고, 콧구멍을 후비고, 왼쪽 귀를 문지르더니, 이번에는 제자리걸음으로 발을 움직였다.

"아무것도 아닙니다만, 혹시나 해서요. 제가 말씀드리는 의미는, 그런데 물어봐도 괜찮을지……."

"괜찮아."

터펜스는 멈춰 서서 소년을 의아한 듯이 바라보았다.

헨리는 얼굴이 빨개진 채 여전히 발을 꼼지락거리고 있었다.

"저 여쭐 생각은 아니었습니다. 여쭈려고 한 것은 아니었고 다만 궁금했을 뿐입니다. 저, 모두들 말을 하더군요—그것에 대해……. 사람들이 말하는 것을 들었거든요."

"뭐라고?" 터펜스가 물었다.

헨리가 어째서 이렇게 두려워하고 있는 것일까? '월계수 저택'의 새 주인 베레즈포드 부부의 생활에 대해서 대체 무슨 말을 들은 것일까?

"그래, 무슨 말을 들었지?"

"저, 마님이 지난번 전쟁 때 스파이를 잡은 사람일 거라는 거예요. 마님과 나리 두 분이서요. 어떤 사건을 조사하고서 정체를 숨기고 있었던 독일 스파이를 밝혀냈다더군요. 그 사람을 알아내고, 여러 가지 모험도 하고, 마지막에는 사건을 완전히 해결했대요. 마님은, 뭐라고 부르는지 잘은 모르겠지만, 비밀 첩보부에 있었다지요? 또 그런 일을 하시면서 굉장한 활동을 했고요. 물론 아주 오래전 일이지만, 어떤 사건에서 활동하셨다는데, 동요와 관계있는 일로 말이에요."

"맞아, '꽥꽥 거위님'이라는 거였지."

"'꽥꽥 거위님!' 저도 기억하고 있답니다. 아주 오래전에 들었어요. '어디를 헤매느냐?'라는 거지요?"

"그래, 그래. '올라갔다 내려갔다. 그리고 마님의 침실 안. 거위는 기도를 하지 않는 할아버지를 발견하고 할아버지의 왼쪽 다리를 물어서는 층계에서 떨어뜨려 버려요.' 그런 식으로 되어 있었다고 생각되는데, 뒷부분은 다른 동요일지도 몰라."

"정말입니까? 그런 분이 보통 사람과 같이 이 마을에 살고 있다니 전 거짓말 같네요. 그런데 어째서 동요와 사건이 관계가 있었나요?"

"그 속에 암호가 숨겨져 있었어."

"누가 읽도록 하기 위해서인가요?"

"글쎄, 그렇다고 할 수 있지. 어쨌든 모든 것이 완전히 밝혀졌어."

"정말 멋지군요, 친구들에게 말해 주어도 괜찮을까요? 아주 친한 친구인데요, 이름은 클래런스예요. 이름이 좀 우습죠? 그래서 모두들 놀린답니다. 하지만 좋은 녀석이에요. 마님 같은 분이 정말로 이 마을에 산다는 것을 알면 클래런스란 녀석이 얼마나 놀랄까요?"

그는 헌신적인 스파니엘 종 개를 생각나게 하는 존경으로 가득 찬 눈으로 터펜스를 보았다.

"정말 멋져!" 그는 다시 한 번 말했다.

"아니, 이젠 꽤 옛날이야기가 되어버렸는걸. 1940년대니까."

"재미있었나요, 아니면 무서웠나요?"

"양쪽 다 조금씩, 내가 생각하기엔 그래도 무서운 편이 더 많았지."

"그랬겠지요. 아무리 부인 같은 분이라도요. 그리고 보니 이상하군요. 이 마을에서 비슷한 일이 일어나다니요. 그 남자는 해군이었다죠? 영국의 해군 중령인 척하고 있었지만 사실은 그렇지 않았대요. 독일인이었던 거예요. 클래런스가 그렇게 말하더군요."

"대강 그렇게 된 거지."

"아마 그래서 부인은 이 마을에 온 거지요? 아시겠지만 옛날 이 마을에서 이상한 일이 있었거든요—벌써 오래되었지만요. 그것도 역시 같은 거였어요. 그 남자도 군인인데 잠수함을 타고 있었거든요. 그런데 잠수함 설계도를 팔아먹은 거예요. 하지만 사람들이 하는 이야기를 들었을 뿐이에요."

"그래, 맞아. 하지만 우리가 이리로 이사한 것은 그것 때문이 아니야. 살기에 좋은 집같이 보여서 온 것뿐인걸. 그런 사건의 소문은 나도 들은 적이 있지만, 사실은 어떻게 된 것인지 정말 모른단다."

"그럼, 제가 그것을 조사해서 때때로 말씀드리겠어요. 물론 누구나 정말 그대로인지 아닌지 장담할 수도 없고, 또 어떤 일이나 다 안다고 할 수도 없지만 말이에요."

"클래런스라는 친구는 어째서 그 사건에 대한 것을 그렇게 잘 알고 있지?"

"그야 미크 아저씨에게서 들었지요. 미크라는 사람은 대장간이 없어지기 전에 한동안 이 마을에 와서 살았었답니다. 벌써 죽은 지는 오래되었지만, 여러 사람에게서 들은 이야기를 아주 많이 알고 있었거든요. 아이작 할아버지도 꽤 많이 아시고 계셨고요. 가끔 우리에게도 이야기해 주셨답니다."

"그럼, 아이작 할아버지도 그 사건에 대해서 꽤 많이 알고 있었겠네?"

"그렇습니다. 그래서 지난번 할아버지가 살해당했을 때에도 원인은 그것이 아닐까 하고 생각했었지요. 할아버지는 너무 많이 알고 계셨는데, 그것을 모두 마님에게 말해 버렸기 때문에 누가 살해한 것이 아닐까 하고요. 요새는 모두 그렇게 하는걸요. 경찰이 알면 안 되는 일을 너무 많이 알고 있는 사람은 죽여버리는 거예요."

"넌 아이작 할아버지가 사건에 대해서 여러 가지 아는 것이 많았다고 생각하니?"

"글쎄요, 사람들에게서 들은 이야기라면요. 할아버지는 여기저기에서 온갖 이야기를 다 듣고 다녔으니까요. 자주는 아니지만 우리에게도 이야기해 주시곤 하셨지요. 저녁에 담배를 한 대 피우고 난 다음이라든지, 저와 클래런스, 그리고 톰 길링검이 이야기를 옆에서 듣고 있을 때 말이에요. 그 톰이란 녀석도 그런 이야기를 알고 싶어 해요. 그래서 아이작 할아버지는 그 사건 이야기며, 또 다른 이야기도 많이 해주었어요. 그야 할아버지가 지어낸 이야기인지, 아니면 진짜로 있었던 이야기인지 그건 모르지요. 하지만 저는 할아버지가 무엇인가를 찾아냈거나, 또 찾아낸 곳을 알고 있었다고 생각해요. 할아버지는 어떤 사람이 그곳을 알게 되면 일이 재미있게 될 거라고 했거든요."

"정말? 어머, 그건 우리에게도 아주 재미있는 일이 되겠구나. 할아버지가 말해 준 이야기며, 가끔 무심코 하던 이야기들을 생각해내 봐. 그래, 어쩌면 할아버지를 살해한 범인을 찾아내는 실마리가 될지도 모르겠구나. 할아버지는 분명히 살해된 거야. 사고가 아니었어."

"처음에는 집에서도 모두들 사고가 틀림없다고 생각했죠. 그래요, 할아버지는 심장인가 어디가 나빠서 가끔 넘어지시기도 하고, 어지러워하시기도 했으니까요. 하지만 지금 와서 생각해 보니(저도 심문을 받으러 나갔으니까요), 처음부터 그럴 마음을 먹고 살해한 것이 아닌가 생각돼요."

"맞아, 계획적으로 살해한 거야."

"그런데 마님은 그 이유를 모르시나요?"

터펜스는 헨리를 쳐다보았다. 그녀의 눈에는 자기와 헨리가 같은 냄새를 뒤쫓고 있는 두 마리의 경찰견처럼 보였다.

"그건 계획적인 범행이었던 거야. 그리고 네겐 할아버지가 되니까 말할 것도 없지만, 나도 그런 잔인하고 나쁜 범행을 한 범인을 알고 싶단다. 그래서 묻는데, 혹시, 헨리, 뭔가 알고 있지는 않니? 마음에 짚이는 것이라도 말이야."

"마음에 짚이는 건 없어요. 그야 이야기를 들은 적은 있지만요. 저도 아이작 할아버지의 이야기에 가끔 나오는 아니, 나왔던 사람이 무슨 이유가 있어서 할아버지를 죽였다는 건 알고 있어요. 그것은 그 사람들의 일이나, 그 사람들이 알고 있는 일, 사건 등에 대해서 할아버지가 너무 많이 알고 있었기 때문이지요. 하지만 할아버지의 이야기에 나오는 사람들은 언제나 오래전에 죽은 사람들뿐이니까 사실 생각해 낼 수도 없고, 알 수도 없잖겠어요?"

"넌 우리에게 틀림없이 도움이 될 수 있을 거야, 헨리."

"저도 붙여준다는 말씀이세요? 조사하실 때 언제라도 좋으니 좀 시켜주세요."

"그래, 네가 알고 있는 일을 아무에게도 말하지 않는다면 말이다. 내게만 이야기하고 친구들에게도 이야기해선 안 돼. 만일 그렇게 되면 이야기가 점점 퍼져 나가니까."

"알겠어요. 그렇게 되면 범인이 그 이야기를 듣고 마님과 나를 해칠지도 모르죠, 그렇죠?"

"그럴지도 모르지."

"왜 보통 그렇잖아요. 그럼, 만일 뭐라도 알게 되거나 소식을 듣게 되면, 잠깐 일을 거들어 드리는 척하고 이리로 오겠습니다. 그러면 제가 알아낸 일을 마님께 말씀드릴 수도 있고, 다른 사람이 엿듣지도 못하겠죠. 아는 것이라고 해도 지금 당장은 별로 없어요. 하지만 친구들이 있으니까요."

헨리는 갑자기 긴장한 얼굴이 되더니 TV 등장인물에게서 보고 배운 듯한 몸짓을 했다.

"저는 사정을 알고 있어요, 누구보다도 많이. 그들은 제가 알고 있다고는 생각지 않아요. 또 제가 기억하고 있는 줄은 모르지요. 하지만 저도 아는 게 있다고요(이런 식으로 말한 다음, 나 말고 더 잘 아는 사람이 어디 있느냐고 큰소리치면 그다음). 마님은 그냥 가만히 계시면 여러 가지 이야기를 들을 수 있게 되지요. 그런데, 마님, 그 일은 아주 중요한 거지요?"

"그래, 중요한 일이야. 하지만 조심해야 해, 헨리. 알아듣겠지?"

"알고 있어요. 물론 조심하겠습니다. 될 수 있는 대로요. 아이작 할아버지는 여기 일을 여러 가지 알고 계셨어요."

"이 집이나 정원에 대해서?"

"예, 할아버지는 소문을 많이 들었거든요. 누가 어디로 가다가 들켰다든가, 무엇을 어떻게 하는 것 같다든가, 어디서 누구와 만났다든가, 어디에 무엇이 숨겨져 있었다든가 그런 것들을 가끔 이야기해 주셨답니다. 물론 어머니는 별로 들으려고 하지 않았죠. 그저 터무니없는 소리로밖에 생각지 않았으니까요. 조니도(제 형 말이에요) 쓸데없는 소리라고 생각하고서 들으려고도 하지 않았어요. 하지만 전 귀담아 들었죠. 클래런스도 그런 일에 흥미를 가지고 있었어요. 그래요, 그런 영화를 좋아하거든요. 그때도, '야, 이게 꼭 영화 같구나.'라고 말했으니까요. 그래서 우리는 둘이서 그 이야기를 곧잘 했지요."

"너 메리 조던이라는 사람의 이야기 혹시 들은 적 있니?"

"있고말고요. 독일 여자 스파이였지요. 해군에게서 해군 기밀을 빼냈다지요?"

"그렇다나 봐."

터펜스는 말했다. 마음속으로는 메리 조던의 영혼 앞에 용서를 빌면서도 그 이야기는 그대로 그냥 두는 편이 안전하다는 생각이 들었다.

"아주 사랑스러운 여자였다던데, 퍽 미인이었나 보죠?"

"글쎄, 나는 모르지. 메리가 죽은 것은 아마 내가 세 살쯤 되었을 때니까."

"아, 그렇겠군요. 하지만 지금도 가끔 메리의 소문을 듣게 되는 때가 있어요."

"굉장히 흥분해 있는 것 같은데 혹시 숨이 넘어가 버린 건 아니오, 터펜스?"

토미는 정원 일을 위해 갈아입은 작업복 차림으로 뒷문에서 좀 헐떡이며 들어와서는 아내를 보고 말했다.

"그래요. 어떤 의미에서는."

"정원 일을 너무 많이 한 건 아니고?"

"그렇지 않아요. 실은 아무 일도 없었어요. 상추 옆에서 이야기하고 있었을 뿐이에요. 아니, 이야기 상대가 되어주었을 뿐이라고 해야겠네요."

"누구와 이야기했는데?"

"남자아이, 남자아이예요."

"정원 일을 도와주었소?"

"그런 게 아니에요. 물론 도와주어서 고맙기도 했지요. 그러나 그것만이 아니에요. 실은 굉장한 칭찬을 해주었어요."

"우리 집 정원을?"

"아니, 나를."

"당신을?"

"그렇게 뜻밖이라는 얼굴 할 것 없어요. 그런 얼굴로 말하지 않아도 알아들어요. 하지만 정말 맛좋은 진수성찬은 가끔 생각지도 않은 때에 만나게 되더군요."

"그런가? 그런데 뭐가 그렇게 맛이 좋았소? 당신의 미모에 대한 칭찬이었소, 아니면 당신 정원 손질 솜씨가 늘었다는 것이었소?"

"내 과거."

"당신의 과거?"

"그래요. 그 아이는 내가 지난번 대전에서 독일 스파이의 정체를 파헤친 사람이라는 거예요. 그 아이는 예의 바르게 나를 '마님'이라고 부르더군요. 아주 굉장히 흥분해 있었어요. 해군 퇴역 중령이 실은 새빨간 거짓말쟁이라고 했더니."

"허, 참! 또 그 'N 또는 M'이로군. 그걸 잊어버릴 수는 도저히 없나 보구먼."

"나는 그렇게 잊고 싶은 마음이 없어요. 왜 잊어야 해요? 만일 내가 옛날에 인기 있었던 여자배우나 남자배우였다면 그 당시를 생각나게 해주는 걸 틀림없이 대환영할 거예요."

"당신이 무슨 말을 하고 싶은지 알 만하군."

"게다가 이번 일에도 크게 도움을 줄 것으로 생각해요."

"그것이 남자아이라서 말이오? 몇 살이라고 했지?"

"글쎄, 열 살이나 열둘쯤으로 보여요. 아니, 고작 열 살로 보이지만, 열두 살은 되었을 거예요. 게다가 그 아이에게는 클래런스라는 친구가 있대요."

"그것이 이번 일과 무슨 관계가 있단 말이오?"

"아니, 지금 당장은 아무 관계도 없지만, 그 아이와 클래런스는 서로 힘을 합해서 우리 일을 도와준다는 거예요. 모르는 일을 조사하고서 가르쳐 준다고 했어요."

"열이나 열두 살짜리 아이가 대체 무엇을 가르쳐 줄 수 있다는 거요? 우리가 알고 싶은 것을 알고 있기라도 하단 말이오? 그 아이가 무슨 이야기를 해주었는데?"

"이야기가 대체로 짤막짤막하고 그 내용도, '왜, 아시죠?'라든지, '네, 그러니까 있지요.' 하는 것이 대부분이었어요. 어쨌든 처음부터 끝까지, '아시죠?'가 제일 많았어요."

"그래서 지금까지 들어본 적이 없는 이야기들뿐이었소?"

"사람들에게서 주워들은 이야기를 해주었는데, 아무래도 똑똑히 알아들을 수가 없었어요."

"누구에게 들은 이야기?"

"그것이 금방 들은 이야기도 아니고 여러 사람의 입을 거치고 또 거쳐서 들은 이야기래요. 세 번째, 네 번째, 다섯 번째, 이렇게 순서대로 전해 들은 것이 아니지요. 그 가운데는 클래런스가 다른 사람에게서 들은 이야기도 있고, 클래런스의 친구인 앨거넌이 사람들에게서 들었다는 이야기도 있어요. 앨거넌의 이야기라는 것은 본래 지미가 다른 아이에게서 듣고서……."

"그만해 두구려. 그것으로도 충분하오. 그런데 무슨 이야기지? 그 아이들이 들었다는 이야기 말이오."

"그것은 더욱 알아듣기 어려웠지만, 대강 짐작은 가요. 그 아이들은 세상의 소문거리가 된 것이라든가, 어떤 이야기를 사람들에게서 듣고서 그 재미있는 일을 한몫 거들고 싶어서 들썩거리는 거예요. 우리가 이 집으로 이사한 것도 틀림없이 그 때문이라고 생각하더군요."

"그 때문이라니?"

"중요한 것을 찾아내기 위해서요. 이 집에 숨겨져 있다고 소문이 나 있는 바로 그것을 찾기 위해서래요."

"한마디로 숨겨져 있다고는 하지만, 도대체 어디에, 언제, 어떻게 숨겨졌다는 거요?"

"그 세 가지에 대해서는 각각 이야기가 달라요. 자칫 흥분해 버릴 게 뻔하다고요, 토미."

그럴지도 모르겠다고 토미도 침통한 얼굴로 말했다.

"아이작 할아범에 대한 일도 관련이 있는 것 같아요. 아이작은 우리가 알고 싶어 한 것을 꽤 많이 알고 있었던 것이 분명해요."

"그래서 당신이 생각하는 것은 그 클래런스와……, 그 친구 이름이 뭐라고 했소?"

"곧 생각이 날 거예요. 그 아이에게 이야기해 준 아이와 뒤범벅이 되어버렸어요. 앨거넌 같은 어마어마한 이름을 가진 아이며, 지미, 조니, 마이크 등 흔해빠진 이름을 가진 아이도 있어요."

"'척'이었어요." 갑자기 터펜스가 말했다.

"뭘 척(chuck: 던지다)하는데?"

"아니, 그런 뜻이 아니고, 그것이 이름이에요. 그 남자아이의 이름이에요. 척이라는 것이 말이에요."

"이상하기 짝이 없는 이름이군."

"원 이름은 헨리인데 친구들은 척이라고 부르는가 봐요."

"'척 고스 더 위즐'(Chuck goes the weasel: 팔딱 족제비가 뛰어나온다)이라는 춤이 있었지?"

"'팝 고스 더 위즐'(Pop goes the weasel: 깡충 족제비가 뛰어나온다)이지요."

"응, 그쪽이 옳은 줄은 알고 있소. 하지만 '팔딱 족제비가 뛰어나온다.'라고 해도 크게 다를 건 없잖아."

"아, 토미! 내가 정말로 하고 싶은 말은, 기왕 이렇게 되었으니 뒤로 물러설 수는 없다는 거예요. 당신도 그렇게 생각하시지요?"

"응."

"네, 그럴 줄 알았어요. 아무 말 않았지만 다 안다고요. 우리들은 이제 뒤로 물러설 수 없어요. 그 이유를 얘기할까요? 가장 큰 이유는 아이작 할아범 때문이에요. 아이작, 누가 아이작 할아범을 살해했다는 것은 그가 무엇인가를 알고 있었기 때문이에요. 범인을 위험에 빠뜨리게 할 것을 알고 있었던 거지요. 그러니 이번에는 누구를 노릴 것인지 알아내야 해요."

"아이작 말인데, 그것이 단순한 사건 중 하나라고 생각되지 않소? 왜, 불량배들의 짓이거나 그런 것으로 말이오. 여기저기 돌아다니면서 사람을 죽이는 녀석들이 있잖소. 상대를 가리지 않고 범행을 저지르는데, 그래도 되도록 나이 많고 저항을 못하는 사람을 노리거든."

"네, 나도 그 생각을 안 해 본 것은 아니에요. 하지만, 그렇다고는 생각지 않아요. 틀림없이 뭔가가 있는 거예요. 숨겨져 있다고 해야 할지 어떨지는 몰라도 무엇인가가 이 집에 있는 거예요. 과거에 숨겨진 일이 새삼스럽게 밝혀질 만한 것 말이에요. 누군가가 이 집에 뭘 남겼거나 놓아두었거나, 혹은 누구에게 부탁해서 이 집에 감추어두었다고 생각돼요. 그 부탁받은 사람은 그 뒤 죽었거나, 아니면 부탁받은 것을 어딘가에 숨겨 두었을 테지요. 그런데 그것이 다른 사람에게 있어서는 발견되면 곤란한 것이었는데, 아이작 할아범은 그것을 알고 있었던 거예요. 그러니까 그들은 아이작 할아범이 우리에게 그 이야기를 하지 않을까 걱정했겠지요. 지금은 이미 우리의 소문이 퍼져 있으니까요.

우리가 유명한 대첩보활동의 전문가라는 소문 말이에요. 그런 쪽으로 우리는 유명해진 거예요. 게다가 아이작 할아범 일은 어떤 의미로는, 그래요, 메리 조 던과 관련이 있으니까요."

"'메리 조던의 죽음은 자연사가 아니었다.'는 말 말이오?"

"네, 그러고 나서 아이작 할아범도 살해되었지요. 누가, 왜, 그 사람을 죽였 는가를 밝혀내지 않으면 안 돼요. 그렇게 하지 않으면……."

"조심해야 돼, 터펜스. 만일 누군가가 아이작이 과거의 일에 대해서 알고 있 는 것을 입 밖에 낼까 봐 겁나서 그를 죽였다면, 그 녀석은 어느 날 밤 당신을 어둠 속에서 기다리고 있다가 또 같은 범행을 예사로 되풀이할 거요. 큰일 났 다고 생각지도 않을 거야. 세간에서는, '응, 또 그런 사건이군.' 하고 말 테지."

"그래요. 늙은 여자가 머리를 얻어맞고 죽었다고 해봤자 뻔하니까요. 정말 그렇겠지요. 백발에다 관절염 탓으로 좀 절룩거리고 다니니까 그런 불행한 꼴 을 당한 거라고 하면서. 나 같은 사람은 누가 노리기에 꼭 알맞은 상대지요. 정말 조심해야겠지요. 소형 권총이라도 하나 가지고 다니는 것이 좋을까요?"

"안 돼, 그건 절대로."

"어째서요? 잘못이라도 저지를까 봐 그러세요?"

"나무뿌리에 걸려서 넘어지지 않는다고 누가 장담하겠소? 당신은 곧잘 넘어 지곤 하잖아. 그러니 권총으로 자신을 지키기는커녕 자기 자신을 쏘아버리게 될지 누가 알아?"

"어머, 정말 그런 바보 같은 행동을 하리라고 생각하는 거예요?"

"생각하고말고. 당신에게는 그럴 가능성이 충분히 있소."

"잭나이프를 가지고 다녀도 좋을 것 같은데."

"나라면 아무것도 가지고 다니지 않겠소. 사람 좋은 얼굴을 하고 가서 정원 일에 대해서 애기하는 거요. 그리고 지금 이 집은 아무래도 마음에 안 드니 다시 이사를 가야겠다고 한다든지 말이오. 어떻소, 내 생각이?"

"누구에게 그 이야기를 해야 되지요?"

"아무라도 좋소. 그러면 입에서 입으로 전해지겠지."

"어제 오늘 시작된 일은 아니지만 말은 금방 옮겨지지요. 이 마을도 말이

퍼져나가기엔 안성맞춤인 곳이에요. 당신도 그런 말을 퍼뜨리고 다닐 생각이에요, 토미?"

"글쎄, 그럴 생각이오. 예를 들어 지금 살고 있는 집이 생각했던 것보다 마음에 안 든다든지 하면서."

"당신, 여기서 중단할 생각은 아니겠죠?"

"응, 이미 여기까지 와버렸으니까."

"어디서부터 손을 댈 것인가는 생각하고 있는 거예요?"

"지금 하고 있는 일을 계속해 볼 생각이오. 당신은 어쩔 셈인데, 터펜스? 무슨 계획 같은 거라도 있소?"

"아니, 아직은요. 두세 가지 생각하는 것은 있지만. 좀더 알아본 다음에 결정하겠어요. 아까 그 아이의 이름을 내가 뭐라고 했었지요?"

"처음엔 헨리, 다음은 클래런스라고 했지."

제9장

소년단

런던으로 가는 토미를 배웅하고 돌아온 터펜스는 공연히 집 안을 왔다 갔다 하면서 어떻게든 좋은 결과를 가져다줄 만한 방법을 이리저리 궁리해 보았다. 그러나 오늘 아침 그녀의 머릿속은 멋진 생각으로 가득 차 있었던 여느 때와는 달랐다.

사람이 출발점으로 되돌아갈 때의 막연한 기분에 쫓기어 그녀는 서고로 가서 여러 가지 책의 뒤표지를 보면서 공연히 돌아다녔다. 아이들 책, 많은 아이들 책, 그러나 사실 그 이상의 진전은 없었던 게 아닐까? 이미 갈 수 있는 데까지는 가버린 것이다. 이제 이 방에 있는 책은 하나도 남김없이 다 살펴보았다고 해도 거의 틀림이 없다. 알렉산더 파킨슨은 결국 새로운 비밀을 가르쳐주지 않았다.

손가락으로 머리를 쓸어올리며 겉장이 다 떨어져 나간 신학 책이 가지런히 꽂혀 있는 가장 아래 선반을 짜증스러운 얼굴로 걷어차고 있는데, 그때 앨버트가 들어왔다.

"밑에서 누가 뵙겠다고 합니다."

"누구라니, 무슨 뜻이지? 내가 아는 사람인가?"

"모르겠습니다. 모르시리라 생각됩니다만, 남자아이입니다. 남자아이 여럿과 아주 건방지게 구는 여자아이가 둘인데, 무슨 기부금이라도 얻으러 왔겠지요."

"이름을 말하거나 무슨 말을 하지는 않나?"

"참, 그러고 보니 한 아이가 있더군요. 클래런스라고 이름을 대고는 마님이 아실 거라고 하더군요."

"어머, 클래런스로군." 터펜스는 잠깐 생각했다.

어제 만나본 성과일까? 어찌되었거나 한 번 더 만나서 이야기를 들어보는 것도 나쁠 건 없다.

"다른 남자아이도 와 있나? 어제 나하고 밭에서 이야기하던 아이 말이야."

"모르겠습니다. 어느 아이나 보기에 비슷비슷해서요. 더러운 꼴하며……"

"그래, 여하튼 가보기로 할까?"

아래층으로 내려간 터펜스는 의아한 얼굴로 앨버트를 돌아보았다.

"아, 네, 집 안으로 들이지 않았죠. 만일을 생각해서요. 요즘은 뭐가 없어질지 모르니까요. 그 애들은 정원에서 기다리고 있습니다. 금광 옆에서 기다리고 있겠다고 했거든요."

"뭐 옆에?"

"금광이라고 했습니다."

"흠!"

"어디를 가리키는 걸까요?"

터펜스는 손가락으로 가리켰다.

"장미밭을 지나서 달리아를 심어놓은 길을 오른쪽으로 꺾어 돌아간 부근이야. 바로 저기야, 틀림없이. 물이 고여 있군. 조그만 시냇물이거나 인공호수, 아니면 본래는 연못인데 금붕어라도 기르던 곳인지 모르겠어. 어쨌든 고무장화를 꺼내줘. 그리고 누가 나를 밀어 떨어뜨리면 안 되니까 방수 코트를 가지고 가는 것이 좋을 것 같군."

"저 같으면 아주 입고 가겠습니다, 마님. 당장에라도 비가 올 것 같은데요."

"세상에, 비, 비, 늘 비만 오는군."

터펜스는 밖으로 나가서, 자기를 기다리고 있는 많은 아이들의 대표로 생각되는 쪽으로 재빨리 걸어갔다. 어린아이부터 나이가 좀 든 아이까지, 모두 합쳐 열에서 열둘쯤 있었다. 대부분 남자아이들이고, 한쪽 끝에 머리를 길게 늘어뜨린 여자아이가 둘 있었는데, 모두들 흥분해 있는 듯했다. 터펜스가 다가가니까 한 아이가 큰소리로 말했다.

"봐! 드디어 오셨어! 저분이야. 자, 누가 이야기할 거야? 네가 해라, 조지. 네가 말을 잘하잖아? 언제나 말이 제일 많으니까."

"이번에는 넌 가만있어. 내가 말하겠어." 클래런스가 말했다.

"그만둬, 클래런스. 네 소리는 잘 안 들려. 말만 하면 기침이 나오잖아?"

"야, 얘들아, 이건 내가 생각해 낸 거야. 바로 내가."

"안녕, 여러분!" 터펜스가 먼저 말을 걸었다.

"모두들 내게 볼일이 있어서 왔겠지? 자, 무슨 일이니?"

"마님께 전해 드릴 것이 있습니다." 클래런스가 말했다.

"정보입니다. 정보를 수집하고 있으시지요?"

"때에 따라서. 어떤 정보인데?"

"저, 요즘 정보가 아니에요. 아주 옛날 일이에요."

"역사적인 정보예요. 과거의 일을 조사해 보니 아주 재미가 있었거든요." 머리가 좋아서 이 그룹의 리더로 보이는 여자아이가 말했다.

"알고 있다." 터펜스는 전혀 모르는 것을 숨기면서 말했다.

"이곳은 대체 뭐라고 하지?"

"금광입니다."

"어머, 금이라도 있는 거니?"

터펜스는 주위를 둘러보았다.

"사실은 금붕어 연못이에요." 남자아이 하나가 대답했다.

"옛날에 금붕어가 들어 있었대요. 일본인가 어디서 온 꼬리가 커다란 특별한 것이었대요. 정말 굉장했대요. 포레스터 할머니가 계셨을 때였죠. 지금부터, 그러니까 지금부터 10년 전이에요."

"24년 전이야, 얘." 또 한 여자아이가 말했다.

"60년 전이야. 60년 전이 틀림없어. 금붕어가 많이 있었대. 아주 많이. 굉장히 비싼 금붕어였는데 더러는 죽은 것도 있었대. 서로 잡아먹고 배를 하늘로 해서 떠오르곤 했었다더라." 누군가가 조그만 소리로 말했다.

"그런데 금붕어는 어떻게 되었니? 지금은 한 마리도 없잖아?"

"아니, 금붕어 이야기가 아니에요. 정보예요."

머리가 좋아 보이는 바로 그 소녀가 말했다.

일제히 말문이 열렸다. 터펜스는 손을 내저었다.

"모두 한꺼번에 말을 하면 안 되지. 한 번에 한두 사람씩만 얘기하거라. 그래, 무슨 일이지?"

"그건 마님도 알아두시는 것이 좋을 거라고 생각해요. 옛날 물건이 숨겨져 있는 장소에 대해서 말이에요. 옛날에 숨겨 둔 물건인데, 굉장히 중요한 거라고 하더군요."

"그런데 그런 것을 어떻게 알게 되었지?"

이 질문에 대해서 대답이 한꺼번에 쏟아져 나왔다. 한 번에 한 사람씩 대답을 듣기란 쉬운 일이 아니었다.

"제니에게서 들었어요."

"제니의 벤 아저씨에게서야." 다른 아이가 말했다.

"아니야, 해리가 맞아. 그건……, 응, 그래, 해리야. 해리 사촌 톰이야. 해리보다 훨씬 나이 어린 톰이 할머니에게서 들었는데, 할머니는 조스에게서 들은 거야. 조스가 누군지는 모르지만, 그 할머니의 남편 아니었니? 틀려! 남편이 아니고 삼촌이었어."

"아니!" 터펜스가 말했다. 그녀는 손짓발짓으로 옥신각신하는 그들을 둘러보고 나서 그중 하나를 골라냈다.

"클래런스, 네가 클래런스지? 네 얘기는 친구에게서 들었단다. 그런데, 넌 뭘 알고 있니? 지금 무얼 어떻게 하자는 거지?"

"저, 알아내야 할 것이 있다면 PPC에 가면 됩니다."

"어디에 간다고?"

"PPC에요."

"PPC가 뭐지?"

"모르세요? 이야기 들은 적도 없으세요? PPC란 '연금생활자의 팰리스 클럽'을 말하는 건데."

"어머, 어쩐지 아주 으리으리한 곳일 것 같은데?"

"조금도 으리으리하지 않아요."

아홉 살쯤 되어 보이는 남자아이가 말했다.

"조금도 멋질 리가 없죠. 늙어서 연금으로 살아가는 사람들이 모여서 이야기나 하고 있을 뿐인걸요. 모두 거짓말뿐이에요. 자기가 직접 아는 이야기를 한다는 사람도 있지만요. 왜, 지난번 전쟁 때 일이라든가, 그 뒤의 일 말이에요. 그분들은 별의별 이야기를 다 하더군요."

"그 PPC는 어디 있지?"

"마을 끝에 있어요. 몰턴 크로스로 가는 도중이에요. 마님이 연금으로 살아가는 사람이라면 입장권을 받아 클럽에 가서 빙고나 그런 놀이를 할 수 있어요. 참 재미있답니다. 그중에는 굉장히 나이가 많은 사람도 있어요. 귀도 잘 안 들리고 눈도 나빠서 성한 곳이라고는 하나도 없는 사람도 있고요. 그래도 모두 거기에 함께 모이는 것이 좋은가 봐요."

"거기라면 꼭 가보고 싶구나. 그래, 꼭 가야겠어. 거기에 들어가려면 일정한 시간이 정해져 있는 거냐?"

"언제라도 들어갈 수 있을 거예요. 하지만 오후가 좋을 것 같은데요. 그래요, 그때쯤에 손님이 오는 걸 좋아하거든요. 오후 말이에요. 오후에 친구가 온다고 하면, 찾아와 주는 친구가 있다고 하면 차 마시는 시간에 특별한 것이 나오거든요. 설탕을 곁들인 비스킷이나, 포테이토칩이 나올 때도 있고 그런 것들이에요. 무슨 말인데, 프레드?"

프레드가 한 걸음 앞으로 나섰다. 그러더니 터펜스를 보고 좀 거창하게 인사를 했다.

"모시고 가게 해주시면 영광이겠습니다. 오늘 3시 30분쯤이면 어떠실는지요?"

"야, 무리하지 마! 그렇게 점잖뺄 거 없어." 클래런스가 말했다.

"기꺼이 가겠다." 터펜스가 대답하고는 물 위를 보았다.

"이젠 금붕어가 없다니 아무리 생각해도 애석한 일인데."

"꼬리가 다섯 개나 있는 녀석을 마님께 보여 드렸으면 좋았을 텐데. 굉장했거든요. 오래전 여기에 개가 빠진 적이 있었어요. 패거트 마님의 개였답니다."

반론이 나왔다.

"아니야. 다른 사람 거야. 패거트 마님이 아니고 폴리오 마님이야."

"폴리아트가 맞아. 그건 철자가 'f'로 시작되는 이름이야. 대문자가 아니고"

"무슨 소리야! 그건 다른 사람이야, 프랑스 아가씨라고 소문자 'f'를 둘 쓰는 사람이야."

"그 개는 빠져죽었니?" 터펜스가 물었다.

"아뇨, 빠져죽진 않았어요. 겨우 강아지였는데, 어미 개가 미친 듯이 달려가서 프랑스 아가씨의 옷을 끌어당겼어요. 이사벨 양은 과수원에서 사과를 손질하고 있었는데 어미 개가 이사벨 양의 옷을 물고 끌어당긴 거예요. 이사벨 양이 어미 개를 따라가서 강아지가 물에서 허우적거리고 있는 것을 보고는 물속에 뛰어들어 살려주었죠. 흠뻑 젖어버렸어요. 옷도 아주 못쓰게 되어버렸고요."

"어머나! 정말 여기서는 별의별 일이 다 일어나는 모양이구나. 좋아. 오늘 오후 준비를 하고 기다릴게. 두세 사람이 와서 '연금생활자의 팰리스 클럽'에 안내해 주렴."

"세 사람이야. 누가 하지? 누가 갈 거야?"

금방 벌집을 쑤셔놓은 듯한 소동이 벌어졌다.

"내가 간다……아니, 난 안 돼……응, 베티가?……안 돼, 베티는 가면 안 돼. 베티는 지난번 갔었잖아. 그래, 지난번 영화할 때 갔었지. 이번에는 안 돼."

"그건 여러분이 의논해서 결정하도록 해요. 그럼, 3시 30분에 와줘."

"마님께서 재미있으시면 좋겠는데." 클래런스가 말했다.

"역사적인 흥미가 있을 거야."

그 머리가 좋아 보이는 소녀가 분명한 어조로 말했다.

"말이 많아, 재닛!"

클래런스가 말했다. 그리고 터펜스 쪽을 보면서 말했다.

"언제나 이 모양이에요, 재닛 말이에요. 그래머 스쿨에 다녀요. 그래서 그래요. 그것을 자랑하거든요. 종합중학은 너무 평범하다고 아버지와 어머니가 법석을 떨어서, 지금은 그래머 스쿨에 다니고 있죠. 그러니 늘 저런 식이에요."

점심식사를 마치고 터펜스는 오늘 아침에 있었던 그 일에 어떤 성과를 기대할 수 있을까 하는 생각을 했다. 정말 오후에 PPC에 데려다 줄 것인가? 대관절 PPC라는 것이 정말 있기나 한 것일까? 아이들이 생각해 낸 한갓 통칭 같은 것에 지나지 않는 것은 아닐까? 어쨌든 재미있을 것 같았다. 터펜스는 언제 누가 찾아와도 떠날 수 있도록 준비를 갖추고 기다렸다.

그러나 대표단의 시간관념은 아주 철저했다. 정각 3시 30분에 벨이 울렸다. 터펜스는 난로 옆 의자에서 일어나서 재빨리 모자를 썼다. 십중팔구 비가 올까 싶어서 방수모자를 쓰고 가기로 했다. 앨버트가 현관까지 따라나왔다.

"혼자서 가시면 안 됩니다." 앨버트가 속삭였다.

"이봐, 앨버트." 터펜스가 조그만 소리로 말했다.

"이 마을에 PPC라는 곳이 정말 있기나 한 거야?"

"명함 같은 것이라고 생각하고 있었는데요." 회사에 관한 완벽한 지식을 평소에도 기회만 있으면 떠벌리고 싶어 하는 앨버트가 말했다.

"그래요, 잘은 모르지만 헤어질 때인가 만났을 때에 상대방에게 건네주는 것 말입니다."

"연금생활자와 관계가 있는 것 같은데?"

"아, 그렇습니다. 그런 곳이 있지요. 네, 2~3년 전에 생겼다더군요. 목사님 사택 앞을 지나서 오른쪽으로 구부러진 곳입니다. 건물은 볼품없지만 노인들에게는 좋은 곳이며, 그 모임에 가보고 싶은 사람은 누구라도 가도 좋다더군요. 오락기구도 여러 가지 있고, 여자들이 꽤 많이 위문을 가지요. 연주회를 열기도 하고, 그리고 그, 그런 곳입니다. 하지만 그곳은 늙은 사람들 전용이라서요. 모두들 연세가 높고 대부분 귀가 어두운 사람들뿐입니다."

"그래? 응, 그런 곳인 것 같았어."

현관문이 열렸다. 재닛이 지적 탁월성이 높이 평가되어 맨 앞에 서 있었다. 그 뒤에 클래런스, 또 그 뒤엔 키가 큰 사팔뜨기 남자아이가 있었다. 그 아이는 이름이 버트라고 하는 모양이었다.

"안녕하세요, 베레즈포드 마님?" 재닛이 말했다.

"베레즈포드 마님이 가신다고 했더니 모두들 기뻐하세요. 우산을 가져 가시는 게 좋지 않을까요? 일기예보에 오늘 날씨는 별로 좋지 않은 모양이니까요."

"저도 그 근처에 볼일이 있습니다." 앨버트가 말했다.

"가는 데까지 함께 가겠습니다."

앨버트가 따라가 주면 언제 무슨 일이 있어도 마음이 든든했다. 그건 분명

좋았지만, 재닛이나 버트, 혹은 클래런스가 자기에게 위험한 존재라고는 생각되지 않았다. PPC까지는 20분쯤 걸렸다. 붉은색 건물에 닿자 일행은 문을 지나 현관으로 들어갔다. 70세쯤 되어 보이는 체격이 당당한 여인이 맞아주었다.

"어머, 손님을 모시게 되다니. 잘 오셨어요. 정말 잘 오셨어요."

그녀는 터펜스의 어깨를 가볍게 다독거렸다.

"그래, 재닛, 정말 고맙구나. 정말이란다. 자, 이리로 올라오시지요. 너희들은 이제 돌아가도 좋아."

"어머, 이야기를 하나도 듣지 못하고 돌아가게 되면 남자아이들이 틀림없이 실망할 거예요." 재닛이 말했다.

"그런데 너무 많이들 모여 있잖니? 그냥 돌아가는 것이 베레즈포드 부인에게 좋지 않을까? 너무 많이 모이지 않는 게 마음을 덜 쓰시게 될 것 같아. 재닛, 부엌에 가서 몰리에게 이젠 차를 내와도 좋다고 말해 주지 않겠니?"

터펜스로서는 처음부터 차나 함께 마시자고 온 것이 아니긴 했지만, 그렇다고 터놓고 말하기도 어려웠다. 곧 차가 나왔다. 차는 굉장히 옅었으며, 비스킷은 너무 비릿해서 질겁할 것 같은 패스트(생선묵)를 사이에 넣은 샌드위치와 함께 나왔다. 모두들 자리에 앉았지만 모두가 좀 어색한 얼굴들이었다.

백 살쯤 되어 보이는, 턱수염을 기른 노인이 서슴지 않고 터펜스 옆자리에 앉아서 말했다.

"먼저 나부터 이야기를 해야겠다고 생각되어서요, 레이디."

터펜스는 일약 귀족으로 떠받들어진 것이다.

"보시다시피 이 중에서는 내가 가장 나이도 많고, 따라서 옛날이야기를 누구보다도 많이 들었답니다. 이 마을에는 사연이 있는 이야기가 여러 가지나 있다오. 그야 물론 지금까지 많은 일이 있었지만, 아무래도 모두 한꺼번에 이야기할 수는 없겠지요. 우리는 모두—그래요, 우리는 모두 옛날 일이라면 조금씩은 다 알고 있지요."

"아마."

터펜스가 조금도 관심이 없는 화제를 들고 나올까 봐 서둘러서 급히 말했다.

"옛날에는 이 마을에서 재미있는 일들이 꽤 일어났겠지요. 지난번 전쟁 때가 아니고 그 이전의 전쟁이나 더 이전 말이에요. 그렇게 오래된 옛날 일까지는 여러분들도 기억에 없을 줄 압니다만. 하지만 어쩌면 집안의 어른들께 들은 이야기라도 있지 않을까 싶군요."

"오, 그 말이 맞소." 노인이 말했다.

"그렇지요. 나도 렌 숙부님에게서 많은 이야기를 들었답니다. 정말 대단한 분이었지요. 렌 숙부님은 정말 온갖 것을 다 알고 있었다오. 무엇이 일어나고 있는지 다 알고 있었지요. 예를 들면 지난번 전쟁이 시작되기 전에, 부둣가에 있는 그 집에서 무슨 일이 일어나고 있었다는 것까지도 말이오. 정말 그건 터무니없는 불행이었지요. 그래요, 그 파키스트인가 하는 것이……."

"파시스트(1차 대전 뒤 이탈리아의 무솔리니 정권에서 비롯된 독재적인 전체주의(파시즘)를 신봉하고 주장하는 사람들)예요."

낡은 레이스 숄을 목에 감은 백발의 까다로워 보이는 노부인이 말했다.

"그야 그렇게 말하고 싶으면 파시스트라고 해도 상관없지. 그런 거야 아무러면 대순가? 그래, 그 녀석이 한패였다오. 왜, 그 이탈리아인과 같은 종류였지. 무솔리니인가 하는 사람 말이에요. 어쨌든 그런 피비린내 나는 이름을 가진 녀석이었소. 머슬스(섭조개)던가 코클스(새조개)던가? 예, 바로 그 녀석이 이 마을에 꽤 많은 해를 끼쳤답니다. 집회 같은 것을 열어서 말이에요. 모슬러라는 사람이 그런 일에 불을 붙여놓았지요."

"1차 대전 무렵, 메리 조던이라는 아가씨가 있었지요?"

터펜스는 이런 말을 해서 좋을지 생각해 가며 말했다.

"아, 예, 맞아요. 상당히 미인이었다지요? 해군과 육군 병사들에게서 비밀을 알아냈다더군요."

꽤 나이 먹은 노파가 가냘픈 소리로 노래를 불렀다.

그 사람, 해군도 육군도 아니네.
그러나 내게는 한 남자였지.
해군도 육군도 아니지만,
그는 영국군의 포병대.

노파가 여기까지 노래하자 그 노인이 훼방을 놓았다.

    티페러리로 가는 길은 멀구나.
    멀고 아득한 저 길.
    티페러리로 가는 길은 멀구나.
    그런데 다음은 모르겠구나.

"그만 이제 됐어요, 베니. 정말 이젠 그만해요"
노인의 아내 같기도 하고 딸로도 보이는 여인이 말했다.
또 다른 노파가 떨리는 소리로 노래했다.

    예쁜 아가씨들은 모두 선원을 사랑한다네.
    예쁜 아가씨들은 모두 뱃사람을 사랑한다네.
    예쁜 아가씨들은 모두 선원을 사랑한다네.
    고생의 씨앗인 줄 알면서도.

"아, 그만, 모디, 그건 이제 진저리가 나. 자, 레이디에게 이야기를 해 드려
야지. 이야기를 해 드려야 된다니까 그러네. 이분은 얘기를 들으려고 오신 거
라고 저, 레이디, 옛날에 큰 소동을 일으킨 그것이 숨겨진 곳에 대해서 이야
기를 들으러 오신 거지요? 거기다 그 소동에 대한 것들을요"
벤 노인이 말했다.
"아주 재미있을 것 같아요." 터펜스가 바짝 긴장하며 말했다.
"정말 뭐가 숨겨지기는 했나요?"
"그렇고말고요. 나도 잘 모르는 훨씬 이전의 일이지만 이야기는 다 들었지
요. 그래요, 1914년보다 더 이전이지요. 입에서 입으로 이야기가 전해졌어요.
그렇게 큰 소동을 일으키게 된 이유나 당시의 사정에 대해서는 아무도 분명하
게는 모르지만"

"보트 경기와 관계있는 일이었어요." 노부인 하나가 말했다.

"그 옥스퍼드와 케임브리지 시합 말이에요. 나도 한번 구경에 따라간 적이 있었지요. 런던의 다리 밑에선가 보트 경기가 열렸길래 구경을 갔었지요. 네, 정말 멋진 날이었어요. 옥스퍼드가 간발의 차로 이겼지요."

"죄다 모두 터무니없는 엉터리예요."

반백의 머리에다 엄격해 보이는 여인이 말했다.

"당신들은 아무것도 몰라요. 그래요, 그 소동이 있었던 것은 내가 태어나기 훨씬 이전이었지만 내가 여러분들보다는 더 잘 알고 있어요. 나는 마틸다 대고모에게서 들었으니까요. 대고모는 또 그분의 아주머니뻘 되는 루에게서 들은 거지요. 그러나 그 일은 마틸다나 루가 살아 계실 때보다 40년 전에 일어난 일이에요. 굉장한 소문이 나서 모두들 그 물건을 찾아본 모양입니다. 금광이라고 하는 사람도 있었죠. 네, 오스트레일리아에서 가지고 돌아온 금괴라더군요. 아니, 분명치는 않으나 그런 나라에서 가져왔을 거예요."

"쓸데없는 소리!" 어떤 노인이 말했다.

그 노인은 동료 노인들을 누구 하나 할 것 없이 모두 혐오에 찬 눈으로 바라보면서 파이프에서 연기를 뿜어내고 있었다.

"금붕어와 뒤죽박죽이 되어버린 게야. 틀림없어! 그만큼 아무것도 몰랐던 거라고."

"무엇이었든 상당한 값이 나가는 것이었겠지요. 그렇지 않았다면 감출 리가 없잖아요?" 또 다른 사람이 말했다.

"그래요, 정부에서 사람이 많이 나왔었지요. 그리고 경찰에서도 왔다갔고요. 그 사람들이 온통 다 찾아보았지만 결국 아무것도 찾아내지 못했어요."

"어머, 그건 확실한 단서가 없었기 때문이에요. 단서는 틀림없이 있어요. 네, 단서가 있는 장소만 알면 말이에요."

또 다른 노부인이 의기양양한 얼굴로 고개를 끄덕였다.

"언제라도 단서는 있게 마련이지요."

"정말 재미있군요." 터펜스가 말했다.

"어딜까요? 그 단서가 어디 있을까요? 이 마을 안, 아니면 마을 밖? 그도 아니면……."

그것은 좀 공교로운 말이었다. 동시에 여섯 사람의 목소리가 각각 다른 대답을 해댔다.

"황무지, 타워 웨스트 너머예요." 한 사람이 말했다.

"무슨 소리! 리틀 케니 교외가 맞아. 리틀 케니 바로 옆입니다."

"아니, 동굴 속이라니까. 해안 길가에 있는 동굴 말이야. '발디스 헤드'만큼이나 멀리 있잖아. 붉은 바위가 있는데 바로 거기야. 거기에 옛날 밀수꾼들의 지하 통로가 있었단 말이야. 틀림없어. 지금도 거기 그대로 있다는 이야기야."

"그전에 옛날 스페인 이야기를 읽은 적이 있어요. 아주 옛날 아르마다(무적함대)가 있을 무렵이랍니다. 어떤 스페인의 배가 거기에서 침몰했다는 거예요. 금화를 가득 실은 채 말이에요."

제10장

터펜스를 기습하다

"아니, 웬일이오?" 그날 밤 토미는 집에 돌아와서 물었다.

"무척 지친 얼굴인데, 터펜스 뭘 했소? 녹초가 되어 있군."

"네, 녹초가 되었어요. 다시 회복이 될지 모르겠군요, 정말."

"대체 뭘 한 게요? 설마 또 위에 올라가서 책을 찾진 않았겠지?"

"아뇨, 책 같은 건 이젠 두 번 다시 보기도 싫어요. 책과는 아주 인연을 끊어버리겠어요."

"그럼, 뭐요? 뭘 했었소?"

"PPC라고 아세요?"

"아니, 몰라. 가만, 그게 뭐더라? 그건……."

"앨버트는 알고 있어요. 하지만 아무 말 마세요. 지금 이야기하기 전에, 당신은 우선 뭣 좀 마시는 것이 좋겠어요. 칵테일이나 위스키라도 말이에요. 나도 조금 마시고 싶군요."

그녀는 토미에게 오후에 있었던 일을 요점만 간추려서 이야기했다.

토미는 "아니, 그래서?"를 되풀이했다.

"대단한 일을 시작했군, 터펜스 그래, 재미있는 이야기라도 있었소?"

"글쎄, 뭐라고 할까? 여섯이나 되는 사람들이 한꺼번에 말을 하니까, 게다가 대개 말도 요령 있게 하지도 못하면서 여섯 명이 제각기 다른 이야기를 하니……. 네, 듣는 쪽에서는 무슨 이야기인지 도무지 알 수가 없었어요. 그래도 어떤 식으로 풀어 나가야 할지 조금은 짐작이 되더군요."

"어떤 짐작?"

"옛날에 여기에다 숨겨놓았다고 하는 것이며, 1914년의 1차 대전 당시에 관련되었거나 더 이전과 관련이 있는 비밀인데, 전해 내려온 전설이 꽤 남아 있는 거예요."

"하지만 그건 이미 알고 있는 일이 아니오? 그런 일이라면 벌써 대강 줄거리는 알고 있을 텐데."

"네, 어쨌든 옛날부터 전해 내려온 이야기가 지금도 이 마을에 좀 남아 있어요. 그런 이야기를 마을 사람들은 마리아 숙모라든가 벤 숙부에게서 듣고는 각자 자기 나름대로 해석하고 있는 거예요. 마리아 숙모 역시 본래는 스티븐 숙부라든가 루스 숙모나 뭐라는 할머니에게서 들었다는 거고요. 아주 옛날부터 입에서 입으로 전해진 거지요. 그중에는 이쪽에서 알고 싶은 이야기도 들어 있을 거예요."

"그것이 다른 이야기들 속에 섞여 있다는 거요?"

"네, 건초더미 속의 바늘 같지요, 말 그대로."

"그런데 건초더미 속의 바늘을 어떻게 찾아내려는 거요?"

"그럴듯한 것을 몇 개 골라보는 거예요. 정말로 자기 귀로 들은 것을 말해 줄 것 같은 사람을 말이에요. 그 사람들을 한동안 사람들과 격리시키고서, 그 사람들이 애거서 숙모나 베티 숙모나 제임스 숙부에게서 들은 이야기라는 것을 그대로 정확하게 말하게 하는 거예요. 그런 다음에 다시 다른 사람들과 부딪쳐 보면 한 사람 정도는 좀더 결정적인 힌트를 안겨줄 사람이 있을 것도 같아요. 틀림없이 뭔가가 있어요. 어딘가에 말이에요."

"그래, 뭔가가 있긴 해. 그런데 우리는 그것을 모르고 있단 말이오."

"그러니까 그걸 조사하는 거잖아요?"

"옳은 말이오. 그러나 나는 그것이 무엇인지 찾기 전에, 먼저 사실은 어떤 것인가 하는 것 정도는 짐작해 두어야 한다는 말이오."

"스페인 무적함대의 금괴는 아닌 것 같고, 밀수꾼들이 동굴 속에 숨겨두었다는 것도 아닌 것 같아요."

"어쩌면 가장 좋은 프랑스제 브랜디일지도 모르겠군."

토미가 기대에 찬 소리로 말했다.

"글쎄, 하지만 우리가 찾는 것이 설마 그런 것은 아니겠죠, 안 그래요?"

"글쎄, 모르겠어. 이러다가 우리는 그런 것을 찾아내려는 마음마저 사라질지도 모르겠어. 하여간에 그런 거라면 찾는 것도 즐거운 일일 텐데. 물론 편지 같은 것일지도 모르지. 협박의 미끼가 될 만한 60년 전쯤의 연애편지라든지 말이야. 그러나 지금에 와서는 웃음거리나 되는 것이 고작이겠지."

"그렇겠지요. 하지만 우리로서는 머지않아 윤곽이라도 알아내야 하는데 말이에요. 우리가 잘 해나갈 수 있을까요, 토미?"

"몰라, 나는 오늘 도움이 될 만한 것을 좀 알아냈지만."

"어머, 어떤 건데요?"

"인구조사에 대한 거요."

"뭐라고요?"

"인구조사 말이오. 옛날 어느 해에 인구조사가 있었던 모양이야(몇 년도인지도 알아냈지). 거기에 의하면 이 집에는 파킨슨 일가 말고도 꽤 많은 사람이 있었소."

"그런 걸 대체 어떻게 알아냈어요?"

"콜러든 양이 사방팔방으로 손을 써서 조사해 온 거요."

"나는 콜러든 양에게 점점 질투하고 싶어져요."

"원, 그럴 필요 없어. 남자 뺨치는 여장부에다 내게는 서슬 푸른 얼굴로 딱딱거리는데, 빈말이라도 매혹적인 미인이라고는 할 수 없다고."

"어느 쪽이라도 마찬가지예요. 그런데 인구조사가 이번 일과 무슨 관계가 있죠?"

"그 왜 '범인은 우리들 중에 있다'라고 한 알렉산더의 말은 당시 이 집에 있었던 사람들을 가리킨다고 생각할 수 있지. 다시 말해서 그 사람의 이름도 당시 인구조사의 신고서에 기재되었을 거야. 조사 당일 같은 집 안에 있었던 사람들은 빠짐없이 이름을 써넣었을 테니까, 인구조사 기록부에 남아 있을 게 아니겠소? 그러니까 짐작이 가는 사람만 알게 된다면—하긴 지금으로서는 그런 사람도 없지만. 아는 사람을 거쳐서 손을 쓰면 어떻게 알아낼 수 있을 거요. 그렇게 되면 몇 사람으로 좁혀질 수 있지."

"네, 아주 멋진 생각이군요. 그런데 부탁이에요. 뱃속에 뭣 좀 채워넣기로 해요. 그러면 나도 다시 기운이 날 것 같아요. 열여섯이나 되는 사람들의 이야기를 한꺼번에 들었더니 너무 지쳐서 쓰러질 지경이에요."

앨버트가 거의 만점에 가까운 식사를 만들어 주었다. 그의 요리솜씨는 때에
따라 기복이 심했다. 지금은 마침 그 절정기에 있었는데, 그것이 오늘 밤은 그
는 치즈 푸딩(디저트로 쓰이는 서양식 생과자로, 곡분에 달걀·우유·크림·설탕 같은
것을 넣고 과일·채소를 더해서 구운 것)이라고 부르고 터펜스와 토미는 오히려 치
즈 수플레라고 부르고 싶은 요리에 유감없이 나타나 있었다. 두 사람이 그 음
식에 대한 명명법을 잘못 사용하는 것을 앨버트는 가볍게 비난했다.

"치즈 수플레라는 것은 다른 것입니다. 달걀흰자를 세게 휘저은 것을 좀더
많이 넣은 것이지요."

"알았어." 터펜스가 말했다.

"치즈 푸딩이든 치즈 수플레든 굉장히 맛이 있기는 마찬가지니까."

토미와 터펜스는 둘 다 먹는 일에 정신이 팔려, 조사한 메모를 비교해 보는
것도 그만 끝내 버렸다. 그래도 각자 짙은 커피를 두 잔씩 마신 다음, 터펜스
가 의자 등받이에 느긋하게 기대어 크게 한숨을 쉬고 말했다.

"겨우 살아난 것 같군요. 당신은 식사하기 전에 손을 씻지 않았지요, 토미?"

"먹는 일이 급해서 손 씻을 틈이 없었어. 게다가 당신이 무슨 소릴 할지도
몰랐다고. 서고에 가서 먼지투성이 사다리에 올라앉아 선반을 살펴보라고 할
지 누가 알겠소?"

"그런 잔인한 말은 안 해요. 자, 잠깐 기다려요. 우리가 어디까지 진전했는
지 확인해 두기로 해요."

"그건 우리 둘을 말하는 거요, 아니면 당신만을 두고 하는 말이오?"

"그렇군요. 사실 내 얘기를 하는 거였어요. 이러쿵저러쿵 해도 나는 그 이상
은 모르니까요. 당신은 당신 자신이 어디까지 갔는지만 알고 있고, 나 역시 내
자신이 어디까지 가 있는지만 알고 있으니까요, 그렇지요?"

"어느 정도 혹시나 하는 생각이 들긴 하지만."

"거기 핸드백을 좀 집어주지 않겠어요? 식당에 두고 그냥 왔나?"

"당신은 언제나 그 모양이군. 이번에는 좀 다르지만. 당신 의자 발밑에 있

소 아니, 반대쪽 말이오."

터펜스는 핸드백을 집어들었다.

"정말 멋진 선물이에요. 이 핸드백은 진짜 악어가죽이라고요. 다만 가끔 물건을 넣기가 힘이 들지만 말이에요."

"넣은 물건을 꺼내는 데도 힘이 들 것 같은데."

터펜스는 한창 애쓰는 중이었다.

"값비싼 핸드백은 대개 속에 든 물건을 꺼내기가 힘이 든다고요."

그녀는 헉헉거리면서 말했다.

"그물로 짠 것이 제일 편하긴 해요. 그건 늘어나니까 얼마든지 넣을 수도 있고, 푸딩을 만들 때처럼 휘저을 수도 있거든요. 아, 겨우 꺼냈네."

"그게 뭐요? 세탁물 꼬리표처럼 생겼군."

"어머, 수첩이에요. 본래는 세탁물에 대한 걸 써두었었지요. 왜, 세탁소에서 주의하라고 일러주는 일이 있잖아요? 베개 커버가 찢어져 있다든지 말이에요. 하지만 보세요, 아직 3~4페이지밖에 쓰지 않았으니까 그럭저럭 수첩으로 쓸 수 있겠다고 생각한 거예요. 우리가 들은 것들을 여기에 적어 두었어요. 대개는 무슨 소린지 알 수도 없는 이야기들뿐이지만. 자, 이렇게 적혀 있어요. 그러고 보니 인구조사에 대한 것도 당신이 처음 말했을 때 적어둔 것이 있군요. 그때는 무슨 말인지 알아들을 수가 없었지만. 그래도 어쨌든 적어두었어요."

"좋은 생각이오."

"그리고 헨더슨 부인과 도도라는 사람에 대한 것도 적혀 있어요."

"헨더슨 부인이 누구였더라?"

"기억 못하시겠지요? 새삼스럽게 이야기할 필요도 없지만 그, 뭐라고 했던가? 그 할머니, 왜 그리핀 부인의 이야기 속에 두 사람 이름이 나왔잖아요. 이것은 전하는 말이었거나 메모겠요. 옥스퍼드와 케임브리지에 대한 것도요. 낡은 책 속에서 또 하나를 우연히 발견했답니다."

"뭐요? 옥스퍼드와 케임브리지라는 것 말이오. 학생들에 대한 거요?"

"학생이 있었는지 어떤지는 잘 모르지만, 보트 경기에서 내기한 것이 아닌가 싶어요."

"그런 거라면 있을 수도 있겠지. 우리에게는 별 도움이 될 것 같진 않지만."

"글쎄, 그건 알 수 없지요. 헨더슨 부인에 대한 것과, '사과나무 동산'이라는 곳에서 살았었던 사람들에 대한 것, 그리고 이건 더러운 종잇조각에 쓰여 있었어요. 서고의 책갈피에 끼워져 있더군요. 《카트리오나》였든가, 아니면 《왕권의 그늘》이었던가 그래요."

"그건 프랑스 혁명에 대한 이야기야. 어릴 때 읽은 적이 있소."

"얼마나 도움이 되는지 모르지만, 일단 적어두긴 했어요."

"그게 뭔데?"

"연필로 써 있었는데 세 마디인 것 같아요. Grin(그린), g―r―i―n, 다음은 hen(헨), h―e―n, 나머지는 Lo(로), 대문자 L―o예요."

"좋아. 내가 생각해 보지. 웃는 고양이, 그것은 그린(웃다)이 틀림없어. 헨은 헤나―페니야. 그건 동화가 아니었나? 그리고 로는……."

"'로'도 해결해야 돼요?"

"'로 앤드 비홀드(Lo and behold: 도대체 어찌 된 영문인지)' 그러나 이래서는 뜻이 통하지 않는군."

터펜스가 갑자기 말했다.

"헨리 부인, '사과나무 동산'―그 사람은 아직 만나지 않았어요. 메도사이드에 살지요." 그녀는 재빨리 되새겨 보았다.

"그런데 난 어디까지 갔을까? 그리핀 부인, 옥스퍼드와 케임브리지, 보트 경기 내기, 인구조사, 웃는 고양이, 헤나―페니, 이것은 헨(암탉)이 도브레펠에 가는 이야기예요. 한스 안데르센의 작품 같은 것들 말이에요. 그리고 로 로는 거기에 닿았을 때에 문득 로(보세요)라고 한 것이 아닐까요? 도브레펠에 닿았을 때 말이에요. 대강 그런 것이라고 생각해요. 옥스퍼드와 케임브리지의 보트 경기인지 내기에 대해서도 쓰여 있긴 하지만."

"우리는 좀 얼간이 같은 구석이 있으니까 그만큼 불러해요. 그러나 얼간이 나름대로 끈덕지게 버티고 있으면, 언젠가는 잡동사니 속에 숨겨져 있는 귀중한 보석이 뜻밖에 나타나지 말라는 법도 없는 것은 아니지. 서고의 책장에서 바로 그 귀중한 책을 찾아낸 것처럼 말이오."

"옥스퍼드와 케임브리지." 터펜스는 생각에 잠기면서 말했다.

"뭔가 생각이, 기억나는 것도 같은데, 대체 뭐였을까?"

"마틸드 아니오?"

"아니, 마틸드가 아니고 그……."

"트룰러브로군." 토미가 말했다. 그리고 얼굴 가득히 미소 지었다.

"트룰러브(진정한 연인)라! 어디에 가면 진정한 연인을 만나게 될까?"

"그렇게 싱글벙글하지 말아요. 정말 보기 싫어. 당신은 자나깨나 그 생각만 하고 있는 거죠? 그란—헨—로(Grin—hen—lo). 뜻이 전혀 통하지 않아요. 하지만, 뭔가 느낌을 알 수 있는데, 아!"

"그 '아!'는 무슨 뜻이오?"

"아, 토미! 짐작이 가요, 물론."

"뭐가 물론이란 말이오?"

"'로' 말이에요. 바로 그 '로'. '그란'에서 생각났어요. 당신이 고양이처럼 웃었기 때문이에요. '그란', '헨', 그리고 '로'. 그게 틀림없어요. 그게 분명하다고요."

"대체 무슨 말을 하는 거요?"

"옥스퍼드와 케임브리지의 보트 경주."

"그란—헨—로에서 어째서 옥스퍼드와 케임브리지의 보트 경주가 나왔지?"

"맞춰보세요. 세 번까지 질문을 허락하겠어요."

"아니, 난 일찌감치 손들겠소. 도대체 뜻이 통할 리가 없으니까."

"틀림없이 통한다니까요."

"보트 경주가 말이오?"

"아니, 보트 경주와는 관계없어요. 그 색깔이에요. 내가 말하는 건 색깔이라고요."

"대체 무슨 말을 하는 거요, 터펜스?"

"그란—헨—로 우리는 지금까지 거꾸로 읽었던 거예요. 사실은 반대로 읽으면 되는데."

"어쩌라는 거요? O—l, n—e—h. 역시 뜻이 통하지 않는군. n—i—r—g는 어찌해 볼 수가 없군. 니르그라고 읽어야 하나?"

"그렇지 않아요. 세 개의 단어를 한데 모으면 되는 거예요. 알렉산더의 책 속에서 한 것과 좀 비슷해요. 우리가 조사했던 첫 번째 책 말이에요. 그 세 개의 단어를 거꾸로 읽어보세요. 로—헨—그린이라고요."

토미는 눈살을 찌푸렸다.

"아직도 모르시겠어요? 로헨그린이라고요. 백조 말이에요. 오페라, 네, 그 로헨그린이에요. 바그너의."

"그러나 백조와 관계있는 것이라곤 없잖소?"

"아니, 있어요. 지난번에 발견한 두 개의 도기. 정원용 스툴 말이에요. 기억하고 계시지요? 하나는 짙은 청색, 또 하나는 엷은 청색인데, 분명 아이작 할아범이 이렇게 말했어요. '이것이 옥스퍼드, 그건 케임브리지입니다.'라고요."

"하지만 옥스퍼드는 깨버리지 않았소?"

"네, 그렇지만 케임브리지는 아직 거기 있어요. 엷은 청색 말이에요. 이젠 아셨죠? 로헨그린이에요. 무엇인가가 그 두 마리 백조 속에 숨겨져 있는 거예요. 토미, 우리의 다음 할 일은 케임브리지를 조사하는 일이에요. 엷은 청색, 아직 KK에 들어 있어요. 지금 곧 가볼까요?"

"뭐라고, 밤 열한 시에 말이오? 난 사양하겠소."

"내일이라도 좋아요. 내일은 런던에 가지 않아도 되죠?"

"그렇소."

"그럼, 내일 살펴보기로 하지요."

"이 정원을 어떻게 한 걸까요?" 앨버트가 말했다.

"저도 옛날에 한동안 정원 일을 한 적이 있습니다만, 채소에 대해서는 별로 아는 것이 없어서요. 그런데 마님, 남자아이가 마님을 뵙고 싶다고 하는데요."

"그래? 남자아이란 말이지? 머리칼이 붉던가?" 터펜스가 물었다.

"아뇨, 다른 아이입니다. 등에까지 노랑머리를 늘어뜨린 지저분한 아이예요. 어쩐지 이상한 이름이었습니다. 호텔 이름 같은—그래요, '로열 클래런스'였습니다. 이름이 그렇더군요. 클래런스."

"클래런스는 맞지만 로열 클래런스는 아니야."

"그런 것 같습니다. 현관에서 기다리고 있습니다. 마님을 거들어드릴 수가 있다고 하더군요."

"알겠어. 가끔 아이작 할아범을 거들어 주었겠지."

클래런스는 베란다, 선선한 복도라고 할 수 있는 곳에 놓인 낡은 등의자에 앉아 있었다. 포테이토칩으로 늦은 아침식사를 하는 모양인지 왼쪽 손에는 초콜릿을 쥐고 있었다.

"안녕하세요, 마님? 도와드릴 일이라도 없을까 해서 왔는데요."

"그야 정원 일이라면 도와주었으면 좋겠어. 전에 아이작 할아버지의 일을 거들어주곤 했다지?"

"네, 가끔요. 솜씨가 별로 좋은 건 아닙니다만. 아이작 할아버지가 그랬다는 말이 아닙니다. 그분에 대해서는 이야깃거리가 많습니다. 옛날에는 아이작 할아버지도 굉장했던 때가 있었던 모양입니다. 아이작 할아버지를 고용한 사람도 그 무렵은 굉장한 때였나 보지요. 옛날에 볼링고 씨 댁 정원 관리책임자였다고 아이작 할아버지는 늘 말했었지요. 아시죠? 강을 따라서 한참 내려간 곳에 살았었는데, 굉장히 큰 집이었지요. 지금은 초등학교가 되어버렸어요. 그곳 정원관리 책임자였다고 했습니다. 하지만 저의 할머니는 그건 새빨간 거짓말이라고 하더군요."

"그런 거야 아무러면 어때? 실은 말이야, 저 온실 속에 있는 작은 것을 좀 더 밖으로 내와야겠다고 생각하고 있었던 참이야."

"저 유리로 된 창고 말이에요. KK 말이지요?"

"그래, 이상하군. 클래런스가 그 이름을 다 알고 있다니."

"옛날부터 KK라고들 해왔거든요. 모두들 다 그렇게 부르니까요. 일본말이라나 봐요. 정말인지 아닌지는 모르겠지만."

"자, 가볼까?"

토미와 터펜스는 하니발과 한 줄이 되어 걸어갔다. 앨버트도 아침식사 설거지라는 재미도 없는 일을 내던져 버리고 뒤에서 따라갔다. 하니발은 굉장히 만족해하며 그 일대의 단서가 될 만한 냄새를 실컷 맡고 있었다. KK 앞에서 다시 일행과 합류하게 되자 지극히 흥미 있다는 듯이 냄새를 맡았다.

"아니, 하니발!" 터펜스가 말했다.

"너도 거들어주겠니? 뭐든지 이상한 점이 있으면 알려줘, 알았지?"

"이 개는 무슨 종(種)인가요?" 클래런스가 물었다.

"옛날에 쥐를 잡는 데 쓴 개라고 누가 그러더군요. 정말이에요?"

"그렇지." 토미가 말했다.

"맨체스터 테리어 종인데 옛날부터 검정색과 갈색이야."

하니발은 자신이 화제로 되어 있는 것을 알고는 돌아다보더니 몸을 떨면서 연신 꼬리를 흔들어댔다. 그런 다음에는 앉았는데, 그 모습이 아주 기분이 좋아 보였다.

"물어뜯나요? 모두들 그러던데요." 클래런스가 물었다.

"아주 좋은 개란다." 터펜스가 말했다.

"무슨 사고라도 날까 봐 늘 나를 지켜주고 있지."

"그 말이 맞아. 내가 없을 때에는 내 대신에 하니발이 지켜주고 있으니까."

"나흘 전에도 우체부가 하마터면 물릴 뻔했다고 하더군요."
클래런스가 말했다.

"개는 우체부에게 그런 행동을 하고 싶어 하는 거란다. 넌 KK의 열쇠를 두는 곳을 알고 있니?"

"알고 있어요. 창고 안에 걸려 있지요. 화분 넣는 창고 말이에요."

클래런스는 열쇠를 가지러 갔다가 곧 돌아왔다. 녹이 잔뜩 슬어 있는 열쇠에는 기름이 조금 묻어 있었다.

"기름을 칠해 두었군요. 틀림없이 아이작 할아버지가 칠한 모양이지요"
클래런스가 말했다.

"그래, 칠하기 전에는 잘 열리지 않았어."

문이 열렸다. 주위에 백조를 곁들인 도기 스툴 케임브리지는 보기만 해도 아주 고왔다. 알맞은 계절이 되면 베란다에 내놓을 생각으로 아이작이 더러운 것을 닦아내고 손질해 둔 것이 틀림없었다.

"짙은 청색을 한 것도 있을 텐데요. 옥스퍼드와 케임브리지라고 아이작 할아버지가 말하던데요."

"정말?"

"네, 짙은 청색이 옥스퍼드고, 옅은 청색이 케임브리지라고요. 참, 옥스퍼드는 깨졌다지요?"

"그래, 어쩐지 보트 경주 같은 생각이 안 들어?"

"그러고 보니 저 흔들 목마도 무슨 일이 있었나 봐요. KK 안에 지저분한 것이 잔뜩 흩어져 있는 걸로 봐서요."

"그래."

"마틸다라든가? 좀 이상한 이름이었지요?"

"그래, 마틸드는 수술을 받았단다."

그 말이 클래런스에게는 꽤 우스웠던지 큰소리로 웃기 시작했다.

"저의 에디스 대고모님도 수술을 받았더랬어요. 뱃속에 든 것을 꺼냈는데도 다시 튼튼해지셨어요." 클래런스는 좀 실망한 듯한 말투였다.

"이런 것은 속을 조사할 길이 없겠군요."

"아니야! 짙은 청색과 마찬가지로 깨버리면 되지."

"그럴 수밖에 없겠군요. 어때요, 이 꼭대기의 S자 같은 틈새, 이리로 밀어 넣을 수가 있겠네요. 우편함같이 말이에요."

"그래, 들어가겠다. 재미있는 생각이야. 아주 멋진 생각인걸, 클래런스."

토미가 상냥하게 말했다.

클래런스는 만족한 얼굴로 말했다.

"밑 뚜껑을 열면 돼요."

"밑 뚜껑을 열다니, 열리게 되어 있니? 누가 가르쳐 주었지?"

터펜스가 물었다.

"아이작 할아버지가요. 아이작 할아버지가 여는 것을 몇 번이나 본 적이 있거든요. 거꾸로 해서 먼저 밑 뚜껑을 돌려보는 거예요. 좀처럼 움직이지 않을 때도 있거든요. 그럴 때는 뚜껑 사이에 기름을 조금 치고, 그것이 스며든 다음에 다시 뚜껑을 돌리면 돼요."

"그럴듯하군."

"거꾸로 세우는 것이 제일 편해요."

"여기 있는 것은 하나같이 거꾸로 하지 않으면 안 되는가 봐. 마틸드도 수술하기 전에 먼저 뒤집어야 했으니까."

한동안 케임브리지는 지렛대를 가져와도 꼼짝도 안 할 것 같았는데, 갑자기 밑 뚜껑이 돌아가기 시작하더니 그 뒤로는 쉽게 뚜껑이 열렸다.

"틀림없이 쓰레기 같은 것이 잔뜩 들어 있을 거예요." 클래런스가 말했다.

"하니발이 거들려고 왔다. 그는 무슨 일이거나 눈앞에서 일어나는 일을 거들지 않고는 못 배기는 개였다. 자기 손이, 아니 발이 닿지 않으면 아무 일도 안 되는 줄 아는 모양이었다. 하긴 그의 경우에는 오로지 코를 써서 조사에 협력하는 것이었지만. 지금도 그는 코를 갖다댈 듯이 낮게 으르렁거리더니 조금 뒤로 물러나서 앉았다.

"이것이 별로 마음에 안 드는 모양이군."

터펜스가 중얼거리더니 조금은 기분이 나쁜 내부를 들여다보았다.

"아!" 클래런스가 말했다.

"왜 그래?"

"긁혔어요. 옆에 있는 못에 무엇이 매달려 있는데요. 못인지 뭔지는 모르지만. 뭘까, 이게? 아니!"

하니발까지 가세하여 짖어댄다.

"바로 안쪽 못에 걸려 있어요. 예, 떨어졌어요. 이게 왜 이리 미끄럽지? 자, 보세요."

클래런스는 검은 방수 천에 싸인 것을 꺼냈다.

하니발이 다가와서 터펜스의 발 앞에 앉더니 으르렁거렸다.

"무슨 일이라도 있니, 하니발?"

하니발은 다시 으르렁거렸다.

터펜스는 쪼그리고 앉아서 머리와 귀를 쓰다듬어 주었다.

"왜 그래, 하니발? 너는 옥스퍼드가 이겼으면 좋겠다고 생각하고 있었겠지? 하지만, 보라고, 케임브리지가 이긴 거야. 여보, 기억나요?"

터펜스는 토미에게 말했다.

"옛날 하니발에게 TV로 보트 경주를 보여준 일을요."

"그야 기억하지. 골인이 되기 직전에 하니발이 굉장히 화를 내면서 짖어대는 바람에 말소리를 전혀 알아들을 수가 없었던 적이 있었지."

"그래도 화면을 볼 수는 있었으니까 그 정도로 참아야지요. 하지만 기억하실지 몰라. 하니발은 케임브리지가 이기기를 바라지 않았단 말이에요."

"이 녀석은 틀림없이 옥스퍼드 멍멍이 대학에서 공부했을 거요."

하니발은 터펜스의 곁을 떠나서 토미 쪽으로 가더니 만족스러운 듯 꼬리를 흔들었다.

"당신 말을 듣고 좋아서 어쩔 줄 모르는 거예요. 틀림없이 그래요. 나는 하니발이 고작 멍멍이 대학에서 공부한 게 아닐까 했는데!"

"무슨 공부를 전공했을까?" 토미가 웃으면서 말했다.

"뼈의 처리법에 대해서겠지요."

"과연 하니발다운 선택과목이군."

"네, 그래요. 경솔한 행동이었지만 전에 앨버트가 머튼(양고기) 다리를 뼈째 준 적이 있었어요. 처음에는 하니발이 그것을 응접실의 쿠션 밑으로 밀어 넣고 있는 것을 내가 보았거든요. 그래서 정원으로 쫓아내고 문을 닫아버렸지요. 창에서 내다보고 있으니까 내가 글라디올러스를 심어놓은 화단으로 들어가더니 거기에 뼈를 정성들여 파묻는 거예요. 뼈에 관한 한 그 처리를 아주 잘해요. 먹지는 않아요. 만일의 경우를 생각해서 평소에 숨겨두는 거예요."

"뒤에 가서 다시 파내기도 하나요?"

클래런스가 개 연구를 더 거들면서 물었다.

"있겠지. 뼈가 너무 오래되어 차라리 그대로 묻어두는 것이 낫겠다 싶을 때도 있단다." 터펜스가 말했다.

"우리 집 개는 개 비스킷이 싫은가 봐요."

"먹다가도 그것만은 남길걸. 고기는 제일 먼저 먹어버리고 말이야. 하지만 스펀지 케이크는 좋아해요." 터펜스가 말했다.

하니발은 케임브리지 속에서 방금 찾아낸 전리품의 냄새를 맡고 있었다. 그런데 갑자기 홱 뒤돌아보며 짖기 시작했다.

"가서 보고 오세요. 밖에 누가 온 게 아닐까? 어쩌면 정원사일지도 모르겠어요. 지난번에 얘기한 헤링 부인이 예전에 우수한 정원사였고 지금도 삯일을 하고 있는 노인을 알고 있다고 했어요."

토미가 문을 열고 나갔다. 하니발도 따라갔다.

"아무도 없소."

하니발이 또 짖었다. 먼저 으르렁거리기 시작하더니, 짖는 소리가 점점 커지는 것이었다.

"저 팜파스 잔디가 잔뜩 우거진 속에 사람 같은 게 있다고 생각하는 모양이요. 누가 이 녀석의 뼈다귀를 파내고 있을지도 모르지. 아니면 토끼가 있나? 토끼를 상대할 때의 하니발은 정말 어리석어. 이리저리 구슬리고 부추겨 주지 않으면 쫓아갈 생각도 않는단 말이야. 토끼는 곱게 봐주는 모양인가 봐. 비둘기나 커다란 새라면 두말없이 쫓아가는데 말이야. 다행히 잡은 적은 한 번도 없었지만."

하니발은 팜파스 잔디 부근에서 냄새를 맡으며 먼저 으르렁거리기 시작하더니 다음에는 큰소리로 짖기 시작했다. 그러고는 가끔 토미를 돌아보았다.

"고양이라도 있는가 보군. 당신도 알지? 부근에 고양이가 산다는 것 말이오. 하니발이 그걸 보고 저러는 모양이오. 가끔 커다란 검은 고양이와 또 한 마리 조그만 녀석이 들어오지. '꼬마 고양이'라고 하는 그 녀석 말이오."

"그 고양이는 언제나 집 안에까지 들어오곤 해요. 조금이라도 틈만 있으면 들어오는가 봐요. 이젠 그냥 둬요. 하니발, 이리 온!"

하니발은 그 소리를 듣고 돌아다보았다. 흥분해서 무시무시한 표정을 짓고 있었다. 터펜스를 흘끗 보고 몇 걸음 돌아오는가 싶더니 다시 팜파스 잔디의 덤불을 보고는 맹렬하게 짖어댔다.

"마음에 걸리는 것이 있는 게로군. 이리 와, 하니발!" 토미가 말했다.

하니발은 온몸을 떨면서 목을 흔들며 토미를 보고는 다시 터펜스를 보는가 싶더니, 큰소리를 짖어대며 갑자기 팜파스 잔디의 덤불을 향해 뛰어들었다.

그때 느닷없이 총소리가 두 번 울렸다.

"어머, 토끼사냥을 하나 봐." 터펜스가 소리쳤다.

"돌아와! KK 안으로 들어가, 터펜스."

무엇인가가 토미의 귀밑으로 지나갔다. 하니발은 이제는 온몸의 신경을 곤두세우고 팜파스 잔디 주위를 빙글빙글 돌며 뛰고 있었다. 토미는 그 뒤를 쫓아서 뛰기 시작했다.

"뒤쫓고 있는 거야." 토미가 말했다.

"누가 언덕으로 달아나고 있어. 하니발은 미친 듯이 달려가는군."

"누구예요, 무슨 일이에요?"

"괜찮소, 당신?"

"아뇨, 좋지 않아요. 무엇인가가 여기에 와서 맞았어요. 어깨 바로 밑에요. 대체 이게 어찌된 거지?"

"누가 우리를 보고 쏜 거요. 그 팜파스 잔디의 덤불 속에 숨어 있었던 녀석이 말이오."

"우리 행동을 지켜보고 있었군요, 그렇죠?"

"아일랜드 사람들이 아닐까요?" 클래런스가 말했다.

"IRA가 분명해요. 이곳을 폭탄으로 아주 날려버릴 작정이었을 거예요."

"이것은 특별히 정치적인 의미가 있는 일이라고는 생각되지 않는데." 터펜스가 말했다.

"집으로 들어갑시다." 토미가 말했다.

"자아, 빨리! 클래런스, 너도 따라오는 게 좋겠다."

"그 개, 물어뜯지 않나요?" 클래런스는 불안한 듯이 말했다.

"괜찮아. 지금은 하니발도 바쁜 모양이다."

일행이 모퉁이를 돌아서 정원 문으로 들어가자 어느새 하니발이 다시 나타났다. 숨을 헐떡이면서 언덕을 달려갔다 온 것이다. 그 녀석은 말을 하는 것처럼 토미에게 걸어왔다. 토미 옆에 다가오더니, 온몸을 꿈틀거리며 토미의 무릎에 앞발을 걸어서 바짓가랑이를 물고는, 방금 온 쪽으로 토미를 끌고 가려고 하는 것이었다.

"지금 그 사람을 함께 뒤쫓자는 거요."

"그만둬요. 라이플인지 권총인지 모르지만, 총을 가진 사람에게 일부러 총알받이가 될 건 없잖아요? 더구나 당신 나이로 말이에요. 당신에게 만일 무슨 일이 생기면 누가 나를 돌봐 주나요? 자, 집으로 들어가요."

세 사람은 서둘러 집 안으로 들어갔다. 토미는 홀에 가서 전화를 걸었다.

"뭘 하는 거예요?" 터펜스가 물었다.

"경찰에 알리려는 거요. 이런 일을 그냥 지나칠 수는 없소. 늦기 전에 연락해 두면 범인을 찾아낼지도 몰라."

"내 어깨를 어떻게든 해야겠어요. 제일 좋은 점퍼가 피로 엉망이 되어버리겠어요."

"점퍼 같은 것이 대수요?"

마침 그때 앨버트가 응급치료에 필요한 약품을 가지고 들어왔다.

"대체 어찌된 일입니까? 그 괘씸한 녀석이 설마 마님의 목숨을 노린 건 아니겠지요? 이 나라에서는 다음번에는 또 무슨 일이 일어날지."

"병원에 가보는 것이 좋지 않겠소?"

"아니에요, 정말 괜찮아요. 끔찍한 밴드에이드(반창고 상표이름)라도 붙여놓지요. 그보다 우선 안식향(安息香) 팅크라도 발라야겠어요."

"옥도정기도 있습니다."

"옥도정기는 그만둬! 너무 쓰라려. 더구나 요즘 병원에서는 옥도정기가 오히려 해롭다고 하는 모양이던데."

"안식향 팅크라는 건 흡입기를 대고 빨아들이는 거라고 알고 있습니다만."

앨버트가 말했다.

"그렇게도 쓰지. 조금 긁혔거나, 살갗이 벗겨졌다든지, 아이들이 손을 베었다든지 할 때에 바르면 아주 잘 듣지. 참, 여보, 그건 잘 챙겨두었어요?"

"그거라니, 뭘 말하는 거요, 터펜스?"

"아까 케임브리지 로헨그린에서 꺼낸 것 말이에요. 내가 말한 건 그거예요. 못에 걸려 있었지요. 그건 아마 중요한 물건일 거예요. 아까 그 녀석들이 우리를 보고 있었던 거예요. 게다가 만일 그 녀석들이 우리를 죽이고 그것을 빼앗을 생각이었다면—네, 중요한 물건이 틀림없어요!"

제11장

하니발 행동 개시

경찰서의 어느 방에서 토미와 경감이 마주 앉아 있었다. 노리스 경감은 천천히 몇 번이나 고개를 끄덕였다.

"나는 운 좋게 매듭이 지어지길 원합니다, 베레즈포드 씨. 닥터 크로스필드 씨가 부인의 치료를 맡고 있다고요?"

"그렇습니다, 하지만 그 정도는 괜찮겠지요. 별로 걱정할 건 없다고 닥터 크로스필드 씨가 말했습니다."

"그렇지만 부인은 이젠 젊은 때와 다르니까요."

"70이 넘었어요. 아내나 나나 점점 늙어가고 있지요."

"네, 그렇겠지요. 두 분이 이 마을로 이사 오신 뒤로는 부인의 소문을 마을 사람들에게서 항상 듣고 있습니다. 부인께서는 마을에서도 인기가 대단하더군요. 여러 가지 활약한 일들을 마을 사람들도 들은 모양이지요. 거기에는 선생님 이야기도 있습니다."

"원, 별말씀을."

"과거 경력은 늘 따라다닙니다. 좋은 것이든 나쁜 것이든 말입니다."

노리스 경감은 부드러운 목소리로 말했다.

"선생님이 전과자라면 그 경력이 일생을 따라다닐 것이고, 지난날 영웅이었다 해도 역시 일생 동안 그 경력이 따라다니게 마련이겠지요. 이 점만은 분명히 말씀드리겠습니다. 이번 사건은 우리 경찰로서도 전력을 다해 해결에 노력할 생각입니다. 범인의 인상을 말해 주시겠습니까?"

"모르겠군요. 내가 보았을 때에는 우리 집 개에게 쫓겨 달아나고 있었거든요. 별로 나이 먹은 사람 같지 않았습니다. 그렇게 가볍게 뛰어갈 수 있는 것으로 보아서 말입니다."

"짐작하기 어려운 나이군요. 14~15세 전후는요?"

"그보다는 더 들어 보였습니다."

"전화나 편지로 돈을 요구해 온 적은 없었습니까? 지금 사시는 집에서 나가라고 한다든지 말입니다."

"아니, 없었습니다."

"그런데, 이리로 이사 온 지 얼마나 되었습니까?"

토미는 대답해 주었다.

"흠, 아직 얼마 안 되었군요. 선생님은 평일에는 거의 런던에 가시지요?"

"그렇습니다. 자세한 것을 아시고 싶으시면……."

"아니, 아니, 자세한 것까지는 필요 없습니다. 다만 한 가지 말씀드리고 싶은 것은, 자주 외출하시지 말라는 겁니다. 되도록 댁에 계시면서 부인을 보호해 주셨으면 해서……."

"전부터 생각하고 있었습니다. 이젠 좋은 구실이 생겼으니까 런던에서 열리는 여러 모임에 항상 얼굴을 내밀지 않아도 될 겁니다."

"우리들도 경계에 만전을 기할 생각입니다. 만일 그 범인을 잡게 된다면……."

"저, 이런 말은 묻는 것이 아닌 줄 압니다만, 범인에 대해서 짐작 가는 거라도 있으십까? 그의 이름이나 범행 동기 같은 것을 아시냐는 얘기입니다."

"아, 예, 이 부근의 일부 녀석들에 대해서는 꽤 많은 것을 알고 있습니다. 종종 경찰은 녀석들이 생각하는 것 이상으로 알고 있기도 하지요. 때로는 알고 있는 것을 덮어둘 때도 있습니다. 마지막에 가서 범인을 가려내는 데는 그것이 가장 좋은 방법이니까요. 그렇게 하면 그런 녀석과 손을 잡고 있는 사람이나, 돈으로 움직이고 있는 사람, 그리고 그 범행이 과연 녀석들만의 머리에서 나온 것인가 하는 것까지 알게 됩니다. 그런데 제 생각에는 이번 범인은, 말하자면 우리 지방경찰의 수비 범위 안에 있는 사람은 아닌 것 같습니다."

"어째서 그렇게 생각하십니까?"

"아니, 어째서 그렇다는 게 아닙니다. 들리는 소리가 그렇다는 거지요. 여러 경찰서에서 정보가 들어오니까요."

토미와 경감의 눈이 맞부딪쳤다. 5분 정도 어느 쪽에서도 입을 열지 않았다. 다만 상대를 그저 보고 있을 뿐이었다.

"그렇습니까?" 토미가 말했다.

"그렇군요. 알았습니다. 그래요. 알 것 같기도 하군요."

"한 가지 말씀드려도 좋으시다면, 선생님 정원에 대해서 말인데요, 손을 좀 보실 필요가 있더군요."

노리스 경감이 말했다.

"정원사가 살해당했습니다. 아마 알고 계실 줄 압니다만."

"네, 모두 알고 있습니다. 아이작 바들리콧 노인이었죠? 재미있는 노인이었 습니다. 젊었을 때의 활약에 대해서 때때로 장황하게 늘어놓곤 했었지요. 잘 알려진 사람이었고, 믿을 수 있는 사람이었습니다."

"왜 살해당했는지, 누구에게 당했는지 나는 짐작도 할 수가 없군요. 아직 아 무도 단서를 잡거나 알아낸 것은 없는 모양이지요?"

"경찰이 아직 단서를 잡지 못하고 있다는 말씀이군요. 하긴 이런 일은 시간 이 좀 걸리게 마련이라서요. 검시가 이루어지고 검시관이 '알 수 없는 사람에 의한 살인'이라는 결론을 내린다고 해서 그것으로 금방 범인을 알아내게 되는 건 아닙니다. 대개 그것은 단지 시작에 불과한 것이지요. 그런데 아까 말씀드 리려 한 것 말입니다만, 언제고 어떤 남자가 댁으로 찾아가서 혹시 정원 일을 할 사람을 찾지 않느냐고 물을 것입니다. 1주일에 2~3일이면 시간을 낼 수 있 다고 하면서 말입니다. 아니, 시간을 더 낼 수 있다고 할지도 모르지요. 신원 보증으로 솔로몬 씨 댁에서 일한 적이 있다고 할 거고요. 그 이름은 기억하시 겠지요, 어떻습니까?"

"솔로몬 씨라고요?"

노리스 경감의 눈에 장난기 어린 빛이 지나간 듯했다.

"그렇습니다. 이미 고인이 되었지요. 솔로몬 씨 말입니다. 과거에 이 마을에 살았던 사람으로, 날품팔이 정원사를 몇 사람 썼었지요. 댁에 찾아가게 될 사람의 이름은 저도 분명히는 모릅니다. 기억이 잘 안 난다고 해둘까요? 아마 여러 이름 가운데 하나일 겁니다. 크리스핀쯤 될 것 같군요. 나이는 35~50세 사이. 솔로몬 씨 댁에서 일했었던 남자죠. 누가 찾아가서 임시로 정원 일을 하겠다고 하면서 솔로몬 씨 이름을 대지 않는다면, 그런 경우 저라면 그 녀석을 고용하지 않겠습니다. 한마디 충고 정도로 들어주십시오.”

“그렇군요. 알았습니다. 적어도 요점은 알 수 있을 것 같습니다.”

“그 점이 중요합니다. 과연 이해가 빠르시군요, 베레즈포드 씨. 하긴 이런 일은 지금까지의 활동 중에서도 가끔 경험하신 일일 것입니다만. 그 밖에 저희가 말씀드릴 수 있는 것으로, 알고 싶은 것은 없으신지요?”

“없는 것 같군요. 무엇을 물어야 할지도 모르겠습니다.”

“우리도 수사에 들어갈 겁니다. 반드시 이 마을에서만은 아니고요. 나는 런던이나 어디 다른 곳으로 조사를 하러 갈지도 모릅니다. 우리로서는 힘닿는 데까지 조사에 협력하겠습니다. 그럼, 이제 대강 아시겠지요?”

“나도 터펜스, 집사람이 너무 깊이 개입하지 못하도록 노력하겠습니다. 그런데 그것이 실은 쉽지 않습니다.”

“새삼스러운 이야기 같습니다만, 여자들은 다루기가 어렵지요.”

노리스 경감이 말했다.

그런 일이 있은 뒤 토미는 터펜스가 포도를 먹고 있는 것을 침대 옆에서 보면서 경감이 하던 말을 되뇌어 보았다.

“당신은 포도를 씨째 먹어버리는 거요?”

“언제나 늘 그러는걸요. 씨를 골라낸다는 것은 꽤 시간이 걸리잖아요? 먹어서 별로 해로울 것도 없어요.”

“하긴 당신이 지금까지 무사하고, 더구나 지금까지 죽 그래 왔다면 분명히 해가 되는 건 아닌 것 같군.”

“경찰에서는 뭐라고 해요?”

“처음부터 예상했던 대로야.”

“범인에 대한 윤곽 정도는 잡고 있나요?”

“이 지방 사람이 아닐 거라고만 하더군.”

“누굴 만나셨어요? 왓슨 경감이었어요? 맞아요?”

“아니, 오늘 내가 만난 사람은 노리스 경감이야.”

"어머, 그럼, 내가 모르는 사람이네. 그 사람은 또 무슨 말을 했어요?"

"새삼스러운 말 같지만 여자들은 다루기가 아주 힘들다고 하더군."

"어머, 질렸어! 그 사람은 당신이 집에 돌아와서 나에게 말한다는 것을 알고 있나요?"

"아마 모르겠지."

토미는 대답하고는 일어났다.

"런던에 한두 군데 전화를 걸어야겠소. 한 이틀 런던에 가는 것을 보류해야 하거든."

"가도 괜찮아요. 나 때문이라면 말이에요. 여기 있으면 정말 안전해요. 앨버트가 신경을 써줄 것이고, 이것저것 시중들어 줄 거예요. 닥터 크로스필드도 아주 친절해서 마치 알을 품고 있는 암탉처럼 마음을 써주더군요."

"내가 앨버트 대신에 시장에 다녀오겠소. 뭐, 필요한 것은 없소?"

"그럼, 멜론을 사다 주시겠어요? 과일이 먹고 싶어 죽겠어요. 먹고 싶은 것이라곤 과일밖에 없어요."

"알았소."

토미는 런던의 전화번호를 돌렸다.

"파이커웨이 대령님이십니까?"

"그렇소만, 여보세요? 아, 자넨가? 토머스 베레즈포드?"

"소리만 듣고도 아시는군요. 말씀드릴 것이 있습니다."

"터펜스에 대한 일이로군. 다 듣고 있다네. 이야기할 것까지는 없어. 한 이틀이나 1주일 정도는 집에 가만히 있는 거야. 런던에 가선 안 되네. 무슨 일이 생기면 알려주고 말이야."

"대령님, 가져갈 물건이 있습니다."

"응, 지금은 잘 보관하고 있게. 때가 오기까지 숨겨둘 곳을 생각해 내라고 터펜스에게 전해 주게나."

"그런 일이라면 터펜스의 특기입니다. 우리 집 개와 마찬가지이지요. 우리 집 개는 뼈다귀를 정원에 잘 숨기거든요."

"그 개는 자네들을 노린 녀석을 쫓아가서 멀리 쫓아버렸다더군."

"대령님은 모르시는 것이 없이 다 알고 계신 모양이군요."

"우리는 언제나 무엇이나 알고 있다네."

"우리 개는 범인을 물어뜯었지요. 그래서 범인의 바지 한 조각을 물고 돌아왔습니다."

제12장

옥스퍼드, 케임브리지 그리고 로헨그린

"어서 오게." 파이커웨이 대령은 담배연기를 내뿜으면서 말했다.

"갑자기 불러내어 미안하게 되었네만, 역시 만나서 이야기하는 편이 낫겠다는 생각이 들어서 말일세."

"아시고 계실 줄 압니다만, 요즘 와서 집사람과 내 신변에는 좀 뜻밖의 일만 자꾸 일어나고 있습니다." 토미가 말했다.

"흠! 대체 어째서 내가 알고 있다고 생각했나?"

"대령님은 언제나 무엇이든 알고 계시니까요."

파이커웨이 대령은 웃음을 터뜨렸다.

"허, 그러고 보니 내가 한 말이 그대로 되돌아오는군. 응, 그건 내가 한 말이거든. 우리는 모든 걸 알고 있네. 그 때문에 우리가 그 방면의 일을 하고 있는 것이지. 위험했나? 자네 부인 말이야."

"위험할 정도의 부상은 아니었습니다만, 그러나 자칫 큰일 날 뻔했습니다. 자세한 부분까지 알고 계실 줄 압니다만, 그래도 자초지종을 말씀드릴까요?"

"그럼, 한번 말해 보게. 내 귀에 들어오지 않은 것도 있을 테니까. 로헨그린 말일세. 그런―헨―로. 감각이 날카롭군, 자네 부인 말이야. 급소를 놓치지 않았거든. 언뜻 보기엔 하찮은 문제 같지만, 보게나 결과가 나타나지 않았는가?"

"오늘은 그 결과물을 가지고 왔습니다. 대령님께 보여드릴 때까지 밀가루 넣어두는 통 안에 숨겨두었었지요. 우편으로 보내려다가 마음이 놓이질 않아서요."

"그건 안 되지. 당연히."

"깡통―아니, 깡통이 아니고 그런 통보다는 좋은 금속 용기였는데, 로헨그린 안에 매달려 있었습니다. 엷은 청색 로헨그린입니다. 케임브리지라고 하는

데, 빅토리아 왕조풍으로 야외용 도기 스툴이지요."

"나도 옛날에 본 기억이 있네. 시골에 사는 숙모가 한 쌍 가지고 있었지."

"그 통은 방수 처리가 된 천에 싸여 있어서 조금도 상한 곳이 없었습니다. 안에 편지가 들어 있더군요. 편지는 꽤 삭아서 부스러지게 되었습니다만, 전문가가 본다면……."

"응, 그런 것은 무슨 방법이 있을 걸세."

"그럼, 이 문제는 대령님께 일임하겠습니다. 그리고 터펜스와 내가 메모해 둔 것을 일람표로 정리해 왔습니다. 언뜻 지나치다 들은 이야기인데, 주위에서 얻어들었지요."

"이름도 있나?"

"네, 서너 개 정도. 옥스퍼드와 케임브리지에 대한 단서라든지, 당시 마을에 있었던 옥스퍼드와 케임브리지 학생에 대한 이야기라든자―그런 것은 별 의미가 있을 것으로는 생각되지 않는군요. 사실, 도기 스툴 로헨그린을 가리키고 있는 것이 뻔하니까요."

"흠, 흠, 흠! 한두 가지 아주 흥미 있는 것이 있군."

"피격당한 뒤에 물론 나는 경찰에 신고했습니다."

"좋아."

"다음 날 경찰서에서 연락이 와서 노리스 경감과 만났습니다. 본 적이 없는 사람이더군요. 새로 부임해 온 사람인 모양이지요?"

"그래, 특별히 파견되었겠지."

파이커웨이 대령은 한결 많은 연기를 내뿜었다. 토미는 기침이 나왔다.

"대령님은 노리스 경감에 대해서 잘 아시는 것 같군요."

"난 그에 대해서 알고 있네. 우리는 모든 일과 관련이 있으니까. 그 남자라면 걱정할 것 없네. 이번 사건을 담당할 거야. 자네들 뒤를 밟고 신변을 알아보고 다니는 녀석들을 찾아내는 데는 그 지방 경찰들이 오히려 더 나을지 모르니까. 자, 베레즈포드, 한동안 부인과 함께 어디 다른 곳으로 가 있는 것이 좋지 않겠나?"

"나는 그렇게는 할 수 없습니다."

"부인이 가지 않을 것이란 뜻인가?"

"거듭 말씀드립니다만, 역시 대령님은 모든 것을 다 알고 계시는군요. 터펜스는 지렛대로도 꼼짝 않을 여잡니다. 집사람은 중태거나 병이 난 것이 아니고, 더구나 지금은 그 녀석의 꼬리를 거의 잡게 되었다고 생각하고 있습니다. 그 정체는 터펜스도 나도 모릅니다. 무엇을 찾아내야 하고, 어떻게 해야 되는지도 모르고요."

"낌새를 맡으며 돌아다니는 걸세. 그 사건에는 그것밖엔 방법이 없다네."

파이커웨이 대령은 금속으로 된 통을 손톱으로 두드렸다.

"하긴 이 작은 통이 얘기해 주겠지. 우리가 그전부터 알고 싶어 하던 일을 말일세. 몇십 년 전에 무대 뒤에서 많은 추한 부정이 저질러진 것이 누구의 조종에 의한 것이었나를 말이지."

"그건 틀림없이……."

"자네가 무슨 말을 하려는지는 안다네. 그가 누구든 그 녀석도 이미 고인이 되었을 것이라는 말이겠지. 맞는 말일세. 하지만 어떤 일이 진행되고 있었는지, 어째서 그런 일이 생기기 시작했는지, 누가 뒤에서 지시했는지, 그것을 계승하여 그 뒤로 지금까지 계속 같은 범행을 저지르는 사람이 누구인지, 그런 것들을 이 통이 가르쳐 줄 것일세. 그 사람들은 겉으로 보기에는 대단치 않아도 사실은 뜻밖에도 우리가 생각했던 것보다 더 거물일지도 모르지. 나아가서는 그 사람들의 그룹과(요즘에는 뭔지든 그룹이라고 부르지만), 말하자면 손을 잡고 있는 녀석들의 일까지도 밝혀질 걸세. 그 그룹의 멤버는 지금도 이어지고 있을지도 모르거든. 역시 같은 생각을 하는 무리들이지. 옛날 멤버와 마찬가지로 폭력과 악을 좋아하고, 외부의 그룹과 연락을 취하고 있을 걸세. 물론 문제가 없는 그룹도 있지만, 일부는 그룹이기 때문에 더욱 처치 곤란하단 말일세. 이것이 일종의 전술이란 것이네. 근래에 와서도 그렇지. 지난 50~100년 사이에 그런 일들은 우리도 명심하고 있어. 사람들이 단결하여 작은 숫자지만 결속력이 있는 폭도가 되면, 자기 손으로 하거나 자기가 손을 대는 대신에 다른 사람들을 선동해서 무슨 일이라도 해치울 수가 있는 실로 놀라운 힘을 만들어내지."

"질문을 좀 해도 되겠습니까?"

"누구든지 질문할 수 있지. 우리는 모든 일을 다 알고 있지만, 그러나 항상 대답하지는 않네. 미리 주의해 두는 것일세."

"솔로몬이라는 이름을 들어보신 적이 있으십니까?"

"흠, 솔로몬이라! 그래, 그 이름을 누구에게서 들었나?"

"노리스 경감의 이야기 속에서 나왔습니다."

"그렇군. 응, 노리스 경감이 말한 대로 하면 되네. 틀림없어. 그것은 확실하지. 자네는 솔로몬과 만날 수는 없다네. 실은 그는 이미 죽었거든."

"예, 알고 있습니다."

"아마 자네는 아직 완전히 알고 있지는 않을 거야. 우리는 가끔 그 남자의 이름을 쓴다네. 이름을 빌려쓸 수 있다는 것은 꽤 편리한 것이지. 그것도 실제 생존한 인물로서 이미 고인이 되었는데도 그 부근에서 존경을 받고 있는 그런 인물의 이름이 좋단 말일세. 자네들이 '월계수 저택'으로 이사한 것은 정말 절호의 찬스라고 생각해서 우리는 그것이 행운을 가져다줄 징조일지도 모른다고 여기고 있다네. 그러나 그것이 자네나 부인에게 불행을 가져다준다면 곤란하지. 누구나 어떤 일이나 일단 의심부터 하도록 하게. 그것이 최선의 방법일세."

"주위에서 내가 믿을 수 있는 건 둘뿐입니다. 하나는 앨버트인데, 그 사람은 벌써 오랫동안 우리 집에서 일해 오고……."

"알아. 앨버트라면 기억하고 있네. 붉은 머리칼을 한 젊은이였지?"

"이젠 더 이상 젊은이라고 할 수는 없네……."

"그래, 또 한 사람은?"

"하니발이란 개입니다."

"흠, 그래. 생각보다 도움이 될지도 모르겠군. 누구였던가, 와츠 박사였나? '개는 짖거나 물어뜯는 것이 즐거움이다. 그것이 그들의 천성이니까.'로 시작되는 찬미가를 만든 사람 말일세. 어떤 종인가, 셰퍼드?"

"아니, 맨체스터 테리어 종입니다."

"아, 옛날 그대로 검정과 갈색을 한 녀석 말이군. 도베르만만큼 크지는 않아도 자기가 할 일은 모두 알고 있는 개지."

제13장

멀린스 양 찾아옴

터펜스가 정원 오솔길을 걷고 있을 때 집에서 빠른 걸음으로 앨버트가 다가왔다.

"어떤 여인이 마님을 뵙고 싶다며 기다리고 계십니다."

"여인? 누군데?"

"멀린스 양이라고 하셨습니다. 이리로 가보라고 마을 여인들이 권하더라는 군요."

"아, 그래. 정원 때문에 왔다고 하진 않던가?"

"네, 정원에 대해서 말을 했습니다."

"그렇다면 이리로 안내해 주었으면 좋겠어."

"알겠습니다."

앨버트는 오랜 관록이 충분히 나타나 있었다.

그는 집 쪽으로 되돌아갔다가 얼마 뒤 트위드 천 바지에 두꺼운 풀오버를 걸치고 키가 큰, 언뜻 보기에는 남자 같아 보이는 여인을 안내했다.

"오늘 아침 바람이 제법 찹니다."

그 여인이 말했다. 그녀의 목소리는 굵고 조금 쉰 듯했다.

"아이리스 멀린스라고 합니다. 그리핀 부인이 마님을 만나 뵈라고 하기에 왔습니다. 정원 일을 해줄 사람을 찾고 계신다고 하셨지요?"

"안녕하세요?" 터펜스는 악수를 청하며 말했다.

"잘 왔어요. 네, 정원 일을 도와줄 사람을 찾고 있었지요."

"이사 오신 지가 아직 얼마 안 되시지요?"

"그런데도 벌써 몇 년이나 된 것 같은 느낌이에요. 얼마 전까지 일꾼들이 들락거렸지요."

"네, 그러세요?" 멀린스 양은 굵고 쉰 목소리로 웃으면서 말했다.

"일꾼이 들락거리는 동안 얼마나 정신이 없는지 저도 압니다. 하지만 일꾼들에게 아주 맡겨버리지 않는 것이 정말 잘하신 일입니다. 집주인이 이사하기 전에는 끝이 안 나는 걸요. 게다가 이사하신 뒤에도 또 일꾼을 불러다가 다시 고쳐야 되니까요. 정말 멋진 정원이군요. 좀 거칠어지긴 했지만."

"네, 전에 살던 사람이 정원에 별로 관심이 없었나 봐요."

"존스 씨인가 하는 집안이었지요? 솔직히 말씀드려서 제가 아는 분이 아니었습니다. 전 대부분의 시간을 이곳에서 보낸답니다. 그러나 제가 사는 곳은 이곳과는 반대편이지요. 마을 저 끝이랍니다. 네, 저는 히스 들판에서 죽 살아왔어요. 그래서 부근에 있는 두 집만 날짜를 정해 놓고 찾아가고 있지요. 한 집에는 매주 두 번, 또 한 집은 한 번 간답니다. 사실 언제나 깨끗이 해두려면 하루로는 모자라지요.

댁에서는 아이작 영감님을 고용하셨었지요? 좋은 영감님이셨어요. 정말 가슴 아픈 일이에요. 언제나 사람을 가리지 않고 덤벼드는 난폭한 게릴라 같은 녀석에게 살해당하다니. 1주일쯤 전에 검시 재판이 있었다지요? 범인은 아직 모른다더군요. 그런 패거리들은 몇 명씩 그룹을 지어 돌아다녀요. 그리고 뒤에서 달려들어 목을 조르지요. 천성이 나쁜 거예요. 대개 젊을수록 성질이 고약하답니다. 어머, 멋진 매그놀리아(목련 속(屬)의 나무)가 있군요. 솔란지나가 틀림없죠? 뭐니 뭐니 해도 그게 제일이에요. 모두들 언제나 진귀한 품종을 탐내지만, 저는 역시 옛날부터 낯익은 것을 소중히 하는 게 좋다고 생각해요."

"그것보다 실은 채소에 대한 것을 생각하고 있었는데."

"네, 제대로 된 채소밭을 만들고 싶다는 말씀이지요? 지금까지 사시던 분은 채소밭은 별로 가꾸지 않았던 것 같군요. 모두들 약은 탓일까요? 채소라면 사서 먹는 편이 싸니까 직접 재배하려고 안 하는 겁니다."

"나는 오래전부터 신선한 감자와 완두콩을 가꾸어 보려고 생각해 왔어요. 그리고 강낭콩도. 그렇게 되면 새순일 때 싱싱하게 먹을 수가 있으니까."

"옳은 말씀입니다. 강낭콩 중에는 껍질째 먹는 것도 있지요. 정원사는 대개 자기가 재배한 강낭콩을 자랑하고 싶어서 1피트 반(약 46cm)이나 되는 긴 것을 만들어 보기도 하지요. 지방의 품평회 같은 곳에서 상을 타기도 하고요. 정말 말씀하시는 대로 채소의 새순은 정말 싱싱하고 맛이 있지요."

앨버트가 문득 나타났다.

"레드클리프 부인이 전화를 하셨습니다. 내일 점심식사를 함께하고 싶다고 하십니다만."

"정말 죄송하다고 말씀드려. 내일은 런던에 가야 할지도 몰라. 그렇군, 잠깐 기다려, 앨버트. 잠깐 전할 말을 써줄 테니까."

그녀는 핸드백에서 조그만 수첩을 꺼내어 두세 마디 써서 앨버트에게 건네주었다.

"나리께 전해 드려. 멀린스 양이 와서 함께 정원에 있다고. 내가 나리 부탁을 깜박 잊고 있었거든. 지금 편지를 쓰고 있을 테니까 이름과 주소를 알려 드려요. 여기에 써놓았어."

"알겠습니다."

앨버트는 사라졌다.

터펜스는 채소 이야기를 다시 시작했다.

"꽤 바쁘시겠죠? 일주일에 사흘은 일을 나간다니까."

"네, 게다가 아까도 말씀드렸듯이 마을 끝에서 끝이니까요. 저는 이곳과 반대편에 살고 있어요. 조그만 집을 하나 가지고 있지요."

마침 그때 집에서 토미가 걸어왔다. 하니발이 커다란 원을 그리며 따라왔다. 먼저 터펜스의 옆으로 달려왔다. 잠깐 멈춰 서서 앞발을 버티는가 싶더니 맹렬한 기세로 짖어대며 멀린스 양에게 달려들었다. 그녀는 멈칫 두세 걸음 물러났다.

"우리 집 말썽꾼이에요." 터펜스가 말했다.

"진짜 물지는 않는답니다. 어쩌다가 그렇지 않을 때도 있긴 하지만. 이 개가 물고 싶어 하는 사람은 대개 우체부뿐이지요."

"개는 모두 우체부를 물어뜯으려고 하나 봐요." 멀린스 양이 말했다.

"아주 착실하게 집 지키는 개지요." 터펜스가 말했다.

"맨체스터 테리어예요. 집 지키는 개로는 최고지요. 집을 아주 잘 지켜요.

집에 가까이 오거나 들어오려는 사람을 쫓아주고, 또 내게 특별히 신경을 써 준답니다. 날 지켜주는 일이 그 개 일생에서 가장 중요한 임무라고 생각하나 봐요."

"네, 물론 요즘은 더 조심을 하셔야지요."

"네, 정말이에요. 도둑이 여기저기 우글거리니까." 터펜스가 말했다.

"우리 친구들 중에도 도둑맞은 사람이 꽤 많아요. 그중에는 대낮에 터무니없는 방법으로 들어오는 녀석도 있더군요. 사다리를 타고 올라와서 창살을 떼어내기도 하고, 유리창 닦기 일꾼으로 변장하기도 하고, 온갖 방법을 다 쓴다니까요. 그러니까 집에 무서운 개가 있다는 것을 되도록 선전해 둘 필요가 있어요."

"그 말씀이 맞을지도 모르겠군요."

"제 남편이에요, 멀린스 양. 이쪽은 멀린스 양이에요, 토미. 그리핀 부인은 정말 친절해요. 제가 정원 일을 해줄 만한 사람을 찾는다는 것을 말해 주었다더군요."

"너무 힘들지 않을까요, 멀린스 양?"

"괜찮습니다." 멀린스 양은 그 굵은 목소리로 말했다.

"땅을 일구는 일은 누구에게도 지지 않아요. 땅을 일구는 일에도 요령이라는 것이 있답니다. 스위트피뿐만이 아니고, 어떤 것이라도 땅을 일구고 거름을 주어야만 하거든요. 우선 땅세가 좋아지기만 하면 모든 것이 완전히 달라지는 걸요."

하니발은 여전히 짖어대고 있었다.

"토미, 하니발을 데리고 가주지 않겠어요? 오늘 아침에는 어쩐지 흥분해 있는 것 같아요."

"알겠소."

터펜스는 멀린스 양을 보고 말했다.

"집으로 들어가서 마실 거라도 한 잔 들지 않겠어요? 오늘 아침은 좀 더운 것 같으니까 그편이 좋을 것 같군요. 그리고 일에 대한 의논을 해도 되고요."

하니발은 부엌에 갇혀 버리고, 멀린스 양은 셰리 주를 대접받았다. 두세 가지를 의논한 뒤에 멀린스 양은 손목시계를 보며 곧 돌아가야 한다고 했다.

"어떤 사람과 만나기로 약속을 해놓았어요. 늦으면 안 돼요."

그녀는 인사도 제대로 못 하고 돌아갔다.

"저 사람이라면 괜찮겠군요." 터펜스가 말했다.

"글쎄, 그러나 누가 되었든 너무 확실하게 말할 수 없는 것이고 보면……."

"누구든 질문 정도는 해도 좋겠지요?"

터펜스가 미심쩍게 말했다.

"당신은 정원을 돌아다녔는데도 지치지 않았소? 오후 조사는 그만두고 다음에 하기로 합시다. 당신은 안정을 해야 한다고 했소."

제14장

정원에서의 대화

"알아들었나, 앨버트?" 토미가 말했다.

두 사람은 식기 넣어두는 방에 있었다. 앨버트는 터펜스의 침실에서 내온 차 도구들을 정리하고 있는 참이었다.

"네, 나리. 알고 있습니다."

"위험을 알려줄 거야—하니발이."

"그 개는 꽤 똑똑하니까요. 아무나 따르지도 않고요."

"그래, 그건 그의 임무가 아니니까. 강도를 꼬리치며 맞아들이거나, 엉뚱한 사람에게 꼬리를 흔드는 개와는 근본이 다르지. 하니발은 다 알고 있단 말일세. 그 점은 자네에게도 분명하게 설명해 주었지?"

"네, 하지만 전 어떻게 해야 할지, 만일 마님이—저, 마님이 말씀하시는 대로 해야 합니까, 아니면 나리께서 말씀하신 걸 마님께 전해 드려야……."

"그런 건 임기응변으로 처리해야겠지. 터펜스에게 오늘은 침대에서 꼼짝 말라고 해두었다네. 터펜스 마님은 자네에게 일임하겠네."

앨버트가 현관문을 열어 보니 트위드 옷을 입은 마흔 정도 되어 보이는 남자가 서 있었다.

앨버트가 의심스러운 얼굴로 토미를 쳐다보았다. 방문객은 현관에 들어오더니, 은근한 미소를 머금고 한 발 앞으로 나섰다.

"베레즈포드 씨지요? 정원 일을 거들어줄 사람을 찾고 계신다고 들었습니다만. 최근 이사를 오셨지요? 차도를 걸어가다가 문득 생각이 났습니다. 정원이 꽤 황폐해 있더군요. 저도 한 2년 전에 이 마을에서 일한 적이 있습니다—솔로몬 씨 댁에서요. 그분 이름은 아시지요?"

"솔로몬 씨라, 그래요, 얘기를 합디다."

"저는 크리스핀, 앵거스 크리스핀이라고 합니다. 정원 상태를 좀 보여 주시면 어떨까요?"

"누가 정원 모양을 바꾸었군요."

토미의 안내로 화단과 채마밭을 둘러보면서 크리스핀 씨가 말했다.

"이 채마밭 오솔길을 따라서 시금치가 죽 심어져 있었다는군요. 그 뒤가 온상이었고, 옛날에는 멜론도 심었다던데."

"선생님은 모든 걸 다 알고 계신 것 같군요." 크리스핀이 말했다.

"옛날 어디에 뭐가 있었다는 이야기가 귀에 많이 들어옵니다. 나이 많은 여인들이 화단에 대한 이야기를 해주거든. 게다가 알렉산더 파킨슨이 바로 그 여우 장갑의 잎사귀에 대한 것을 여러 친구들에게 이야기했답니다."

"틀림없이 영리한 아이였을 겁니다."

"알렉산더는 짐작하고 있었던 게요. 그리고 범죄라는 것에 대단한 흥미를 가지고 있었을 테지. 그래서 스티븐슨의 책 속에 암호문을 남긴 게요. 《검은 화살》이라는 책 속에 말이오."

"그 책은 정말 재미있더군요. 저도 5년 전쯤에 읽었습니다. 그때까지는 《유괴》밖에 읽지 않았거든요. 그 당시에 어느 댁에서 일하고 있었더라?"

크리스핀은 거기서 잠깐 말문이 막혔다.

"솔로몬 씨?" 토미가 말했다.

"네, 맞아요. 저도 사정은 들어서 알고 있습니다. 아이작 영감님에게서요. 제가 들은 소문이 틀리지 않았다면, 아이작 영감님은 벌써 백 살이 다 되셨을 겁니다. 선생님 댁으로 일하러 다녔다더군요."

"그렇소. 나이에 비해 정말 정정했지요. 여러 가지 일들을 많이 알고 있었는데, 우리에게도 이야기해 주었어요. 자신이 직접 겪지 않은 일까지도."

"맞아요. 옛날 소문 이야기하는 걸 좋아했습니다. 지금도 아이작 할아범의 가족이 이 마을에 살고 있습니다. 그 사람들은 속지 않으려고 기를 쓰면서 영감님의 이야기를 듣곤 했었지요. 선생님도 여러 가지 이야기를 들으셨겠지요?"

"지금으로선 이름을 가지고 일람표를 만드는 일만으로도 힘겹다오. 과거에서부터 주워 모은 이름인데, 나에게는 당연히 아무런 의미도 없지요. 의미가 있을 까닭이 없지."

"모두 소문에 대한 이야기입니까?"

"태반은 그렇다오. 대개 집사람이 듣고 와서 일람표로 만든 것이지. 어느 정도나 의미가 있을지 모르겠지만, 나도 일람표를 가지고 있다오. 실은 어제 손에 들어왔지만."

"흠, 어떤 것인데요?"

"인구조사요. 그날 인구조사가 있었던 모양입디다. 그것을 조사한 날짜는 써 두었으니까 나중에 보여 드리리다. 그리고 그날 밤 인구조사서에 기재된 이 집에 있었던 사람들 이름도 함께. 그날은 성대한 파티가 있었답디다. 디너 파티였다나?"

"그러니까 그날(그 날짜 또한 꽤 흥미가 있는데), 이 집에 누가 있었는지 알고 계시다는 말이지요?"

"그렇소"

"그것은 귀중한 정보일 겁니다. 꽤 중요한 거라고 생각되는군요. 이리로 이사 오신 지 얼마 되지 않으시지요?"

"그렇소. 그러나 다른 곳으로 이사하고 싶은 마음이 생길지도 모르겠구먼."

"마음에 안 드십니까? 좋은 집인데요. 이 정원만 해도—예, 이 정원이라면 틀림없이 멋지고 훌륭한 정원이 될 겁니다. 커다란 관목도 있고 좀더 솎아내야겠군요. 불필요한 나무와 덤불이라든가, 꽃나무라도 이젠 꽃이 필 것 같지 않은 나무들 말입니다. 다른 곳으로 이사하실 생각을 하셨다니 도저히 이해가 안 되는군요."

"과거와의 연결이라고나 할까? 그렇기 때문에 이 집은 별로 기분 좋은 곳이 못 돼요." 토미가 말했다.

"과거라니, 과거가 현재와 어떤 모습으로 연결이 된다는 겁니까?"

"대개 아무것도 아닌, 이미 지나가 버린 일이라고 생각해야 하는데, 언제나 무엇인가가 남아 있는 겁니다. 아직도 이 부근에서 돌아다닌다는 의미가 아니고, '그녀' 또는 '그'라는 인물이 이야기만 나오면 과거에서 되살아나는 거지요. 정말로 당신은 일해 볼 생각이 있는 게요?"

"정원 일 말입니까? 해보겠습니다. 재미있을 것 같군요. 뭐라고 할까, 정원 일은 말하자면 제 취미인 셈이지요."

"어제는 멀린스 양이라는 여자가 찾아왔습니다."

"멀린스? 멀린스라고 하셨나요? 정원사입니까?"

"아마 그렇겠지. 그게, 그리핀 부인이었다고 생각되는데, 그 부인이 멀린스 양을 집사람에게 소개하고서 집으로 보내준 모양입디다."

"벌써 쓰기로 결정하셨습니까?"

"아직 분명하게 정한 건 아니오. 실은 우리 집에는 충실한 개가 있지요. 맨체스터 테리어 말이오."

"네, 맨체스터 테리어 좋은 충성심이 강하지요. 댁의 개도 자기 책임이라는 생각에서 부인 혼자서는 아무 데도 못 가게 할 겁니다. 잠시도 옆을 떠나지 않을 테지요."

"맞소. 집사람의 손가락 하나라도 건드렸다가는 그 녀석에게 갈가리 찢겨질 게요."

"좋은 개지요. 맨체스터 테리어 말입니다. 아주 점잖고 충실하고 침착한데다, 이빨도 날카롭지요. 저도 조심해야겠군요."

"지금은 괜찮소. 집 안에 가두어 두었거든."

"멀린스 양이라?" 크리스핀은 생각에 잠기며 중얼거렸다.

"그럴듯하군. 그래, 그거 재미있는데요."

"재미있다니, 그건 무슨 뜻이오?"

"아니, 그러니까, 물론 저 역시 멀린스라는 이름만으로는 누군지 모르지요. 그 여자는 50~60세쯤 되었습니까?"

"그 정도요. 시골 냄새가 나고 남자 같은 여자지."

"그렇군요. 그 여자는 이 지방에 연고가 있습니다. 아이작 할아범이 살아 있었다면 뭣 좀 알려주었을 텐데. 그 여자가 이 마을에 다시 돌아왔다는 이야기는 저도 들었습니다. 그렇게 오래전 일은 아니지요. 여러 가지가 연결되어 있답니다."

"당신은 이 집에 대해서 내가 모르는 것을 알고 있는 것 같군요."

"그렇지는 않습니다. 아이작 할아범이었다면 얼마든지 할 이야기가 있었겠지요. 그 사람은 별걸 다 알고 있었으니까요. 옛날이야기이지만, 그렇긴 해도 아이작 할아범은 기억력이 좋았지요. 사람들은 그 이야기하는 겁니다. 네, 노인 클럽 같은 곳에서는 아직도 모두 똑같은 이야기를 되풀이한답니다. 터무니없는 이야기들이죠. 밑도 끝도 없는 이야기가 있는가 하면, 사실에 근거를 둔 이야기도 있긴 있지요. 네, 정말 재미가 있답니다. 그런데, 아마 아이작 할아범은 너무 많이 알고 있었을 겁니다."

"이대로는 아이작 할아범도 눈을 감지 못할 거요." 토미가 말했다.

"나는 아이작 할아범의 원수를 갚아주고 싶소. 좋은 사람이었다오. 우리에게 친절하게 대해 주기도 했고, 일을 부탁하면 조금도 몸을 사리지 않았어요. 자, 어쨌든 정원이나 한 바퀴 둘러보기로 합시다."

제15장

하니발, 크리스핀과 함께 실전에 참가하다

앨버트는 침실 문을 가볍게 두드리고, "들어와요." 하는 터펜스의 소리에 문에서 얼굴만 디밀었다.

"지난번 아침에 오셨던 멀린스 양입니다. 그분이 오셨습니다. 잠깐 드릴 말씀이 있는 모양입니다. 정원에 대한 이야기라고 생각되는데, 마님이 주무시고 계시니까 뵙게 될지 모르겠다고 말씀드려 두었습니다만."

"어째서 이야기가 그렇게 번거롭지, 앨버트? 좋아, 만나지."

"지금 아침 커피를 가져올까 했는데요."

"가져와. 그리고 컵도 하나 더 준비해줘. 그거면 돼. 커피는 두 사람이 마실 건 되지?"

"예."

"그럼, 됐어. 가져오면 그쪽 테이블 위에 올려놓고 멀린스 양을 들여보내 줘."

"하니발은 어떻게 할까요? 아래층으로 데려가서 부엌에 가두어둘까요?"

"부엌에 갇히는 것은 좋아하지 않아. 그래, 욕실에 밀어 넣고 문을 닫아둬."

하니발은 이 모욕적인 처사에 화를 참을 수 없어 무작정 반항했지만, 마침내 욕실에 밀려들어가고 문이 닫혀졌다. 하니발은 미친 듯이 몇 번 악을 쓰며 짖어댔다.

"조용히 해! 조용히 못하겠니?" 터펜스가 꾸짖었다.

짖는 일에 대해서만은 하니발도 조용히 하기로 동의했다. 그는 앞발을 뻗어서 배를 깔고 문 밑 틈새로 코를 갖다대고는 도저히 이해할 수 없다는 듯이 길게 앓는 소리를 냈다.

"어머, 베레즈포드 부인!" 멀린스 양이 반색을 하며 말했다.

"방해가 되지 않을까 하는 생각도 했었습니다만, 이런 원예책을 보고 싶어

하실 것 같아서 가지고 왔습니다. 지금 심어야 할 식물에 대해서도 나와 있더군요. 아주 진기하고 운치 있는 관목도 있어요. 그런 것은 이곳 흙에는 맞지 않는다는 사람도 있지만, 실은 그렇지 않아요……. 어머, 정말 친절도 하시지. 네, 커피라면 마시겠어요. 제가 따라드리지요. 이런 일은 침대에서 하기가 불편하지요. 저, 잠깐……."

멀린스 양이 눈짓으로 하는 재촉에 따라 앨버트는 눈치 빠르게 의자를 끌어당겨 주었다.

"이 정도면 되겠습니까?"

"네, 됐어요. 어머, 밑에서 벨이 울리고 있네요?"

"우유배달부가 왔겠지요. 아니, 식료품 가게에서 왔나? 오늘은 식료품 가게에서 오는 날이니까. 잠깐 실례하겠습니다."

앨버트가 방에서 나가고 문이 닫혔다. 하니발이 다시 으르렁거렸다.

"우리 집 개예요." 터펜스가 말했다.

"자기를 끼워주지 않는다고 화를 내고 있는 거예요. 하지만 내어놓으면 너무 귀찮게 해서요."

"설탕은 넣으세요, 마님?"

"하나만 넣어줘요."

멀린스 양은 커피를 따랐다. 터펜스가 말했다.

"때론 블랙으로 마시기도 하지요."

멀린스 양은 커피를 터펜스 옆에 놓아두고 자기가 마실 커피를 따르려고 갔다. 갑자기 그녀는 발이 걸려, 옆에 있는 테이블을 붙잡고 당황해 하며 소리치더니 바닥에 무릎을 꿇었다.

"다치지 않았어요?"

"아니, 괜찮습니다. 그만 꽃병을 깨어버렸군요. 뭐에 걸린 모양이네. 저 같은 덜렁이는 처음 보셨죠? 이런 훌륭한 꽃병을 깨뜨리다니! 마님은 저를 괘씸하게 생각하시겠지요? 정말로 일부러 그런 건 아니에요."

"그건 나도 알아요." 터펜스가 상냥하게 말했다.

"어디 보자. 이런 정도라면 크게 걱정할 것 없어요. 두 조각으로 깨어졌으니까 붙일 수 있겠네. 붙인 자국도 거의 표가 안 날 거예요."

"그렇게 말씀해 주셔도 역시 마음은 무겁군요. 틀림없이 기분이 많이 상하셨을 거예요. 오늘 찾아뵌 것부터가 잘못이었어요. 하지만 꼭 말씀을 드리고 싶어서……."

하니발이 다시 짖어대기 시작했다.

"어머, 가엾어라! 꺼내 주시지요!"

"그냥 내버려둬요. 우리 집 개는 때로 무슨 행동을 할지 모른답니다."

"어머, 또 밑에서 벨이 울리고 있네요."

"아니에요. 전화 소리예요."

"어머, 받지 않으셔도 되나요?"

"앨버트가 받겠죠. 용건이 있으면 언제라도 내게 알리러 올 거예요."

그러나 전화를 받은 것은 토미였다.

"아, 여보세요? 그렇습니다만, 아, 알겠습니다. 누가요? 예, 그렇군요. 흠, 적이라고요? 틀림없이 적이란 말씀이지요? 아니, 그런 걱정은 마십시오. 만반의 대응책이 강구되어 있습니다. 네, 감사합니다."

토미는 전화를 끊고 크리스핀을 보았다.

"경보입니까?" 크리스핀이 물었다.

"그렇소." 토미는 다시 크리스핀을 말없이 바라보았다.

"좀처럼 알 수 없는 일이지요." 크리스핀이 말했다.

"누가 적이며, 누가 아군인지 말입니다."

"알았을 때에는 이미 손을 쓰기가 늦어버린 경우도 있다오. '운명의 문', '재앙의 동굴'처럼."

크리스핀은 좀 놀란 얼굴로 토미를 보았다.

"실례했소. 이리로 이사 온 뒤로는 어찌된 영문인지 우리 부부는 시를 입에 담는 버릇이 생겨버렸다오."

"플레커의 시이지요. '바그다드의 문', 아니 '다마스쿠스의 문'이었던가?"

"위로 올라가지 않겠소?" 토미가 말했다.

"터펜스는 휴식을 취하고 있을 뿐이지 병이 난 게 아니니까. 코감기조차 걸리지 않았다오"

"방금 커피를 올려다 드렸습니다."

갑자기 모습을 나타낸 앨버트가 말했다.

"그리고 멀린스 양에게도 컵을 가져다 드렸습니다. 원예에 대한 책을 마님께 보여드리고 있습니다."

"그래? 그렇군. 그래, 만사 순조롭게 진행되고 있군. 하니발은 어디 있지?"

"욕실에 가두어 두었습니다."

"문고리는 제대로 걸어두었겠지? 녀석은 갇히는 것을 좋아하지 않거든."

"네, 분부대로 해두었습니다."

토미는 위층으로 올라갔다. 바로 뒤에서 크리스핀도 따라갔다. 토미는 침실 문을 가볍게 두드린 다음 안으로 들어갔다.

욕실 안에서 다시 하니발이 사생결단으로 문을 보고 짖어대며 덤벼들었다. 그 바람에 문고리가 벗겨지자 하니발은 침실로 뛰어들었다. 크리스핀을 흘끗 보더니 그대로 지나쳐서 맹렬한 기세로 으르렁거리며 멀린스 양에게 달려들었다.

"어머!" 터펜스가 말했다.

"아니, 이게 무슨 짓이니?"

"그래, 그래, 하니발." 토미가 말했다.

"착하군. 어떻게 생각하시오?" 토미는 크리스핀을 돌아보았다.

"자기의 적이 누군지 알고 있잖소—당신들의 적 말이오."

"어떻게 된 일이지요? 물어뜯었나요?" 터펜스가 말했다.

"심하게 물어뜯었어요." 멀린스 양은 하니발을 노려보며 일어났다.

"이 개에게 물린 것이 이것으로 두 번째가 아니오?" 토미가 말했다.

"팜파스 잔디의 덤불 속에서도 물렸을 텐데?"

"이 개는 모든 걸 다 알고 있는 겁니다." 크리스핀이 말했다.

"당신, 도도지? 당신과 만나는 것도 오랜만이군, 도도."

멀린스 양은 의자에서 일어나서 터펜스와 토미, 그리고 크리스핀에게 재빠른 시선을 던졌다.

"멀린스라?" 크리스핀이 말했다.

"미안한 얘긴데, 나는 다른 사람보다 시대에 뒤쳐져서 말이야. 결혼하고 나서 멀린스가 되었나, 아니면 지금은 멀린스 양이라고 알려져 있는 건가?"

"나는 아이리스 멀린스예요, 옛날부터."

"흠, 나는 당신을 도도로만 알고 있지. 내게 있어서 당신은 옛날부터 도도였으니까. 그런데, 당신과 만나게 된 것은 반가운 일이지만, 당신과 나는 되도록 빨리 사라지는 것이 좋을 것 같아. 커피는 마셔 버리시지. 그쪽 것은 아무 이상 없겠지? 베레즈포드 부인, 뵙게 돼서 반갑습니다. 충고를 한마디 하겠습니다. 저 같으면 그 커피는 마시지 않겠습니다."

"세상에, 그렇다면 컵을 멀리 치우겠어요."

멀린스 양이 급히 앞으로 나섰다. 순간 크리스핀이 그녀와 터펜스 사이에 막아섰다.

"안 돼, 도도, 그렇게는 할 수 없어. 그것은 내가 맡는 게 좋아. 이 컵은 이 댁에 속한 것이란 말이야. 이 컵의 내용물을 그대로 분석해 보면 아주 재미있겠지. 모르긴 해도, 아마 독약을 가져왔을 걸? 환자나 환자로 생각되는 사람에게 컵을 건네주면서 독약을 넣는 것쯤은 문제도 안 되니까."

"절대 그런 일은 없습니다. 아, 이 개를 좀 쫓아줘요."

하니발은 이 여자를 아래층까지 쫓아가고 싶어서 안달이 난 것이 분명했다.

"하니발은 당신이 이 집에서 나가는 것을 보고 싶은 모양인데."

토미가 말했다.

"그런 것이 특기지. 사람이 막 현관을 나서려는 순간을 노려서 물어뜯는 것 말이오. 아니, 앨버트, 거기 있었나? 저쪽 문밖에 있는 줄만 알았었지. 자네, 혹시 처음부터 끝까지 다 보고 있었나?"

앨버트는 방 반대쪽 화장실 문에서 고개를 내밀고 천천히 둘러보았다.

"모두 보았습니다. 경첩 틈새로 이 여자를 지켜보았지요. 그렇습니다. 분명히 마님 컵 속에 무엇인가 넣었습니다. 재빠른 솜씨였어요. 마치 마술사처럼, 네, 틀림없이 넣었습니다."

"무슨 말인지 모르겠군요." 멀린스 양이 말했다.

"나는……, 어머, 이젠 실례해야겠어요. 어떤 사람과 중요한 약속이 있어서요. 아주 중요하답니다."

그녀는 허겁지겁 방을 뛰쳐나가 층계를 뛰어내려 갔다.

하니발이 흘끗 쳐다보더니 그 뒤를 따랐다. 크리스핀은 안색이 변하지 않은 채 그러나 역시 빠른 걸음으로 쫓아갔다.

"멀린스 양의 발이 빠르면 좋으련만." 터펜스가 말했다.

"아니면, 하니발이 금방 따라잡을 거예요. 훌륭한 개거든요."

"터펜스, 방금 그 사람이 크리스핀 씨요. 솔로몬 씨에게서 파견되어 왔지. 때맞추어 와주었어. 지금까지 되어가는 상황을 당신도 보았지? 옮겨 담을 병을 가지고 올 때까지 컵을 깨뜨리거나 커피를 엎지르지 않도록 조심해요. 분석해 보면 무엇이 들어 있는지 알 수 있을 테니까. 제일 좋은 드레싱 가운(아침에 일어나서 파자마 위에 걸치는 것)을 입어요, 터펜스. 거실에 내려가서 점심식사 전에 가벼운 거라도 마시기로 합시다."

"이렇게 되면, 뭐가 어떻게 된 것인지, 어떤 일이 일어나고 있는지 우리로서는 도무지 알 수 없을 것 같군요." 터펜스가 말했다.

그녀는 완전히 낙심한 듯 고개를 흔들고는 일어나서 난로로 걸어갔다.

"장작을 지피려는 거요? 내가 하겠소. 당신은 많이 움직이지 말라고 했잖소." 토미가 말했다.

"팔은 이제 끄떡없어요. 그렇게 엄살을 부리면 누가 뼈라도 부러뜨린 줄 알겠어요. 조금 허물이 까졌을 뿐인데."

"그렇게 자랑할 건 없소. 누가 뭐래도 총알인 것은 틀림없으니까. 당신은 전쟁에서 부상을 입은 거요."

"정말 이건 전쟁이에요."

"어쨌든 힘내구려. 우리는 멀린스라는 사람을 상대로 잘 싸웠소."

"하니발이 잘 해주었어요."

"응, 하니발이 가르쳐 준 거요. 분명하게 말이오. 그 팜파스 잔디의 덤불 속으로 달려들었었지. 그의 덕분이오. 그 녀석의 코는 굉장하다니까."

"내 코는 내게 아무것도 가르쳐 주지 않았어요. 나는 오히려 그 여자를 만나게 된 것이 하늘의 도움이라고 생각해 버렸다니까. 게다가 옛날 솔로몬 씨 댁에서 일하던 사람 말고는 안 된다는 것을 아주 깨끗이 잊고 말았었어요. 크리스핀 씨가 자세한 이야기를 해주었나요? 크리스핀이란 이름이 본명은 아닐 것 같군요."

"아마 그럴 테지."

"그 사람이 여기에 온 것은 탐정 자격도 겸해서인가요? 탐정이라면 여기에도 이렇게 많이 있는데."

"아니, 그렇지는 않소. 보호를 위해서 파견되어 온 것이오. 당신을 지키기 위해서지."

"나와, 그리고 당신도 함께. 그 사람, 어딜 갔을까?"

"멀린스 양에 대한 처리를 하고 있겠지."

"그렇겠군요. 그런데 그런 소동이 벌어지고 나면 이상하게 배가 고파요. 왜 흔히들 배가 고파서 죽을 것 같다고들 하잖아요? 뭐니 뭐니 해도 카레를 약간 넣은 다음 크림소스를 곁들인, 맛있고 따끈따끈한 게가 최고지요."

"이제 겨우 살 만한 모양이군. 먹는 것에 그렇게까지 마음이 끌린다니 나도 한시름 놓겠소."

"나는 병이 난 게 아니에요. 다쳤을 뿐이에요. 근본적으로 다르다고요."

"그거야 어찌되었든, 그 점은 당신도 나와 마찬가지로 이미 알겠지만, 하니 발이 팜파스 잔디의 덤불 속에 적이 있다고 가르쳐 주었소. 당신은 남자 옷을 입고 당신을 쏜 사람이 바로 멀린스 양이었다는 것을 알아차렸어야 했소."

"우리는 그 사람이 다시 공격해 올 거라고 생각했어요. 나는 다쳐서 억지로 침대에 끌려와 눕게 되었고, 우리는 의논을 했어요. 그렇죠, 토미?"

"그래, 맞아. 머지않아 그 여자가 당신이 총에 맞아서 눕게 되었다는 결론을 내릴 것이라고 예상했지."

"그래서 그녀는 여자답게 속을 태우다 못해 찾아온 거예요."

"나는 의논했었던 대로 잘되어 갈 것이라고 생각했소. 앨버트는 한시도 그녀에게서 눈을 떼지 않고, 그녀의 일거일동을 하나하나……."

"그는 커피를 쟁반에 받쳐 들고 가져다주었어요. 손님이 쓸 컵도 함께 말이에요."

"당신은 멀린스가(크리스핀은 도도라는 이름으로 불렀지만) 커피 속에 뭘 넣는 것을 보지 못했소?"

"네, 분명히 보지는 못했어요. 생각해 보세요. 그 사람은 발이 뭐에 걸렸는지 그 멋진 꽃병을 올려놓은 조그만 테이블을 짚고서 앞으로 넘어졌고, 그러고는 연거푸 미안하다고 사과를 했거든요. 그동안 나는 이 정도면 다시 붙일 수 있을까 하고 깨진 꽃병만 보고 있었어요. 그러니 그 여자의 거동을 살필 틈이 없었지요."

"앨버트가 다 보고 있었소. 경첩 틈새를 미리 넓혀두고서 그리로 들여다본 거야."

"하니발을 욕실에 가두어 두고 문고리를 반만 걸어놓은 것은 아주 명안이었어요. 하니발은 문을 여는 재주가 비상하니까. 물론 고리가 완전히 걸려 있을 때는 문제가 다르지만 말이에요. 슬쩍 걸어놓으면 힘차게 덤벼들어서 마치, 그래요, 마치 벵골산 호랑이처럼 달려드는걸요."

"응, '벵골산 호랑이처럼'이라는 비유는 멋지군."

"그런데 그 크리스핀 씨는 벌써 조사를 끝냈겠지요? 어떻게 그 사람은 멀린스가 메리 조던이나 이미 과거의 인물이 되어 버린 조나산 케인 같은 위험인물과 연관이 있다고 생각하게 되었는지……."

"조나산 케인이 과거의 인물이 되어버렸다고는 나는 생각지 않소. 그의 후계자가, 다시 말하자면 새로 태어난 조나산 케인이 지금도 있을지 모르거든. 거기에는 젊은 멤버들, 폭력을 좋아하는 녀석들, 무조건 폭력을 휘두르는 놈들, 항간에서는 뭐라고들 하는지 모르지만 껍적거리고 다니는 노상강도의 조직, 히틀러와 그 위세 당당한 그룹의 화려했던 시절을 그리워하는 광신적인 파시스트들 등 무척 많다오."

"난 마침 지금 《하니발 백작》을 읽고 있어요. 스탠리 웨이먼이 지은 건데, 웨이먼의 최고 걸작이에요. 서고에 있는 알렉산더의 책 속에 있었어요."

"그게 어찌되었다는 거요?"

"네, 그런 일은 지금도 '하니발 백작' 무렵과 똑같다고 생각하고 있었어요.

아마 어느 시대에나 그랬겠지요. 기쁨, 만족, 허영심으로 가슴을 두근거리며 소년 십자군에 가담한 어린이들이 있었어요. 가엾게도! 모두들 자신은 예루살렘 해방의 사명을 하나님으로부터 받았다고 생각한 거지요. 자기들이 가면 바다도 두 쪽으로 갈라져서 성서 속의 모세처럼 건너갈 수 있을 거라고 생각했었던 거예요. 지금도 귀여운 아가씨와 젊은 남자들이 가끔 법정에 끌려나오고 있죠. 연금으로 겨우겨우 살아가는 늙은이나, 얼마 안 되는 돈을 은행에서 찾아오는 노인들을 마구 두들겨 패서 말이에요. 옛날에 성 바르톨로뮤 학살이라는 것이 있었지요. 그래요, 그런 일들이 되풀이해서 일어나는 거예요. 새로운 파시스트조차도 지난번 어느 일류 명문대학과 연결되어 있었다고 쓰여 있더군요. 그거야 어찌 되었든지, 그런 형편이라면 우리의 존재는 전혀 알려지지 않고 말겠군요. 크리스핀 씨는 아직 아무도 알아내지 못한 숨길만 한 장소를 더 찾아내게 될까요? 물탱크, 그래요, 은행강도들은 빼앗은 것들을 흔히 물탱크 속에 숨기지요. 나는 숨길 곳으로는 습기가 너무 많다고 생각하지만, 조사가 끝나고 나면 크리스핀 씨는 다시 우리 집에 와서 나를 지켜줄까요? 토미, 당신의 신변도 함께 말이에요."

"나는 지켜줄 필요가 없소."

"어머, 그렇게 큰소리치면 안 돼요."

"크리스핀도 작별인사야 하러 오겠지."

"네, 아주 예의 바른 사람이니까요."

"당신이 완쾌되었는지도 궁금할 것이고."

"나는 조금 다쳤을 뿐이에요. 의사 선생님에게 진찰도 받았는걸요."

"크리스핀은 정말로 정원 일에 굉장히 흥미를 가지고 있다오. 난 그걸 알지. 크리스핀은 전에 친구 집에서 정말로 정원 일을 했었거든. 그 친구라는 사람이 바로 솔로몬 씨요. 그 사람은 몇 년 전에 죽었지만, 지금도 필요할 때에는 살아 있는 사람이 되곤 한다오. 솔로몬 씨 댁에서 일했다고 하면 다 뒷받침이 되니까. 그 사람은 믿어도 좋게끔 통하는 거지."

"네, 여러 가지로 연구하고 머리를 써야 되겠지요."

현관에서 벨이 울렸다. 하니발은 자기가 지키고 있는 이 성역에 침입하려는 엉큼한 생각을 가진 녀석은 모조리 죽여버리겠다는 듯이 뱅골산 호랑이 같은 모습으로 방을 뛰쳐나갔다. 토미가 편지를 손에 들고 돌아왔다.

"우리 두 사람 앞으로 온 거로군. 뜯어볼까?"

"그래요."

토미는 봉투를 뜯었다.

"흠, 이 정도면 아직 가능성은 있군."

"무슨 일이에요?"

"로빈슨 씨가 보내온 초대장이오. 당신과 나를 초대했군. 다음다음 주에는 당신도 완쾌될 테니 저녁식사를 함께하자고 쓰여 있소. 로빈슨 씨 시골집에서 말이오. 틀림없이 서식스일걸."

"그때 모든 사정을 들려줄까요?"

"그럴 거라고 생각해."

"일람표를 가지고 갈까요? 이젠 외울 수도 있지만."

터펜스는 줄줄 외워나갔다.

"《검은 화살》, 알렉산더 파킨슨, 빅토리아 왕조풍 도기 스툴 옥스퍼드와 케임브리지, 그란―헨―로, KK, 마틸드의 뱃속, 카인과 아벨, 트룰러브……."

"이젠 됐소. 미친 소리 같소."

"네, 좀 미쳤어요. 이번 사건 모두 말이에요. 로빈슨 씨 말고도 다른 손님이 오나요?"

"파이커웨이 대령이 올는지 몰라."

"그렇다면 기침 멎는 약을 준비하는 편이 좋겠네. 어쨌든 로빈슨 씨를 만나 보고 싶어요. 당신이 말했듯이 그렇게 크고 노랗다니 믿어지지 않거든요. 어머! 토미, 다음다음 주에는 데보라가 아이들을 데리고 와서 묵어가겠다고 하지 않았어요?"

"아니, 그건 늘 그랬듯이 다음 주요."

"어머, 다행이에요. 그렇다면 좋아요."

제16장

새는 남쪽으로 날다

"지금 그 차가 아니었나?"

현관에서 나온 터펜스는 딸 데보라와 세 손자를 기다리느라고 차도 모퉁이를 뚫어지게 바라보고 있었다. 옆문에서 앨버트가 나왔다.

"아직 도착하지 않았을 겁니다. 지금 그 차는 식료품 가게에서 온 겁니다. 설마하고 생각하시겠지만, 계란 값이 또 올랐습니다. 저는 이제 두 번 다시 지금 정부에게는 표를 던지지 않겠습니다. 이제 자유당에게 투표를 하겠어요."

"오늘 밤의 대황(大黃)과 스트로베리(양딸기) 풀 재료를 내가 미리 다듬어 줄까?"

"벌써 모두 다듬어 두었습니다. 마님이 다듬는 것을 가끔 옆에서 지켜보았기 때문에 요령을 알고 있거든요."

"그러다가 나중에는 특급 요리사가 되겠네, 앨버트. 재닛은 풀 요리를 아주 좋아하지."

"예, 그리고 당밀 타르트도 만들었습니다. 앤드류 아가씨는 당밀 타르트를 제일 좋아하니까요."

"방 준비는 다 끝났나?"

"끝났습니다. 오늘 아침에 때마침 새클베리 아주머니가 와주셔서요. 데보라 아씨의 욕실에는 겔라인 샌들우드 비누를 준비해 두었습니다. 데보라 아씨는 그 비누를 좋아하거든요."

만반의 준비가 끝나고, 이제 남은 건 가족의 도착만 기다리면 된다는 걸 알고는 터펜스는 안도의 한숨을 내쉬었다.

경적이 들리고 조금 있으니 토미가 운전하는 차가 차도를 달려왔다. 이윽고 현관의 돌층계에 손님들이 들이닥쳤다. 벌써 어느새 마흔이라고는 하지만 아직도 곱기만 한 딸 데보라와, 올해 열다섯 살 된 앤드류, 열한 살의 재닛, 그리고 일곱 살이 된 로잘리가 들어왔다.

"안녕하세요, 할머니?" 앤드류가 씩씩하게 말했다.

"하니발은 어디 있어요?" 재닛이 말했다.

"차를 마시고 싶어요."

로잘리가 당장이라도 울음이 터질 듯한 얼굴로 말했다.

인사가 오갔다. 앨버트는 잉꼬새, 어항에 들어 있는 금붕어, 우리에 들어 있는 햄스터를 비롯하여 한 집안의 보물을 끌어내는 일을 혼자서 도맡았다.

"여기가 새 집이군요." 데보라가 어머니를 껴안으면서 말했다.

"좋네요, 정말 좋아요."

"정원에 나가도 돼요?" 재닛이 물었다.

"차부터 마시고." 토미가 말했다.

"차를 마시고 싶어요."

로잘리가 '중요한 일은 가장 먼저'라는 얼굴로 말했다.

식당에 들어가니 차가 준비되어서 모두들 만족한 얼굴이 되었다.

"어머니에 대한 이야기를 들었는데, 대체 무슨 일이에요?"

데보라가 물었다. 차를 마시고 다 함께 밖으로 나왔을 때였다―아이들과 토미와, 그 단란한 가족 사이에 하니발까지 합세해서 그 정원이 가져다주는 만족감을 한껏 즐기려고 뛰어다니고 있었다.

데보라는 어머니를 철저히 보호해야 할 필요성을 느껴 왔었기 때문에 어머니에 대해서만은 평소에도 단호한 태도를 취하기로 했었다.

"대체 무슨 일을 터뜨리신 거예요?"

"아니다, 지금은 이미 일단락되어 아무 걱정이 없단다." 터펜스가 말했다.

데보라는 믿어지지 않는다는 얼굴이었다.

"또 그전처럼 그런 일에 손을 댄 거죠, 그렇지요, 아버지?"

토미가 로잘리를 목마 태워서 막 돌아왔을 때였다. 옆에서는 재닛이 새로운 자기의 영토를 자세히 관찰하고 있었고, 앤드류는 제법 어른이 다된 듯한 태도로 근처를 여기저기 둘러보고 다녔다.

"예전처럼 또 그런 일을 했군요?" 데보라가 다시 공격을 시작했다.

"또 블렌켄솝 부인이 된 듯한 터무니없는 흉내를 내신 거죠? 정말 큰일이에요. 어머니는 고삐 없는 말 같으시니. 'N 또는 M'—또 그런 일을 하고 계신 거죠? 데릭 오빠가 이야기를 듣고 편지로 알려주었어요."

오빠 이름을 꺼내면서 데보라는 고개를 끄덕였다.

"데릭이? 그 아이가 대체 뭘 안다는 거니?" 터펜스가 말했다.

"옛날부터 데릭이란 녀석은 어느 틈엔지 죄다 알아버렸지."

"아버지도 마찬가지예요." 데보라는 이번에는 아버지에게 덤벼들었다.

"아버지도 관계가 있는 거죠? 이리로 이사하신 것은 두 분이 은퇴하시고서 여생을 조용히 보내려는 걸로 알고 있었는데, 전 정말 여생을 즐기시려는 줄만 알았단 말이에요."

"처음에는 그럴 생각이었는데 말이야. 운명이란 것이 다른 생각을 하고 있었단 말이다."

"'운명의 문', '재앙의 동굴', '공포의 성체'" 터펜스가 말했다.

"플레커로군요."

앤드류가 이때다 싶었는지 유식한 티를 내었다. 요즘 그 애는 시에 빠져 있었다. 언젠가는 시인이 될 것을 꿈꾸고 있었다. 터펜스의 뒤를 이어받아 끝까지 읊조렸다.

다마스쿠스 도시에 네 개의 커다란 문이 있도다.
운명의 문, 멸망의 문……
그 밑을 지나가지 마라. 오, 캐러밴이여! 노래하며 지나지도 마라. 들리
지 않는가?
새마저 죽음으로 끊긴 침묵 속에 그래도 새처럼 외치는 소리가?

이상한 우연인지 갑자기 새떼가 지붕에서 날아가고 있었다.

"저건 무슨 새예요, 할머니?" 재닛이 물었다.

"제비가 남쪽으로 돌아가는 거야."

"이젠 돌아오지 않나요?"

"아니, 돌아온단다. 다시 여름이 오면 말이야."

"운명의 문을 지나서!" 앤드류가 만족스러운 듯이 말했다.

"이 집은 옛날 '제비 저택'이라고 불렸다." 터펜스가 말했다.

"어머니는 이대로 여기서 사실 생각은 아니겠지요?" 데보라가 말했다.

"다른 집을 찾아보고 있다고 아버지가 편지에서 그렇게 썼어요."

"어째서요?" 재닛, 이 집의 '호기심 왕'이 물었다.

"나는 이 집이 좋은데."

"그 이유를 가르쳐 주지."

토미는 주머니에서 종이 한 장을 꺼내더니 소리 내어 읽기 시작했다.

　검은 화살

　알렉산더 파킨슨

　옥스퍼드와 케임브리지

　빅토리아 왕조풍 도기 스툴

　그린—헨—로

　KK

　마틸드의 뱃속

　카인과 아벨

　용감한 트룰러브

"그만둬요, 토미, 그것은 내 일람표예요. 당신과는 관계없는 일이에요."
터펜스가 말했다.

"그런데 그게 무슨 말이에요?" 재닛이 여전히 질문을 던졌다.

"추리소설 속의 단서를 늘어놓은 것 같은데."

시적 정서에 젖어 있지 않을 때에는 추리소설에 열중하는 앤드류가 말했다.

"그래, 단서의 일람표다. 그것이 다른 집을 찾고 있는 이유란다."

토미가 말했다.

"하지만 난 이 집이 좋아요. 너무 멋진 집이에요." 재닛이 말했다.

"예쁜 집이야." 로잘리가 말했다.

"초콜릿 비스킷도." 그녀는 아까 마셨던 차를 잊지 못해서 덧붙였다.

"나도 좋아해."

앤드류가 러시아의 전제적인 황제를 생각하게 하는 어조로 말했다.

"할머니는 안 좋아요?" 재닛이 물었다.

"좋아해." 터펜스는 갑자기 뜻밖일 만큼 자신 있게 말했다.

"이 집에서 살고 싶단다—오래 오래."

"운명의 문. 그 이름 매력 있는데." 앤드류가 말했다.

"이 집은 옛날 '제비 저택'이라는 이름이었단다." 터펜스가 말했다.

"다시 그 이름으로 바꾸어도 좋은데……."

"그만한 단서가 있다면, 한 편의 이야깃거리가 될 것 같군요. 어쩌면 책을 하나 꾸밀 수 있을지도 모르고요." 앤드류가 말했다.

"이름도 너무 많고 무척이나 까다로운데." 데보라가 말했다.

"그런 책을 누가 읽겠니?"

"그렇게 말할 것만도 아니다." 토미가 말했다.

"사람들이 어떤 책을 읽는지, 얼마나 재미있어하는지 네게는 상상도 안 될 거야!"

토미와 터펜스는 서로 얼굴을 마주 보았다.

"내일 페인트 사와도 돼요?" 앤드류가 말했다.

"앨버트 아저씨 보고 사오라고 해서 도와달라고 해도 좋죠? 문에다 새 이름을 쓸 거예요."

"그렇게 하면 제비들도 내년 여름에 다시 여기로 돌아와도 된다는 것을 알 거야." 재닛이 말했다. 그녀는 어머니의 눈치를 살폈다.

"아주 좋은 생각이구나." 데보라가 말했다.

"여왕 폐하의 허락을 얻어서—." 토미는 말하고 나서 평소부터 집안의 중재자 역학을 맡고 있는 딸을 향해 인사하며 고마움을 표했다.

제17장

마지막 말—로빈슨 씨와의 만찬

"멋있는 식사였어요."

터펜스가 말했다. 그녀는 함께 참석한 사람들을 둘러보았다.

만찬을 끝낸 뒤에 모두들 서재로 자리를 옮겨서 커피 테이블에 둘러앉았다. 대형의 아름다운 조지 2세풍 커피포트 저쪽에 노랗고, 터펜스가 마음속으로 그려보던 것 이상으로 몸집이 큰 로빈슨 씨가 미소 짓고 있었다. 그 옆에 크리스핀이 있었는데, 호샴이라는 것이 그의 본명인가 보다. 파이커웨이 육군 대령의 옆자리에 앉은 토미가 좀 망설이면서 대령에게 담배를 권했다.

파이커웨이 대령은 뜻밖이라는 얼굴로 말했다.

"나는 저녁식사 뒤에는 절대 담배를 피우지 않는다네."

콜러든 양이(터펜스에게는 좀 마음에 걸리는 여자였다) 말했다.

"정말이세요, 파이커웨이 대령님? 어머, 별난 습관이시군요."

그러더니 터펜스를 보고서 말했다.

"이 개는 정말 잘 길들여졌군요, 부인!"

테이블 밑에서 터펜스의 발에 턱을 올려놓고 엎드려 있는 하니발은 누구나 깜박 속아버리는 그 천진스러운 표정을 하고서 꼬리를 천천히 흔들었다.

"무척 사나운 개라고 들었습니다."

로빈슨 씨가 장난기 어린 눈으로 터펜스를 흘끗 보았다.

"용감히 싸우는 것을 보고 싶군요."

크리스핀(다른 이름으로는 호샴)이 말했다.

"만찬에 초대받으면 그 자리에서 지켜야 할 예의는 차릴 줄 아니까요. 초대받는 것을 좋아해요. 상류사회에 출입할 수 있는 게 명예로운 거라고 스스로 느끼나 봐요." 터펜스가 말했다.

그리고 로빈슨 씨를 보고서 말했다.

"정말 베풀어 주신 친절에 감사드립니다. 하니발을 초대해 주시고 콩팥까지 많이 준비해 주시다니요. 이 개는 콩팥을 아주 좋아합니다."

"개들은 예외 없이 콩팥을 좋아하지요." 로빈슨 씨가 말했다.

"아무래도(그는 크리스핀—호샴을 돌아다보았다) 내 쪽에서 베레즈포드 부인을 찾아가면 갈기갈기 찢기게 될지도 모르겠군."

"하니발은 자신의 임무를 정말 중요한 일이라고 생각하고 있습니다. 혈통이 좋은 개의 이름에 부끄러움이 없도록 조심하고 있는 겁니다."

크리스핀이 말했다

"자네야 물론 하니발의 기분을 알 수 있겠지. 경호담당이니까."

로빈슨 씨가 말했다. 로빈슨 씨의 눈이 조롱하듯 깜박였다.

"부인과 남편께서는 참으로 훌륭한 일을 하셨습니다. 덕분에 우리에게도 도움이 되었지요. 파이커웨이 대령님의 이야기로는 처음 시작은 부인이 하셨다고요?"

"우연히 그렇게 되었을 뿐이에요." 터펜스는 머뭇거리며 말했다.

"제가, 그, 호기심에 이끌려서 그만, 무슨 일인지 알아내고 싶어서, 여러 가지 일들을……."

"그랬군요. 그렇게 짐작하고 있었습니다. 그리고 지금도 이번 사건에 대해서, 당연한 일일 줄 압니다만, 역시 호기심을 가지고 계시겠지요?"

터펜스는 당혹하여 이야기에 두서가 없었다.

"아, 네, 물론이에요. 저는 이번 일이 비밀이라는 것은 알고 있습니다—극비라는 것을. 그러니까 여쭤봐서는 안 되는 거겠지요—말씀해 주실 수가 없을 테니까요. 그 점을 잘 알고 있습니다."

"아니, 그렇지 않습니다. 묻고 싶은 것은 오히려 우리 쪽입니다. 즉, 부인이 정보를 제공해 주신다면 대단히 고맙겠습니다만."

터펜스는 눈을 동그랗게 뜨고 로빈슨 씨를 쳐다보았다.

"설마, 제가……."

"부인은 일람표를 가지고 계시지요? 남편께 들었습니다. 어떤 일람표인지는 가르쳐 주지 않았습니다만. 당연하지요, 그건 당신의 비밀 소유물이니까요. 저도 잘 알고 있습니다. 호기심을 누른다는 것이 얼마나 어려운 일인가를 말입니다."

또다시 로빈슨 씨의 눈이 장난스럽게 깜박였다. 갑자기 터펜스는 자신이 로빈슨 씨에게 대단한 호의를 가지고 있다는 것을 깨달았다.

그녀는 잠시 입을 다물고 있다가 이윽고 헛기침을 하며 이브닝 백을 열었다.

"아주 바보 같은 건데, 아니 바보 정도가 아니라 미친 것 같다고 생각할 정도예요."

로빈슨 씨가 뜻밖의 말을 했다.

"'광기, 광기, 이 세상은 광기로 가득 차 있다.' 한스 사크스가 늙은 나무 아래서 이렇게 말했습니다. '마이스터징거스(14~16세기 독일 직업 시인들의 조합원)' 안에서요. 내가 가장 좋아하는 오페라인데, 확실히 명언입니다!"

그는 터펜스가 내민 일람표를 받아들었다.

"괜찮다면 소리를 내어 읽으세요. 저는 상관없으니까요." 터펜스가 말했다.

로빈슨 씨는 일람표를 잠깐 보고는 크리스핀에게 건네주었다.

"앵거스, 자네 목소리가 더 잘 들리겠지."

크리스핀은 종이쪽지를 받아쥐고서 기분 좋은 테너로 또렷하게 읽기 시작했다.

검은 화살
알렉산더 파킨슨
'메리 조던의 죽음은 자연사가 아니었다.'
옥스퍼드와 케임브리지, 빅토리아 왕조풍 도기 스툴
그린—헨—로
KK
마틸드의 뱃속
카인과 아벨
트룰러브

그는 읽다가 말고 로빈슨 씨를 쳐다보았다. 로빈슨 씨는 천천히 터펜스에게 고개를 돌렸다.

"부인, 축하의 말씀을 드리겠습니다. 부인은 뛰어난 두뇌를 가지고 계십니다. 그 정도의 단서로 마지막 발견까지 이르다니 정말 놀라운 일입니다."

"토미도 열심히 애써 주었어요." 터펜스가 말했다.

"당신이 성가시게 들볶았기 때문이야!" 토미가 말했다.

"자네가 한 조사도 훌륭했다네." 파이커웨이 대령이 인정했다.

"그 인구조사 날짜가 큰 힌트가 되었습니다."

"재능을 타고난 부부로군."

로빈슨 씨가 말했다. 그리고 다시 한 번 터펜스를 보고 미소 지었다.

"부인은 조심성 없이 호기심을 밖으로 드러내지는 않으시겠지만, 어떻습니까? 저는 지금도 부인이 이번 일을 알고 싶어 하실 거라고 생각합니다만."

"어머!" 터펜스가 소리쳤다.

"정말 말씀해 주시겠어요? 감히 바랄 수 없는 일이지만."

"사건 발단의 일부는 추측하신 대로 파킨슨 일가에 있었습니다."

로빈슨 씨가 말했다.

"말하자면 먼 옛날 일이라는 겁니다. 우리 증조할머니가 파킨슨 일가 사람입니다. 저도 일부는 그 증조할머니에게서 들었지요. 메리 조던의 이름으로 알려진 아가씨는 우리의 일원으로 일하고 있었습니다. 그녀는 해군에 몸담고 있었던 사람과 연고가 있었어요. 어머니가 오스트리아인이기 때문에 그녀는 독일어를 잘했습니다.

부인이 아실는지 모르겠지만, 남편께서는 이미 틀림없이 아실 줄 압니다만. 곧 일반에게 공개하려는 문서가 있지요. 현대 정치에서는 한때는 필요에 따라 극비에 붙여졌었던 것이라도 언제까지나 극비로 취급할 필요가 없다는 생각이 지배적입니다. 여러 가지 기록 중에는 우리나라 역사의 일부로서 분명히 밝히지 않으면 안 될 것들도 있지요.

2~3년 동안 증거서류가 첨부된 책을 서너 권 출판하기로 했습니다. 옛날

'제비 저택(부인이 지금 살고 계신 집을 당시엔 그렇게 불렀습니다)' 주변에서 일어난 사건도 물론 수록될 겁니다. 지금까지도 기밀누설이라는 것은 있었습니다. 전쟁 뒤나, 또 내일이라도 전쟁이 일어날 조짐이 보이면 기밀누설은 으레 있기 마련이죠.

사건의 핵심인물은 신뢰감도 있고 무척 존경받았던 정치가들입니다. 거기에는 또 거물 저널리스트도 한둘 있었는데, 모두들 엄청난 영향력을 악용한 거지요. 조국을 배반하는 음모를 꾸민 그 사람들은 1차 대전 전에도 있었습니다. 1차 대전 뒤에는 대학을 나온 젊은이들이 등장하게 되었지요. 그들은 열렬한 공산당 지지자였는데, 더러는 실제 비밀 당원이기도 했습니다. 그리고 더욱 위험했던 것은, 파시즘이 최종적으로는 히틀러와 이어지는 대단히 진보적인 프로그램을 내세워, 전쟁을 조기 종결로 이끄는 '평화 애호가'로 위장하고서 인심을 사로잡기 시작했었다는 사실입니다. 예를 들자면 한이 없지요. 무대 뒤에서의 끊임없는 움직임, 과거 역사에도 그런 예는 있었습니다. 틀림없이 앞으로도 계속 이어지겠지요. 행동적이며 위험한 5열(적의 내부에 침투하여 모략·파괴·스파이 활동을 하는 비밀 요원), 그 사상에 물든 녀석들이 5열로서 일하는 것입니다. 그리고 돈이 목적인 녀석들이나, 언젠가는 권력을 손에 쥐려는 녀석들도 있습니다. 틀림없이 재미있는 읽을거리가 될 겁니다.

얼마나 많이 다음과 같은 말들이 간절한 심정으로 사용되어 왔을까요— '가짜라고? 배반자라고? 세상에! 그 사람만은 그럴 리가 없어! 절대로 믿을 수 있는 사람이야!' 완벽한 속임수입니다. 옛날부터 흔히 있는 이야기지요. 줄거리도 늘 마찬가지이고요. 사업계, 군대 내부, 정계, 어디나 같습니다. 항상 성실한 사람으로 으레 정해져 있지요—누구나가 호의를 가지고 있으며 믿지 않을 수 없는 사람이니, 의혹이라고는 눈곱만큼도 없었던 겁니다. '그 사람만은 절대 그럴 리가 없어.' 어쩌고 하면서 말입니다. 타고난 사기꾼이랄까요? 리츠 호텔 밖에서는 금으로 도금한 벽돌을 팔아치울 녀석들입니다.

부인의 마을은 1차 대전 직전부터 어떤 그룹의 본부였습니다. 시대의 흐름에 따로 떨어져 나온 듯한 참으로 안성맞춤인 마을이었지요. 옛날부터 그 마을에는 대단한 사람들이 살고 있었습니다—누구나 애국자였고, 전쟁과 관련이 있는 여러 가지 일에 손을 대고 있었습니다. 해군의 좋은 항구도 있었고요. 남자다운 젊은 해군 중령, 명문 출신에다 아버지는 제독이었습니다. 훌륭한 의사가 그 마을에 있었는데, 환자들도 굉장히 따랐지요. 모두들 그 의사에게는 자신의 고민을 기꺼이 털어놓았습니다. 보통 개인의사로서 말입니다. 누구 하나 그가 화학병가—독가스 특수훈련을 받고 있었다고는 알 수가 없었던 거지요.

그 뒤, 2차 대전 전에 케인이라는 그 인물이(머리글자는 K입니다) 부둣가 아담한 농가에서 독자적인 정치사상을 길러냈습니다. 파시스트는 아니고요—예, 정말입니다. 단지 평화만이 세계를 구한다는 것이지요. 유럽은 물론 다른 많은 나라에서 그 사상은 눈 깜짝할 사이에 추종자들을 끌어모았습니다.

부인께서 정말 알고 싶은 것은 그런 것이 아닐 겁니다. 그렇지요, 부인? 하지만 먼저 배경을 완전히 이해해 주셔야겠습니다. 그것도 공들여 준비된 배경을 말입니다. 메리 조던은 그곳으로 파견된 겁니다. 가능한 한 사정을 알아내기 위해서 말이지요.

메리가 태어난 때는 내가 아직 철도 들기 전이었습니다. 뒤에 그 이야기를 들었을 때 나는 그녀의 업적에 감탄을 금할 수가 없었습니다. '그녀에 대한 것을 알 수가 있었으면' 하는 생각을 했지요. 성실하고 인간적인 매력이 있었던 여성이 틀림없습니다. 메리는 본명입니다. 하긴 여느 때는 몰리로 통했습니다만. 그녀는 훌륭한 일을 해냈지요. 그렇게 젊은 나이에 세상을 떠났다는 것이 가슴 아픈 일입니다."

터펜스는 벽에 걸려 있는, 어쩐지 친근감이 가는 그림을 아까부터 보고 있었다. 남자아이의 얼굴을 간단히 스케치한 것이었다.

"저 그림은 틀림없이……."

"맞습니다." 로빈슨 씨가 말했다.

"알렉산더 파킨슨입니다. 그 당시 겨우 열한 살이었지요. 제 작은할머니의 손자가 됩니다. 그래서 몰리는 보모로 파킨슨 저택에 들어가 살게 되었던 것입니다. 그것은 더할 수 없이 안전한 감시역할이라고 생각되었습니다. 하지만 아무도 짐작하지 못했지요." 로빈슨 씨는 한순간 말이 끊어졌다.

"그것이 어떤 결과를 가져오게 될 것인가를 말입니다."

"범인은, 파킨슨 저택 사람이 아니었나요?"

　"아니, 파킨슨 집안사람들은 전혀 관계하지 않았어요. 그러나 그날 밤 파킨슨 저택에는 다른 사람들, 손님들이며 친구들이 있었습니다. 그날이 인구조사의 신고일이었다는 것을 부인의 남편께서 알아냈습니다. 그날 밤 파킨슨 집에서 보낸 사람들은 빠짐없이 상주하는 사람들과 마찬가지로 이름을 기입해야 했지요. 그 이름 중 한 사람이 사건과 중요한 관련이 있었던 겁니다. 아까도 말씀드린 그 지방 의사의 딸이, 특별히 그날 밤에만 그런 것은 아니지만, 아버지를 찾아갔습니다. 그러고는 친구를 둘 데리고 왔으니, 그날 밤 하루만 재워주지 않겠느냐고 파킨슨 저택에 부탁했습니다. 그 친구라는 사람들은 문제가 없었습니다만, 그러나 그것은 뒤에 가서야 알게 되었지요. 그녀의 아버지는 당시 그 마을에서 진행되고 있었던 일에 중요한 역할을 하고 있었습니다. 그녀가 사건 발생 몇 주 전에 파킨슨 저택에서 정원 일을 도와준 적이 있었으니, 디기탈리스와 시금치를 함께 섞어놓은 것은 그녀의 행위인 듯합니다. 그 여자가 그 운명의 날 디기탈리스와 시금치를 한데 섞어서 부엌으로 가져간 거지요. 함께 식사를 한 사람들이 모두 중독이 되자, 그 사건은 있을 수 있는 불운한 과실로 일단 결말이 났습니다.

　앞서 말씀드린 의사가 그런 일은 전에도 있었다고 설명했지요. 사인 규명 때에 그의 증언에 따라 과실치사로 그 일은 처리되고 말았습니다. 그날 밤 칵테일 잔이 어쩌다가 테이블에서 떨어져 깨어진 일에 대해서는 아무도 주의를 기울이지 않았고요. 역사는 되풀이 된다는 것을 아신다면 부인도 필시 흥미 있게 생각하실 겁니다. 부인은 팜파스 잔디의 덤불 속에서 날아온 총알을 맞았고, 그 뒤 멀린스 양이라며 찾아온 여자가 부인의 커피에 독을 넣었습니다.

　그 여자는 실은 그 도저히 용서할 수 없는 의사의 손녀, 아니면 그 의사의 형이나 동생의 손녀일 텐데, 2차 대전 전부터 조나산 케인의 신봉자였지요. 그런 연유로 해서 크리스핀은 그녀에 대한 것을 알고 있었던 거죠. 댁의 개도 그녀에 대해서 확실한 불신감을 품게 되어 즉시 행동으로 옮긴 거고요. 사실, 아이작 영감님을 살해한 것도 그 여자였습니다.

　자, 여기서 더 나아가 사악한 그 인간에 대해서 생각해 봅시다. 온화하고 친절했었던 그 의사는 마을의 모든 사람들로부터 무조건 신뢰를 받고 있었습니다. 그러나 여러 증거로 미루어 보아 거의 틀림없을 줄 압니다만, 그때는 아무도 꿈에도 생각지 않은 일이었지요. 그 의사에 의해 메리 조던은 살해된 겁니다. 그는 과학에 광범위한 관심을 기울인 덕분에 독약에 대해서는 전문적인 지식을 가지고 있었고, 세균학의 분야에서는 선구자적인 업적을 남겼습니다. 60년이 지난 지금에 와서야 비로소 밝혀진 것입니다만. 다만 당시에 아직 초등학생이었던 알렉산더 파킨슨만이 어렴풋이 느끼고 있었지요."

"메리 조던의 죽음은 자연사가 아니었다." 터펜스가 조용히 말했다.

"'범인은 우리들 중에 있다.' 그럼, 의사가 메리의 활동을 눈치 챈 건가요?"

"아닙니다. 그는 몰랐지요. 그러나 다른 사람이 알았지요. 그때까지 메리는 감쪽같이 해왔거든요. 문제의 해군 중령은 우리의 계획대로 움직이고 있었지요. 메리가 그에게 흘려보내는 정보는 진짜였지만, 그 정보의 태반이 쓰레기와 다를 바 없다는 것을(언뜻 보기에는 아주 중요한 것처럼 꾸며져 있기도 했습니다만) 그는 몰랐던 겁니다. 그로서는 이른바 해군의 계획이나 기밀을 메리에게 흘려보냈고, 메리는 휴일마다 그것을 보고하려고 런던으로 갔습니다. 지정된 시간, 지정된 장소로 말입니다. 예를 들면 리젠트 공원의 퀸 메리 가든이나 켄싱턴 가든의 피터 팬 동상 옆도 만나는 장소로 이용되었지요. 모 대사관의 말단직원이 한몫 끼어 있다는 사실을 비롯하여, 그렇게 만날 때마다 이쪽에서는 꽤 많은 정보를 알게 되었습니다. 그러나 그 모든 것이 지난 일입니다. 먼 옛날 일이지요."

파이커웨이 대령이 헛기침을 하고는 느닷없이 이야기에 끼어들었다.

"역사는 되풀이되는 거랍니다, 부인. 그것은 곧 누구나 깨닫게 되는 일입니다. 최근에 할로케이의 조직이 또다시 결성되었지요. 옛날 사건을 알고 있었던 패들이 다시 슬슬 일을 벌이게 된 겁니다. 그러니까 멀린스라는 여자도 되돌아온 거겠지요. 비밀 장소가 다시 쓰이게 되었습니다. 비밀 모임도 열렸습니다. 다시금 돈이 중요한 문제가 되었지요—돈은 어디에서 와서 어디로 가는가 하는 것 말입니다. 그래서 우리는 로빈슨 씨의 힘을 빌리게 된 것이지요. 그러던 중에 우리의 옛날 동료인 베레즈포드 씨가 찾아와서 대단히 흥미 있는 정보를 계속 알려주었지요. 그 정보는 우리가 이미 어렴풋이 짐작하고 있었던 것과 완전히 일치했습니다. 오래전부터 배경이 준비되어 왔지요. 우리나라 어느 한 정치가의 뜻대로 움직여지도록 미래가 착착 준비되었습니다. 명성도 있고 나날이 추종자가 늘어가는 인물, 그 사기꾼이 다시 되살아난 것입니다. 청렴결백한 인사, 평화의 수호자, 파시즘은 아니고―아니, 아니! 얼핏 보기엔 파시즘과 비슷하긴 합니다만, 만인에게 평화를 그리고 협력자에게는 돈을 썼지요."

"그런 일이 지금도 계속되고 있다는 건가요?" 터펜스가 눈을 크게 떴다.

"하긴 우리가 알고 싶은 일, 알아야 할 일은 이미 대개는 알고 있습니다. 그 일의 일부분을 두 분이 해주신 겁니다. 흔들 목마의 수술은 특히 많은 정보를 가져다주었지요."

"마틸드!" 터펜스가 소리쳤다.

"정말 믿어지지 않는군요. 마틸드의 뱃속에 든 것이 그렇게 큰 몫을 하리라곤!"

"말이란 짐승은 대단한 것이로군요." 파이커웨이 대령이 말했다.

"자기가 얼마나 크게 도움이 되었는지, 혹은 될 것인지 정작 자신은 모르니까요. 트로이의 목마가 있었던 옛날부터 말입니다."

"트룰러브도 도움이 되어주었답니다." 터펜스가 말했다.

"제가 말씀드리고 싶은 것은 지금도 그런 일이 계속되고 있다면, 아이들이 걱정……"

"그렇지는 않습니다." 크리스핀이 말했다.

"걱정하실 건 없습니다. 그 마을은 깨끗해졌습니다―벌집이 완전히 제거되었거든요. 조용한 생활을 즐길 수 있는 마을로 다시 되돌아간 겁니다. 녀석들은 베리 세인트 에드먼드 부근으로 본부를 옮겼다고 보아도 좋습니다. 게다가 우리가 끊임없이 경계하고 있으니까 걱정하실 것 없습니다."

터펜스가 안도의 숨을 내쉬었다.

"고맙습니다. 제 딸 데보라가 세 아이를 데리고 와서 가끔 묵어가곤 하니까……"

"걱정하실 것 없습니다." 로빈슨 씨가 말했다.

"그러고 보니 'N 또는 M' 사건이 있은 뒤로 두 분은 그 사건과 관계되어 있었던 아이를 양녀로 삼으셨지요? 그 '꽥꽥 거위님'인가 하는 동화책을 가지고 있었던 아이 말입니다."

"베티 말씀입니까? 네, 대학에서 좋은 성적을 올려 지금은 아프리카에서 원주민들의 생활상을 조사하고 있습니다. 그런 일에 열중하는 젊은이들이 꽤 많은가 봐요. 정말 귀여워요, 베티는. 아주 행복해 보이기도 하고요."

로빈슨 씨가 헛기침을 하면서 일어났다.

"건배를 하십시다. 베레즈포드 부부에게, 조국에 대한 두 분의 공로에 감사하는 뜻에서."

일동은 한마음이 되어서 잔을 비웠다.

"어떻습니까? 한 번 더 건배합시다." 로빈슨 씨가 말했다.

"이번에는 하니발에게 건배를."

"자, 하니발!" 터펜스가 애견의 머리를 쓰다듬으며 말했다.

"이분들이 네게 건배를 해주시는 거란다. 이건 기사의 작위나 훈장을 받는 것만큼이나 멋진 일이야. 전 얼마 전에 스탠리 웨이먼의 《하니발 백작》을 읽었답니다."

"저도 어릴 때 읽었습니다." 로빈슨 씨가 말했다.

"'내 형에게 상처를 주는 자는 동시에 타반에게 상처를 주는 자다.'라고 했던 가요? 파이커웨이, 어떻게 생각하시오? 하니발에게 작위 수여식을 하고 싶은데."

앞으로 한 발짝 나선 하니발을 로빈슨 씨가 관례에 따라 어깨를 가볍게 두드려 주자 하니발은 조용히 꼬리를 흔들었다.

"지금부터 그대를 우리 왕국의 백작에 봉하노라."

"하니발 백작이라, 얼마나 멋지니!" 터펜스가 말했다.

"넌 이제 도도하게 행세하는 개가 되겠구나."

〈끝〉

여기 소개하는 《운명의 문(Postern of Fate, 1973)》 은 애거서 크리스티(Agatha Christie, 영국, 1890~1976)의 83번째 추리소설이며, 64번째 장편이다.

이 작품에는 크리스티 여사가 가장 아끼는 콤비 탐정인 토미—터펜스 부부가 등장한다. 이들 부부가 등장하는 작품들은 다음과 같다.

1. 비밀결사(The Secret Adversary, 1922)
2. 부부 탐정(Partners in Crime, 1929)
3. N 또는 M(N or M, 1941)
4. 엄지손가락의 아픔(By the Pricking of My Thumbs, 1968)
5. 운명의 문(Postern of Fate, 1973)

이 중에서 《부부 탐정》 은 단편집이다. 토미의 원이름은 토머스 베레즈포드, 터펜스의 원이름은 프루던스 카울리. 이 둘은 한 마을에서 자랐으나, 토미는 1차 대전 직전에 군대에 입대하여 장교가 되었고, 프루던스는 무작정 런던으로 상경하여 간호사가 되었는데 군대에서 한 번 마주친 적이 있었다. 그러나 전쟁이 끝나고 둘 다 '무능력자'로 점찍혀서 군대에서 쫓겨난 뒤, 런던 거리를 방황하다가 굶어죽기 직전, 지하철 입구에서 극적으로 만난다. 이렇게 해서 둘의 관계가 급속도로 가까워지면서 돈을 벌 목적으로 뛰어다니던 중 본인들도 모르는 중에 국제적인 음모 속에 휘말리면서 모험을 겪게 된다.

한편, 프루던스의 별명인 터펜스(Tuppence)는 '보잘것없다(two—pence)'는 뜻이다. 키도 작고 볼품없이 생겨서 붙여진 별명인데, 성격은 또 어찌나 극성맞은지 모른다. 게다가 질투도 심하다.

아무튼 이 둘은 유머 감각이 풍부한 크리스티 여사가 가장 아끼는 작중 인물이다. 그녀의 억제 받은 장난기 많은 성격이 이들을 통해서 해소(?)되는 것 같다.

이 작품을 발표할 때 크리스티 여사는 82세였는데, 그 고령을 생각해 보면 그녀의 창작욕에 경의를 표하지 않을 수 없다.

　이 작품은 그녀가 생전에 쓴 마지막 작품이다. 이 작품보다 뒤늦게 단편집인 'Poirot's Early Case(1974)'와 장편인 《커튼(Curtain, 1975)》이 나왔고, 그녀가 죽은 뒤에 《잠자는 살인(Sleeping Murder, 1976)》이 나왔으나 이들은 모두 그 이전에 발표했었던 것들을 재편집했거나(단편집의 경우), 1940년대에 이미 써 놓은 것을 뒤늦게 발표(장편 2권의 경우)한 것이다. 따라서 《운명의 문》이야말로 크리스티 여사 최후의 작품이 되는 것이다.